GENA SHOWALTER

Acariciando la
OSCURIDAD

Editado por Harlequin Ibérica.
Una división de HarperCollins Ibérica, S.A.
Núñez de Balboa, 56
28001 Madrid

© 2014 Gena Showalter
© 2016 Harlequin Ibérica, una división de HarperCollins Ibérica, S.A.
Acariciando la oscuridad, n.º 97 - 1.2.16
Título original: The Darkest Touch
Publicada originalmente por HQN™ Books

Todos los derechos están reservados incluidos los de reproducción, total o parcial. Esta edición ha sido publicada con autorización de Harlequin Books S.A.
Esta es una obra de ficción. Nombres, caracteres, lugares, y situaciones son producto de la imaginación del autor o son utilizados ficticiamente, y cualquier parecido con personas, vivas o muertas, establecimientos de negocios (comerciales), hechos o situaciones son pura coincidencia.
® Harlequin, HQN y logotipo Harlequin son marcas registradas por Harlequin Enterprises Limited.
® y ™ son marcas registradas por Harlequin Enterprises Limited y sus filiales, utilizadas con licencia. Las marcas que lleven ® están registradas en la Oficina Española de Patentes y Marcas y en otros países.
Imagen de cubierta utilizada con permiso de Harlequin Enterprises Limited. Todos los derechos están reservados.

I.S.B.N.: 978-84-687-7796-2
Depósito legal: M-36103-2015

Con los años, he recibido increíbles bendiciones.

He conocido a gente asombrosa y he forjado maravillosas y duraderas amistades. Me refiero a ti, Kresley Cole. Eres estupenda, brillante e inteligente, y me sirves de inspiración en muchos sentidos. ¡GRACIAS!

También me refiero a ti, Jill Monroe. Has estado a mi lado en los buenos y en los malos momentos, dándome consuelo. Nunca has vacilado a la hora de decir que sí cuando te llamaba y te decía: «Vayámonos por ahí unos días». Y, mejor aún, tampoco has vacilado cuando me las arreglé para conseguirnos una suite nupcial. Dos veces.

A mi increíble editora, Emily Ohanjanians. No te da miedo decirme que algo no funciona y, después, guiarme hacia algo mejor, ¡y te lo agradezco con toda mi alma! ¿Te acuerdas de mi primer intento de escribir este libro? Bueno, pues me alegro muchísimo de que nadie más tenga la oportunidad de reírse tanto.

Y a Naomi Lahn, la ganadora de mi concurso. ¡Eres una delicia, y tu apoyo es muy valioso para mí!

¿Cuál es mi signo del zodíaco? Cáncer.
                    Torin, Señor del Inframundo

Capítulo 1

−No te mueras. No te atrevas a morirte.

Torin revolvió frenéticamente una mochila que estaba llena de ropa, armas y medicamentos. La había hecho unos días antes, llenándola ciegamente con todo lo que pensaba que podría necesitar. No tenía protección para la boca. Bien. Lo haría sin ella.

Se acercó apresuradamente a su compañera, que estaba inmóvil. La vida se le escapaba a cada segundo. La reanimación cardiopulmonar era el último recurso, pero, de repente, también era su única esperanza, porque estaban encerrados en una mazmorra, solos, y la responsabilidad era únicamente suya, de un tipo como él, que casi nunca se acercaba tanto a una persona.

Posó las palmas de las manos enguantadas sobre el delicado pecho de Mari, que estaba inmóvil, demasiado inmóvil. Y, sin embargo, no hizo lo que debía, sino que se detuvo a saborear aquella rara y extraordinaria conexión con el sexo opuesto. Suave y cautivadora.

«¿Qué demonios estoy haciendo?», se preguntó y, con la mandíbula apretada, presionó.

Se oyó un crujido.

Demasiado fuerte. Acababa de romperle el esternón y, posiblemente, algunas costillas.

El sentimiento de culpabilidad le atravesó el corazón y,

si no tuviera aquel órgano tan destrozado ya, tal vez hubiera sentido dolor. Le cayeron gotas de sudor por las sienes mientras apretaba con más suavidad el pecho de Mari. No se rompió nada más. Bien. Volvió a presionar, una y otra vez, cada vez más rápidamente. Sin embargo, ¿cuál era el mejor ritmo? ¿Qué podía ayudar? ¿Qué podía hacer daño?

–Vamos, Mari –dijo. Ella era humana, pero fuerte. Frágil, pero resistente–. Quédate conmigo. Puedes sobrevivir a esto, sé que puedes.

A ella se le cayó la cabeza hacia un lado. Tenía los ojos vidriosos y fijos en la nada.

–No. ¡No! –exclamó Torin. Le tomó el pulso, esperó... pero no sintió ni la más débil de las pulsaciones.

Volvió a poner las manos sobre su pecho, observando sus labios salpicados de sangre, intentando conseguir, con su fuerza mental, que se abrieran, o que una tos escapara de entre ellos. Eso significaría que aún estaba enferma, pero la enfermedad era mejor que la muerte.

–Mari, por favor –dijo. Oyó la desesperación de su tono de voz, pero no le importó. «Yo no puedo ser el culpable de la muerte de alguien tan dulce».

Presionó con más fuerza y oyó otro crujido.

Demonios. Él no era un llorón, pero, en aquella ocasión, se le llenaron los ojos de lágrimas.

Había llegado a considerar a aquella chica como una amiga y, pese a todos los siglos que llevaba viviendo, no había tenido muchos amigos. Siempre protegía a los que tenía.

Hasta ella.

De no ser por él, Mari nunca se habría puesto enferma.

Intentó tomarle el pulso una vez más. No lo halló.

Soltó una maldición y empezó a trabajar de nuevo. Cinco minutos... diez... veinte. Él era lo único que había entre Mari y la muerte, y seguiría todo el tiempo que hiciera falta.

«Vamos, Mari, recupérate. Tienes que recuperarte».

Sin embargo, pasó otra eternidad sin que ella mejorara lo más mínimo, y Torin tuvo que admitir que sus esfuerzos no servían de nada: Mari ya había muerto, y no había nada que él pudiera hacer para devolverle la vida.

Torin rugió, se apartó de ella y comenzó a pasearse por la celda como un animal enjaulado. Le temblaban los brazos. Le dolían la espalda y las piernas. Sin embargo, ¿qué era el dolor físico comparado al dolor mental y emocional? Aquello era culpa suya. Él sabía lo que ocurriría si tocaba a la chica y, de todos modos, la había atraído para que se acercara a él.

¡Monstruo! Rugió de nuevo y le dio un puñetazo a la pared, y se alegró de sentir dolor cuando se rasgó la piel y los huesos se fracturaron. Siguió dando puñetazos, abriendo grietas en la roca, originando una nube de polvo que lo envolvió.

Si se hubiera preguntado el motivo por el que una chica como Mari podía anhelar tanto la compañía de los demás como para querer estar con él, ella todavía seguiría viva.

Posó la frente sobre la pared de roca destrozada. «Soy el guardián del demonio de la enfermedad. ¿Cuándo voy a aceptar que mi destino es estar solo? ¿Cuándo voy a aceptar que siempre se me negará lo que más deseo?».

—Mari, querida —dijo una mujer con un ligero acento. Aunque él sentía pánico y dolor, le pareció una voz deliciosa—. El vínculo se ha roto. ¿Por qué se ha roto?

A Torin se le volvió la sangre de fuego en las venas. Notó los latidos de su corazón, que se aceleraba, y tuvo la imperiosa necesidad de ir a la puerta de la celda y arrancar los barrotes. Cualquier cosa con tal de disminuir la distancia que había entre la mujer que hablaba y él.

Una reacción muy extrema. Lo sabía. Sabía que sentir de una manera tan insoportable la presencia de otra persona era algo muy poco habitual en él. También era incontrolable, imparable. Todo su mundo giraba alrededor de aquella mujer.

Y no era la primera vez que le sucedía. Cada vez que ella hablaba, fueran cuales fueran sus palabras, su voz ronca siempre le transmitía la promesa del placer absoluto, como si ella no deseara otra cosa que besarlo y lamerlo.

El instinto masculino que él había reprimido durante tantos siglos gritaba: «Ven, ven, pequeña polilla. Acércate a mi llama. O yo iré por ti...».

Se acercó a los barrotes y, como había hecho ya mil veces, ordenó a las sombras que había entre sus celdas que se separaran. No sirvió de nada. Su aspecto seguía siendo un misterio.

Por algún motivo, su obsesión hacia ella aumentó, y pensó que se habría arriesgado a causar una plaga mundial a cambio de ser besado y lamido cinco minutos.

«Me odio a mí mismo». Alguien debería colgarlo de las clavículas y darle unos bastonazos. De nuevo.

—¡Mari! —exclamó su obsesión—. Por favor.

Enfermedad se volvió loco y comenzó a golpearse contra el cráneo de Torin. De repente, el demonio estaba desesperado por escapar.

¿Por escapar de ella? Otra reacción poco habitual. Normalmente, al demonio le encantaba encontrarse cerca de una posible víctima.

Cómo se había reído aquella criatura de Mari...

«También lo odio a él».

—Mari no puede hablar en este momento —dijo Torin. «Ni nunca».

«Admitir esto... es como echar sal en mis heridas».

Los barrotes resonaron.

—¿Qué le has hecho?

—Nada... Todo.

—¡Dímelo! —gritó la mujer.

—Le he estrechado la mano —dijo él, con amargura—. Eso es todo.

Pero había hecho mucho más que eso, ¿no?

Había invertido mucho tiempo en atraerla. En invitarla

a comer. En hablar y reírse con ella. Al final, ella se había sentido lo bastante cómoda como para quitarle uno de los guantes y entrelazar sus dedos con los de él. A propósito.

«No va a pasar nada malo», le había dicho ella. O, tal vez, había sido su mirada la que lo había dicho. No recordaba bien los detalles, debido a su anhelo. «Ya lo verás».

Él la había creído, porque deseaba creerla más que respirar. La había agarrado con tanta fuerza como un hombre que acabara de encontrar el último vaso de agua en un mundo reducido a cenizas, y había estado a punto de caer de rodillas por la fuerza de su respuesta física. Sus reacciones lo habían abrumado. Suavidad femenina tan cerca de la dureza masculina. Un olor a flores. Las puntas de su pelo sedoso acariciándole la muñeca. Su calor y su respiración, mezclándose con los suyos...

«Experimenté una conexión instantánea, una dicha instantánea, tan solo con apretarle la mano».

Y ella había muerto por eso.

Con él, no tenía importancia si el roce era accidental o intencionado, ni si la víctima era animal o humana, joven o vieja, masculina o femenina... buena o mala. Cualquier ser vivo enfermaba poco tiempo después de haberlo tocado, incluso los seres inmortales como él. La diferencia era que los inmortales a veces sobrevivían, se convertían en portadores de la enfermedad que él les había contagiado, y eran capaces de contagiársela a otros. Mari era humana, y no había tenido ninguna oportunidad de sobrevivir.

—Dime la verdad —le exigió su obsesión—. Dame los detalles.

Él no sabía cuál era su nombre, ni si era humana o inmortal. Solo sabía que Mari había hecho un pacto con el demonio para salvarla.

Las dos mujeres llevaban siglos allí encerradas, por ningún crimen real que él pudiera percibir. Cronus, el propietario de aquella prisión, no necesitaba un motivo verdadero para destrozarle la vida a cualquiera.

Por supuesto, había destrozado la suya.

Cronus le debía un favor, y él había decidido ignorar la mala reputación del tipo y pedirle una mujer que no enfermara cuando él la tocara. Cronus no se había molestado en buscar una candidata adecuada, sino que había reclutado a una de sus prisioneras: a la inocente y dulce Mari.

—Cronus hizo un trato con la chica —dijo Torin.

—Ya lo sé —respondió su obsesión, con los resoplidos y los bufidos de un verdadero lobo—. Mari fue maldecida con la obligación de aparecer una hora al día en tu dormitorio, durante un mes, para convencerte de que la tocaras.

—Sí —respondió él, con la voz quebrada.

Y, a cambio, Cronus le había prometido que liberaría a su mejor amiga, la mujer que estaba interrogando a Torin en aquel momento.

No era ninguna sorpresa que Cronus hubiera mentido.

Torin había querido llevarse a Mari al hospital en cuanto se había dado cuenta de que estaba enferma, pero la estúpida maldición la ataba a aquella prisión con cadenas invisibles.

Ella tenía que volver. Sin otra opción, Torin se había aferrado a ella mientras se movía de ubicación en ubicación en un abrir y cerrar de ojos, viajando con ella. Se había ocupado de ella lo mejor que había podido.

Sin embargo, no había sido suficiente. Nunca sería suficiente.

—No me importan los porqués —dijo la mujer—. Solo el resultado. ¿Qué está haciendo Mari en este momento?

Descomponerse.

«No puedo decirlo. No puedo...».

Torin se quitó los guantes y comenzó a cavar con las manos, echando puñados de tierra hacia atrás. «No es la primera fosa que cavo, pero juro que será la última».

Nunca tendría más amigos. Nunca volvería a albergar esperanzas ni a soñar con algo que no podía ser. «Se acabó».

—¿Me estás ignorando? —preguntó ella—. ¿Tienes idea de a qué ser estás provocando?

Torin no se detuvo. Iba a enterrar a Mari, e iba a encontrar la forma de salir de aquel antro horrible. Después, continuaría con lo que estaba haciendo antes de decidir seguir a la chica: la búsqueda y el rescate de Cameo y Viola, que habían desaparecido hacía varias semanas. Eran buenos amigos que comprendían su necesidad de mantenerse a distancia.

—Soy Keeleycael, la Reina Roja, y estaría encantada de sacarte todos los órganos del cuerpo por la boca ayudándome de una percha.

Enfermedad quedó inmóvil, en silencio.

Aquello también era una novedad.

La Reina Roja. El título le resultaba familiar. Era de un cuento infantil, sí, pero había algo más. Él lo había oído... ¿dónde? Se le pasó una imagen por la mente. Un bar ruinoso en los cielos. Sí, claro. Mientras trabajaba para Zeus, el rey de los Griegos, él había perseguido a muchos fugitivos inmortales hasta allí. Hombres y mujeres susurraban temblorosamente, tapándose la boca con la mano, las palabras «la Reina Roja», además de «loca» y «cruel».

A él siempre le había gustado medir sus habilidades contra los depredadores más fuertes y viles, y aquellas reacciones tan viscerales hacia la supuesta Reina Roja le habían intrigado. Sin embargo, al preguntar quién era y qué podía hacer, todos se quedaban callados.

Tal vez aquella prisionera fuese la persona de la que hablaba la gente, o tal vez no. Ya no importaba. No iba a luchar contra ella.

—Keeleycael —dijo—. Es muy difícil de pronunciar. ¿Qué te parece si te llamo solo Keeley?

—Ese es un honor reservado únicamente para mis amigos. Si lo haces, es bajo tu responsabilidad.

—Gracias. Lo tendré en cuenta.

Ella gruñó suavemente.

—Puedes llamarme «Majestad». Yo te llamaré «mi próxima víctima».

—Normalmente, prefiero Torin, «Tío bueno» o «El formidable».

Aquellos alias le ayudaron a sonreír a pesar del dolor.

—¿Por qué está Mari en silencio, Torin? —preguntó Keeley—. Y, antes de que respondas, será mejor que sepas que prefiero perdonar a un enemigo que me dice la verdad a un amigo que me miente.

No era un mal lema. Casualmente, el suyo era «Miente y morirás».

Y, en realidad, si la situación fuera al revés, él habría querido lo mismo: respuestas. Además, si ella hubiera provocado la muerte de uno de sus amigos, él habría movido cielo y tierra para hacer justicia. Sin embargo, estaban encerrados en aquellas celdas que habían sido creadas para los inmortales más fuertes, y ella no podía hacer otra cosa que hervir de rabia y de impotencia, tal vez hasta volverse loca. Era un destino muy cruel.

También era una excusa.

«Tengo que estar a la altura de las circunstancias», se dijo Torin.

—Mari está... muerta. Ha muerto.

Silencio.

Un silencio opresivo y que, unido a la oscuridad, daba la sensación de haber caído en una cámara de aislamiento sensorial.

Siguió hablando para intentar mitigar su dolor.

—Como ya sabes que Cronus tenía un trato con Mari, también debes de saber que soy un Señor del Inframundo. Uno de los catorce guerreros que robaron y abrieron la caja de Pandora y que liberaron a los demonios que había en su interior. Como castigo, cada uno de nosotros fue condenado a albergar uno de esos demonios en su cuerpo. A mí me tocó Enfermedad. Contagio la enfermedad por contacto de la piel, y hago que la gente enferme. Eso es lo que hago, y no se puede parar. Ella me tocó, como te he dicho. Nos tocamos el uno al otro, y eso fue todo. Ella murió. Está muerta —repitió Torin, con un vacío por dentro.

De nuevo, el silencio.

Torin apretó los dientes para no tener que admitir que los demás Señores del Inframundo albergaban a demonios como Violencia, Muerte y Dolor. Que habían matado a miles de inocentes, y que otros cuantos miles de personas lamentaban la vileza de sus actos. Que, a pesar de todo, ninguno de sus amigos era tan brutal como Enfermedad. Ellos elegían a sus víctimas. Torin no podía.

«Vaya partidazo soy».

¿Quién iba a quererlo a él?

«Inmortal soltero busca alguien a quien amar y asesinar».

Ni siquiera podía consolarse con los recuerdos de amantes del pasado. Cuando vivía en los cielos, solo le preocupaban sus deberes bélicos, y poco más. Las mujeres eran algo ajeno a él... hasta que su cuerpo exigía atención. Sin embargo, cada vez que había elegido una amante, el instinto de guerrero de dominar y someter se había adueñado de él, y aquella brusquedad, aunque no fuera deliberada, había hecho llorar a las mujeres incluso antes de haberse quitado la ropa. Lo cual significaba que nunca habían llegado a quitársela.

Tal vez podría haber obligado a las mujeres a que continuaran, pero siempre había sentido un gran disgusto hacia sí mismo. Destacaba como un maestro en el campo de batalla y, ¿no era capaz de dominar la mecánica del sexo?

Humillante.

En aquel otro momento de su vida, sin embargo, hubiera dado cualquier cosa por tener lo que antes había desdeñado.

—Torin —dijo Keeley. Pese a la tensión que oyó, él reaccionó con la misma intensidad que antes–. Sabes que has matado a una chica inocente, ¿verdad?

Él se quedó inmóvil en el agujero que había cavado, se puso los guantes y apoyó la cabeza en las palmas de las manos.

–Sí.

Miró a Mari. Tal vez ella supiera cuál era su condición, pero debía de tener la confianza de que él la protegería.

«Y mírala ahora».

–Torin –dijo Keeley, de nuevo–. ¿Y sabes también que voy a castigarte por este crimen?

–No puedes hacerme más daño del que estoy sintiendo ahora.

–No es cierto. He oído hablar de tus amigos y de ti, ¿sabes?

¿Y qué tenía eso que ver?

–Explícame dónde quieres llegar, y decidiré si sigo manteniendo esta conversación.

De lo contrario, había llegado la hora de encontrar la salida.

–Puede que tengas la peor enfermedad del mundo, la más contagiosa –respondió ella–, pero yo tengo el peor genio del mundo.

Interesante, pero irrelevante.

–¿Me estás reprobando, o es que quieres ser mi camarada?

–¡Silencio!

Enfermedad se encogió, como el cobarde que era.

–Estoy segura de que has oído hablar de la Atlántida –continuó ella–. Lo que seguramente no sabes es que yo hice que el mar se tragara la isla solo porque estaba un poco molesta con su dirigente.

¿Verdad o exageración?

De cualquiera de las dos formas, oír el fervor de su tono emocionó a Torin. «Por fin. La oponente de mis sueños».

–Tú te has ganado algo más que mi molestia, guerrero. Solo tenía una amiga. Ella era de mi familia –dijo Keeley–. No por lazos de sangre, sino por algo más grande aún. Antes, yo era una criatura del odio, pero ella me enseñó a querer. Y tú me la has quitado.

Aquella muestra de dolor fue lacerante para Torin.

–Torin –dijo ella; él se dio cuenta de que aquella era la calma final antes de una horrible tormenta.

–Sí, Keeley.

Si ella le pedía el corazón, una vida a cambio de una vida, él se lo daría.

La tormenta se desencadenó. Ella exhibió la furia de la que se había jactado.

–¡Te voy a matar! –gritó–. Te voy a matar –repitió, y los barrotes de su celda temblaron con violencia–. Vas a sufrir una agonía que nunca hubieras imaginado, porque voy a hacerte lo que les he hecho a muchos otros. Te voy a despellejar con un rallador de queso y voy a meter tus órganos en una batidora para hacer un batido. Voy a darte golpes tan fuertes en la cabeza que se te va a salir el cerebro por las cuencas de los ojos.

–Yo... no sé qué responder a todo eso.

–No te preocupes. ¡Muy pronto te voy a cortar la lengua para usarla de bayeta, así que no tendrás que decir nada nunca más!

De repente, cayó una piedra en su celda. Fue la primera de una avalancha; la ira y la pena le dieron a la otra prisionera las fuerzas que, seguramente, le habían robado aquellos siglos de confinamiento.

«Estoy hundido».

Le había arrebatado a aquella mujer a su mejor amiga y la había dejado sin nada, salvo el dolor y la tristeza.

«La historia de mi vida».

Ojalá su próximo acto lo matara, pero él sabía que no lo mataría, sino que solo le haría desear la muerte. Cualquier herida que sufriera disminuía su resistencia al demonio y, por lo tanto, su propio sistema inmunitario, y eso permitía que Enfermedad adquiriera fuerza y lo infectara a él mismo, aunque solo fuera unos días.

Sin embargo, Torin hizo lo que había pensado: se clavó las uñas en el pecho, se sacó el corazón... y lo lanzó rodando hacia la celda de Keeley.

Capítulo 2

Keeley no estaba segura de cuánto tiempo había pasado desde que el guerrero le había ofrecido el regalo macabro de su corazón, que todavía latía cuando había aterrizado a sus pies, y del que su parte más oscura se alegraba. Lo único que sabía era que, desde entonces, el guerrero había estado gimiendo de dolor y, aparentemente, tosiendo y echando partes de los pulmones.

¿Acaso su propio demonio lo había hecho enfermar? Se lo tenía merecido.

Y, aunque su sufrimiento había servido para aplacarla un poco, todavía pensaba matarlo. «No voy a olvidar. No, no, no».

–Es lo más justo, ¿no te parece, Wilson? –le preguntó a la roca que vigilaba todos sus movimientos.

La roca permaneció en silencio, como siempre. Su especialidad era ignorarla.

–Tenía planes para liberar a Mari, ¿sabes? Solo necesitaba tiempo, unas cuantas semanas más.

O meses. O, tal vez, años. El tiempo había dejado de existir. Sin embargo, Mari nunca se había preocupado por sí misma. Solo se preocupaba de ella.

La chica sabía lo que ella se estaba haciendo día a día. Bueno, tal vez no lo supiera con exactitud, pero sí se lo imaginaba. Y Mari no podía soportar que Keeley sufriera.

Así pues, la muchacha había decidido actuar y, a pesar de que era un acto suicida, aceptar la oferta de Cronos para liberar a su amiga. Aunque ella hubiera protestado.

—Cronos ni siquiera cumplió su parte del trato —le explicó a Wilson.

Mari había muerto cumpliendo la suya y, sin embargo, ella no había sido liberada.

El odio que sentía creció en su interior, arraigando con fuerza en la oscuridad de su alma, alimentándose de su amargura. Tenía tanto que hacer... Primero, se encargaría de Torin. Después, le haría al rey de los Titanes lo mismo que le había hecho una vez a Prometeo, que no era tan buen tipo como pensaban todos. Él no había bendecido a los seres humanos con el fuego. Eso era hilarante. Pero sí había intentado que las llamas devoraran el mundo.

—Pero yo lo castigué, ¿no? —preguntó, riéndose como si fuera una maníaca—. Le saqué el hígado cada vez que se le regeneraba y se lo di a una bandada de pájaros para que se lo comieran.

Día tras día... año tras año.

Por supuesto, había sido Zeus el que se había llevado todo el mérito. Pero en aquella ocasión, no.

«Yo soy la Reina Roja. Todo el mundo va a conocerme por fin, y me temerán».

—Pronto —dijo, en voz alta.

Le pareció que Wilson soltaba un resoplido.

—Ya verás —dijo Keeley, que estaba acurrucada en un rincón de su celda, clavándose en el antebrazo una piedra que había afilado. La sangre brotó de la herida, y su visión se llenó de telarañas negras. Sin embargo, continuó clavando, cortándose cada vez más profundamente.

Había experimentado cosas peores.

Como perder a Mari... el único rayo de luz en una vida que era tan oscura como la pez.

—Mari siempre ofrecía consuelo, en vez de hacer críticas. Ni una sola vez me dijo una palabra cruel —le dijo a

Wilson, señalándolo con el pincho afilado–. Pero tú... Oh, tú. Lo único que me has dado ha sido dolor.

La muy desgraciada le dedicó una sonrisa de desprecio.

–Tú siempre te has burlado de mí, pero ella me alimentaba constantemente. No sé cuántos roedores me lanzó.

¿Cuánta gente sería capaz de compartir lo suyo con tanta generosidad, dando la única comida que iban a poder encontrar y sabiendo que, al final, morirían de hambre? ¡Nadie!

No era de extrañar que se hubiera formado un vínculo tan fuerte entre ellas.

Sin embargo, aquel tipo de vínculos eran una parte vital del pueblo de Keeley, los Curators. O, como los llamaban otras razas, los Parásitos. Los vínculos eran imperceptibles a la vista y, como si fueran tentáculos místicos, se apoderaban de los otros con o sin su aprobación para succionar su fuerza y todo lo que la otra persona tuviera que ofrecer.

Cuantos más vínculos formara, más poder tendría, y más control sobre ese poder. Sin embargo, debía ser cautelosa; los vínculos funcionaban en las dos direcciones. Ella tomaba, pero también daba.

Nunca era divertido que otro utilizara su propia fuerza contra ella.

–Sin embargo, el vínculo no ha servido para proteger a Mary.

Keeley sintió que su rabia se multiplicaba por dos. Gritó, y el pincho se le cayó de la mano. Aquel largo confinamiento había mermado su humanidad y sospechó que eso nunca había sido tan evidente al ponerse en pie y comenzar a arrancar piedra de las paredes hasta que se le destrozaron las uñas. Las lágrimas le resbalaban por las mejillas.

«La realeza no llora. La realeza no llora».

Exacto. Las lágrimas eran una debilidad que no podía permitirse. Se enjugó los ojos. Le temblaban los brazos, y su última herida sangró aún más. Inhaló y exhaló varias veces.

Se había quedado con un único vínculo: el que tenía con la tierra que la rodeaba. Y tendría que bastarle para todo lo que había planeado.

Se sentó junto a Wilson y le dijo:

—Voy a fortalecerme. Voy a conseguirlo.

Tuvo la sensación de que la roca le preguntaba: «¿De verdad?».

Alzó la barbilla.

—Nadie que me robe vivirá para contarlo.

Había tenido tan pocas cosas que merecieran la pena... Un reino, por ejemplo. Pero, al final, todos sus súbditos la habían rechazado. Un prometido impresionante, hasta que él le había mentido y la había traicionado. Y, después, a Mari, que nunca le había hecho daño.

Y que había muerto. Se había ido para siempre.

Se le escapó un sollozo.

«La realeza no llora. La realeza aguanta».

—Yo solo soy una chica. Una chica sin amigos.

Torin dejó escapar un gemido de agonía.

—Lo siento. Lo siento muchísimo.

¿Ya se había recuperado? ¡Demasiado pronto!

—Tu disculpa no sirve de nada –dijo ella y, con un golpe de la mano, envió otra lluvia de piedras a su celda.

Al ver que Wilson también salía rodando de su celda, Keeley lo persiguió, gritando frenéticamente «¡Wilson!». La piedra llegó al pasillo y allí se quedó inmóvil, mirándola una vez más. Estaba fuera de su alcance para siempre.

—Está bien –le dijo ella, con la barbilla temblorosa–. Como quieras. No eres nada sin mí. Y, de todos modos, nunca me caíste bien.

—¿Keeley? –preguntó Torin.

«Rechazada por una piedra».

—No te metas en esto, guerrero. Es algo entre Wilson y yo.

Estaba demasiado agitada como para sentarse, y se paseó por el centro de la celda. «Ojos que no ven, corazón que no siente».

Al menos, en teoría.

«Estoy sola otra vez».

–Llevo varios siglos aquí –murmuró, para sí misma–. Wilson ha estado siempre conmigo. Incluso cuando estaba encadenada a la pared.

No tenía armas, y se había visto obligada a morderse las muñecas hasta separárselas de los brazos para liberarlos. Después, cuando le habían crecido las manos de nuevo, había tenido que afilar piedras y huesos para hacer cuchillas y cortarse los pies para liberar las piernas.

–¿Y me abandona ahora? Es tan canalla como Cronus.

Bueno, pues se perdería el final. Ella iba a terminar con el minucioso proceso de sacarse las cicatrices de azufre de la piel... y todo explotaría.

Las cicatrices tenían un nombre... un nombre... ¡Eran marcas de protección! Sí. Así era como las llamaba su gente.

¡Las marcas de protección! Tenía los dedos muy hinchados, y le costó agarrar el mango del cuchillo, pero consiguió recogerlo.

–Estúpidas cicatrices y estúpido azufre –gruñó. Eran como la *kriptonita* para toda su raza. Su peor pesadilla.

Pasar aquellas piedras de azufre por el espíritu o la carne le dejaría cicatrices incluso a un inmortal, pero, para ella, las cicatrices iban acompañadas de debilidad. Si tenía demasiadas, neutralizarían totalmente su poder, por muy inmenso que fuera.

Que una cosa tan nimia hubiera podido provocar su caída...

No podía castigar a Torin y a Cronus hasta que se hubiera quitado todas aquellas cicatrices, y ellos debían recibir un castigo.

A veces, su carne volvía a unirse y las cicatrices quedaban intactas, con lo que el trabajo resultaba frustrante. Todo dependía siempre del estado de su cuerpo. Si estaba bien alimentada, podía crear células nuevas. Si estaba muerta de hambre, solo podía regenerar las viejas.

«Motivo por el que he ahorrado todos los bichos durante estas últimas semanas. He tomado un gran desayuno de escarabajos esta mañana».

Antes, las marcas le cubrían toda la piel. Para quitárselas de la espalda, había tenido que frotarse contra las paredes de roca áspera y rugosa de la celda. Había utilizado el mismo método para la cara, las piernas y el torso y, aunque había resultado un poco más fácil, había sido igualmente doloroso. Ya solo le quedaban unas cuantas cicatrices pequeñas en los brazos... y una que se le regeneraba una y otra vez.

Pero, en aquella ocasión, no.

—Lo siento mucho —dijo Torin.

Si no lo odiara tanto, le habría parecido atractiva su voz de tenor, ronca y masculina. ¿Sería verdadero su arrepentimiento?

—Por lo menos todavía tienes a Wilson —añadió él—. Sea quien sea.

—Mi roca mascota. Nos hemos separado hace poco.

—Ah. Eh... también lo siento por eso.

—No lo sientas. Fue de mutuo acuerdo.

Una pausa.

—Lo lamento de todos modos.

—Ahórrate el aliento. Pronto será el último —dijo ella, y agarró con fuerza el mango del pincho. Lo hecho estaba hecho, y ya no podía deshacerse. Nunca, nunca, nunca—. Una vez cometí el error de perdonar a alguien que me había traicionado —añadió—. Era el hombre a quien amaba y con quien iba a casarse—. Desde entonces, estoy viviendo con las consecuencias.

Aunque... seguramente, debería sentir gratitud hacia Hades. Antes de conocerlo, tenía muy poco control sobre sus propias habilidades. Con un solo estallido de su poder, había acabado con la mitad de su pueblo en menos de un segundo.

El resto de su pueblo había querido vengarse de ella.

Hades apareció para rescatarla y se la llevó al inframundo, su hogar. Él le había enseñado todo lo que necesitaba para sobrevivir y desarrollarse. Incluso la había alabado cuando ella había arrasado su palacio y él había tenido que construirse otro. «Esa es mi chica, terrible y aterradora».

Keeley se clavó el pincho con tanta fuerza que tocó el hueso.

—Sé que ansías la venganza —le dijo Torin. Su voz fue como un salvavidas de calma en el mar de su ira—. Pero, aunque saliéramos de aquí, no podrías cobrártela. No puedes tocarme, porque caerías enferma.

Por su tono de voz, parecía que eso también le producía remordimientos.

Una mentira, seguramente.

—Matarte no es el único modo de conseguir venganza, guerrero.

Hubo una pausa llena de tensión.

—¿Qué estás diciendo?

—¿No te he dicho ya que he oído hablar de ti?

Galen, el guardián de los Celos y la Falsa Esperanza, era uno de los mayores enemigos de los Señores del Inframundo... y estaba allí prisionero desde hacía varios meses. Ellos habían pasado las primeras semanas intercambiando información, y habrían seguido si él no se hubiera deteriorado a causa de la enfermedad y el hambre y se hubiera quedado en silencio.

Lo cual era desafortunado. El conocimiento era más valioso que el oro, y ella siempre anhelaba más y más. «Ese era el motivo por el que una vez establecí una red de espías desde un extremo del mundo al otro». Sabía cosas que no sabían los Titanes ni los Griegos. Solo tenía que recordarlas.

—Quieres a tus amigos —dijo—. Los cuidas y los proteges.

—¿Y eso que tiene que ver con lo demás?

Él era un antiguo soldado de los Griegos. Si se comparaba a un gladiador romano con uno de aquellos soldados, el gladiador quedaría a la altura de una gominola; así pues, tenía que saber a qué se refería ella.

—Lo que quiero decir, por si no lo sabías, es que puedo matarlos a todos.

Los barrotes de la celda de Torin sonaron con fuerza.

Un golpe certero.

—Ni se te ocurra acercarte a ellos —gritó él. O había recuperado las fuerzas de repente, o su ira le servía de impulso—. Ellos no te han hecho nada.

—Mary tampoco te había hecho nada a ti.

—Tú no estabas allí. No sabes cómo fueron las cosas. Me estás culpando de un accidente.

—Los dos sabemos que tú te culpas a ti mismo. ¿Por qué no iba a culparte yo?

Pasó un momento y, cuando él volvió a hablar, su tono era una vez más frío y controlado, incluso lánguido.

—No te pongas a psicoanalizarme, princesa. Me culpo a mí mismo, sí. Tú también puedes culparme. Pero desquítate conmigo, no con nadie más.

Aunque él no podía verla, ella alzó la cabeza.

—Soy una reina. Si vuelves a llamarme «princesa», te castraré antes de matarte.

Durante muchos años, la castración había sido su método preferido de castigo. El secreto estaba en el giro de muñeca.

Él murmuró:

—Deberías agradecerme que solo te llame «princesa».

—Y tú deberías saber que haré lo que considere adecuado a quien crea que se lo merece.

—Tu actitud me hace pensar que todavía no entiendes el gran error que estás cometiendo. Puede que seas la Reina Roja a la que temen los inmortales, pero yo soy un guerrero con el que no se puede jugar. En el campo de batalla me gusta sentir que la hoja de mi espada atraviesa a mi enemigo. Me gusta el olor de la sangre. Me da energía. Incluso creo que los gritos de dolor son una buena banda sonora cuando estoy haciendo ejercicio.

En su mundo, la fuerza tenía importancia. Y su forma de describirse a sí mismo...

Sexy.

¡No, no era sexy!

—Me das ganas de bostezar —dijo ella, y bostezó sonoramente.

—¿De bostezar? —preguntó él, y agitó con más fuerza los barrotes de la celda—. ¿Acabas de soltarme un bostezo?

—Para que lo sepas, me he comido guerreros como tú para desayunar.

—¿Y qué hiciste, escupir o tragar? No, no contestes. No hace falta. Tus perversiones sexuales no tienen importancia en esta situación. Te agradecería que te concentraras.

A ella se le sonrojaron las mejillas.

—¡No estaba hablando de eso!

—Eh, yo no estoy aquí para juzgarte. Estoy aquí porque esperaba...

Él se detuvo. Su asombro fue casi palpable en el ambiente, entre el hedor de los cuerpos sucios y la mugre.

¿Qué estaba ocurriendo?

—¿Qué es lo que esperabas? ¿Ayudar a Mari? Bueno, pues ya es tarde. No lo hiciste. Ella ha muerto, y...

A Keeley le tembló la barbilla, tanto, que tuvo problemas para pronunciar sus siguientes palabras.

—Y alguien tiene que pagar. Varias personas.

—Créeme —dijo él. Se oyó un clic, y continuó—, ya lo estoy pagando.

Aquella última palabra fue acompañada del chirrido de los goznes oxidados. Entonces, ¿sonaron unos pasos?

Ella frunció el ceño con confusión. ¿Acaso él acababa de...?

¡Había escapado!

Keeley se puso en pie de un salto, y el pincho se le

cayó de la mano. Torin estaba enfrente de su celda, con una mochila colgada de un hombro. Oh... vaya. Era todo lo que podía desear una chica, y más aún. Alto, fuerte, con aspecto de mercenario y de asesino. «Mis favoritos. Mi debilidad».

Llevaba siglos sin ver a ninguna otra persona, sin tocar a nadie. ¿Por qué tenía que ser Torin tan magnífico? Tenía el pelo blanco como la nieve, pero las pestañas y las cejas negras, y el contraste resultaba delicioso y sensual. Pero lo más asombroso de todo eran sus ojos. Eran del color de las esmeraldas, con varios tonos entremezclados, sin un solo fallo.

Ella pensaba que sus terminaciones nerviosas habían muerto, pero se despertaron y le causaron un cosquilleo. La boca se le hizo agua. La sangre de sus venas se convirtió en lava.

«Acércate a él... Tócalo».

«No, no puedo hacerlo. Bueno, tal vez sí».

Tenía un desgarrón en el cuello de la camisa, y la tela se abría sobre su pecho musculoso, que ya se había curado, como por arte de magia, de la improvisada cirugía que se había practicado a sí mismo.

—¿Cómo has podido escaparte de esta prisión? —le preguntó.

«Hace demasiado tiempo que no tengo el más mínimo contacto con nadie. Eso es todo». Un oso hormiguero tendría aquel mismo efecto en ella.

—Es un secreto que se me ha olvidado.

—Eso no es una respuesta.

—Responder no era mi intención.

Él la miró con intensidad, y el verde de sus ojos se oscureció tanto que casi se transformó en negro. Un eclipse exquisito. Causado por... ¿la lujuria? ¿Aquel chico malo la encontraba atractiva, pese a que ella tuviera tantas rarezas?

La sangre de sus venas hirvió de deseo.

Pero ¿y su crimen?

Su deseo se mitigó.

—Será mejor que salgas corriendo mientras puedas, guerrero.

—¿O qué, princesa?

—Te haré daño.

Él se pasó una lengua por uno de los colmillos.

—Te lo voy a advertir solo una vez: no vuelvas a amenazar a mis amigos. Si lo haces, te mataré. No quiero hacerlo y, seguramente, después me odiaría a mí mismo, pero lo haré de todos modos. ¿Lo entiendes?

Oh, sí. Lo entendía.

—Eres más protector de lo que pensaba.

Por un momento, ella sintió celos de sus amigos. Aquel hombre los quería con todo su corazón, sin reservas. Con la muerte de Mari, ya no quedaba nadie en el mundo que pudiera defenderla a ella. Aunque, en realidad, ella no necesitaba que la defendieran.

Él agitó los barrotes de la celda.

—¡Te he preguntado que si me entiendes!

Era feroz...

Ella respiró profundamente. El cuero y el almizcle de su olor deberían haber sido un alivio en comparación del hedor de aquella cárcel, pero a ella se le puso el vello de punta, y eso le fastidió. Si hubiera sido cualquier otro hombre, habría llamado «atracción animal» a aquella reacción. Sin embargo, él era él. Y, si ella hubiera tenido una voluntad más débil, no habría podido resistirse a la tentación y se habría acercado a él, habría recordado cómo era sentirse como una mujer, y no como una prisionera. Sin embargo, era la Reina Roja, y no poseía una voluntad débil.

Se mantuvo inmóvil. Aquel hombre la inquietaba, y no había ningún motivo para empeorar las cosas flirteando con la tentación.

Qué preciosa tentación.

Nada iba a impedirle vengarse en nombre de Mari.

—Keeley —dijo él—. Préstame atención.

¿Órdenes?

—Si vuelves a decirme lo que tengo que hacer, te saco la espina dorsal por la boca.

Él ni siquiera pestañeó.

—Eso es más difícil de lo que piensas.

—Oh, lo sé. Hace falta experiencia, cosa que tengo. Y mucha.

Ni un parpadeo.

—El orgullo desmedido nunca es bueno.

—Yo no tengo un orgullo desmedido. Solo digo la verdad. Cuando prometo que voy a hacerle daño a alguien que me ha hecho daño a mí, lo cumplo. Nunca miento. Y menos a mí misma. Y tú, Torin, me has hecho daño.

Él suspiró de exasperación; sin embargo, la excitación seguía brillando en sus ojos. Aquella combinación confundió a Keeley.

—Entonces, ¿vamos a luchar? —preguntó él.

Ella sonrió con frialdad.

—Ya estamos luchando, guerrero.

—En ese caso, lo más sabio por mi parte sería matarte ahora mismo.

—Por favor, inténtalo.

Para eso, tendría que abrir su puerta como había abierto la de su propia celda… algo que ella había intentado cientos de veces. ¿Cómo lo había hecho?

Él frunció el ceño.

—¿De verdad piensas que una mujer como tú puede vencerme?

¿Una mujer como ella? ¿Qué quería decir con eso?

Keeley sintió un arrebato de ira.

—He vencido a oponentes mejores y más grandes que tú.

—Más grandes, quizá, pero ¿mejores? Lo dudo, teniendo en cuenta que no hay nadie mejor.

El orgullo desmedido le sentaba muy bien a él.

—¿Has oído hablar de Typhon, el supuesto padre de todos los monstruos? Es medio dragón, medio serpiente, y tenía muy mal carácter. A Zeus le gusta decir que fue él quien lo venció pero, en realidad, fui yo quien lo hizo pedazos y lo metió debajo de una montaña. Y todo porque frunció el ceño cuando yo pasaba.

—No me hagas bostezar —replicó Torin.

Ella se puso muy rígida.

—Has subestimado a tu oponente; ese es un error fatal que han cometido muchos antes que tú. Podrías preguntarles por la experiencia... pero están muertos.

Él miró la cerradura de la puerta y la herida que ella tenía en el brazo. Por fin, dijo:

—Estás sufriendo el duelo por la pérdida de tu amiga. Voy a pasártelo por alto. Esta vez. Pero no te daré más oportunidades.

—Puedes elegir —replicó ella—. O te quedas en este reino, o te marchas. Un día, muy pronto, yo voy a echar abajo toda esta prisión. En cuanto lo haga, iré por ti. Si te has quedado, terminaremos nuestro asunto aquí, te doy mi palabra. Si no, iré por tus amigos y comenzaré con ellos.

Él le dio un puñetazo a uno de los barrotes.

Mal genio.

Ella sintió un escalofrío.

—No puedes ganarme, Keys. ¿Por qué ibas a meterte en esa batalla?

Ella hizo caso omiso de su familiaridad.

—Te sugiero que utilices el tiempo que te queda de vida en ponerme trampas —dijo.

En realidad, no importaba; hiciera lo que hiciera, iba a perder. Sin embargo, tal vez el esfuerzo hiciera que se sintiera un poco mejor con respecto a la derrota que iba a sufrir. O no. Probablemente, no.

Él entornó los párpados.

—Muy bien. Hasta que volvamos a vernos... Majestad.

Y, con una mirada fulminante que, asombrosamente, la dejó sin aliento, él se marchó de la mazmorra.

Keeley trabajó a un ritmo endemoniado, cortando y abriendo la carne de la última cicatriz de azufre. «Esto es por ti, Mari».

Ya debería haber terminado, pero no podía dejar de pensar en Torin...

¡Lo odiaba!

Y, sin embargo, no dejaba de preguntarse si su pelo rubio era tan suave como parecía. O si sus labios serían blandos o firmes contra los de ella. O si su piel bronceada sería ardiente, y sus músculos se contraerían cada vez que ella los acariciara.

Se estremeció. ¡Qué mala era! Muy mala. Sin embargo, después de todo lo que había sufrido, se merecía el placer. Y, de verdad, Torin le debía a ella un poco de...

No, ni hablar. No iba a pensar en eso.

Torin estaba prohibido, por muy desesperada que se sintiera. No podía negarse que era muy guapo, pero ella tenía que mantener la perspectiva de las cosas. Solo tenía que acordarse de Hades. Era más alto que Torin, y tenía una fuerza que ella nunca había visto en ningún otro. Tenía el pelo muy oscuro, siempre despeinado, y unos ojos negros como la medianoche que siempre prometían un placer carnal salvaje. Y, sin embargo, era tan probable que desollara a su compañera de cama como que le quitara la ropa.

Keeley, la reina que nunca había tenido el afecto de nadie, no había podido defenderse de su atractivo. Se había enamorado locamente de él. Habían mantenido un romance que había durado siglos.

—Eres muy poderosa, querida —le había dicho él, un día—. Pero ese poder es inestable. Podrías hacerme daño accidentalmente... a menos que te hagamos marcas para controlar lo peor de tus habilidades. Solo de ese modo estaré a salvo contigo. Y quiero estar a salvo, porque quiero pasar toda la eternidad a tu lado. ¿No deseas tú lo mismo que yo?

Ella lo quería, así que le había dado la razón. Sus poderes eran inestables, ciertamente. Cada vez que sus emociones se desbordaban, ocurrían cosas malas, porque las estaciones respondían acorde a su comportamiento, fuera la estación que fuera, y se producían tsunamis, huracanes, tornados, vórtices polares, incendios que lo arrasaban todo. Si alguna vez le hubiera hecho daño al hombre con quien se iba a casar, hubiera querido morir.

Cuando ella le había dicho que podía protegerse de sus poderes marcándose a sí misma con cicatrices de azufre, porque eso anularía sus poderes con respecto a él, Hades le había respondido que eso no iba a bastar para que su pueblo estuviera a salvo de ella, y que ella no podía pedirles a quienes estaban bajo su mando que hicieran tal sacrificio, ¿no?

Qué razonable.

Qué manipulador.

Hades, el guerrero más fiero del universo, el hombre que dirigía ejércitos de miles de demonios, temía en realidad que el poder de la Reina Roja se hiciera más grande que el suyo, nada más y nada menos. Sencillamente, no podía soportarlo.

Sin embargo, las cicatrices no eran el peor de sus crímenes. Después de haberla debilitado, se la había vendido a Cronus a cambio de un barril de whisky.

«Hay dos cosas que no voy a olvidar nunca: los crímenes que se han cometido contra mí y mi poder. Hades va a pagarlo todo muy caro». Ya tenía pensado lo que iba a hacer: le cortaría la cabeza y le sacaría el cerebro, como si fuera una calabaza de Halloween. Después, instalaría una cabina en el nivel más bajo de los cielos y dejaría que aquellos a quienes Hades había maltratado usaran su cráneo de inodoro.

En una palabra: mágico.

A Keeley se le escapó un siseo cuando el pincho salió por el otro lado de su brazo.

Dejó el arma a un lado y tomó el trozo de piel con cicatriz que acababa de cortarse. Mientras la sangre caía al suelo, observó su brazo. ¿Volvería aquella última cicatriz?

Esperó mientras pasaban los minutos. Se le cerró la herida... ¡sin la cicatriz! ¿Había... terminado? ¿Lo había conseguido?

No podía ser.

Se apretó el pecho con una mano para calmarse el corazón. «¿Vuelvo a ser yo misma?». ¿Por fin había terminado un trabajo de siglos? Se puso en pie con la esperanza de sentir una descarga de poder, pero no ocurrió nada.

«Lo echo tanto de menos...».

También esperaba una abrumadora sensación de triunfo, pero... tampoco sintió eso. Sintió una gran determinación que no dejó sitio para ninguna otra cosa. Tenía muchas cosas que hacer: matar a Torin, matar a Cronus y matar a Hades. Pasar el duelo por Mari.

Se metió el pedazo de piel en el bolsillo de lo que le quedaba de vestido. «Mi trofeo». Debería tener mucho cuidado de no tocarlo, porque el azufre podía debilitarla. Sin embargo, no podía dejarlo allí, porque cualquiera podría encontrarlo y utilizarlo contra ella.

Se encaminó hacia los barrotes de su celda, con paso firme y la mente cada vez más clara. Intentó proyectar una corriente de poder, y las barras de metal se abrieron al instante.

«Sí, realmente he vuelto a ser yo misma», pensó, y sintió alegría e impaciencia a la vez. Recogió a Wilson del suelo.

—Si te hubieras quedado conmigo —le dijo—, te habría protegido, pero ¿ahora? Olvídalo.

Apretó el puño y lo convirtió en polvo, y se fijó en la celda de Mari. Con otra descarga de poder, abrió los barrotes y entró.

El espacio tenía el mismo tamaño que el suyo, pero las

paredes eran más suaves, y no estaban manchadas de sangre. En el centro había un montículo de tierra del tamaño de un ataúd.

Tuvo un arrebato de ira, y le salieron rayos de los poros de la piel. ¡Sí! ¡Exacto! Un segundo después, una ráfaga de viento la levantó del suelo, y notó que su piel crepitaba deliciosamente, y que tenía un cosquilleo en la sangre, mientras flotaba en el aire.

Todo el calabozo comenzó a temblar, y del suelo cayeron polvo y escombros. A los pocos instantes, los viejos muros comenzaron a desmoronarse. Los barrotes de la celda se doblaron, y el techo cayó, pero ni una sola piedra se atrevió a tocarla.

«Calma... tranquila... no destroces todo el reino. Por lo menos, todavía no».

Respiró profundamente y, poco a poco, el temblor fue calmándose. Al final, cesó, y el polvo cayó al suelo. Keeley descendió hasta las ruinas del calabozo y aterrizó sobre un pedrusco. El viento le sacudía el pelo.

Cerró los ojos y se deleitó con los primeros momentos de libertad que tenía desde hacía muchos siglos. El sol le acarició la cara, pese al frío del invierno. Glorioso.

Oyó el chasquido de una rama y miró a su alrededor por el bosque. Árboles ennegrecidos, suelo carbonizado. Volutas de humo. Ceniza.

«Bienvenidos al reino de las lágrimas y el llanto, donde la felicidad viene a morir».

Cuando llovía sin ayuda de sus emociones, llovía de verdad. Ella había estado a punto de ahogarse muchas veces en su celda, debido a las inundaciones.

Una vez, aquel había sido el hogar de Cronus, pero se había convertido en el de los Innombrables, una raza de criaturas sanguinarias y viles, tanto, que nadie se atrevía a decir su nombre.

«Y, sin embargo, los Innombrables tienen miedo a pronunciar mi nombre», pensó ella, con una sonrisa.

«Pobre Torin».

Él no se había alejado de allí, aunque solo fuera para matarla e impedir que ella les hiciera daño a sus amigos. Eso significaba que estaba cerca, esperando.

Estaba impaciente, pero sabía que no podía emocionarse demasiado. Se trataba de un trabajo. De un trabajo sangriento.

Tuvo una idea. Hades enviaría pronto a sus sirvientes. Ellos aparecían cada pocas semanas para asegurarse de que seguía prisionera. Ver cómo se comían a Torin iba a ser muy divertido. Él iba a experimentar una agonía horrible, y ellos enfermarían. Después, ella podría cortarles la cabeza a todos.

Era un buen fin para muchos de sus enemigos.

Y ya no podía evitarlo: estaba muy emocionada.

Capítulo 3

«Vaya, la Reina Roja», pensó Torin, con incredulidad. No era de extrañar que los inmortales de los cielos tan solo se atrevieran a susurrar sobre ella. ¿Loca? ¿Cruel? Pues sí. Seguramente, todos pensaban que pronunciar su nombre podía conjurarla.

Al menos, ya sabía el porqué de su título. Con tanto poder, sería capaz de aniquilar a un ejército en un abrir y cerrar de ojos. «Y esa es la mujer que ha amenazado a mis amigos. A mi única familia».

Vaya. Incluso su demonio se estremeció.

Torin observó a Keeley desde su escondite, entre los árboles retorcidos y cubiertos de espinas. Estaba absolutamente asombrado. Después de que la mazmorra se hubiera desmoronado a su alrededor, ella siguió allí erguida, sin una sola herida. Bueno, no exactamente; tenía el brazo destrozado. Y, sin embargo, había destruido toda la prisión sin levantar un dedo.

¿Qué más podría hacer?

Torin sintió algo. Sintió la misma ferocidad que sentía en el campo de batalla. La misma sensación por la que vivía en un tiempo muy lejano, y que creía que nunca volvería a experimentar.

Sonrió. «¡Idiota!». Aquella era la única batalla que tal vez no pudiera ganar.

¿Acaso podría ganar alguien? Si él no hubiera liberado a todos los prisioneros de aquella cárcel antes de salir, todos habrían muerto. ¿Y le habría preocupado a ella?

No, claramente.

Hablando de prisioneros... Uno de ellos le resultaba muy familiar. Estaba famélico, pero le había resultado familiar, y le había provocado una punzada de ira. Torin no había sido capaz de identificarlo y, después, no había vuelto a verlo.

Aunque eso ya no tenía importancia. Estaba ante una amenaza mucho peor que esa.

Había estado a punto de volver por Keeley en varias ocasiones. No para hacerle daño, ni para gritarle, sino para verla de nuevo y pedirle perdón. Para demostrarse a sí mismo que no era tan impresionante como recordaba. Para terminar con aquel estúpido impulso que lo empujaba hacia ella. Solo para... estar con ella.

¿Cómo podía ser tan estúpido?

«Tengo que matarla».

Sintió remordimientos al imaginarse a aquella belleza tan poderosa y valiente en una tumba.

Pero no debería sentirse mal acerca de su destino. Y tampoco debería tener que recordarse a sí mismo que ella había amenazado a su familia.

Era hora de procurarse un refuerzo negativo. Torin rodeó con los dedos la gruesa rama del árbol que estaba a su lado para que las hojas pudieran darse un festín con él.

Unos dientes afilados le rasgaron la piel, y la sangre brotó de su mano. Las hojas se pusieron frenéticas, como un banco de pirañas, y no dejaron nada más que el hueso. Él sintió un dolor intenso que le obligó a alejar el brazo. No tenía que preocuparse por si la planta extendía la enfermedad; moriría dentro de una hora.

Mientras se curaba, observó a Keeley con más atención, y vio dos cosas con claridad: la primera, que el refuerzo negativo no había servido de nada, porque seguía sin sentir el deseo de matarla. Y la segunda, que tenía un deseo cada vez más fuerte de desafiarla a una prueba de fuerza. A una prueba de fuerza, nada más.

Keeley tenía unos ojos grandes e inclinados hacia arriba, como si estuvieran invitando a los hombres a su cama. «Desnúdame», decían. «Haz lo que quieras conmigo».

Aunque tenía el pelo lleno de barro y suciedad, los mechones de color cobalto brillaban bajo la luz apagada del sol. Tenía los labios rojos y carnosos, de esos que cualquier mujer querría tener... Y que cualquier hombre querría tener por todo el cuerpo. Su piel era impecable, tan pura como la nieve, y también de color azul.

Era extraordinaria. Un Hada de Azúcar, edición Mazmorra.

Entrada de la banda sonora pornográfica.

Torin gruñó. «No, esto no. Cualquier cosa, menos esto».

Siglos atrás, Torin se había pasado la mayor parte del tiempo imaginándose que se acostaba con todas las mujeres con las que se cruzaba. Y era bueno. Un dios entre los hombres que no se parecía en nada al guerrero tosco e incapaz. Había tomado a sus amantes contra una pared, sobre una mesa o en el suelo, de un modo salvaje, y a todas ellas les había encantado.

Aquello era algo como su vía de escape, algo que le abría puertas que nunca iba a poder traspasar en la realidad pero que, al mismo tiempo, le tentaba con cosas que nunca iba a poder tener.

Keeley alzó un brazo y estiró el dedo índice. Se produjo un rayo que bajó del cielo y cayó en la punta de su dedo; sin embargo, ella ni siquiera tembló. En vez de eso, sonrió.

¿Qué demonios era?

Enfermedad se golpeó contra las paredes de su cráneo como si quisiera escapar a toda costa de aquella chica.

Y, por una vez, Torin estuvo de acuerdo con el demonio. Luchar contra Keeley no iba a ser algo rápido, sino que iba a tomarle un tiempo del que no disponía. Tenía que encontrar a Cameo y a Viola, y tenía que seguir buscando la caja de Pandora para destruirla, porque aquel objeto era lo único en el mundo que podía matarlos a sus amigos y a él de una sola vez.

Aunque no había hecho ningún ruido, Keeley giró la cabeza hacia él y le clavó la mirada. Entrecerró los ojos, que eran azules como el hielo, y, pese a la distancia que los separaba, Torin se sintió como si le hubiera dado un puñetazo en el estómago.

Aquella sensación le gustó.

«Vamos, mátala y lárgate».

–¿Te estás escondiendo? –preguntó ella–. Me decepcionas.

Vaya. Parecía que tampoco había desarrollado inmunidad hacia su voz sensual. Aunque, probablemente, no tendría importancia que fuese inmune a su voz, porque Keeley llevaba un vestido hecho jirones, sin mangas, corto, y tenía el atractivo de Jane, la mujer de Tarzán.

Él salió a la luz.

–Está bien, siento curiosidad. ¿Cómo has podido desmoronar todo el edificio? ¿Y por qué has esperado tanto tiempo para hacerlo?

–Torin, Torin, Torin –dijo ella, y chasqueó la lengua. Pese a su compostura, tenía una mirada de odio–. Estás poseído por un demonio. Matas a la gente con un solo roce. Seguro que utilizar mis secretos contra mí no te supondría ningún problema, así que, ¿te importaría que no respondiera?

–Por supuesto. Pero, con tus habilidades, me extraña que no seas más conocida.

–Yo casi nunca dejo supervivientes. Así hay menos rumores.

Lo miró de arriba abajo, lentamente, y se humedeció los labios. Él pensó que...

«No. No pienses». Ya estaba más endurecido que el acero.

Ni siquiera Cameo, la impresionante guardiana de Tristeza, le afectaba tanto, y habían estado saliendo durante meses.

−Tú podrías hacerme el favor de decirme cómo has abierto la puerta de tu celda −le dijo Keeley−. La prisión está diseñada para responderle solo a Cronus, y tú eres un Señor del Inframundo, no Cronus.

Torin solo había tardado un segundo en abrir la cerradura, y se había arrepentido de no haberlo intentado antes. ¿Cómo podía haber olvidado que Cronus había encerrado la Llave de Todo en su pecho? Él podía abrir cualquier cerradura, en cualquier momento, en cualquier lugar.

−No, nada de favores. Hoy no −dijo él.

«Vamos, atácala. ¡Ahora!».

−Por supuesto que no −dijo ella, y sonrió.

Aquella sonrisa, aunque estaba llena de malevolencia, le produjo una gran excitación, y Torin dio un paso atrás. «No, no es ella. No puede ser ella». Sus aficiones, normalmente, le distraían del deseo, pero en aquel momento no tenía acceso a un ordenador, ni a un videojuego, ni a una cocina, ni a una cámara de fotos, ni a una mesa de billar, ni a un tablero de ajedrez, ni a una baraja, ni a otras muchas cosas. Y, sin ninguna distracción, no podía evitar imaginársela vestida de concubina, con un sujetador brillante, azul, por supuesto, con unos pantalones transparentes. Y sin ropa interior.

Se imaginó arrodillándola y exigiéndole que abarcara con su boca hasta el último centímetro de su carne palpitante.

Ella obedecería gustosamente, porque no podía pasar un segundo más sin saborearlo, abriría la boca y lo tomaría profundamente, con un gemido de placer. El sonido vibraría por toda la longitud de su cuerpo e intensificaría el placer que ella le estaba proporcionando.

Sí. Eso era lo que quería.

Tuvo que apretar los dientes para contener las magníficas sensaciones que lo estaban invadiendo. Estaba deseando algo que nunca podría tener. El calor. Los latidos acelerados del corazón.

Tenía que dejar de pensar en aquello.

¿Acaso no le había enseñado nada Mari?

¿Y Cameo? Aunque ella nunca había hablado abiertamente de su insatisfacción, él la sentía como una presencia en la habitación. Ella tenía necesidades: que su amante la acariciara, le diera mimos y masajes reconfortantes, que llenara su cuerpo... y él no podía satisfacer aquellas necesidades.

Estaba destinado a decepcionar a las mujeres. Siempre.

Además, aquella mujer que tenía enfrente quería matarlos a sus amigos y a él, por un crimen que él sí había cometido. Aquello no era ningún malentendido que pudieran solucionar con facilidad.

Keeley extendió las manos, y dijo:

—Voy a concederte el privilegio de elegir cómo quieres que sea: ¿Prefieres que te arranque los dos brazos, o que te obligue a sacarte los órganos del cuerpo con tus propias manos? —le preguntó, con calma y odio a la vez.

—¿Y cómo vas a hacer eso, si no puedes tocarme?

—¿Por qué voy a decírtelo, si puedo demostrártelo?

Un segundo después, el suelo se hundió bajo sus pies. No, no era cierto: él había salido volando, y estaba flotando en el aire. Algo tiró con fuerza de sus miembros, con tanta fuerza que, a los pocos segundos, los brazos se le desencajaron y comenzó a desgarrársele la piel. Notó dolor en todas partes. En cualquier momento iba a perder todos sus miembros.

Y lo más perverso de todo era que, por experiencia, sabía que le gustaba aquella presión.

—¿Cómo lo estás haciendo? —le preguntó, entre jadeos.

Ella le sopló un beso.

Bien. Aquello era como una especie de juegos preliminares para guerreros.

«Soy un enfermo, ja, ja».

—En este momento —respondió Keeley— estás experimentando una inmensa indefensión. La misma indefensión que debía de sentir Mari mientras tu fiebre destruía su sistema inmunitario.

Torin se olvidó de la presión. El sentimiento de culpabilidad estuvo a punto de ahogarlo.

A Keeley le tembló la barbilla.

—La hiciste llorar, guerrero. Algunas veces, tengo la sensación de que oigo sus sollozos.

Él cerró los ojos con fuerza.

—Entonces, hazlo. Acaba conmigo.

Se lo merecía. Y ella quedaría satisfecha, de modo que sus amigos estarían a salvo de su ira.

—¿Tan rápido? —preguntó Keeley—. No. Acabamos de empezar.

La presión disminuyó un poco.

—¡Vamos! —gritó él, mientras sus heridas se curaban—. ¿A qué estás esperando? No vas a tener otra oportunidad como esta.

—En realidad, voy a tener todas las oportunidades que quiera.

—¿Tanto confías en tu habilidad?

—Puede que confíe más en tu falta de habilidad.

Aquella provocación le quemó por dentro, pero Torin se controló, y dijo:

—He sido agradable contigo por el hecho de que hayas perdido a tu amiga, pero...

—¡Fue culpa tuya! —respondió ella, y la presión volvió a aumentar.

—...Pero se me ha terminado la buena voluntad.

De repente, se oyó un rugido parecido al de un animal en el bosque, un ruido que interrumpió su conversación. Torin cayó al suelo desde una considerable altura, pero, aunque el golpe le cortó la respiración, se incorporó de un salto. A su espalda, se rompieron ramas, y se oyó otro rugido, más alto en aquella ocasión, más cercano. Algo se había encaminado hacia allí, y a toda prisa.

Él había pasado varios días en aquellos bosques, y no había visto ni una señal de vida. Bueno, aparte de las plantas carnívoras.

Miró a Keeley. Ella se había puesto en jarras, como si la interrupción le molestara, e incluso así resultaba sexy.

Él se dio un golpe en la cabeza para aclararse las ideas, y funcionó. Sacó una daga y se preparó para enfrentarse al nuevo peligro.

La criatura llegó rodeada de una nube de polvo. Entonces, él se dio cuenta de que era un Innombrable: medio hombre, medio bestia. No tenía pelo, sino que su cabeza estaba cubierta de pequeñas serpientes que emitían silbidos furiosos. Y, en vez de pelo, tenía restos de pelaje chamuscado. Lucía dos colmillos largos y afilados, que se prolongaban hasta por debajo de su labio inferior. Aunque tenía manos de humano, los pies eran dos pezuñas afiladas.

Miró a Torin con sus ojos oscuros, catalogó todos los detalles, y se pasó la lengua bífida por los labios.

–Mío.

Keeley estudió a su nuevo enemigo. Era espantoso. Los Innombrables debían de haberse enterado de que la prisión se había derrumbado y habían ido corriendo para averiguar lo que había ocurrido.

Y parecía que aquella criatura quería cenarse a Torin.

«Ponte a la cola», pensó ella. Aunque no fuera carnívora, le habría gustado darle un par de mordisquitos a Torin.

«¡Deja de pensar en la seducción y lucha!». Recordó todas las veces que aquel monstruo y sus congéneres habían invadido la prisión y habían intentado abrir los barrotes para comerse a los prisioneros. Aunque nunca lo habían conseguido, sí habían conseguido alcanzar a aquellos que se acercaban demasiado a los barrotes. Ella había oído los gritos y las súplicas, y las risotadas de alegría.

La venganza iba a ser terrible.

Cuando se estaba preparando para dar su primer golpe, Torin atravesó volando la polvareda, le clavó la punta de una daga en el cuello al monstruo y desapareció. ¿Adónde había ido? Según Galen, Torin no era de los inmortales que podían teletransportarse.

El Innombrable siguió en pie, sanándose a toda prisa, cada vez más furioso.

Torin apareció de nuevo, y comenzó a golpearlo una y otra vez, haciéndole cada vez más daño. El Innombrable intentó agarrarlo, pero Torin, con excitación más que con miedo, se agachó siempre en el momento idóneo.

Por mucho que detestara admitirlo, la increíble destreza del guerrero la impresionó.

El problema era que no lanzó ni un solo puñetazo a la bestia, ni la tocó en ningún momento. ¿Acaso estaba intentando evitar una epidemia, aunque fuera entre los viles Innombrables?

Tal vez se sintiera mal de verdad por lo que le había hecho a Mari. Sin embargo, eso no iba a cambiar su destino. Ella solo tenía una cualidad, y era su integridad. Había prometido que acabaría con él, e iba a hacerlo.

El Innombrable le lanzó un zarpazo a Torin. Keeley se tomó aquello personalmente, porque ella, y solo ella, iba a matar a Torin, y cualquiera que pensara que tenía derecho a hacerlo firmaba automáticamente su pena de muerte.

—Voy a darte una oportunidad —le gritó al Innombrable—. Te sugiero que salgas corriendo, y rápido.

Al oír su voz, la criatura se quedó inmóvil, y la miró.

—Tú.

—Cuatro —dijo Keeley, mientras movía la melena—. Seguro que has oído decir que me encantan las vísceras, y que detesto tener piedad. Ambas cosas son ciertas. Pregúntale a tu hermano. Ah, espera... no puedes. Se acercó a mi celda y lo destripé. Tres.

Torin saltó por el aire, se abalanzó sobre el Innombrable y le atravesó un ojo con la daga. Se oyó un aullido de dolor. El monstruo consiguió ponerle las zarpas encima a Torin, y le golpeó el pecho. Torin salió despedido por encima de lo que quedaba de puente levadizo y cayó al foso.

Sentencia firmada y a punto de ser ejecutada.

—Dos. Uno.

—Siempre pensé que tú serías la más sabrosa de todos —dijo la bestia, fijándose de nuevo en Keeley. Se acercó a ella en dos zancadas y, con una exhalación de su fétido aliento, le quemó la piel—. Por fin voy a saber si tenía razón.

—Veo que nadie te ha enseñado cuánto valor tiene un buen cepillo de dientes —respondió ella.

—No te preocupes. Voy a cepillarme los dientes... con tus huesos —replicó él, y le lanzó un golpe.

Ella respondió con una descarga de poder en su pecho, y le causó un temblor en todo el cuerpo. Estaba a punto de descargar la segunda, cuando algo la empujó brutalmente por un costado y la agarró, apartándola del monstruo. Aquel algo la sujetaba y la transportaba por el aire sin que ella pudiera zafarse. Cuando aterrizaron, ella recuperó la respiración, y vio que se trataba de Torin. Él estaba sobre ella, jadeando, mirándola malhumoradamente, y el músculo de una de sus mandíbulas se contrajo.

¡Idiota!

—¿Por qué has hecho eso?

—¿Qué clase de tonta se queda ahí pasmada mientras un monstruo el triple de grande que ella se prepara para volarle los sesos de un manotazo?

«¿Acaso me está... ayudando?».

Pero ¿por qué?

Su pensamiento descarriló al fijarse bien en él.

Torin tenía el pelo húmedo, y las gotas de agua le caían

por el cuerpo y dejaban regueros limpios en el barro de su cuerpo. Las pestañas mojadas enmarcaban unos ojos increíblemente verdes que resplandecían con el brillo de la amenaza y la lascivia.

Tenía una sexualidad y una masculinidad salvajes que podrían derribar cualquier barrera de defensa que hubiera podido erigir una mujer, y arrancarle una respuesta ardiente y carnal. Temblores, falta de aliento.

Un apetito insaciable.

Keeley era consciente de que tenían unos minutos antes de que el Innombrable pudiera recuperarse y volver a atacarlos, ella alzó una mano para acariciarle los preciosos labios. Él se quedó inmóvil, tal vez porque sentía la misma necesidad desesperada que ella, pero, en el último momento, se echó hacia atrás, como si ella fuera a golpearlo en vez de acariciarlo.

—No lo hagas —le espetó—. Si hay ropa entre nosotros, no te pasará nada, pero si me tocas la piel, eso te destruirá incluso a ti.

Ira. Consigo mismo, y con ella, también. ¿Cómo podía haber olvidado su mancha?

Alivio. No permitía debilidad de ningún tipo.

Ira, de nuevo. ¡Era el asesino de Mari! El enemigo. El deseo que sentía por Torin no podía ser más fuerte que el deseo de venganza.

Sus huesos comenzaron a vibrar, y el suelo, a temblar. El viento sopló con una fuerza peligrosa. Los truenos retumbaron y el cielo se puso negro.

Torin buscó la fuente de aquellas alteraciones, sin darse cuenta de que provenían de ella.

El Innombrable se recuperó antes de lo esperado y se teletransportó hasta ellos. Apartó a Torin, que estaba distraído, de un golpe, y agarró a Keeley del cuello. Ella no luchó mientras la levantaba del suelo. No era necesario.

—Ahora ya no eres tan arrogante, ¿verdad, mujer?

Entonces, Keeley sintió un dolor agudo en el cuello. El

Innombrable acababa de romperle la espina dorsal. Magnífico.

–Quiero que sepas que voy a experimentar un gran placer mientras te estrujo con tanta fuerza que tu cabeza va a saltar. Y usaré la herida como vaso para succionarte.

Creativo.

–Hace falta algo más que tú... para acabar conmigo.

Las vibraciones se intensificaron a su alrededor. Él frunció el ceño justo antes de que el suelo se abriera y amenazara con tragárselo entero. La soltó y dio un salto para intentar ponerse a salvo. Keeley continuó flotando en el aire. El viento se enfureció y le agitó la melena con violencia.

Las nubes negras formaron una tormenta que lanzó puñales de hielo hacia la tierra, hacia el Innombrable. Los afilados granizos le hicieron corte tras corte y le destrozaron la piel. La sangre comenzó a brotar.

Ella, con una sonrisa, le hizo un gesto con el dedo para que se acercara. El Innombrable intentó permanecer en su sitio, pero no tenía fuerza suficiente para oponerse a la orden de Keeley y, muy pronto, estaba a pocos centímetros de ella, al borde de la ruptura. Él había tratado de hacerle daño. Había tratado de hacerle daño a Torin.

Iba a morir.

Torin se agachó y le cortó los tobillos al monstruo con la daga. El Innombrable gritó de dolor y cayó de rodillas. Sin embargo, justo antes de tocar el suelo, intentó darle un golpe al guerrero con el puño. Falló; Torin rodó y se incorporó unos metros más allá. Aunque el granizo de hielo también lo estaba cortando a él, mantuvo la vista fija en el monstruo, preparándose para atacar de nuevo.

«No puedo permitírselo. Mis emociones... son casi demasiado fuertes como para poder controlarlas», pensó Keeley.

Si no tenía cuidado, Torin iba a morir en un momento de caos.

¿Y dónde estaría la justicia?

Respiró profundamente y exhaló el aire... Pero casi había estallado y se había quemado. Llevaba mucho tiempo sintiendo demasiado sin poder desahogarse. Intentó lanzar a Torin fuera del alcance de su campo de acción. Tal vez lo hubiera conseguido, o tal vez no, pero su rabia superó las murallas de sus defensas y salió de ella. Keeley perdió la noción de todo lo que le rodeaba. Su espina se curó y se realineó y se arqueó, e hizo que su cuerpo se doblara.

Se oyeron unos aullidos de dolor, pero no eran suyos.

El desgarro de la piel.

El crujido de los huesos.

El estallido de un cuerpo. Las salpicaduras de la sangre. La lluvia de órganos destruidos. Le cayó encima un líquido caliente. Sintió los golpes de la metralla.

La tormenta cesó tan súbitamente como había comenzado. Keeley descendió hasta el suelo y se frotó los ojos para aclararse la visión. El Innombrable había quedado reducido a despojos. No iba a recuperarse de aquello. No iba a poder regenerarse. Aquel había sido su final.

Se había librado perfectamente de él.

Sin embargo, no había ni rastro de Torin.

O había conseguido alejarlo de allí, tal y como pretendía, o él había muerto en la carnicería. Sintió una punzada de remordimiento, porque tal vez no consiguiera la venganza que deseaba. No porque tuviera un sentimiento de pérdida. No, eso no era posible.

«No es posible que lo eche de menos».

¿O sí? Torin era el asesino de Mari, sí, pero también era el único vínculo que ella tenía con la chica. Su único vínculo con la tierra de los vivos.

Intentó teletransportarse hasta él. Al ver que se quedaba inmóvil, sintió pánico. Ella podía viajar hacia cualquiera... salvo hacia los muertos.

Pues, bien, él no estaba muerto. Era uno de los temibles Señores del Inframundo; lo más seguro era que estuviese moviéndose con demasiada rapidez como para que ella pudiera seguirlo.

Sí, eso tenía que ser.

Empezó a caminar. Torin estaba en algún sitio, e iba a encontrarlo; no importaba dónde se escondiera. Terminarían su guerra, y ella encontraría otro vínculo con la tierra de los vivos.

«Vida, te presento a la perfección».

Capítulo 4

Torin corrió por el bosque con cuidado de esquivar las trampas que él mismo había puesto. Las ramas de los árboles le golpeaban la cara y las hojas intentaban morderle las mejillas, pero él apenas se daba cuenta. Estaba preparándose para lanzar el ataque final al Innombrable y, al instante siguiente, se había visto a mucha distancia de la acción. Keeley debía de haberlo teletransportado.

¿Y por qué había hecho tal cosa? Ella quería verlo muerto, ¿no?

De todos modos, no tenía importancia. Él necesitaba su mochila. No podía permitir que Keeley se acercara a sus amigos, a su única familia, y, si tenía que pegarle un tiro para impedirlo, lo haría.

Y no solo porque fuera tan poderosa como para derribar un edificio, sino porque podía hacer estallar a un monstruo y provocar una lluvia de sangre y vísceras.

Torin pensaba que, con todos los siglos que había vivido, había visto ya lo más truculento que podía ver. Sin embargo, estaba equivocado.

Atravesó un muro de hojas que había estado montando el día anterior. Era una defensa patética, pero se había visto obligado a trabajar con lo que tenía. Tres de los prisioneros a los que había liberado estaban esperándolo en el campamento, a pesar de que había amenazado a todo el mundo con matarlos primero y hacer las preguntas después si alguien se acercaba a él. Ellos esperaban que él encontrara el camino de salida de aquel reino.

Hasta el momento, no había tenido suerte.

Torin sabía que había cientos de reinos distintos, unos junto a otros, unos por encima de otros, y unos rodeando a otros. Sin embargo, no sabía cómo trasladarse de unos a otros sin el poder del teletransporte.

—Hola, tío —dijo Cameron—. Eres muy amable por unirte a nosotros.

El grupo estaba formado por dos hombres y una mujer. Cameron, el guardián de Obsesión. Irish, el guardián de Indiferencia. Y Winter, la guardiana de Egoísmo.

Ellos también tenían la maldición de albergar un demonio, aunque no estaban entre los inmortales que habían abierto la caja de Pandora. Sin embargo, en aquel momento estaban prisioneros en el Tartarus, el reino subterráneo, y como había más demonios que Señores, muchos de los otros reos habían recibido las sobras.

—Es hora de abandonar el barco —dijo él. Keeley estaría persiguiéndolo, y si aquellos tres estaban cerca de él, se verían en medio del fuego cruzado.

No pareció que nadie percibiera su urgencia.

Bueno, él no era su tutor. Si no le escuchaban, se merecían lo que pudiera ocurrirles.

Cameron se sentó junto a Winter y le ofreció un cuenco de estofado de forraje. Eran hermanos, quizá gemelos. Los dos tenían los mismos ojos de color lavanda, con las pestañas plateadas, y el mismo pelo y la misma piel de color bronce.

—En este pequeño claro está el mejor manantial de todo el bosque —dijo Cameron—, y yo necesito mis baños.

Entonces, tomó la pistola de tatuar que se había fabricado con piezas de metal que había encontrado por el suelo y siguió tatuándose una imagen en la muñeca. Parecía que tenía la compulsión, la obsesión, de hacerse una crónica en la carne de cada una de sus temporadas en la prisión.

—No nos vamos —dijo.

—Entonces, vais a experimentar la alegría de la combustión espontánea —dijo Torin. Así de sencillo.

Irish se sentó en el tocón de un árbol y siguió tallando una flecha en una rama. Aparentemente, no era tan civilizado como sus amigos. Tenía dos cuernos en la cabeza, y tenía una melena oscura y lisa que le llegaba hasta la cintura, con muchas cuchillas intercaladas en los mechones. Tenía los pómulos muy afilados y los ojos oscuros y misteriosos. Las manos, permanentemente crispadas. La mitad superior de su cuerpo era de hombre, pero la mitad inferior era de cabra. Tenía pelaje y pezuñas.

Era mitad sátiro, mitad otra cosa. Al notar la intensa observación de Torin, alzó la cabeza.

—Vete a la mierda —dijo, con un acento irlandés muy marcado. De ahí su sobrenombre, que significaba «irlandés». Su verdadero nombre era Puck.

Torin se encogió de hombros.

—Como ya he dicho, será vuestro funeral. O no.

Se puso de rodillas frente a su mochila y se vació los bolsillos. Al agarrar a Keeley para transportarla, había aprovechado para robarle y, al ver lo que le había quitado, se quedó muy extrañado: era un pedazo de piel ensangrentada, con una cicatriz. Recordó que había visto una herida en el brazo de Keeley; tenía una parte sanguinolenta, como si le hubieran cortado la piel.

Observó las cicatrices. Dentro del tejido brillaban miles de motas de color naranja.

Pasó el dedo pulgar por la carne; estaba caliente, y el calor no era algo natural. ¿Eran llamas? Tal vez. Seguramente. Sin embargo, ¿por qué entonces no se quemaba la piel? Solo el azufre podía arder en un tejido corporal sin...

Azufre. Claro.

A Torin se le encogió el estómago. Aquello era una marca de las que se utilizaban para vencer a los Curators. A los Parásitos.

¿Acaso Keeley era un Parásito? ¿O acaso había intentado protegerse de uno de ellos?

Si era una Curator, sería una de las últimas de su raza, y mucho más peligrosa de lo que él había pensado. Los Curators formaban vínculos invisibles con los que estaban a su alrededor y, como los vampiros, los dejaban secos.

«El vínculo se ha roto», había gritado ella.

Oh, demonios. Era una Curator.

Enfermedad se estremeció.

—¿Habéis oído hablar de los Curators? —les preguntó a sus invitados.

Los tres tomaron aire bruscamente.

—No —dijo Irish, por fin, en un tono irónico—. Somos idiotas que no sabemos nada.

«Bien, me lo tomaré como una afirmación».

—Uno de ellos ha escapado de esa prisión, y quiere matarme.

—Entonces, eres hombre muerto, amigo —dijo Cameron, sin levantar la vista de su tarea—. Porque me imagino que la Curator es Keeley, y esa chica está loca.

—Ya. Gracias —dijo Torin.

«Imbécil», pensó. Vaya. Parecía que él podía hablar todo lo que quisiera de ella pero, si otro decía algo malo, le entraban ganas de sacarles el hígado y llenar el hueco de piedras.

Se puso a sacar un arma semiautomática de la mochila y, después, las piezas de un rifle de largo alcance.

—Una vez, yo tuve una historia con una Curator —dijo Cameron, que había terminado su tatuaje. Era indistinguible; Torin no supo si se trataba de un chaparrón o de un océano de lágrimas—. Quería destruir a toda mi familia, pero era salvaje en la cama. Las más locas siempre lo son. Seguramente, por eso son mis preferidas —añadió, e hizo una pausa—. Aunque, una vez me acosté con una centauro que...

—No empieces con otra de tus historias —dijo Irish, lanzándole un palito—. Además, no son tuyas. Usas las de otra gente.

Cameron frunció el ceño y preguntó:
—¿Y tú cómo lo sabes?
—Porque la que ibas a contar es mía, idiota.
—¿A quién estás llamando idiota, so tonto?
—Yo no soy tonto, idiota.
Niños.
Torin empezó a pensar en todo lo que sabía sobre su nueva enemiga.

Los Curators fueron creados antes que los humanos. En su origen, eran espíritus de luz y tenían la tarea de salvaguardar la tierra. Estaban atados a ella y a sus estaciones. Sin embargo, todo eso había cambiado cuando traicionaron a su líder, el Más Alto, y se habían apareado con los ángeles caídos que habían tratado de usurpar su puesto de dirigente supremo de los cielos. ¿Qué no habían entendido los Curators hasta que ya era demasiado tarde? Que los ángeles caídos estaban malditos con la eterna oscuridad del alma, y que esa maldición iba a extenderse también por su raza.

Su descendencia, como la de los humanos y los ángeles caídos, era llamada Nephilim... e incluso demonios.

Volviendo atrás: los Curators eran espíritus sin cuerpo. Él no entendía cómo había conseguido Keeley ese cuerpo, pero lo había hecho, porque, de lo contrario, nadie habría podido aprisionarla, y ella no habría podido tirarle piedras. Ni tampoco habría terminado debajo de él cuando la había apartado del peligro de un empujón...

No, no iba a pensar en ello. Había vuelto a excitarse.

Necesitaba azufre. Sin embargo, no iba a poder llevar aquellas piedras ardientes hasta donde estuviera Keeley, ni sujetarla para frotarlas contra ella. Y, de todos modos, no le gustaba la idea de marcar con cicatrices su piel inmaculada. La solución más fácil sería marcarse a sí mismo con el azufre. Después de todo, aquel tipo de cicatrices servían en ambos sentidos.

Se metió el arma en la cintura del pantalón y le quitó el equipo de tatuar a Cameron.

–Disculpa, pero lo necesito. Espero que no te importe.

El otro guerrero le lanzó una mirada asesina. Torin sonrió con frialdad mientras se quitaba los guantes.

–Puedes intentar recuperar tus cosas, pero acabarás con una tos incurable y con la incapacidad de tocar a cualquier otro ser viviente sin comenzar una plaga. Tú eliges.

Silencio.

«Sí, eso era lo que yo pensaba».

Con cuidado, desenganchó el motor y lo ajustó para ponerle más combustible. Encontró una tubería gruesa de acero y, con unas cuantas partes más, creó un martillo improvisado para excavar la tierra dura. Empezó a sudar, pero era un buen sudor. Sudor de un trabajo honrado. «Lo he echado de menos».

Cuando el motor se asfixió, siguió con las manos. Sus compañeros no se ofrecieron para ayudarle, sino que siguieron comiendo. Muy bien. No compartiría con ellos la recompensa.

A unos tres metros de profundidad, encontró una pequeña veta de azufre. Las piedras eran exactamente como las recordaba: negras, con grietas doradas, y muy calientes, tanto, que estuvieron a punto de hacerle ampollas en las manos.

Salió del agujero y se metió los guantes en el bolsillo trasero. Después, hizo un poco más de magia con la tubería y con una rama para crear unas pinzas. Volvió a bajar y sacó una de las rocas. La rama se prendió durante la ascensión, pero él consiguió salir del agujero antes de que se convirtiera en ceniza y la roca cayera al suelo.

Se sentó junto a ella.

El trío se quedó mirándolo con la boca abierta.

–Vamos –dijo Winter, y se acercó a él con un femenino balanceo de las caderas. Entonces, se agachó entre sus piernas.

Él no sintió ni la más mínima excitación, y se sintió muy molesto. ¿Por qué con Keeley sí, y con ella, no?

Winter trató de agarrarlo mientras decía:

–Deja que te ayude.

Torin se alejó de ella y le espetó:

–Es la última vez que te lo digo: si vuelves a acercarte a mí, te corto una mano. Y, si intentas tomar la roca, te cortaré las dos.

Cameron soltó un resoplido:

–Deberías saber que mi hermana siempre quiere lo que tienen los demás.

Ella tenía un brillo de determinación en los ojos, y era verdaderamente bella. Sin embargo, no le afectaba en absoluto.

A Torin no le gustaba admitir que solo pudiera afectarle el hecho de pensar en Keeley.

–Ahórrate la pelea –le dijo Winter–. Vamos, dame el azufre.

–Hazlo –dijo Irish–. No quiero verme obligado a tomar partido.

Como si no lo hubiera hecho ya. Tal vez fuera el guardián del demonio de la indiferencia, pero una parte de él sí valoraba a aquella chica. A Torin no se le había escapado cómo la miraba.

–Deberías haberme ayudado a cavar –dijo Torin.

–¿Y ensuciarme las uñas? No, nunca.

–Mira, esto es lo que voy a hacer: no te voy a dar el azufre y, a cambio de tu comprensión, no te voy a matar. ¿Qué te parece?

Lentamente, como si cada uno de sus pasos fuera una agonía, ella se alejó de él.

–Me parece justo.

Sin embargo, Torin sabía que Winter ya estaba planeando la batalla que le había prometido. Y, aunque fuera extraño, a él no le causaba ninguna impaciencia saber que iba a tener una contrincante a su altura.

Una vez terminadas las distracciones, Torin se frotó el brazo contra la roca, tan solo una vez en la parte delantera y otra en la trasera. Al instante, sintió la quemadura; era como si su músculo se estuviera cocinando. Gritó y maldijo, y cayó de espaldas entre jadeos. El olor era como para vomitar. Los fragmentos de azufre que se le habían pegado a la piel le estaban dejando cicatrices y no permitían que la carne se regenerara de nuevo.

Winter se lanzó hacia la roca.

Vaya; Torin le dio una patada al azufre y lo mandó al fondo del agujero antes de que ella pudiera agarrarlo, y se apresuró a cubrirlo de tierra.

—Como ya te he dicho —anunció, una vez que hubo terminado—, no me ayudaste a cavar.

—Como ya te he dicho —repitió Winter—, batalla.

—Has cometido un error, amigo mío —dijo Irish, chasqueando la lengua.

—Compartir es amar —añadió Cameron—. La avaricia solo sirve para que te maten.

—Yo soy el único aliado que tenéis aquí —les recordó él—. Si no dejáis de amenazarme, tendréis que marcharos del campamento.

Winter puso cara de pocos amigos, y los otros dos se encogieron de hombros. Tal vez él no les cayera bien, pero lo necesitaban.

«Y yo necesito encontrar a mi Curator. ¿Dónde estás, Keeley?».

Se había visto envuelto en muchos enfrentamientos a sangre y fuego durante su larga vida, pero aquel era el primero que consideraba... divertido. No se merecía ninguna diversión, y estaba mal por su parte, teniendo en cuenta lo grave que era la situación, pero era demasiado tarde como para volver atrás.

En aquella ocasión, estaría preparado para cualquier cosa que pudiera hacerle Keeley.

A Keeley se le enroscó una cuerda en el tobillo. La cuerda tiró violentamente de ella y, en un instante, estaba colgada en el aire, cabeza abajo.

¿De veras? ¿Otra vez aquello? Se teletransportó al suelo.

Otro crimen de Torin.

Solo llevaba cuarenta y seis horas de caza, y ya estaba muy nerviosa. Él estaba vivo, sí, pero la había eludido. Sus trampas le habían causado grandes molestias.

Se oyó un trueno, y el ruido le recordó que iba a volver a llover, y que aquel chaparrón no tenía nada que ver con sus emociones.

Y ¿dónde estaban los subalternos de Hades? Había olvidado su plan de darles de comer pedacitos de Torin. Solo quería que murieran todos, para poder concentrarse en el guerrero.

Siguió caminando, proyectando descargas de poder para derribar los árboles que se interponían en su camino. «Voy a encontrarlo».

¿Cuántas veces había seguido el rastro de un enemigo con Hades? Muchísimas. Era buena. La mejor. Tal vez estuviera un poco desentrenada, pero valía mucho más la determinación que la habilidad.

¡Shhhh!

Una lluvia de flechas voló hacia ella. Las esquivó con facilidad, y vio a una *mantícora* que saltaba de las ramas de un árbol alto. Tenía la cabeza de hombre, el cuerpo de león y, en vez de cola, tenía una ballesta. Ella lo atrapó con una corriente de poder y lo sujetó. Después, con el pensamiento, lo desolló, dejando la piel entera, y volvió a meter el cuerpo en la funda, pero al revés. Cuando aterrizó en el suelo, el bulto se retorcía.

Se había corrido la voz de la muerte del Innombrable, y parecía que muchas criaturas habían salido a cazar su cena.

No debían de saber que ella era la infame Reina Roja.

Oyó un clic clac muy sonoro y vio aparecer a un *lélape* que se acercaba corriendo hacia ella. Era un perro de metal que, cuando había avistado a su presa, no cejaba jamás en el intento de cazarla. Aunque se quedara ciego, o le cortaran las patas, o se desangrara, intentaría dar con la forma de alcanzar a su víctima.

«No tengo paciencia para esto».

Con un suspiro, Keeley aplastó a la criatura como si fuera una tortita, con tan solo otra descarga de poder. Partes diminutas de metal salieron volando en todas las direcciones.

El olor masculino de Torin le llegó en una ráfaga de aire y captó toda su atención. ¡Estaba cerca!

«Vamos, sal, estés donde estés».

Olfateó y descubrió el olor de otros tres prisioneros. Dos hombres y una mujer. Keeley se mordió un lateral de la lengua hasta que notó el sabor de la sangre. ¿Quién era aquella mujer para Torin? ¿Su última novia?

Seguramente. Era demasiado guapo como para pasar las noches a solas.

Aquella idea le molestaba mucho, pero no entendía por qué. A menos que... Sí, claro. A Mari se le había negado un final feliz, así que Torin tampoco debía tenerlo. No tenía nada que ver con la atracción que sentía hacia él.

Una atracción que no había disminuido con el paso del tiempo, sino que había aumentado.

«Soy demasiado lista como para pasar por otra fase con un chico malo, ¿no? Por favor...».

Sin embargo, cada vez le resultaba más difícil convencerse de que encontraba a Torin tan atractivo a causa de su desesperación, y que cualquier hombre la afectaría igual. Solo había un hombre con los ojos del color de las esmeraldas, y con unos labios tan sensuales como los suyos... ¿Cómo sería notarlos contra la piel?

¡No! Nada de placer. Con él, no. Solo venganza. Iba a...

Se tropezó con una enredadera estratégicamente situada y se tambaleó. Al recobrar el equilibrio, oyó otro silbido. A unos quince metros de distancia había una ballesta conectada a la enredadera. Agarró la flecha por la varilla justo antes de que la punta se le clavara en el corazón.

Vaya, vaya. Otro punto negativo para Torin.

Una punzada de ira. Truenos en el cielo.

Tal vez tuviera que ampliar su plan para matar a Torin.

«Encontrarlo, torturarlo por ser tan irresistible y después matar a su novia delante de él».

¡Perfecto! Mari se habría sentido orgullosa.

A Keeley se le hundieron los hombros, y notó un dolor en el pecho. En realidad, Mari le habría echado una regañina por pensar así. La chica le habría dicho, con dulzura:

—Keeley, amor mío, tú misma has matado a mucha gente, y esa gente siempre ha dejado a un mejor amigo atrás. Lo sabes. No odies a alguien por cometer el mismo pecado que tú. No te regodees en el pasado. Es como un pozo de arenas movedizas que te atrapará. Olvídalo todo y sigue adelante.

Tan inteligente, su Mari.

Pero... ¿podría ella permitir que Torin no recibiera el castigo por el mal que había causado?

No, no podía hacerlo.

Tenía el corazón roto, y solo la venganza serviría para que se recuperara.

Mientras continuaba andando, absorta en su pensamiento, pisó una tabla. El centro se partió y Keeley cayó al fondo de un foso antes de poder darse cuenta de lo que ocurría. Se le torció el tobillo y se le doblaron las rodillas. Sintió un gran dolor, pero nada que no pudiera soportar.

Torin había hecho muy bien su trabajo.

Una sombra cayó sobre ella.

—No tenía por qué ser así, ¿sabes?

Keeley miró hacia arriba. El diabólico guerrero estaba al borde del agujero, apuntándola a la cabeza con un rifle. A ella se le cortó la respiración, y no precisamente por el rifle.

«Es todavía más guapo de lo que yo recordaba. Pero también es un ladrón. Me robó a Mari, mi sol, mi felicidad».

—¿De verdad, Torin? ¿De verdad? —le preguntó, como si estuviera decepcionada, con la esperanza de ocultar su vergonzante reacción. Le hervía la sangre, y le picaban las manos de ganas de tocarlo. No, no. De ganas de matarlo, por supuesto. En nombre de Mari, de su dulce Mari—. ¿Vas a utilizar un arma en una lucha de poder? No es inteligente por tu parte.

—No querrás saber todo lo que he traído, princesa.

—Tienes razón, no quiero, porque no te va a servir de nada.

Se trasladó a la parte superior del agujero y le arrebató el arma de las manos antes de que él pudiera disparar. Torin olía a sándalo y a especias, y a ella se le hizo la boca agua. Ojalá pudiera probarlo una vez, aunque solo fuera una vez… Sin embargo, después querría más.

¿Cómo lo estaba haciendo? ¿Cómo estaba envolviéndola en aquella tormenta enloquecedora de química, causándole escalofríos de impaciencia? ¡Y con solo estar a su lado!

Él la recorrió con una mirada ardiente y con la respiración entrecortada. Se humedeció los labios.

«¿Siente lujuria por mí?».

—He de decir, señorita Keeley, que tiene usted muy buen aspecto.

«No reveles nada. Escóndelo todo».

—Es obvio —dijo ella, pero estropeó su representación de indiferencia al pasarse la mano por el pelo.

Desde la última vez que se habían visto, ella se había lavado de pies a cabeza. Sin embargo, no había encontrado ropa nueva, y llevaba el mismo vestido andrajoso.

Keeley siempre quería tener muy buen aspecto. Su gente siempre la había considerado insuficiente, y los sirvientes de Hades solían tomarle el pelo con su extraño color. Ella nunca había conseguido librarse de la sensación de que no era lo bastante buena, de que no estaba a la altura.

—Pero ¿qué tiene eso que ver con todo lo demás? —preguntó.

–Te lo diré... después de que tú me digas que yo también tengo buen aspecto –replicó él, y tuvo que contener una sonrisa.

«¡Es una trampa! No respondas». Sin embargo, Keeley no pudo evitar explorarlo con la mirada...

Llevaba una camiseta negra de manga larga y unos pantalones de cuero. Unos guantes negros le cubrían las manos, y tenía una cadena de metal alrededor de la cintura. El uniforme típico de chico malo no había cambiado, y seguía revolucionando su motor.

«Perdóname, Mari».

–Tienes aspecto... de ser la cena –dijo. Pronunció aquellas palabras con la intención de que fueran un insulto, un recordatorio de que había muchas fieras carnívoras en aquel bosque, pero todas las sensaciones que estaban recorriendo su cuerpo se intensificaron de repente y estuvieron a punto de arrancarle un gemido.

Entonces, él dijo:

–Quieres comerme, ¿eh?

«Sí. Quiero, de verdad. Quiero poner mi boca por todo su cuerpo».

–No voy a rebajarme a contestarte a eso –respondió.

«Ni a mortificarme con la verdad».

–Bueno, entonces, ¿te interesa hacer un trato? –le preguntó él, y la sorprendió.

–¿A qué te refieres?

–En vez de intentar matarme, puedes conseguir tu libra de carne de otro modo. Como, por ejemplo, con una buena tunda. ¿No? ¿Y qué te parecen unos latigazos? ¿Veinte? ¿Treinta? –preguntó. Al ver que ella seguía en silencio, añadió–: Está bien: cuarenta. Es mi última oferta.

Era... tentador. Una forma de satisfacer su necesidad de sangre y de terminar, al mismo tiempo, la lucha que había entre ellos. Salvo que él se recuperaría de los latigazos, mientras que Mari no se había recuperado de su enfermedad. Tenía que ser diente por diente.

—Tengo que rechazar tu oferta –dijo.
—Está bien. Cincuenta latigazos.
¿Por qué estaba ofreciendo...? Ah. De repente, lo comprendió.
—Sí, ya entiendo lo que pasa. Has visto mis poderes en acción, y ahora me tienes miedo.
A él se le movieron las aletas de la nariz, y se apartó de ella.
—¿Miedo? Princesa, estaba intentando hacerte un favor, ahorrarte la vergüenza de sufrir una aplastante derrota. Pero, no sé por qué, ya no me siento tan magnánimo. Vamos a hacerlo. Intenta golpear a algo cubierto de ropa.
Ella apretó el puño, pero vaciló.
—Inténtalo tú. Llevas guantes y, ahora que lo pienso, me parece raro. ¿No deberías querer que yo enfermara? Eso resolvería todos tus problemas.
—No, solo los aumentaría. Yo odio pensar que soy el culpable de la muerte de Mari. Causar también la tuya no es mi idea de pasarlo bien.
Aquella respuesta la puso aún más nerviosa. Quizá aquel fuera su plan: desestabilizarla y, después, golpear, cuando estuviera demasiado desconcertada como para darse cuenta. ¡Pues iba a demostrarle que eso no era posible!
Estiró ambos brazos hacia él, y dijo:
—Voy a hacerlo. Voy a golpearte con una descarga de poder, y tú vas a retorcerte de dolor, del peor dolor de tu vida. No habrá nada que te alivie.
—Estupendo. Estoy esperando...
—Deberías salir corriendo.
—¿Por qué? ¿Es que quieres mirarme el culo?
¿Cómo debía reaccionar ella ante su total falta de temor?
—¿Quieres decir unas últimas palabras?
—Claro –dijo él, y la recorrió con la mirada, lentamente–. Si tuviera un último deseo, sería ponerte las manos en el cuerpo, sin consecuencias. Y la boca, también. Me gus-

taría acariciarte y saborearte, y conseguir que estallaras de placer.

A ella se le cortó la respiración.

–No digas eso.

Él sonrió, y consiguió que su falta de aliento empeorara.

–Haz lo que tengas que hacer, Keys. Estoy preparado.

–Muy bien.

Entonces, había llegado el momento de dar el primer golpe de aquella guerra. Un poco de venganza para Mari.

Así pues, ¿por qué sentía remordimiento?

–Nada me detendrá –dijo.

–Ya lo sabía.

«Puedo hacerlo», se dio Keeley, y giró los hombros. «Está bien. No voy a hacer que sufra. Por ti, Mari, lo haré rápido y sin dolor».

Extendió los brazos y lanzó dos rayos con las palmas de las manos. Torin se tambaleó hacia atrás, pero, en vez de freírse, parecía que absorbía la energía y el calor.

Después de unos segundos, él protestó:

–No puedo creer que lo hayas hecho.

–Te he dicho que iba a hacerlo –dijo Keeley y, con desconcierto, liberó otra descarga de rayos. De nuevo, él se echó hacia atrás, pero no se abrasó–. No entiendo qué es lo que ocurre.

Él agarró el cuello de su camisa y tiró de la tela por encima de su cabeza para mirarse el cuerpo. Los rayos deberían haberle hecho un par de agujeros negros, pero ni siquiera tenía unas marcas rosadas que indicaran que lo habían golpeado. Sin embargo, estaban los músculos. Muchos músculos. A Keeley se le formó un nudo en la garganta. Antes había pensado que era bello... pero aquello sí que era una belleza. Nadie tenía un físico como él. Piel pálida e impecable, cuerdas de músculo y fuerza, y una mariposa negra tatuada en el estómago.

–Te has quedado mirándome.

Y, seguramente, se le estaba cayendo la baba.
 –¿Y qué?
 –Que ya es hora de que lo comparta con el resto de la clase.

Torin se quitó uno de los guantes y le mostró las gruesas cicatrices que recorrían su brazo. Estaban llenas de unas motas anaranjadas.

–Este es el motivo por el que no has podido matarme.

El nudo se disolvió, y Keeley tomó aire profundamente. Él sabía que era una Curator, y había tomado precauciones contra ella.

¡Y pensar que quería darle una muerte rápida e indolora! No volvería a cometer aquel error.

–Te crees muy listo –dijo–. Pues voy a decirte una cosa...
 –Cállate, Keys –le espetó él, interrumpiéndola.

Ella se quedó tan asombrada que apretó los labios. Muy poca gente le había hablado así. Todos temían su reacción.

–Una vez, tú me diste a elegir –dijo él, con los ojos ardientes–. Ahora, voy a hacerte la misma oferta: o te alejas de mí y olvidas tu venganza, o sufrirás.

Capítulo 5

«Realmente, tengo que ir a un médico», pensó Torin.

Por un momento, le había parecido divertido el hecho de que su pene decidiera participar en la cita y exigir atención de la manera menos apropiada, con una enorme erección. Sin embargo, aquella diversión no duró mucho.

Keeley había intentado matarlo dos veces con su poder, y lo habría conseguido de no ser porque él se había protegido con las cicatrices de azufre. Así que el hecho de tener aquella erección solo porque ella lo hubiera mirado con sus ojos glaciales y lo hubiera desafiado a que le diera un puñetazo era algo enfermizo, incluso para él.

Y, además, estaba intentando influir en su pensamiento para conseguir que eligiera la opción B: sufrir. Porque aquella era la única manera en la que podría pasar más tiempo con ella.

«Soy peor que un monstruo».

No, no. En realidad, solo quería pasar más tiempo con ella por motivos altruistas. Si ella estaba ocupada con él, no se acordaría de sus amigos.

Keeley alzó la barbilla con obstinación.

—Elijo... sufrir —dijo, y adoptó una postura de batalla—. Puede que esté debilitada por lo que has hecho, pero sigo siendo el ser más poderoso con el que tú te hayas cruzado. He matado a reyes y he hundido sus reinos.

«No debería sonreír».

El demonio se golpeó contra su cráneo. Estaba ansioso por huir de la chica.

«No, ni hablar».

–Estás algo más que debilitada, princesa. Ahora tienes muchos límites. ¿Estás segura de que no quieres pensarlo mejor?

–¿Va a ser un debate, o una pelea? Ya lo he pensado.

Bien, entonces.

–No lo olvides: si me tocas la piel, enfermarás. Y, si sobrevives a la fiebre y a la tos con esputos de sangre, te convertirás en una portadora de la enfermedad y se la contagiarás a otros.

–Bla, bla, bla –dijo ella, y golpeó. Debía de haber atraído una rama hasta su mano a velocidad supersónica, porque, después de intentar darle un puñetazo en la cara, le estampó la rama en la mandíbula.

Sangre en su boca. Dolor. Torin se tambaleó y se irguió con los labios ya hinchados. Debería estar molesto, o enfadado. Sí, seguramente, la ira era la respuesta más apropiada. En vez de eso, lo que sentía era... ¡estímulo! Había puesto obstáculos a la chica, pero, de todos modos, ella había encontrado la forma de responder.

–Si quieres ganar esta pelea –le dijo–, vas a tener que golpearme con más fuerza.

–Ah. Está bien.

¡Zas!

Torin vio las estrellas, pero tuvo ganas de echarse a reír. Keeley le había dado lo que él le había pedido, y no podía culparla por ello.

Se estaba volviendo loco.

Cuando ella trató de pegarle por tercera vez, él estaba preparado; agarró la rama y se la quitó. Al verse desarmada, Keeley gritó de sorpresa. Claramente, no esperaba que él fuera un oponente digno. Torin soltó la rama, que desapareció justo antes de tocar el suelo.

No tuvo que preguntarse qué había sucedido. Sabía que Keeley la había enviado a otro lugar.

—No puedes vencerme —le dijo ella, rodeándolo, como si fuera una depredadora rodeando su comida.

Él tuvo una descarga de adrenalina en las venas.

—Puedo, pero estoy dispuesto a aceptar tu rendición.

En el cielo resonó un grito estridente, y los dos miraron hacia arriba a la vez. Vieron a una esfinge que volaba en círculo sobre ellos. Era una criatura que tenía las patas de un león, las alas de un enorme pájaro y el torso de una mujer. Les mostró una sonrisa llena de dientes afilados, extendió las garras y se lanzó en picado hacia ellos con la clara intención de atrapar la cena. Keeley agitó una mano por el aire y las alas del monstruo se arrugaron como una lata bajo una pisada. La esfinge se precipitó hacia el suelo en espiral, y cayó sobre las copas de los árboles a bastante distancia de ellos.

Vaya, vaya. Así que Keeley podía usar grandes cantidades de poder para convertir cualquier cosa, o a cualquiera, en un arma, pese a la cercanía de las cicatrices de azufre. Estaba bien saberlo.

Tenía que terminar. Cuando ella estaba distraída, le dio una patada en las piernas y la derribó. Keeley cayó hacia atrás, y se habría precipitado de nuevo al foso de no ser porque él la agarró por el centro del vestido y la hizo girar. Rápidamente, la soltó. Ella se tropezó con la raíz de un árbol y cayó sobre el trasero.

—¿Sigues pensando en que voy a perder?

Keeley alzó la cabeza, mirándolo con los ojos entrecerrados. Hubo un momento de increíble conexión entre un hombre y una mujer... un momento de deseo visceral antes de que su ira se apoderara de todo. Torin se tambaleó cuando los truenos comenzaron a retumbar y la tierra tembló bajo sus pies. Era lo que había sentido antes de que la prisión se hubiera derrumbado. Lo que había sentido antes de que el Innombrable hubiera explotado.

—Te advertí lo de mi genio, Torin.

—Ah, ya. ¿Es que se ha enfadado la princesita porque le han dado unos azotes?

El temblor se intensificó. ¿Provenía de ella?

¿Era porque la princesa se había enfadado?

—Te lo dije. ¡No soy ninguna princesa!

Cuando Keeley se puso en pie, el viento empezó a soplar con furia a su alrededor. Aparecieron muchas ramas, una después de la otra, y le golpearon.

«¿A qué estoy esperando? ¡Tengo que actuar!».

Torin podría haber luchado en mitad de aquel ataque, podría haberle golpeado en la cabeza y haberla dejado inconsciente, de manera que no pudiera defenderse. Así, él habría podido hacer lo que hubiera querido con ella, como atarla y...

No. No iba a pensar en eso.

Sin embargo, no era capaz de hacerle daño. ¡Lo cual era inconcebible! En el pasado, cuando trabajaba para Zeus, nada le detenía a la hora de torturar y asesinar. «¿Y, ahora, ¿esto?».

—¿Es todo lo que puedes hacer? –le preguntó.

Las ramas se desvanecieron, mientras Keeley y él giraban uno en torno al otro.

—No te preocupes. Sé hacer más cosas.

Se oyeron unos pasos acercándose por la derecha y por la izquierda. Cameron apareció entre el follaje, por un lateral, y Winter e Irish, por el otro. Keeley se concentró en el dúo, y Cameron pudo hacer lo que Torin no había sido capaz de llevar a cabo: darle un puñetazo en un lado de la cabeza. Ella cayó al suelo con los ojos cerrados, y los truenos y el temblor de tierra cesaron.

De cero a cien en un segundo. Así fue como creció la furia de Torin.

—¡Ese no era el plan! –gritó y, con fuerza, le dio un puñetazo en la nariz a Cameron con la mano enguantada. El cartílago se rompió y saltó la sangre, y el guerrero se tambaleó hacia atrás–. No vuelvas a hacerle daño jamás.

Winter e Irish se enfrentaron a Torin, sin atreverse a tocarlo, pero fulminándolo con la mirada.

–¿De qué te quejas, Enfermedad? –le preguntó Winter, mientras hacía crujir los nudillos–. Somos los nuevos propietarios de una Curator. Es lo que todos queríamos.

–Exacto –dijo Cameron–. Tú también querías. Te acobardaste, y yo salí en tu rescate –le espetó–. A la chica le faltaban segundos para arrasar todo el bosque, que es nuestra única protección. Hice lo que era necesario.

Sí, muy razonable, pero eso no iba a salvarlo de la ira que sentía. Si Keeley estaba en pie, concentrada en él, el bosque podía desaparecer. Y eso no tenía nada que ver con su excitación por ella, ni con su necesidad de tocarla, de descubrir si su piel era tan fría como parecía o tenía un calor ardiente. Era porque ella se merecía tener la oportunidad de castigar al asesino de Mari. O, por lo menos, de intentarlo.

Torin apretó un puño. Su rabia se había multiplicado por dos.

–Si vuelves a pegar a mi hermano –dijo Winter, en un tono de amenaza–, verás lo que ocurre.

Irish se cruzó de brazos. Sus pezuñas resplandecieron bajo el sol. Su actitud era de silencioso desafío.

Impaciencia. Entusiasmo. «Pero, no, no puedo enzarzarme en esto. Tengo que proteger a la Reina Roja».

–La Curator no está dentro de vuestros límites –dijo. Al ver que el trío estaba a punto de cargar contra él, extendió los brazos–. ¿Y qué vais a hacer al respecto? Vamos, intentad algo, por favor.

No le preocupaba que aquellos tres se convirtieran en portadores. Si los tocaba, iban a ponerse enfermos, pero antes de que pudieran contagiarle la peste a alguien inocente, los mataría.

–No deberías tenerme como enemigo –le advirtió Cameron, escupiendo a sus pies.

—Parece que no lo entiendes —replicó Torin—: ya somos enemigos.

Después de lo que aquel tipo le había hecho a Keeley, eso no iba a cambiar nunca jamás.

—Es un parásito —dijo Winter—. Te destruirá a ti, y destruirá todo lo que amas.

—Estoy dispuesto a correr el riesgo —respondió Torin. Aquella contestación le sorprendió incluso a sí mismo.

—Estás cometiendo un grave error.

—No sería el primero.

—Bueno, vayámonos de aquí —dijo Winter, tirándole del brazo a su hermano—. Él mismo se dará cuenta de la verdad, más tarde o más temprano.

Irish se quedó allí un segundo, pasándose el dedo pulgar por la barbilla mientras sopesaba sus opciones. Después, él también se marchó.

Los tres desaparecieron entre el follaje.

Torin estaba seguro de que iban a volver. Pero recibirían más de lo mismo.

Se agachó junto a Keeley y, con cuidado, la tendió boca arriba. Tenía una herida en la sien y un corte en la frente. En la curva de la mejilla se le había formado un hematoma.

«Debería haber matado a Cameron cuando tuve la oportunidad». Torin alargó la mano, pero crispó los dedos antes de llegar a rozarle la piel.

«Llevas guantes, ¿no te acuerdas? No vas a hacerle nada».

Torin dio un resoplido. La voz de la tentación siempre era muy dulce. Y, en aquella ocasión, estaba en lo cierto. Podía tocarla, y podía memorizar los contornos de su exquisita cara. No le haría daño.

Sintió un dolor muy fuerte en el pecho, y no pudo contener un gruñido.

Sin embargo, sabía que no debía tocarla porque, entonces, querría volver a hacerlo una y otra vez, hasta que su resistencia fuera debilitándose y, como un adicto, quisiera mantener un contacto piel con piel.

Observó la zona en la que estaban. Había árboles muy altos, ningún claro que le permitiera ver acercarse al enemigo. Iba a tener que...

Keeley extendió súbitamente la pierna y barrió sus pies. Torin cayó con dureza mientras ella giraba y se quedaba agachada, con la rodilla derecha y el pie izquierdo tocando el suelo. Se apoyó con una mano en el terreno y, con la otra, lo apuntó con la ballesta que había tallado Irish. Debía de habérsela robado, y tenía una flecha lista para disparar.

—Bueno, bueno, bueno —dijo Keeley—. Nuestro público se ha marchado, y la alianza que pudieras tener con esos tres se ha deshecho. Creo que estás metido en un buen berenjenal.

A él se le hinchó una vena en la frente, porque se estaba enfureciendo.

—Puedes comerte mi berenjena cuando quieras, princesa.

¿Aquella ira iba dirigida a ella, o a sí mismo?

—¿Ha sido eso una broma de penes? Y ya te he dicho que no soy una princesa cualquiera.

Se había ganado por derecho su trono.

De repente, todos los recuerdos que había guardado dentro de sí pugnaron por salir a la superficie. ¡No, no, no! Allí no. Tenía que concentrarse en Torin, en su batalla. Sin embargo, era demasiado tarde. La avalancha era demasiado grande. El pasado se desbordó y la consumió.

Durante su decimosexto cumpleaños, asistió a una gala real. Como la mayoría de las demás chicas, se pasó la fiesta soñando con el príncipe de los Curators. Él coqueteó con ella, le pidió un baile y, en ese momento, su padre, el rey, se fijó en ella.

Como era una doncella de clase alta, el rey no podía tomarla sin que se casaran. Las normas eran las normas, incluso para la realeza. Así que él hizo lo que quería: mató a su mujer y se casó con Keeley, pese a que ella había rechazado su proposición de matrimonio.

Sin embargo, ella nunca había tenido posibilidad de elegir, porque lo que el rey Mandriael deseaba, lo conseguía. Siempre. Era el más fuerte de todo su pueblo, porque, al nacer, a todos los Curators les hacían una pequeña marca de azufre, salvo al rey. De ese modo, ningún ciudadano podía ser más fuerte que su dirigente.

La había obligado, con facilidad, a pronunciar sus votos matrimoniales. Con una descarga de su poder, le había causado tanto dolor que ella se había visto forzada a balbucear un «sí» en el momento preciso.

Durante años, él había controlado todos sus actos y la había castigado cada vez que ella le disgustaba. Ella habría dado cualquier cosa por dejarlo, por escapar y no regresar nunca, pero el día de su boda se había formado un lazo entre ellos. Aunque lo odiara, lo necesitaba.

«Y, pese a todo mi sufrimiento, no me coronaron reina durante su reinado». Él se había negado. También había matado a todos sus herederos, incluido el guapísimo príncipe, para que nadie pudiera reclamar el trono.

Sin que Mandriael lo supiera, ella había tomado medidas para evitar un embarazo. Aquella había sido su única rebelión. Ninguno de los niños asesinados era suyo.

Había llegado a ser reina un día, después de que el rey la desnudara y le diera de latigazos en público por atreverse a mirarlo a los ojos mientras él le hablaba. Dolorida y ensangrentada, con desesperación, se había cortado la marca de azufre. Solo quería saborear una muestra de poder. Sin embargo, se había llenado con un océano de energía y había hecho explotar al rey.

Él había recibido lo que se merecía.

Pero, tan solo unas horas después de su coronación, el

pueblo al que ella quería liberar se había puesto en su contra.

Reina por menos de un día.

Le habían tendido una emboscada en el salón del trono y la habían acorralado en el estrado. Nadie llevaba armas, pero ya no las necesitaban, porque ellos también se habían liberado de sus marcas de azufre y la atacaron con su poder que, combinado, tuvo la fuerza de una grandiosa tormenta. Sin embargo, su poder era aún mayor, y los había catapultado por el aire sin tener que hacer demasiado esfuerzo.

Entre los Curators corrían unos rumores que el rey se había encargado de acallar. Se decía que algunos de ellos nacían con la capacidad de atraer la energía y, además, de manipularla y controlarla, y de impedir a otros que la utilizaran. Aquellos rumores eran profecías que estaban escritas en un libro, y aquel libro había desaparecido muchas décadas antes, o robado, o destruido.

Ella se había preguntado si podría hacer todas aquellas cosas... incluso mientras su gente la insultaba diciéndole obscenidades y la amenazaba.

«¡Solo eres una puta!».

«No vas a poder tenernos aquí para siempre. En cuanto consigamos bajar, estás muerta».

«¡Voy a bailar en tu sangre!».

La rabia que sintió provocó una tormenta que arrasó con todo, incluso con el palacio. Los Curators permanecieron en el aire y recibieron los golpes del hielo, el agua y los escombros. Todos, menos ella, que quedó intacta e ilesa. Los campesinos habían dejado de buscar refugio y se habían quedado mirando con espanto a los miembros de la clase alta, que estallaban uno a uno.

Ella había temido hacer daño a otros, a la gente inocente, y había huido. Los campesinos la habían perseguido para matarla y evitarse un destino parecido al de la aristocracia.

Se había pasado varias semanas escondida en la selva, sola por primera vez en la vida y haciendo lo posible por sobrevivir. Hades la había encontrado en esa situación.

Una vida podía cambiar en un abrir y cerrar de ojos.

Hades era el príncipe oscuro a cuya belleza ella no había podido resistirse. Más tarde, había averiguado que él ponía droga en todas sus comidas para controlar su mente y manipular todas las decisiones. Él no sabía que las drogas eran innecesarias, que ella estaba tan hambrienta de afecto como de comida.

¡Cuánto le había dolido aquello! ¡Qué amargura le había causado pensar lo fácil que había sido engañarla! Estaba desesperada por seguir con él y hacerlo feliz, y él la había traicionado. Ella creía ciegamente todo lo que le decía Hades, y estaba dispuesta a hacer cualquier cosa que él le pidiera.

¡Nunca más! Había aprendido la lección: las decisiones nunca debían basarse en las emociones, solo en la lógica. De lo contrario, se cometían errores.

«Y yo he cometido un gran error con Torin», pensó. Había vacilado a la hora de dar el golpe final, porque él era guapo y le causaba placer.

—Keeley —dijo él, y chasqueó los dedos delante de su cara.

Ella pestañeó y volvió a verlo.

—¿Qué? —ladró.

Él sonrió. Tenía los ojos muy brillantes. Retomó la conversación en el mismo punto en el que se había interrumpido.

—Considera mi comentario de la berenjena como una invitación. No querrás herir mis sentimientos rechazándome, ¿no? Creo que he leído en alguna parte que la realeza debe respetar más las normas de etiqueta que los plebeyos.

¿Cómo se las arreglaba para conseguir que ella le devolviera la sonrisa, en vez de atacarlo? ¿Y por qué no la había desarmado y la había matado mientras ella estaba inconsciente?

—Esta reina va a rechazarte, y al cuerno con la etiqueta. Preferiría no comer una berenjena que me transmita el tifus.

El brillo de los ojos de Torin se apagó, y ella lamentó su pérdida.

—¿O lo que transmite es la peste negra? —continuó, obligándose a sí misma—. ¿No? ¿El botulismo? ¿La fiebre de Lassa? ¿Me estoy acercando?

—Sí, claro que te estás acercando. A una paliza que no vas a poder olvidar nunca.

—El único que se va a llevar una paliza vas a ser tú.

—Bla, bla, bla —dijo él.

Le apartó el brazo de una palmada y la agarró del cuello al mismo tiempo que enganchaba la pierna alrededor de sus tobillos y la hacía caer.

Durante la caída, ella se retorció para recuperar el equilibrio. Sin embargo, no pudo evitar caer de bruces sobre la tierra. Trató de tomar aire, entre jadeos, con los brazos inmovilizados a la espalda.

Con asombro, se dio cuenta de que él la estaba inmovilizando con su propio cuerpo. Luchó contra el placer que le producía aquella situación. No, contra lo humillante de la situación.

—¿Le llamarías a esto un berenjenal? —preguntó él, como si no sucediera nada.

—Más bien, un duelo mexicano —respondió ella, en el mismo tono calmado.

—Eso significaría que cada parte tiene a la otra en una situación precaria. En nuestra posición, yo no me siento amenazado.

Su calor y su olor a sándalo y especias la envolvían. Era todo masculinidad, y a Keeley empezó a hervirle la sangre de deseo.

«Lo siento muchísimo, Mari».

«Tengo que recuperar el control».

—Vamos a ver si puedo hacer algo para cambiar tu forma de ver las cosas.

Iba a teletransportarse a su espalda... No pudo hacerlo. De repente, recordó que Torin se había hecho una cicatriz de azufre y, si la mantenía sujeta, ella no tendría ningún poder contra él... ni contra nadie.

Estaba indefensa, y sintió pánico.

«No, no puede ser. Otra vez, no».

Pataleó y le clavó el talón en la espalda.

—Quieta —le ordenó él.

«Indefensa. Pronto seré prisionera otra vez. Me pudriré en una celda, sucia y hambrienta. Olvidada. ¡No!».

Se retorció salvajemente, pataleó y movió brazos y piernas. Comenzaron a caer copos de nieve a su alrededor.

Él la sujetó con más fuerza.

—Quieta, Keeley.

«Tengo que liberarme».

Siguió forcejeando con todas sus fuerzas y consiguió darse la vuelta. Entonces, él la soltó, ¡sí! Pero solo para volver a agarrarla, esta vez de las muñecas, y ponerle los brazos por encima de la cabeza.

Tenía copos de nieve en las pestañas, en la piel... en el cuerpo. Estaba helada e indefensa.

—No quiero hacerte daño —dijo él, casi con desesperación—. Quiero hacerte cosas... Estoy intentando no pensar en ello, pero no lo consigo. Por favor, estate quieta.

—Suéltame —dijo ella. Estuvo a punto de rogárselo, pero se contuvo. Una vez le había rogado a Hades, pero él se había reído de ella. No iba a darle a Torin la misma oportunidad—. ¡Suéltame!

—No voy a soltarte hasta que hagamos algún tipo de trato.

Ella siguió forcejeando, pero no consiguió nada. ¡Se sentía completamente impotente!

No podía respirar, y tenía que respirar. Movió las caderas y se arqueó con todas sus fuerzas. Cuando intentó colocar una pierna entre ellos y empujarle el pecho desnudo con el pie, él se alejó justo antes del contacto.

Por fin, libre.

Se quedó tendida en el suelo, respirando profundamente.

—Gra-gracias.

Él volvió a ponerse sobre ella, pero no la sujetó. No la tocó, así que ella no se resistió. Simplemente, la protegió de la caída de la nieve. Tenía cara de preocupación.

—¿Estás bien?

Extraña pregunta por su parte.

Los latidos de su corazón fueron calmándose, aunque notó una pesadez en los miembros, que se intensificaba a cada segundo.

—No lo sé —respondió.

Torin miró hacia arriba, al cielo y, después, a ella. Al cielo, y a ella. Después, asintió, como si acabara de desentrañar un misterio, e hizo ademán de apartarse de ella.

—No —le dijo, y se sorprendió a sí misma—. Necesito tu calor —añadió. Era cierto, en parte. Lo que anhelaba era el contacto con otro ser vivo... con él. Hacía tanto tiempo...

Él se quedó inmóvil, mirándola con una expresión atormentada y embelesada a la vez. Sin el pánico, el deseo que sentía por él no tenía límites, y se convirtió en una fuerza impulsora que no podía negar.

«No hagas esto».

«Tengo que hacerlo».

—¿La mujer que estaba contigo es tu amante? —preguntó.

Él pestañeó.

—¿Qué mujer? Ah, te refieres a Winter. No.

«¿Me siento... aliviada?».

Tal vez. La condición de Torin era difícil de aceptar para cualquier mujer, sí, pero ella no era cualquier mujer. Podía tenerlo.

«Sin embargo, ¿por qué iba a querer tenerlo? Lo odio».

El impulso de tocar con los dedos los bordes de sus músculos pectorales la bombardeó, y Keeley alzó la mano hacia él.

«Soy demasiado fuerte como para caer enferma».

Se detuvo a medio camino para analizar su reacción.

Él apretó la mandíbula con fuerza.

—No lo hagas —dijo, con la voz entrecortada, pero no se movió, como si quisiera que ella continuara, como si lo necesitara—. Lo digo en serio. No lo hagas.

—Me lo agradecerás.

En serio, su demonio no iba a poder hacerle frente. ¿Quién podría?

Siguió subiendo la mano y posó la palma sobre su corazón, piel con piel. Él se estremeció, pero no se apartó. Soltó un silbido, pero también gimió, como si aquel súbito contacto entre ellos fuera doloroso y dichoso a la vez. El cielo y el infierno.

—Keeley...

«Me está pidiendo más. Tiene que ser eso».

Torin era tan caliente que casi quemaba, y muy suave, aunque parecía hecho de acero. Ella nunca había tocado nada tan delicioso.

—Eres...

«Todo lo que he querido o deseado. Lo que esperaba que fuera posible».

Pasó los dedos por sus clavículas y ascendió por su cuello, hasta los labios... Él los separó, y ella aprovechó la oportunidad y apretó para sentir el calor húmedo del interior de su boca.

Él succionó con fuerza, y ella gimió. El sonido hizo que él se sobresaltara y lo sacó de su embelesamiento. Entonces, Torin se echó hacia atrás con espanto. Era el mismo tipo de horror con el que una vez la habían mirado los campesinos.

—¿Torin?

«Dame más».

—Keeley —dijo él, y agitó la cabeza mientras se frotaba el pecho—. No deberías haberme tocado. Yo no debería habértelo permitido. Aunque sobrevivas a la infección, cosa que probablemente no suceda, serás inmune a ella, pero podrás contagiarla. Ese es el motivo por el que tendré que matarte aunque te recuperes.

Capítulo 6

«Culpa mía».

Las palabras reverberaron en la mente de Torin mientras hacía una hoguera, y eran como puñetazos en su pecho. Keeley estaba sentada en el suelo, observando todos sus movimientos. Él lo sabía porque notaba sus ojos clavados en la espalda. Desde el incidente, ella no había intentado pelear de nuevo. Estaba muy quieta, muy callada.

Enfermaría pronto, como los demás. Y él maldeciría su propia existencia.

Había escondido la mochila detrás de un árbol, y rebuscó en ella algunas medicinas que todavía le quedaban: antibiótico y antivirales, inhibidor para la tos, antihistamínico y descongestionante. Analgésico. Incluso vitaminas que se disolvían en la lengua.

Le arrojó los antibióticos y las vitaminas, y la cantimplora de agua.

—Tómate dos pastillas, y chupa una de las vitaminas. Te ayudarán a contener la infección.

En un mundo perfecto, eso habría sido suficiente. Pero su mundo no era perfecto.

Ella no respondió.

Si tenía que obligarla...

Oyó el ruido de la ropa, y el sonido de un trago de agua.

Buena chica. Él no estaba seguro de cómo habría reaccionado si tenía que obligarla, si tenía que ponerle las manos encima otra vez. «No hay una mujer más suave que ella».

La culpabilidad lo abrumó, con tantas ganas de destrozarlo como Enfermedad. El demonio siempre estaba al acecho, preparado para escupir su veneno. Después llegarían el dolor y la rabia. Contra Keeley, y contra sí mismo. Sobre todo, contra sí mismo. Él había querido acariciarla, lo había deseado más que ninguna otra cosa.

Aunque Enfermedad le gritaba que se alejara de ella, él se había dejado arrastrar por la tentación, diciéndose que Keeley era tan poderosa que sería inmune, y que él podría tener, por fin, todo lo que anhelaba en secreto.

Pero era mentira. Siempre era mentira.

¿Por qué la había animado a que luchara contra él? ¿Por qué había tratado de consolarla después de su ataque de pánico? Había sucedido lo único que podía suceder. Vaya sorpresa.

Y, ahora, Keeley iba a pagar el precio de su debilidad, y él sería el culpable de haber terminado con uno de los pocos Curators que existían, o de haber creado otro portador. Quizá, en un mundo perfecto, la existencia de una portadora habría significado que existía una mujer a la que podía abrazar, besar y satisfacer sin más consecuencias. Sin embargo, las cosas no eran así: si él volvía a tocarla, le contagiaría una enfermedad distinta.

El demonio no estaba especializado en una sola enfermedad, sino en muchísimas.

A menudo, Enfermedad cambiaba de plaga. La peste negra del siglo XIII había dejado paso a la epidemia de cólera del siglo XVIII. Seguramente, eso hacía que fuera más difícil combatir el mal.

–¿Hay alguien que no se haya puesto enfermo después de tocarte? –preguntó Keeley.

–No.

—Pero... yo soy superpoderosa.

No solo era superpoderosa; era la persona más poderosa que él hubiera conocido.

—La enfermedad se alimenta de ciertos tipos de poder. ¿Cómo crees que crece?

Ella se mordió el labio y jugueteó con el frasco de pastillas.

—Me encuentro bien.

—Eso no va a durar.

A Keeley se le hundieron los hombros.

—¿Cuánto suelen sobrevivir tus víctimas?

—Una semana, más o menos —dijo él, y se sentó al otro lado de la hoguera. «No sé cómo voy a soportarlo»—. ¿Cómo conseguiste un cuerpo humano que no tuviera un humano dentro? —le preguntó, para que ambos pudieran distraerse—. Los Curators eran... son espíritus.

En su rostro se reflejó la ira, y el mundo tembló a su alrededor.

—Me lo dio alguien. ¿Por qué?

—¿Quién te lo dio, y cómo?

—No importa —dijo ella y, con melancolía, añadió—: Antes estaba en comunión con los animales, ¿sabes?

No era de extrañar. Como todas las princesas de los cuentos de hadas.

—Seguro que tus amigos los animales y tú teníais conversaciones muy estimulantes.

—Sí —suspiró ella—. El cuerpo lo cambió todo.

—¿No puedes deshacerte de él? —preguntó Torin. Eso podría salvarla.

—No. Estoy fundida con él —dijo Keeley y, de repente, lo miró fijamente—. ¿Por qué sigues aquí? ¿Por qué no me abandonas a mi horrible destino?

Él prefirió responder con ligereza.

—No pienso abandonarte cuando estamos a punto de jugar a mi juego favorito: el del médico incompetente y la paciente que no colabora.

Ella frunció el ceño:

—Entonces, ¿vas a ayudarme? ¿Otra vez?

—Voy a intentarlo.

Sin embargo, ¿sería suficiente? Con Mari no había bastado.

Torin apretó los dientes. Humana contra supervillano. Gran diferencia. Aquel era un juego completamente nuevo.

«Vaya, mírame. Aquí estoy, con la esperanza de que las cosas sean diferentes en esta ocasión, cuando sé que no es posible».

—¿Por qué? —preguntó ella—. Solo voy a pagártelo con dolor y agonía y, al final, con la muerte.

Keeley pronunció aquellas palabras con tanta sencillez, como si estuvieran hablando de las uñas de sus pies, que, por cierto, brillaban como diamantes, que él estuvo a punto de sonreír. A punto.

—Sé que tienes motivos para querer hacerme daño. Tus quejas sobre mí son legítimas, y entiendo que hagas lo necesario para conseguir justicia. Sin embargo, no voy a dejarte aquí, sufriendo sola.

«Muriendo sola», pensó Torin y, al pensar en su muerte, experimentó una intensa sensación de pérdida que apenas podía entender. ¿Por qué? Apenas la conocía. Ella no era amiga suya. Era lógico que se sintiera culpable, sí, pero nada más.

—¿Por qué? —insistió ella—. Tú me lo advertiste. Fui yo la que eligió arriesgarse a sufrir así, ¿no te acuerdas?

Keeley quería que le dijera la verdad, así que él lo hizo.

—Siento que Mari haya muerto, y siento haberla tocado. Siento que se pusiera enferma y tuviera una muerte tan horrible. Siento que perdieras a una amiga tan querida. Siento no haber sido lo suficientemente fuerte como para alejarme de ella... ni de ti. Sobre todo, sabiendo que no iba a salir nada bueno de todo esto. Lo siento mucho, pero no puedo hacer nada por cambiar el pasado. Como tú, lo único que puedo hacer es seguir adelante e intentar hacer las cosas mejor.

Ella volvió la cara. ¿Para ocultar las lágrimas?

Él sintió una punzada de dolor en el pecho.

—No llores, por favor.

—¡Nunca! —rugió ella, enfurecida.

Mejor.

Keeley tomó aire con fuerza, y lo exhaló con más fuerza aún.

—Tal vez lo mejor sea que me vaya a buscar a Cronus. Así tendré tiempo para pensar —dijo, y trazó en la arena, con el dedo, un símbolo que él no reconocía—. Lo oí negociar con Mari, después de haber intentado negociar conmigo. Él sabía que ella iba a morir y, pese a mis protestas y mi voluntad de cambiarme por ella, él la dejó ir de todos modos. Debe ser castigado.

—Cronus ha muerto —dijo él. Y, gracias a eso, el mundo era un lugar mejor—. Lo decapitaron.

—¿Y quién se ha atrevido a arrebatarme la venganza? —preguntó ella.

—No fue algo intencionado. Mi amiga lo mató en el campo de batalla. Ahora, ella es la líder de los Titanes.

Keeley pestañeó con sorpresa.

—¿Una mujer?

—Sí. Es la compañera de uno de los Señores del Inframundo.

—¿Y los Titanes no se han negado a obedecerla?

—No. ¿Por qué iban a negarse?

En sus ojos se reflejó algo parecido a la reverencia. Y a la envidia.

—Porque... porque sí.

Allí había una historia. Bueno, seguramente, muchas historias, y a él le habría encantado escucharlas todas.

—¿Y tu gente? —le preguntó—. ¿Queda alguien por ahí?

—Que yo sepa, yo soy la única de pura raza que sobrevive. El resto de los Curators se aparearon con los ángeles caídos pensando que eso les haría más fuertes. Pero lo único que consiguieron fue diluir su linaje y morir.

Una respuesta sincera, aunque Keeley no mostró la más mínima emoción. ¿Echaba de menos a los demás? ¿Lamentaba su pérdida?

Y, otra pregunta: ¿por qué tenía tantas ganas de abrazarla?

Abrazarla solo le llevaría a besarla y, besarla, al sexo. No era muy difícil deducirlo.

De ese modo, dejaría de ser el hombre virgen más viejo de la historia. Por fin sentiría el cuerpo de una mujer, las sensaciones que él nunca había podido procurarse a sí mismo.

Sin embargo, sabía que no podía tomarla, aunque todavía sintiera un cosquilleo en el lugar del cuerpo que ella le había tocado.

¿Sería tan terrible ceder a aquella atracción que sentía por ella? Lo peor ya estaba hecho. De todos modos, Keeley iba a morir, y...

¡Basta!

No podía arriesgarse a transmitirle dos enfermedades a la vez. Entonces, sus posibilidades de supervivencia serían nulas. Si acaso había alguna.

—¿Y por qué tú no te emparejaste con ningún ángel caído? —le preguntó.

—Yo ya estaba prometida y, cuando nos separamos, la verdad era conocida por todos. Los ángeles caídos eran como veneno para los Curators. Extendían su maldición de condena a la oscuridad. Además, estaba encerrada.

Él había sentido algo oscuro que le había quemado.

—¿Estuviste prometida? —preguntó.

¿Eso era lo que más le había llamado la atención?

—Sí —respondió Keeley, y le lanzó una ramita—. ¿Por qué? ¿Acaso te resulta tan sorprendente que alguien me considerara tan valiosa como para querer estar conmigo eternamente?

—Guarda las zarpas, gata. No quería ofenderte —dijo Torin.

No podía llamar «celos» a aquel sentimiento tan oscuro que se había apoderado de él. No tenía ningún motivo para estar celoso. Iba a llamarlo... «indigestión». Porque era eso, en realidad.

¿Qué clase de hombre había conquistado su corazón? Seguramente, algún adulador. Era tan suave y delicada, que Torin podía imaginársela como juguete sexual de algún idiota, de alguien que la sacaría para pavonearse y que jugaría con ella cuando estuviera de humor. Y, seguramente, estaba de humor muy a menudo.

La indigestión le mordió el estómago.

—¿Y dónde está ese tipo ahora?

—No lo sé. Seguramente, en algún lugar en el que pueda decapitar cachorritos y matar gatitos sin que nadie se queje.

Así que la relación había terminado mal. Entendido.

—Mira —dijo Keeley, y suspiró—. Te agradezco la conversación, de verdad. Nunca voy a ser una gran admiradora tuya, pero reconozco que no eres el canalla que pensaba. Por eso creo que es mejor que nos separemos ahora y retomemos nuestra guerra en otro momento.

—Quédate. Deja que te cuide.

—No estoy enferma.

—Pero vas a estarlo.

—No. Ya te he dicho que soy demasiado poderosa. Nunca has conocido a nadie como yo, así que no puedes saber cómo voy a reaccionar a...

De repente, Keeley empezó a toser con tanta fuerza que se encorvó. Se cubrió la boca con la mano, y pasaron varios minutos antes de que consiguiera calmarse. Se miró la mano, y vio que tenía salpicaduras rojas en la palma.

De nuevo, comenzó a nevar. En aquella ocasión, la nieve estaba acompañada de unos rayos que atravesaron el cielo. Él ya se había dado cuenta de que el tiempo respondía a su estado de ánimo, y se imaginó que aquello era una señal de miedo y de dolor.

Keeley lo miró a los ojos y cabeceó.

–No. No.

Sí.

–Estás enferma.

En menos de una hora, ella estaba escupiendo ríos de sangre.

En menos de una, tenía una fiebre salvaje.

Intentaba hablar, y decía cosas como «lluvia», «inundación» y «sirvientes», pero Torin no entendía su significado. Lo único que entendió fue «no me mates».

Él le había dicho que iba a matarla si se convertía en portadora. Y debería hacerlo. Sería lo mejor para ella y para el resto del mundo.

Entonces, ¿para qué iba a intentar salvarla?

Porque no podía librarse del deseo de abrazarla, y porque se lo debía.

Porque, si ella moría, no podría tenerla jamás.

Dio un puñetazo de rabia en el suelo. Si llegaba el caso, ya se encargarían de lidiar con el hecho de que ella fuera portadora.

Torin le administró las medicinas con todo el cuidado posible, le refrescó la frente con el agua de la cantimplora y le dio de beber. Sin embargo, al día siguiente, el agua se había terminado, y ella necesitaba más. Su tos empeoró y la fiebre subió aún más. Aquella mujer, que tenía suficiente poder como para derribar una prisión para inmortales, se debilitó hasta que no pudo hacer otra cosa que retorcerse de dolor entre estertores.

Los estertores de la muerte. Él los conocía bien.

Había otras señales de su horrible destino. A unos siete metros alrededor de Keeley, la hierba y los árboles se habían secado.

Por lo menos, había dejado de nevar. Aquel era un pequeño consuelo.

—Aguanta, princesa —le dijo, aunque ella no pudiera oírlo. La tomó en brazos, asegurándose de que siempre hubiera ropa entre ellos dos.

Sin embargo, con aquella barrera entre los dos, aunque no tuvieran contacto piel con piel, ella consiguió ahogarlo en endorfinas. Torin sintió oleada tras oleada de felicidad, se excitó, palpitó.

«Necesito sentir sus manos en el cuerpo otra vez».

«¡No! ¡Ya es suficiente!». La llevó por el bosque hasta que llegaron al campamento que había compartido con el trío. Ellos se enfrentarían a él, y no entenderían por qué estaba tan empeñado en salvar a una mujer que había jurado que iba a matarlo. Él tampoco podía entenderlo.

Ninguno de los tres estaba en el claro, y parecía que se habían marchado hacía tiempo. Eso le ahorraba tener que pelearse con ellos.

Torin tendió a Keeley junto al manantial. Mojó un trapo en el agua helada y le refrescó la frente. Ella temblaba, y le castañeteaban los dientes. Tenía convulsiones. La fiebre no remitía.

Entonces, la tomó en brazos y la metió en el agua sin quitarle el vestido. La hundió en el líquido hasta la barbilla... pero el calor que ella irradiaba calentó el agua. Torin sintió frustración y miedo.

—Hades —musitó ella, con un hilo de voz—. Mío...

Torin se quedó inmóvil. ¿Hades, el antiguo dirigente del Inframundo, que encarnaba la pura maldad? ¿El padre de William, el Eterno Lascivo, y de Lucifer, el rey de los demonios?

Aunque, para ser exactos, Hades no era el padre biológico de William y de Lucifer. Se había apoderado de ellos con una especie de adopción sobrenatural, oscura, y eso le convertía en alguien aún peor.

¿Keeley llamaba a aquel tipo? ¿En serio?

—No... —suplicó ella—. Por favor, no lo hagas.

¿Hades le había hecho daño? No era de extrañar. Sin embargo, Torin hizo crujir los nudillos. «Lo que le haya hecho Hades, lo recibirá multiplicado por cien».

—Shh...

Torin intentó calmarla acariciándole la mejilla con la mano enguantada. Al hacerlo, se maravilló por la delicadeza de sus huesos y, de nuevo, tuvo que luchar contra las oleadas de felicidad.

—Estoy aquí. Torin está aquí. No te va a pasar nada malo, princesa. No lo permitiré.

—Te quiero. Tú me quieres. Nuestra boda... por favor.

Al oír todo aquello, Torin entendió claramente varias cosas: Hades era el prometido que ella había mencionado, y ella había planeado un futuro en común con él. Se lo había rogado.

Celos. Sí, tenía celos, y no indigestión. No podía seguir negando la realidad. Sin embargo, no iba a tolerar aquella emoción. Keeley no era suya, y nunca lo sería. Aunque resolvieran sus problemas, cosa que no era probable, él no iba a poder satisfacer sus necesidades. Lo que tenía que ofrecer no sería suficiente.

Lo había aprendido de la manera más dura.

¿Ver el descontento en su mirada? Preferiría morir.

«Ya he experimentado suficientes humillaciones en ese sentido».

—Impotente —susurró ella—. Tan impotente. Atrapada.

—Shh —dijo él, de nuevo—. Estoy contigo. No voy a marcharme.

—¿Torin?

La cabeza de Keeley se ladeó hacia él. Sus brazos estaban flotando en la superficie del agua, y su pelo, al estar mojado, parecía castaño claro en vez de azul.

«Sería tan bonito enroscado en mi mano. La colocaría en el ángulo perfecto, tomaría su boca con una habilidad que ella nunca ha conocido y...».

Nada.

Se le escapó un suspiro desgarrado. De repente, se dio cuenta de que el agua se había enfriado.

¿Había remitido la fiebre, por fin?

La sacó del manantial y la dejó sobre la hierba. Esperó con tensión a que la hierba se marchitara y se secara, pero pasaron varios minutos y eso no sucedió. Entonces, se relajó.

La recorrió con la mirada. Su color había mejorado mucho, y tenía el vestido pegado a la piel, marcándole cada una de las magníficas curvas...

«Tengo que apartar los ojos». Sin embargo, por mucho que lo intentara, su mirada siguió clavada en ella. Tenía unos pechos exuberantes, que casi pedían las caricias a gritos, y los pezones endurecidos. Su estómago era cóncavo, y en el ombligo se le había quedado una pequeña cantidad de agua.

Agua que él podía lamer.

«Basta. Esto es un grave error».

Sus piernas eran largas y esbeltas, y tenían la longitud perfecta para rodearle la cintura. No tenía ninguna cicatriz ni tatuaje, y su piel era de seda color cobalto.

Era la promesa del sexo.

Torin estuvo a punto de perder el control.

Se pasó una mano por la cara y salió de su ensimismamiento. ¿Qué le ocurría? Ella estaba muriéndose, ¿y él solo podía pensar en el sexo?

«Doy asco».

«Vamos, cúrala y aléjate de ella».

De ese modo, podría seguir buscando a Cameo y a Viola con la conciencia tranquila.

Como el trío que lo había acompañado hasta hacía bien poco, Viola estaba encarcelada en el Tártaro en el peor de los momentos, y le había tocado en suerte el demonio del Narcisismo. El peor de los peores. Era una pesadilla estar con ella, pero Viola formaba parte de su familia.

Y un hombre tenía que proteger a su familia.

Mari era la única familia que había tenido Keeley, pensó. «Y yo se la arrebaté».

Le debía más que una venganza. Le debía otra familia. Sin embargo, no podía llevar a una portadora con gente inocente. Sería como lanzar una granada a un barril de pólvora.

Por otra parte, sus amigos... ya sabían cómo tratar a un portador. Llevaban siglos viviendo con él, y ninguno de ellos había enfermado nunca. Eran expertos evitándolo. Tal vez ellos pudieran convertirse en la familia de Keeley, y él no tuviera que matarla.

La idea... no le resultaba repelente.

Ella era una amenaza para su seguridad.

Sí, pero él sabía que Keeley no iba a hacerles daño. Bajo su rabia, había visto que tenía un fondo honorable.

Era posible, incluso, que ella encontrara la felicidad en su grupo. Dos de sus amigos estaban saliendo con arpías, una raza de mujeres famosa por su afición al derramamiento de sangre... y porque hacían que los hombres se murieran de miedo. Ellas tenían el potencial de convertirse en buenas amigas de Keys. Por otra parte, aunque eso no tenía importancia, ninguno de los hombres intentaría seducirla, porque todos estaban comprometidos.

Bueno, salvo William, el Lascivo, que vivía con ellos. Sin embargo, últimamente miraba con mucha atención a su pupila, una humana llamada Gilly, que iba a cumplir dieciocho años muy pronto.

Torin no estaba seguro de lo que iba a ocurrir entre ellos dos el día de su cumpleaños, pero sabía que algo sucedería.

Aunque nada de aquello tenía importancia. Probablemente, Keeley iba a protestar cuando él quisiera llevársela a Budapest. ¿Probablemente? ¡Ja! Pero él tendría que encontrar la forma de convencerla, porque no había mejor solución... ni otra forma de que pudiera tenerla a su lado.

Capítulo 7

Cameo, guardiana de la Tristeza, forzó la cerradura de la parte trasera de un viejo camión de helados. Las bisagras estaban oxidadas, y chirriaron cuando se abrió la puerta. Ella subió de un salto al vehículo y registró los congeladores de cada lado hasta que tuvo los dedos entumecidos de frío, pero no encontró lo que buscaba.

Soltó un gruñido y le dio un puñetazo a la espalda del asiento del conductor. Si no encontraba pronto algo de chocolate, iba a convertirse en una asesina a sangre fría. Cualquier tipo de chocolate.

Y ya tenía una víctima en mente.

—¿Vas a llorar? —preguntó la víctima en cuestión—. Seguro que vas a llorar.

Él estaba ante las puertas abiertas del camión, observando el interior con un sonrisita de petulancia. Se llamaba Lazarus, y llevaban siendo compañeros... Ella ya no estaba segura de cuánto. El tiempo había dejado de existir.

En un intento de encontrar a su... ¿amiga? No. ¿A su conocida? Sí, mejor. En un intento de encontrar a su conocida Viola, Cameo había tocado la Vara Cortadora, un antiguo artefacto creado por los Titanes. Era como una especie de puente entre mundos y, supuestamente, conducía hacia la caja de Pandora. «¡Estoy deseando romper esa caja en mil pedazos!». Era algo demasiado peligroso.

En cuanto había tocado la Vara Cortadora, se había trasladado a otra dimensión... reino... ¡lo que fuera!

Lazarus también había tocado la Vara Cortadora, pero lo había hecho unos meses antes. Él había encontrado la forma de pegársele en el momento justo y salir al otro lado con ella. Cameo no sabía cómo lo había hecho. Se lo había preguntado, pero él no era de los que daban respuestas. Ni comprensión. Ni compasión.

Habían encontrado una puerta a otro reino y, después, a otro, en el que nada le resultaba familiar. Algunas zonas eran primitivas. Otras eran modernas y estaban pobladas. Todas eran peligrosas.

–¿Has pensado en el Zoloft? –le preguntó Lazarus–. Se supone que ayuda con los ataques de llanto. Y tal vez también ayude con tu voz. ¿Te había dicho ya que tu voz es trágica?

Unas mil veces.

Cameo se acercó a él. Era un hombre muy guapo, uno de los más guapos de la creación, y lo sabía. Sin embargo, también era intenso. Y salvaje. Cuando mataba, mataba. Después de haber jugado un rato. Ni siquiera sus amigos, que estaban poseídos por demonios, luchaban con tanta brutalidad ni jugaban con tanta violencia, y se decía que algunos de ellos habían sacado la espina dorsal por la boca a sus enemigos.

Además, Lazarus era un hombre alto, muy alto. Ella medía un metro y ochenta centímetros, así que no podía considerársela baja, pero no era más que una menudencia comparada con él, que le sacaba más de una cabeza.

–¿Has pensado tú en que tengo dagas, y no me da miedo utilizarlas?

Él se encogió, y el flequillo negro le cayó por la frente.

–¿Y para qué vas a usar dagas? Tu voz ya es un arma bastante eficaz.

Cameo sabía que cada una de las palabras que pronunciaba tenía un tono de tristeza, de dolor y de lamento.

—Si mi voz te da ganas de morir, y eso me ahorra el golpe final, ¿por qué no me dejas que pase las próximas horas contándote mi vida?

Él estuvo a punto de sonreír. La tomó por la cintura y la bajó al suelo. No apartó las manos, y la observó con un brillo en los ojos.

—¿Por qué iba a suicidarme yo? Estar contigo es una tortura, cierto, pero también es entretenido.

La mayoría de los hombres se sentían intimidados por ella. Sus amigos eran protectores, y hacían todo lo posible por no herir sus sentimientos. Aquel tipo, por el contrario, la provocaba constantemente y no temía las consecuencias.

Ella trató de apartarlo, pero él siguió sujetándola unos segundos más, solo por molestarla, seguro.

Aquella era la razón por la que no se permitía sentir atracción por él. Por muy guapo que fuera, la personalidad también era importante, y la suya era desagradable.

«Y la mía también, así que deberíamos ser perfectos el uno para el otro».

¡No!

—Suéltame —le ordenó.

—Todavía no.

Pasó un minuto, y otro más. Ella podía haber forcejeado, pero ¿para qué malgastar fuerzas, sobre todo si le gustaba estar así?

Lazarus la soltó cuando le pareció conveniente.

Cameo se alejó.

Aquel día se encontraba en un mundo muy parecido al que ella estaba acostumbrada, solo que allí no había gente. Los coches estaban abollados y abandonados. Las carreteras estaban vacías. Los edificios estaban derrumbados. Los árboles y las plantas crecían por todas partes.

Y había huesos de muertos por todas partes. Sin embargo, había electricidad, y las baterías no se habían gastado. Era extraño.

—¿Has tenido novio alguna vez? —le preguntó Lazarus, poniéndose a su altura.

—Tengo miles de años de edad. ¿Tú qué crees?

—Creo que eres una solterona virgen que se muere por un poco de carne de hombre.

Ella respiró profundamente para conservar la calma.

—He tenido varios novios, y no soy virgen. Y, si me llamas «fulana», te corto la lengua.

—No, claro que no. Quieres que mi lengua se quede donde está, créeme. Pero tengo curiosidad. ¿Cuántos novios?

—No es asunto tuyo.

—Muchos como para contarlos. Entendido. ¿Cómo eres en la cama?

—Nunca lo sabrás.

—Por favor. Puedo imaginármelo. Cada vez que un tipo te ha hecho el amor, has gemido, pero no de placer. Lo estabas fingiendo, porque eras desgraciada. Él perdió la erección inmediatamente y se largó, dándote alguna excusa inverosímil. Tú te quedabas sola e insatisfecha, y él no volvía a hablar contigo jamás.

Ella se habría puesto furiosa... pero él tenía razón, en general.

Había intentado mantener relaciones, pero solo una de ellas había sido por amor. Con un humano sordo a quien habían matado sus enemigos. Otras dos veces, por respeto mutuo y admiración, con guerreros poseídos, como ella. E, incontables veces, por desesperación, con cualquiera que demostrara el menor interés en ella y pareciera capaz de pasar por alto sus defectos.

—Yo he obtenido satisfacción en la cama —dijo—, y mi hombre también.

—Hombre, en singular. Interesante.

—He estado con otros.

—Sí, pero no has dicho nada de que obtuvieras satisfacción con ellos.

Y no podía decirlo sin mentir.
—Cállate.
—¿Por qué, preciosa? ¿He dado en el clavo?
Exactamente.

Todos los días de su vida echaba de menos a Alexander, su amante humano, pese a lo que él le había hecho, y a cómo había sido el final de su relación.

A él lo habían echado de casa cuando tenía ocho años. Se había puesto enfermo, y había perdido el oído. Sin embargo, había conseguido sobrevivir en los barrios bajos de la antigua Grecia y había llegado a ser un magnífico herrero, respetado por todos. Un hombre guapo, fuerte y honorable.

Él había sido su única fuente de felicidad.

«No puedo pensar en él». Solo conseguiría fortalecer a su demonio, alimentando su necesidad de tristeza.

—Cállate —repitió.

Sin embargo, sabía que Lazarus no iba a callarse. Nunca lo hacía. Seguiría insistiendo hasta que la hiciera estallar y, entonces, se echaría a reír mientras ella trataba de recuperar el control de sus emociones. A él le encantaba reírse, y ella tenía muchas ganas de unirse a él. Parecía divertido. Sin embargo, no estaba de humor para ser su entretenimiento.

—¿Y tu mujer? ¿La tenías satisfecha?

Él tomó aire bruscamente.

—No la llames eso.

Vaya, por fin, ella también había tocado un tema sensible.

—¿Por qué no? Eso es lo que es Juliette, ¿no?

—Ella es una enemiga. Aprenderás a ver la diferencia cuando vuelva a encontrarla.

Juliette era una arpía, y las arpías se emparejaban de por vida. Nada más ver a Lazarus, la chica había decidido que era suyo, que era su consorte, y había hecho todo lo posible por tenerlo a su lado. Se las había arreglado para esclavizar al poderoso guerrero. Para escapar, Lazarus había permitido que uno de los amigos de Cameo, Strider, el guardián de la Derrota, lo decapitara, y que la Vara Cortadora succionara su espíritu y su cuerpo y lo guardara en su interior. Allí, de algún modo, las dos partes habían podido reunirse y sanar.

Ella no lo entendía, pero así era como había sucedido.

¿Por qué tuve que toparme con él, y no con Viola?

Estúpida Vara.

—Mis amigos me van a encontrar, ¿sabes? —le dijo.

Torin la había visto desaparecer, y ella sabía que estaba buscándola y que nunca se rendiría. Él la quería.

Como amigo. Y, tal vez... como novia.

Torin era uno de los dos únicos inmortales con los que había salido Cameo. Había sido difícil superar el hecho de que no pudieran tocarse, pero lo había hecho dándose placer a sí mismos uno frente a otro. Había sido divertido y excitante... al principio. Sin embargo, ambos habían guardado una parte de sí mismos, y habían impedido que su relación avanzara un paso más. En aquel momento, ella no sabía por qué. Mirando atrás, veía claramente que el culpable había sido el miedo.

Él esperaba que ella se cansara de su relación, que deseara algo mejor y lo abandonara.

Ella esperaba que él empezara a detestar su voz, que deseara algo mejor y la abandonara.

—En este momento de nuestro viaje, yo soy tu único amigo —dijo Lazarus, en un tono de ira—. Sin mí no sobrevivirás.

—En realidad, puede que conozca la verdadera felicidad por primera vez en mi vida cuando me libre de ti.

Él se posó las palmas de las manos sobre el corazón.

—Ay. Es como si me hubieras clavado una de tus dagas.

«Ojalá».

—Pero, para dejar las cosas claras —añadió él—, ¿me estás

diciendo que nunca has conocido la verdadera felicidad, ni siquiera cuando tu hombre estaba proporcionándote todo ese placer increíble?

¿Acaso no era posible ocultarle nada?

—¿Por qué te interesa tanto mi vida sexual?

—No te hagas demasiadas ilusiones, encanto. Todavía no he llegado a una conclusión firme, pero estoy considerando la posibilidad de probar contigo.

Ella se quedó inmóvil y lo miró con incredulidad.

—¿Probar conmigo?

Sus ojos oscuros brillaron de diversión.

—Sí. No, no me des las gracias. Pero, como ya te he dicho, todavía no te hagas ilusiones. Por ahora, me estoy inclinando hacia el «no».

—Deja que te ahorre el trabajo de abrumar a tu pobre cerebro con los pros y los contras. Parece que eres el único hombre que hay sobre la faz de la tierra, y ni siquiera en esta situación te deseo. Preferiría acostarme con un puercoespín.

—Ah, así que te va el dolor, ¿eh? Muy bien, tomo nota.

¡Bah! Ella se dio la vuelta y continuó andando.

Él la siguió rápidamente.

—¿No hay más deliciosas sorpresas que deba conocer sobre ti? Porque esta pequeña revelación ha hecho que me incline más hacia el «sí».

Ella ni siquiera lo miró.

—Vaya, gusto por el dolor y por las muestras de indiferencia hacia los demás. Es como si me hubiera tocado la lotería —dijo Lazarus—. Ni siquiera tendría que preocuparme por si te vuelves dependiente de mí. Lo único que tengo que hacer es picarte, y te marcharás tú sola.

De repente, la ira de apoderó de ella por completo y...

Cameo se detuvo en seco, con asombro. Eso era: la ira la llenaba por completo. Por completo. No dejaba espacio para la tristeza. ¿Acaso aquel había sido el plan de Lazarus desde el principio?

No, no. Por supuesto que no. Para eso, a él tendrían que importarle sus sentimientos.

A pesar de todo, aquella era la primera vez, desde hacía mucho tiempo, que no sentía depresión, ni angustia, ni consternación, ni ninguna de las mil variantes de la tristeza. Cerró los ojos y saboreó el momento, respirando profundamente un aire que, de repente, le parecía fresco, y deleitándose con el calor del sol, que ya no le parecía demasiado ardiente.

Sin embargo, a los pocos segundos, la ira desapareció, y volvió la tristeza. Siempre volvía.

Nunca había podido sentir disfrute, ni diversión, ni felicidad, durante más de unos segundos. Durante todo el día recibía el bombardeo de cosas pequeñas que le resultaban irritantes: un sonido demasiado alto y constante, una temperatura que no era la más adecuada, un dolor en el pecho que no se le aliviaba nunca... Todo aquello se unía y construía algo terrible: una tristeza contra la que no se podía luchar.

Tenía una existencia verdaderamente horrible.

«¿Por qué no te rindes?».

Aquellas eran las palabras del demonio, no suyas. «Que te den».

Lazarus no dijo ni una palabra cuando ella se puso a caminar de nuevo, y eso le salvó la vida.

Llegaron a un supermercado abandonado que todavía seguía en pie. La puerta era de cristal, y estaba agrietada y cubierta de polvo. Ella sacó una de sus armas y apartó el polvo para mirar al interior. No había luz, solo oscuridad, pero no divisó ninguna sombra, así que decidió entrar.

—Me pregunto si la farmacia tiene género —dijo Lazarus.

—¿Por qué? ¿Es que quieres colocarte?

—No, iba a conseguirte algo de ese Zoloft del que hemos hablado.

«Lo odio».

Ella agarró uno de los carros del supermercado y empezó a recorrer los pasillos, pasando de largo por los lineales de latas de fruta y de botellas de agua, pese a que llevaba varios días sin comer, y le gruñía el estómago de hambre. Fue directamente a la sección de refrigerados y, después de beberse de un trago dos latas de cerveza, echó un par de paquetes de seis latas en el carrito. Después se dirigió a la zona de dulces.

Ositos de gominola. Piruletas. Nubes. Chicles. Pero nada de chocolate.

¿Por qué?

Lazarus echó al carro un bote de cacahuetes, una pistola de plástico y un par de esposas de mentira.

–¿En serio? –le preguntó ella.

–¿Qué pasa? Me gusta jugar a los policías y ladrones.

–Yo no voy a jugar a policías y ladrones contigo.

–Como si fuera un juego que yo quisiera jugar contigo.

«Soy una mujer racional y serena», se dijo Cameo. Aquel era su nuevo mantra.

–No veo a nadie por aquí. ¿Y tú?

–Yo sí, por supuesto.

Cameo se puso rígida.

–¿Qué significa eso?

Él suspiró.

–Pensaba que eras valiente hasta el punto de la locura y que no te importaba lo que está sucediendo a nuestro alrededor, pero resulta que lo que pasa es que eres ciega. Es desgarrador –dijo, y volvió a ponerse una mano sobre el corazón–. Lamento decírtelo, preciosa, pero tus puntos a favor acaban de disminuir drásticamente.

–¡Dímelo! –exclamó ella.

–Voy a hacer algo mejor: te lo voy a enseñar.

De repente, Lazarus se puso muy serio, se inclinó hacia ella y la miró fijamente a los ojos.

–Yo veo a los espíritus, y puedo compartir esa habilidad contigo durante un corto tiempo, conectando mi mente y la tuya. De nada.

Ella intentó apartar la mirada. Lazarus era demasiado intenso, demasiado hipnótico, y el instinto le decía a Cameo que, si no tenía cuidado, se perdería completamente y nadie volvería a encontrarla. Sin embargo, él la tomó de la barbilla y la sujetó, obligándola a mantener la conexión.

En sus ojos oscuros y profundos aparecieron pequeñas llamas que crepitaban y humeaban, literalmente. El humo emanó de él y saturó el aire. Cada vez que ella respiraba, inspiraba el olor a cenizas y a carbón. Su mente se nubló, y sus pensamientos se perdieron. Solo lo veía a él, solo lo conocía a él.

Solo lo deseaba a él.

—¿Qué estás haciendo...? Para... —le dijo, balbuceando, y tuvo la sensación de que se balanceaba.

Él la soltó y rompió el hechizo. Ella pestañeó rápidamente y agitó la cabeza. Se le aclaró el pensamiento, y el olor embriagador desapareció.

—Mira —dijo él, en un tono sombrío.

—No vuelvas a...

¿Qué demonios? ¿Qué eran aquellas cosas?

Estaban por todas partes. Cuerpos de cocodrilo, cabezas humanas... Cabezas de zombi humano. Estaban subiéndose a las estanterías, arrastrándose por el suelo... y todos la miraban como si ella fuera parte de un delicioso bufé.

—¿Sabes que, al día, mueren unas doscientas mil personas? —dijo Cameo, en un tono monótono y desprovisto de emoción—. En nuestro mundo. Nuestro otro mundo.

—Y, como en este solo quedamos nosotros dos, somos los próximos. ¿Es eso lo que estás intentando decir?

Ella sacó dos de sus dagas.

—No. Lo que quiero decir es que voy a llegar a esa cuota matando a todas estas cosas.

Baden, el antiguo guardián de la Desconfianza, estaba en el centro de un círculo de grandes piedras. Era como una versión aumentada de Stonehenge. Entre cada una de las piedras había una pared de niebla sobre la que se proyectaban escenas. Escenas de las vidas de sus amigos.

Cameo necesitaba su ayuda. No veía más allá de la apariencia curtida de su compañero, y no sabía que él era más un monstruo que los que la rodeaban. Y él no podía decírselo, porque estaba atrapado allí.

Y no solo estaba atrapado, sino que estaba atrapado con Cronus, el antiguo guardián de la Avaricia, y Rhea, la antigua guardiana de la Lucha. Ambos eran reyes destronados que buscaban a un servidor obediente.

«Pues en mí no van a encontrarlo», pensó Baden.

Y también estaba Pandora. Ella nunca había tenido que albergar a un demonio, pero siempre había sido insoportable.

A los cuatro los habían decapitado en la vida natural, y sus cuatro espíritus habían abandonado el cuerpo mutilado y habían flotado hasta allí sin poder parar el viaje. Y, en aquel momento, no podían marcharse de allí, fuera el lugar que fuera.

—¿Por qué te torturas de este modo?

La voz dulce y suave sonó a sus espaldas, pero la cadencia era engañosa. Se dio la vuelta y vio a Pandora emerger de la niebla. Medía un metro ochenta y cinco centímetros y tenía muy mal genio, con una melena tan negra que su brillo era azul. Sus rasgos eran afilados, pero bonitos, y el resto de su cuerpo tenía casi tantos músculos como él. En general, era un bonito paquete, si a uno le gustaban las mujeres con el corazón de hielo.

Él prefería un poco de calor en su cama, gracias.

Llevaban en guerra desde que él había llegado, atacándose el uno al otro de todas las formas imaginables. Sin embargo, en cuanto habían llegado Cronus y Rhea, se habían unido en contra de la realeza.

—Torin está con la Reina Roja —dijo Baden—. Y ella tiene...

—¿Qué? ¿Con la Reina Roja? Déjame verlo.

Pandora se acercó a la pantalla de niebla que mostraba la interacción de Torin con la legendaria mujer, cuyo inmenso poder había creado el Triángulo de las Bermudas, cuyo temperamento había causado la Edad del Hielo. Una mujer que había extendido una red de espías en todos los reinos que existían, en todas las casas reales, en todas las razas de inmortales y de seres humanos. Había muy pocas cosas que ella no supiera.

Y muy pocas cosas que no pudiera hacer.

Si dos clanes estaban en guerra y ella tomaba partido por uno de los dos bandos, el otro se rendía inmediatamente.

Para un hombre muerto como él, era un imposible.

Torin y ella estaban en el Reino del Llanto, jugando al doctor Ken y a la Barbie Maníaca Homicida. Él nunca había visto a Torin tan decidido a curar a nadie.

¿Acaso quería darse un revolcón con ella, pese a las consecuencias?

«No puedo reprochárselo». Aunque, si él pudiera elegir entre varias bellezas, elegiría alguien con menos impulsos asesinos. Había estado atado a una víbora morena durante miles de años. Una mujer dulce sería un cambio muy refrescante para él.

Bueno, de todos modos, él sabía lo mucho que deseaba Torin encontrar a Cameo y a Viola y llevarlas con el resto de sus amigos.

—¿Crees que la Reina Roja podría salvarnos? —preguntó Pandora, frotándose las manos.

—Si sobrevive a la enfermedad, y si Torin llega a saber cuál es la magnitud de sus capacidades... Sí. Él se asegurará de que ella emprenda una búsqueda exitosa y de que nos rescate.

En primer lugar, Keeley podría conseguir un par de coronas de serpientes de Hades, que había trapicheado, negociado y matado para conseguir todas las que se habían forjado. Tanto los seres humanos como los inmortales podían llevar aquellas reliquias místicas, que hacían tangible a cualquier espíritu para su portador. Y, lo más importante de todo era que también un espíritu como él podía llevar una de aquellas coronas, de modo que sería tangible para todo el mundo.

«Puedo reclamar todo lo que he perdido».

–Pero, Pandy –añadió Baden, con una sonrisa–: Los dos sabemos que vendrá por mí, y solo por mí. Tú te quedarás aquí, a menos que yo decida llevarte conmigo. Piénsalo la próxima vez que quieras luchar contra mí.

Capítulo 8

«Tengo que hacer otra elección, ¿no?».

Keeley pensó que, durante tres días, Torin había cuidado de ella mejor que sus padres negligentes, su marido sádico y su amante infiel. ¡Juntos! Había satisfecho todas sus necesidades, le había proporcionado comida y agua y la había protegido de los depredadores, y le había limpiado el sudor de la frente. Incluso le había tallado en madera todo un zoo de animales en miniatura, y cada uno de ellos era un tesoro de exquisitos detalles.

Le había lanzado las piezas con un gruñido: «Toma»; parecía que estaba inseguro de cómo iba a recibir ella los regalos.

«¡Míos! ¡Nunca los compartiré!».

Ahora le debía la muerte, y le debía la vida. Y no tenía ni idea de qué hacer al respecto.

¿Había cuidado así de Mari, también?

Keeley recordaba cómo lloraba. «No te mueras. Vamos, Mari, quédate conmigo». Se dio cuenta de que él sí había cuidado de Mari. En medio de su dolor, había pasado por alto el de Torin.

En la cárcel, debía de haberse sacado el corazón como forma de supervivencia, porque estaba roto y ya no era capaz de regenerarse.

Ella notó una punzada en el estómago.

De nuevo, oyó el consejo de Mari: «Perdónalo. Haz borrón y cuenta nueva. Es lo mejor».

Intentó pensar una buena protesta, pero estaba cambiando de opinión. Torin había cometido un error, y se arrepentía. Estaba dolido y, seguramente, lo estaría durante el resto de su vida. Ella no necesitaba hacer nada más, ¿no?

—Torin —dijo.

Él estaba ocupado preparando su siguiente comida, de espaldas a ella. Se le tensaron los músculos.

—¿Sí, Keys?

—¿Estoy completamente fuera de peligro? —preguntó.

Nunca había tenido más que un catarro, y no estaba preparada para el primer asalto con el demonio de Torin. Se había sentido como si tragara ácido, como si la quemaran viva, como si le rompieran todos los huesos del cuerpo y llenaran las grietas de hielo.

«Pero, por lo menos, estoy viva».

¿Eran tan horribles todas las enfermedades?

—Tal vez lo lamentes —dijo él—. Ahora eres una portadora. Pero sí, vas a sobrevivir.

—Bien —dijo ella.

Sin embargo, ¿estaba bien? Ser portadora significaba que, a partir de aquel momento, ella podía hacer enfermar a la gente.

Tendría que abandonar sus deseos y sueños secretos: conquistar un pequeño reino de inmortales, reinar sobre ellos con benevolencia, casarse con un hombre bueno que nunca provocara su temperamento y, finalmente, crear una familia propia.

Por primera vez, Keeley habría sido querida, adorada.

Tuvo que tragar saliva, porque se le había formado un nudo en la garganta.

—No me siento como si fuera portadora de nada.

—Lo que tú sientas no importa, ¿no te acuerdas? No puedes permitirte ningún otro desliz.

—¿Como hiciste tú?
—Exactamente —respondió él.
Ella replicó con la voz temblorosa:
—Espera y verás. Te demostraré que estás equivocado.
—Por favor, no lo hagas. Morirá gente.
—No, no morirá nadie.
Él ignoró sus respuestas.
—Lo primero que tenemos que hacer es encontrarte unos guantes.
No. ¡No! El suelo tembló un poco.
—Ya tengo suficientes obstáculos. No puedo soportar uno más.
—Lo siento, princesa, pero no podemos deshacer lo que hemos hecho.
Pero sí podían encontrar una cura. Seguro.
«No me concedieron tanto poder para ser víctima de una asquerosa enfermedad».
—Tú dijiste que tendrías que matarme si me convertía en portadora. ¿Por qué no lo has intentado?
—He cambiado de opinión.
—¿Por qué?
El silencio que siguió a su pregunta estaba cargado de terquedad.
Muy bien. Keeley cambió de dirección.
—¿Puedo hacer que te pongas enfermo tú?
¿Podía tocarlo sin que hubiera consecuencias?
¿Quería volver a tocarlo?
Recordó cómo la había protegido durante su pelea con el Innombrable, cómo se habían tocado sus cuerpos, y la euforia de sentirse deseada por el más feroz de los guerreros.
Su caricia había sido tan maravillosa, que superaba lo horrible de la enfermedad.
Y ella ya no podía respirar sin percibir el olor a sándalo y a especias. No podía cerrar los ojos sin ver aquellas esmeraldas brillantes, ni aquella cascada de pelo blanco, ni sus cejas negras. Ni sus labios, tan rojos y tan suaves.

Sintió un arrebato de deseo.

«Sí, sí quiero. Quiero volver a tocarlo». Y quería que él la tocara... por todas partes.

–No –dijo él–. Yo ya soy un portador. Sin embargo, puedo hacer que tú te pongas más enferma aún.

La decepción fue como un jarro de agua fría para su deseo. Se abrazó a sí misma, y preguntó:

–¿Qué planes tienes, ahora que estoy mejor?

–Salir de este reino y volver a casa. Llevarte conmigo.

¿Quería que siguieran juntos?

–Pero, Torin... –dijo ella, con la voz entrecortada.

–¿Sí, Keeley?

Su voz ronca fue como una caricia íntima, y el deseo volvió a apoderarse de ella. Quería decirle que aquello no era inteligente por su parte, pero lo único que pudo decir fue:

–¿Has tenido novia alguna vez? Y, si la has tenido, ¿os habéis acostado?

Aquel era un tema peligroso. Debía proceder con cuidado.

–Sí... y no.

–¿Y cómo se ocupaba ella, o ellas, de tus necesidades? ¿Y tú de las suyas?

–No vamos a mantener esta conversación, Keeley.

–¿Porque te avergüenza?

–Porque no es asunto tuyo.

–No es verdad. El mundo me pertenece, porque tengo un vínculo con él, y eso significa que todo lo referente a todo el mundo es asunto mío.

Él hizo un gesto desdeñoso con la mano.

–Hablando de vínculos, no crees ninguno conmigo.

Aquel rechazo le causó un intenso dolor, y Keeley respondió:

–No te preocupes, no quiero tener ninguna conexión permanente con la peste bubónica.

–Me alegro –replicó él.

Se formó una ligera niebla que comenzó a mojarlos.

—¿Te dejaban tus novias porque no podías satisfacer sus necesidades físicas? —preguntó Keeley. «Quiero hacerle tanto daño como me ha hecho él a mí».

Él se giró, y la miró con furia. Estaba muy pálido.

—Sí —admitió con suavidad—. Así es. ¿Contenta?

No, ni hablar. Y eso era extraño. Solo había querido devolverle el golpe, y ahora sentía el deseo de disculparse. «¿Qué me pasa?».

—Entonces, ¿nunca las tocaste? ¿Ni siquiera con los guantes puestos?

—Rara vez —dijo él con el ceño fruncido—. ¿Y tú y Hades?

—¿Qué quieres saber de nosotros? —preguntó ella, y la niebla desapareció tan rápidamente como había aparecido.

—Os acostabais, ¿no?

¿Había oído hablar él de su escandaloso cortejo?

—Sí. También rompimos.

—¿Por qué?

—Porque, como tú y tus novias, él no podía satisfacer mis necesidades —replicó ella. En concreto, la necesidad de evitar las cicatrices de azufre y las mazmorras.

Torin se pasó la lengua por el borde de los dientes.

—Entonces, ¿eres difícil de satisfacer?

—No, en absoluto. Es facilísimo agradarme.

—No, en absoluto —repitió él, burlonamente—. Llevo varios días cuidando de ti, princesa. Si pudieras agitar una campanilla y captar mi atención cada vez que quisieras algo, nunca dejarías de tocarla. Aunque yo solo estuviera a unos pocos metros de distancia.

Lo decía como si fuera algo malo.

—Soy una reina. Eso es lo que hacemos las reinas.

—Bueno, pues no me extraña que la realeza tenga tan mala fama.

Oh, no. Él no podía insultarla sin sufrir las consecuencias.

—Te sientes honrado por estar en mi presencia, guerrero. Dilo.

—¿O qué? ¿Me vas a hacer explotar? Lo siento, princesa, pero esa amenaza ya ha caducado.

Se oyó un trueno.

—¿Estás diciendo que no puedo hacerte daño a causa del azufre? Porque ya hemos hablado de esto. Puedo encontrar la manera, te lo prometo.

En voz baja, con un tono de tristeza, él respondió:

—Lo que digo es que no me da miedo esa posibilidad. Todo el mundo tiene que morir, más tarde o más temprano.

¿Cómo podía enfrentarse a aquel hombre? Antes nunca había tenido ningún problema para intimidar a un oponente.

Se oyó otro trueno, mucho más fuerte que el anterior.

Torin suspiró. Se colocó frente a ella y le tomó la cara con las manos enguantadas.

—Mírame, princesa. Por favor.

«Me está tocando. Y es bueno, muy bueno. Necesito más. Tengo que tener más». Keeley no podía concentrarse en él.

—Tengo que decirte una cosa —prosiguió él—. Algo que te va a cambiar la vida.

«No te separes nunca de mí».

—Es-tá... bien.

—El conocimiento consiste en saber que el tomate es un fruto. La sabiduría consiste en no ponerlo en una macedonia.

Ella pestañeó. Su mente era incapaz de descifrar el significado de lo que Torin acababa de decirle.

—No sé cómo responder a eso.

Él le acarició los labios con los pulgares y miró al cielo. Asintió y la soltó, sonriendo.

—Creo que la tormenta ha decidido alejarse.

—Me alegro.

«Tócame otra vez». Se dijo que tenía que tentarlo de algún modo para que volviera a haber un contacto físico. Aunque sabía cuáles podían ser las consecuencias, deseaba a Torin, e iba a tenerlo.

«Ayer quería matarlo, y hoy solo pienso en seducirlo. ¿Y qué? Puedo cambiar de opinión, ¿no?».

Decidió que podían ser pareja. Hacía mucho tiempo que ella no disfrutaba del contacto con otra persona, y la presencia de Torin no le permitía olvidarse de aquello. Él había tenido otras novias, así que sabía cómo manejar una relación romántica. Podían conseguir que funcionara. Y tendrían cuidado para no exponerse al peligro.

Lo único que necesitaba era que él accediese.

Y no había mejor momento que aquel para intentarlo.

–Estoy sucia –dijo–. Voy a bañarme.

–Me alegro.

Qué burlón.

No se esperaba su inminente caída.

–Sé amable y ayúdame a quitarme el vestido –le pidió ella.

A él se le escapó un sonido ahogado.

–No tiene broches ni cremallera. Solo tienes que sacártelo por la cabeza.

–Pues eso está muy bien, porque, con lo fuerte que eres, no tendrás ningún problema.

Él la miró con ardor y se humedeció los labios.

–¿A qué estás jugando, princesa?

–¿Importa eso?

–Sí. ¿Y por qué me miras así?

–¿Cómo?

–Como si fuera un héroe. No soy un héroe. Soy un villano.

–De acuerdo, pues sé un buen villano y ayúdame a quitarme el vestido.

–No –respondió él, ahogadamente–. No voy a acercarme a ti.

Torin estaba tentado, sí, pero ¿hasta qué punto podía controlarse a sí mismo?

—Muy bien. Me acercaré yo —dijo ella, y caminó hacia él moviendo las caderas. Entonces, alargó los brazos.

Él se alejó, pero volvió al instante.

Ella lo agarró de las muñecas y le posó las manos en sus caderas.

Él se resistió. Al principio.

—Relájate, guerrero. Tenemos la protección de la ropa.

Torin apretó los dedos y la agarró con fuerza. ¿Acaso pensaba que iba a salir volando como un globo?

—¿Y qué es... lo siguiente? —preguntó él, entre dientes.

No era exactamente una rendición, pero se acercaba bastante.

Ella se inclinó hacia delante y, con cuidado de no tocarlo, le dijo cerca del oído:

—Lo único que necesitas es sentirte bien.

—Eso puedo hacerlo.

La estrechó contra sí y, de repente, las partes más blandas de ella estaban acopladas a las partes más duras de él. A Torin se le escapó un gruñido bajo que hizo vibrar su pecho como si, en aquel momento robado, se hubiera convertido en poco más que un animal.

—Lo estoy haciendo en este momento.

El placer... Los pensamientos sobre tener cuidado se desvanecieron como la niebla.

—¿Te gustaría hacer algo más?

—Más. Sí.

A Torin se le separaron los labios como si estuviera luchando por respirar y, con una mirada salvaje, la abrazó con fuerza.

—Voy a tomar más, y te va a gustar.

Cualquier otro día, a ella le habría encantado la presión de su abrazo, pero la fiebre la había dejado frágil y dolorida, y cabía la posibilidad de que, al estar tan cerca del azufre, se debilitara más a cada segundo.

—Ten cuidado conmigo —susurró.

Fue como si le hubiera dado un puñetazo. Él soltó una maldición y se alejó de ella, rompiendo el contacto.

Inaceptable. Keeley lo siguió y, cuando él no pudo llegar más lejos, le abrazó por los hombros.

—No te he dicho que pararas, guerrero.

—Deberías haberlo hecho. ¿Y tu promesa de hacerme daño?

¿Qué pasaba con ella? La sangre le ardió cuando se frotó contra él. Aquella fricción deliciosa aumentaba la necesidad que tenía de él. ¿Qué pasaría si le mordisqueaba los labios... y metía la lengua en su boca?

¡Tenía que resistirse!

—Keeley.

—No hables. Solo muévete contra mí.

Hubo un momento de inactividad. Después, él onduló las caderas y presionó su erección contra el sexo de Keeley. Cuando ella jadeó, él se retiró. Se movió en círculo, y a ella se le escapó otro jadeo. Él la ciñó aún más contra sí, la frotó con más fuerza.

Sí. ¡Sí! Aquello era exactamente lo que necesitaba. Sin embargo, él la apretó más fuerte con las manos, y eso le dolió un poco, y gruñó. Un segundo después, había... ¿terminado?

Él la apartó de sí y, con los puños apretados, intentó recuperar el aliento.

—Solamente voy a decírtelo una vez: entre nosotros no va a ocurrir nada, princesa. Si vuelves a intentar algo así, verás una faceta de mí que hasta los monstruos temen.

A ella le temblaban las rodillas.

—Muy bien. Como quieras.

Por el momento. Ella no era de las que se rendían. Sonrió y se quitó el vestido ante sus ojos.

—Ya me ocuparé yo de mí misma.

A él se le abrieron más las aletas de la nariz y, una vez

más, se alejó de ella. Sin embargo, no pudo dejar de mirarla, de devorarla con los ojos.

—Métete al agua —le dijo Torin—. Ahora mismo.

—¿Por qué? ¿Es que te parezco repulsiva? —le preguntó Keeley.

Lentamente, se dio la vuelta y caminó hacia el manantial. Sin embargo, no subió para meterse al agua; puso una pierna en el borde de la pileta y lo miró, rezando por que hubiera algo que a él le pareciera atractivo. Se pasó una mano por un costado, y dijo:

—¿O te parezco irresistible?

Durante la eternidad que tardó Keeley en meterse al agua, Torin tuvo que luchar contra su instinto más básico, que le impulsaba a tocar, a tomar, a poseer. Y, después, a no separarse nunca más de ella. Keeley sería suya, solo suya.

Aquella mujer era impresionante, pero la atracción que sentía por ella iba más allá de su aspecto. Era abierta y sincera, cosa rara. También era valiente; era la primera de sus amantes que mencionaba lo más evidente: «¿Te dejaban tus novias porque no podías satisfacer sus necesidades físicas?». Y lo había hecho de una manera despreocupada, como si estuvieran hablando del tiempo. Todo el mundo evitaba aquel tema, pero ella... Parecía que no se daba cuenta de que él nunca sería lo suficientemente bueno para ella. Que pronto, ella necesitaría más de lo que él podía darle.

Demonios, ¿y por qué no lo entendía él? Sentía un cosquilleo en las manos, por ella. Sus pechos... El vello cobalto que había entre sus piernas... Podría jugar con ella, hundir los dedos en su cuerpo con delicadeza. No sería demasiado agresivo con ella. No volvería a estrecharla con demasiada fuerza, ni embestiría con demasiada fuerza. No iba a permitírselo a sí mismo. A ella iba a gustarle lo que le hiciera.

O no.

La decepción era su especialidad, tal y como acababa de demostrar.

Keeley se inclinó sobre el borde del manantial y rebuscó en la mochila. Las puntas de sus pechos exquisitos asomaron por encima de la superficie del agua. Sus pezones eran como arándanos maduros.

«Aparta la mirada».

Ella sacó una pastilla de jabón y sonrió seductoramente.

–Estoy a punto de convertirme en la reina de la limpieza –canturreó. Después, clavó los ojos en él y dijo, bajando la voz–: Aunque podrías convencerme de que me ensuciara de nuevo.

¿Había muerto alguna vez un hombre por exceso de deseo, o él iba a ser el primero?

¿Qué quería Keeley de él?

¿Cómo la había satisfecho Hades?

Qué pregunta tan estúpida. Aquel tipo estaba el primero en su lista la gente que debía eliminar. Era el enemigo número uno.

«Tengo que poner distancia entre nosotros ahora mismo».

–Voy a cazar algo de cena para esta noche.

Keeley se sobresaltó, y jadeó:

–Pero...

–¿Vas a decirme que me vas a echar de menos, princesa? –preguntó él, burlonamente, con la intención de enfadarla–. Qué dulce.

Ella entornó los párpados.

–Si soy una princesa, entonces tú eres un príncipe azul. Así que, adelante, tómate el tiempo que necesites, príncipe. En este momento, estoy segura de que me voy a divertir mucho yo sola, de todos modos.

Un golpe directo.

Él se dio la vuelta para marcharse.

–Torin –dijo.

—¿Qué?

—Va a llover muy pronto, y será mejor que estemos lejos de este reino cuando empiece.

—¿Por qué?

—¿Te gustaría ahogarte?

—¿A quién le iba a gustar ahogarse?

—Pues ese es el motivo.

¿Y qué tenía que ver la lluvia con ahogarse?

—Volveré en cuanto pueda —dijo.

Después, se alejó de allí como si tuviera fuego en los pies. En el resto del cuerpo lo tenía, sin duda.

¿Por qué le estaba haciendo aquello? ¿Por qué se estaba comportando como si todo estuviera perdonado, como si le preocupara su bienestar, como si fuera a morirse si no se acostaba con él?

¿Acaso era una forma de castigo? Tal vez, pero Torin no lo creía. Su forma de mirarlo antes de entrar en aquel baño... como si ya pudiera sentirlo dentro de su cuerpo...

Tuvo que reajustarse el pantalón para evitar que su erección escapara.

¿De veras se sentía atraída por él? No era tan irresistible como su amigo Paris, el guardián de la Promiscuidad, ni tan decidido como Strider, el guardián de la Derrota, pero, sí, tenía la fiereza de un guerrero. Desde que el demonio lo había poseído, muchas mujeres habían intentado disfrutar de sus atractivos.

«Pero no puedo pisar la línea con Keeley. Caricias con guantes por aquí y por allá... Si lo hago mal, no podré vivir con las consecuencias».

Caminó por el bosque durante una hora antes de dar con el rastro de... algo. Un grupo de animales de cuatro patas que le resultaban desconocidos. Siguió las huellas, que eran una combinación de marcas de pezuñas y de garras, hasta que vio a su presa. Eran unos ciervos enormes que estaban de espaldas a él, sin saber que se habían convertido en el plato principal de su cena.

Había salido del campamento sin la pistola ni el rifle, así que tendría que utilizar la daga. Bien. Daba igual. Le iría bien un poco de pelea. Subió a un árbol, se colocó para el ataque y dio un silbido.

Uno de los animales se puso muy rígido. El más grande se giró y buscó al culpable con la mirada, y aquel fue el momento en que Torin se dio cuenta de la realidad. No eran ciervos, sino una mezcla de león, demonio y gorila. Su expresión era de fiereza.

Torin se quedó inmóvil.

«Tal vez pueda escapar sin que me vean».

Por supuesto, aquel fue el momento en que el animal miró hacia arriba y le clavó los ojos, que eran de color rojo luminoso como el de un neón.

Demasiado tarde.

«Allá voy», pensó, y saltó del árbol.

El ruido de las ramitas partiéndose avisó a Keeley de que se acercaba un visitante. ¿Por fin habían llegado los sirvientes de Hades?

Al oír un murmullo de enfado, supo quién era el recién llegado, y no se trataba de una horda de demonios. Con entusiasmo, se puso en pie y se alisó la camiseta y los pantalones de camuflaje que había encontrado en la mochila de Torin.

Él apareció entre el follaje y la vio. Se detuvo en seco y la recorrió con la mirada. Sus ojos se llenaron de calor.

Ella esperó a que comenzaran las alabanzas.

—Ha habido una tormenta mientras yo estaba fuera —dijo Torin.

De acuerdo. No era exactamente lo que ella esperaba, pero tampoco era una pérdida total.

—Sí —dijo Keeley. Durante su vida, había aprendido a dirigir cualquier conversación hacia el punto que ella deseaba—. La lluvia ha hecho que se abrieran las flores, como...

—Aunque no ha durado —la interrumpió él.

—Exacto —dijo ella. Porque no se había debido al clima de aquel reino, sino a ella—. Mi baño ha hecho que...

—Y no te has ahogado.

¡Aj!

—No —respondió Keeley y, mientras se pasaba una mano por el costado, añadió—: Yo también he florecido, ¿no crees?

Él se encogió de hombros.

—Supongo que sí.

Ella se quedó decepcionada, y pensó que debía devolverle el insulto. Ojo por ojo. Sin embargo, se dio cuenta de que estaba sombrío, y solo tuvo ganas de calmarlo.

—¿Estás bien? —le preguntó.

Tenía los brazos y el cuello llenos de arañazos, y sujetaba con la mano la pierna del Nephilim que había estado arrastrando.

—Estoy bien. Aquí está la cena —dijo él, arrojando a la criatura hacia la hoguera que ella había hecho—. No tienes que preocuparte de que lo haya tocado. La enfermedad murió con él.

—¿Eh? ¿Yo soy la que no tiene que preocuparse?

—Sí, tú. Tú cocinas. Nosotros comemos.

A causa de Hades y su veneno, ella solo comía lo que encontraba.

—Mientras —añadió Torin—, yo voy a bañarme.

—¡No! —gritó Keeley—. No te acerques al manantial.

Todavía no. Eso acabaría con las buenas vibraciones que tenían en aquel momento.

Él frunció el ceño y, haciendo gala de la terquedad que estaba demostrando, se acercó de dos zancadas al agua.

—¿En serio? —gritó.

—Bueno —dijo ella, cambiando el peso del cuerpo de un pie a otro—. Han aparecido dos de los prisioneros a los que liberaste, y se les ha ocurrido desahuciarme después de disfrutar conmigo —explicó. Aquella era la causa de la tormenta—. A ellos sí les parecí irresistible —gruñó.

Él miró a su alrededor por el campamento, y ella lamentó no tener la capacidad de alterar la percepción de otras personas. Por suerte, el manantial tenía algún tipo de sistema de filtración, y ya no estaba lleno de pedazos de carne sanguinolentos.

–¿Los has matado antes de que te tocaran? –preguntó Torin.

–Soy la invencible Reina Roja. ¿Qué te creías?

–Está bien –dijo él. Se inclinó y recogió con los dedos enguantados algo que parecía un resto de intestino. Lo tiró hacia los árboles, y añadió–: Creo que se han ganado su merecido.

«Ahora lo deseo más que nunca».

–Bueno –dijo ella, para distraerse–. Sobre la cena... ya te he preparado un festín. Lo siento, pero no hay ningún plato de asado en el menú.

Keeley había oído decir que el mejor modo de llegar a un hombre era a través de su estómago. Eso le parecía raro, porque ella se había abierto camino con un puñetazo a través del torso de un hombre y sabía perfectamente que el mejor modo de llegar a su corazón era a través de la cuarta y quinta costillas, pero entendía el espíritu de aquel refrán. Si conseguía suavizar las emociones de Torin hacia ella, tal vez pudiera tentarlo con más facilidad para que él le proporcionara placer.

«Después de todo, me lo debe». ¿No era él quien la había puesto triste? ¿No estaba obligado a ponerla contenta? «Solamente así podremos hacer borrón y cuenta nueva».

–No exagero al decirte que va a ser la mejor cena de tu vida –le dijo, y se acercó a él con un plato lleno de comida–. De nada.

Él hizo un gesto de repugnancia al ver el contenido del plato.

–Ramas. Hojas. Setas. ¿Bichos? Paso.

–Lo interpretaré como un «Sí, gracias».

–Interprétalo como un «no».

–¿Un «no» suave? ¿Algo como un «quizá»?

—Un «no» absoluto.
—Entonces, ¿te guardo un poco para después?
—Guárdalo para nunca.
—Pero... —balbuceó ella. «He salido a buscar comida para ti»—. Está bien, no importa —dijo y, para disimular su desilusión, se metió una seta en la boca—. Tú te lo pierdes.
—No, más bien salgo ganando.
—Alguien tiene ganas de discutir.
—¿Qué puedo decir? Sacas lo peor de mí.
De repente, una niebla ligera empezó a caer sobre ellos.
—¿Tan orgulloso estás de ti mismo? —le preguntó Keeley, suavemente—. Estoy a cinco segundos de suicidarme y después matarte a ti.
Torin miró a su alrededor y suspiró.
—¿Sabías que el cincuenta y uno por ciento de las estadísticas no vale para nada?
—Eh... No.
—Sí, y siete quintos de la población no entiende las fracciones.
—¿Y eso es... malo?
La niebla desapareció, y Torin dijo:
—Voy a darme un baño.
Él se sacó la camisa por el cuello, y la protesta de Keeley murió antes de llegar a sus labios. No pudo apartar la mirada, y un calor embriagador invadió su mente y se extendió por todo su cuerpo.
Torin se detuvo antes de quitarse el pantalón.
—Date la vuelta.
—¿Por qué? ¿Eres tímido?
—Tal vez piense que no hay ningún motivo para tentar a una mujer hambrienta con algo que no va a poder tener nunca.
Un recordatorio de su resistencia para desanimarla. Bien, por el momento le permitiría pensar que había ganado. Las victorias llegaban con un buen plan, y ya era hora de que ella ideara alguno.

—Voy a rehusar tu invitación a cocinar, gracias —dijo, y se dio la vuelta.

El sonido de la ropa le produjo un cosquilleo en los oídos.

—No te lo recomiendo —dijo Torin—. Me muero de hambre y, como seguramente habrás notado, me pongo de muy mal humor cuando tengo hambre.

—¿De verdad quieres comerte al descendiente de un ángel caído?

—¿Disculpa?

Cuando oyó un chapoteo, Keeley se dio la vuelta. Él estaba sumergido hasta los hombros.

—¿Cuántos años tienes? —le preguntó. Un inmortal con la edad suficiente habría reconocido a la bestia que acababa de matar.

—Soy lo suficientemente viejo como para tener sentido común. Lo suficientemente viejo como para utilizar solo una frase para ligar: «Eh, nena, será mejor que llames al servicio de emergencias, porque acabo de caerme redondo por ti y no puedo levantarme».

Una frase para ligar... una frase para ligar... Ella se estrujó el cerebro hasta que encontró otra, y se puso muy contenta.

—La mía sería: «Las rosas son rojas, las violetas son azules, y si no haces lo que digo, te mato».

Él se quedó mirándola un largo rato, como si fuera a echarse a reír, o a soltar una maldición.

—En serio —insistió Keeley—. ¿Cuántos años tienes?

—Digamos que, como mínimo, tres mil, y dejémoslo así.

—Así que, básicamente, no eres más que un bebé.

No era de extrañar que le diera vergüenza decírselo.

Al ver que él se limitaba a tomar la pastilla de jabón, ella se lo quitó de la cabeza y se pasó la siguiente media hora deshaciéndose del Nephilim, porque no quería que el hedor de su cuerpo putrefacto atrajera a sus compañeros. Ellos siempre iban en manada. El mal era un parásito que dependía de los demás para sobrevivir.

Así era exactamente como veían todos a los Curators, pensó, con un suspiro. ¿Y así era como Torin la veía a ella?

Sí, probablemente. Su actitud con respecto al vínculo...

Formar un vínculo con él era posible, pero ella tendría que ser más cuidadosa que nunca, sobre todo, teniendo en cuenta la nueva dirección que había tomado su relación.

—¿Cómo podemos salir de este reino? —preguntó Torin.

—Te gustaría saberlo, ¿eh? —le espetó ella. Estaba irritada con él.

—Eh, sí. Por eso te lo he preguntado.

«Cálmate. Todavía no ha hecho nada malo».

Keeley no pudo resistirse a mirarlo otra vez. Torin ya se había puesto unos pantalones limpios, pero la cintura le colgaba de las caderas y dejaba a la vista una línea de vello del mismo color que sus cejas. Era un hombre bellísimo.

—Es muy sencillo —dijo Keeley—. Encontramos la llave y abrimos la puerta.

—¿Y si ya tengo una llave? ¿Dónde está la puerta?

Él había dicho «una llave». No «la llave». Una interesante elección. ¿Cuál era su juego?

—Está al borde del reino, a unos tres días de camino de aquí. También puedo teletransportarte hasta allí, y no tardaríamos ni un segundo. Solo tendrías que cortarte las cicatrices de azufre.

Él sonrió.

—Gracias, pero prefiero caminar.

Ella se encogió de hombros como si no tuviera importancia.

—Mejor. Así tendremos más tiempo para estar juntos.

Él se puso la camisa, y exclamó con ironía:

—¡Qué bien!

Un arrebato de ira, un trueno.

—Me da la impresión de que no sabes la suerte que tienes. La gente me habría pagado una fortuna por tenerme en su bando en tiempos de guerra.

—Pero es que yo soy tu oponente.

—Yo pensaba que ya no, pero puedo cambiar de opinión otra vez.

Antes de que Torin pudiera responder, aparecieron los tres prisioneros con los que él había trabajado para someterla, y atacaron el campamento. Por instinto, ella provocó una gran ráfaga de viento para empujarlos hacia atrás, pero ellos debían de haberse protegido con cicatrices de azufre, porque atravesaron el viento y se acercaron. Torin había sacado una daga, y se puso delante de ella para protegerla.

La ira que Keeley sentía hacia él se apagó.

Antes de que el trío pudiera alcanzarlo, ella lanzó cientos de ramas y de árboles al camino, tantos, que los guerreros no pudieron atravesarlos. Sin embargo, lo intentaron con ahínco, violentamente, más decididos a llegar hasta ella de lo que nunca hubiera pensado.

—¿Cómo te gustaría que terminara esto? —le preguntó a Torin—. Estoy abierta a sugerencias.

—Vamos hacia la puerta.

—Puedo contenerlos con árboles cuando salga del campamento, pero lo más seguro es que los inmortales se liberen pronto y nos sigan.

—Si todo va como a mí me gustaría, estaremos en el reino siguiente antes de que nos alcancen.

—Tenemos que darnos prisa. Las cicatrices...

—No me las voy a quitar.

—Muy bien.

«Pero, cuando por fin estés en mi cama, príncipe azul, esas cicatrices son lo primero que van a desaparecer, te guste o no...».

Capítulo 9

Los siguientes días fueron los más difíciles de la vida de Torin. Literalmente.

Keeley era la tentación envuelta en el deseo, en el éxtasis y en la satisfacción, y a él ya no le cabía ninguna duda de que había sido creada solo para torturarlo.

Su forma de hablar y de caminar era puro sexo. Su olor era comestible. Seguramente, emanaba feromonas y algún tipo de droga superadictiva. Tenía una fuerza incomparable, y un sentido del humor un poco retorcido, como el suyo. Él no entendía muy bien su forma de pensar, no sabía qué era lo que se le pasaba por la preciosa cabeza, y ese misterio le intrigaba. Algunas veces, las cosas que decía lo dejaban asombrado, otras veces le resultaban divertidas, otras veces lo enfadaban, pero nunca le causaban aburrimiento.

La lealtad que ella sentía hacia su amiga sobrepasaba la que él sentía hacia sus amigos. Los pequeños sonidos que emitía cuando disfrutaba de lo que estaba comiendo eran como una caricia auditiva; aunque, en realidad, no comía mucho, cosa que él no entendía. Cuando le había preguntado el motivo, ella se había quedado callada.

Aunque en un principio había pensado otra cosa, no era cruel, no estaba loca... Al menos, para él. Keeley era... perfecta.

Tenía una imperiosa necesidad de protegerla, incluso de sí misma. Quería estar a su lado por si lo necesitaba, para calmar sus peores emociones antes de que el mundo que los rodeaba pudiera reaccionar: las tormentas cuando se enfadaba, la nieve cuando se entristecía y el brillo del sol cuando estaba contenta. Aquello último ocurría pocas veces.

Parecía que solo él era capaz de despertar aquellas emociones, como si tuviera su corazón en la palma de la mano. Y aquella era otra de las razones por las que anhelaba estar con ella. Porque él la afectaba, y eso le gustaba.

Mientras caminaban por el reino hacia la salida, había intentado concentrarse en sus aficiones, con tal de apartarse de la cabeza deseos que no tenía por qué albergar. Había tallado un juego completo de ajedrez, cuyas piezas eran gnomos. Había plegado cientos de hojas para darles forma de flor.

Keeley se las robaba.

Eso era algo más que le gustaba: tomaba lo que quería.

—Está lloviendo —le dijo ella, a su espalda.

—Ya me he dado cuenta.

Aquella tormenta no tenía nada que ver con las emociones de Keeley. Había empezado la mañana anterior, y no había cesado ni un momento. Los charcos, o lagos, más bien, le llegaban a los tobillos.

Sin embargo, ni siquiera aquella caída constante de agua fría le había ayudado. Estaba dolorido y anhelante. No podía pasar un minuto más sin acariciar a Keeley. No iba a quitarse los guantes, por supuesto. Le tomaría los pechos y jugaría entre sus piernas con delicadeza, y eso sería suficiente.

Tendría que ser suficiente.

Pero no lo sería, ¿verdad?

Abrió a cuchilladas un paso entre el follaje, con más fuerza de la debida. Después, miró hacia atrás para asegurarse de que ella no se hubiera quedado atrás, de nuevo.

Ella se había detenido a mirarse las uñas, de nuevo.

Él debería sentirse molesto, pero el hecho de que ella no se hubiera marchado sola le ponía demasiado contento como para eso. El trío terrible se había protegido con cicatrices de azufre y andaba por ahí suelto. Ante tal amenaza, ella necesitaba un guerrero fuerte que la defendiera.

Aunque Torin sabía que aquello era una excusa, porque Keeley había demostrado que podía defenderse perfectamente sola. Sin embargo, no sabía cuidarse: nunca comía a menos que él insistiera, solo dormía cuando estaba enferma y, a menudo, se quedaba ensimismada y se olvidaba del resto del mundo.

¿Qué pensaba en aquellos momentos? ¿En Hades?

«Quiero arrancarle las bolas y metérselas por la garganta».

—Keeley —dijo Torin—. Anda.

Ella frunció los labios al pasar junto a él.

—¿Estás de mal humor?

Demonios... El balanceo de sus caderas... ¿Le colgaba la lengua?

«Tengo que ser un hombre, no un tonto perdidamente enamorado».

Nunca le había pasado algo así, y pensó que solo había un motivo:

—¿Acaso has formado un vínculo conmigo?

Ella lo miró con irritación.

—Como soy una de las personas más inteligentes del planeta, puedo decir felizmente que no.

—Bien —dijo él. En el fondo, la respuesta le había decepcionado.

Empezaron a caer copos de nieve que se mezclaron con la lluvia.

Había herido sus sentimientos.

¡Estupendo! Aparte de todo lo demás, tenía que lidiar con el sentimiento de culpabilidad. Era hora de que los dos se distrajeran.

—¿Te has dado cuenta de que las criaturas del bosque se han mantenido alejadas de nosotros?

—Claramente, se han extendido los rumores sobre mi fama.

Una explicación tan buena como cualquier otra.

—¿Crees que se preguntan por qué matamos a gente que mata a gente por matar a gente?

—Seguramente, no. Si las criaturas de este sitio tienen medio cerebro, ya tienen demasiado talento.

Él soltó un resoplido, y ella se rio. Entonces, los dos se echaron a reír con ganas, y dejó de nevar. Torin había conseguido lo que quería.

Él cortó otro muro de hojas para abrirse camino.

—Tú primero, por favor.

—Mi héroe villano —dijo Keeley, pasando por delante de Torin—. ¿Sabe tu madre que eres tan caballeroso?

Él sintió un dolor en el pecho.

—No tengo madre.

—¿Cómo? —preguntó ella, y lo miró con curiosidad—. ¿A ti tampoco te ha leído nadie un cuento por las noches, al acostarte?

¿Tampoco?

—Yo vine a este mundo completamente formado. ¿Y tú?

—Yo vine a la vieja usanza, aunque no me gusta nada pensar en mi madre, que era una persona fría y sin emociones, y en mi padre, que era un avaricioso, retozando.

Sin emociones y avaricioso. A Torin no le gustó pensar en que Keeley hubiera tenido que aguantar esa situación. Su Hada de Azúcar debería haber tenido todos los mimos del mundo.

Hizo ademán de apartarle un mechón de pelo mojado de la mejilla, pero se contuvo a tiempo y apretó el puño. Cada vez le resultaba más difícil contenerse.

—¿Fueron crueles contigo?

—Durante los mejores momentos, sí —dijo ella—. Durante los peores, no me prestaban ni la más mínima atención.

Seguramente, ese es el motivo por el que yo me aseguraba de que hubiera muchos mejores momentos.

A Torin se le rompió el corazón. Sus padres habían sido tan negligentes que su hija prefería que la castigaran a que la ignoraran.

—Lo siento.

Ella se encogió de hombros.

—El pasado me ha hecho como soy. No puedo lamentarme.

No, ella no aceptaba que le tuvieran lástima. Entendido. Sin embargo, él quería saber más sobre ella. Quería saberlo todo.

Porque Keeley le gustaba muchísimo. Era un estúpido por permitírselo, pero le encantaba su físico y, lo más importante, le encantaba cómo era y lo que era.

Sin embargo, nunca había habido una relación que tuviera un peor futuro que la suya.

—He oído decir que los Curators fueron creados antes que los humanos. ¿Es verdad?

—Sí, es cierto. El mundo era nuestro. Pero, entonces, los ángeles caídos desafiaron al Más Alto, perdieron y vinieron aquí. Los Curators que se unieron a ellos perdieron su luz, y la mayoría del mundo se infectó.

—¿No todo?

—Quedó una parte amurallada, un jardín, donde fueron creados los humanos. Pero el líder de los ángeles caídos también encontró una manera de entrar allí.

¿Lucifer?

—La luz de los Curators... He oído hablar de ella, pero no lo entiendo.

—Imagínate que los Curators somos bombillas. Brillamos, literalmente. Es una señal externa de la conciencia que poseemos en nuestro interior.

—¿Y sin la luz?

—Oscuridad absoluta. No hay conciencia.

—¿Y cómo has conservado tú tu luz durante todos estos siglos?

–¿Y por qué piensas que no la he perdido? No puedes verla. Está dentro de mi cuerpo.

–Al principio, pensaba que sí la habías perdido. Ahora sé que no, porque todavía sigo con vida.

Pasaron unos minutos sin que ella respondiera.

–La verdad es que –dijo por fin– estuve a punto de perderla. Durante un tiempo la amargura fue mi mejor amiga, y me envolvió una oscuridad asfixiante. Entonces, apareció Mari y lo iluminó todo. Pude respirar de nuevo y pensar con claridad, y me di cuenta de que hubiera estado dispuesta a soportar mil encarcelamientos más solo por conocerla.

«Y yo se la arrebaté».

¿Cómo iba a perdonarse el hecho de haber destruido a alguien que había sido la única fuente de felicidad de Keeley?

–¿Adónde nos llevará esta puerta? –preguntó, con la voz entrecortada.

–Al siguiente reino.

–¿Y cuál es?

–Uno distinto a este.

–Quiero ir a casa.

–No hay ningún problema –dijo ella, pestañeando con inocencia–. Quítate las cicatrices y te llevaré directamente.

Él sintió la tentación de hacerlo. Ya no parecía que Keeley tuviera intención de enfrentarse a él, pero, si se producía aquel enfrentamiento, las cicatrices serían las únicas armas que tendría para defenderse de ella, y un guerrero nunca entregaba sus armas.

–Quiero ir a casa sin quitarme las cicatrices.

Ella exhaló un suspiro.

–Bueno, pues tengo buenas y malas noticias.

–Empieza con las buenas.

–Las malas –dijo ella, y él puso los ojos en blanco–, son que la única forma de pasar de reino a reino es teletransportarse, o ir abriendo puertas. Pero no puedo teletransportarte, y no tengo las herramientas necesarias para abrir los portales. Eso significa que vamos a tener que viajar de reino en reino hasta que lleguemos a tu casa, y puede que tardemos años –explicó. Entonces, se colocó delante de él y extendió un brazo–. Pero la buena noticia es que, por fin, hemos llegado a una de las puertas.

No era posible. Estaban delante de un precipicio que se abría sobre un inmenso mar de nada.

–Deja que lo adivine –ironizó él–. Tenemos que saltar, y te gustaría que yo saltara el primero.

Ella miró al cielo con resignación.

–Pensar siempre lo peor de todo el mundo es una enfermedad, ¿sabes? ¿Es por cortesía de tu demonio?

–Por cortesía propia.

–Eres agradable.

–La adulación no es más que una forma de mentira, y con ella solo conseguirás que una daga te atraviese las entrañas.

–Una persona mala no me habría avisado. Una persona mala se habría limitado a atacar.

Conteniendo la sonrisa, Keeley se dio la vuelta y extendió la mano. De las puntas de sus dedos surgieron rayos de electricidad que fueron haciéndose más y más anchos y más largos y abrieron grietas en la atmósfera. Aquellas grietas estaban llenas de colores vibrantes.

Se produjo un solo estallido de luz brillante que se expandió a través de los colores como una bala y que ensanchó las grietas y que terminó por unirlas. De ese modo, se creó...

¡Una puerta!

Por ella se veía un mundo nuevo en el que no caía la lluvia.

–Tu llave –dijo Keeley.

Aunque a él no le gustaba la idea de utilizar la Llave de Todo delante de otra persona, teniendo en cuenta que muchísima gente había intentado matar a Cronus para arrebatarle aquella llave, avanzó y posó la mano en el centro de la puerta. Era sólida... al principio. Al instante, el material empezó a temblar bajo su mano, y se onduló desde arriba hasta abajo. Entonces, la barrera desapareció y solo quedó el aire entre ellos y el siguiente reino.

–Vaya, así que tienes la Llave de Todo –dijo–. Supongo que se la quitaste a Cronus antes de que muriera. No me extraña que pudieras escaparte de los calabozos.

Torin no respondió. No quería entablar una conversación que iba a conducirlos irremediablemente a Mari.

–¿Y qué hacemos ahora?

–Puede que esto te parezca un poco salvaje, pero… seguir caminando.

Qué listilla. Torin entró a la tierra seca y estuvo a punto de soltar un aullido de alivio.

Keeley lo siguió.

Él miró a su alrededor y vio otro bosque. Parecía que aquel acababa de salir de una pesadilla. Los árboles eran negros, y había lianas enroscadas en los troncos y las ramas, como si fueran serpientes. Había hogueras ardiendo por todas partes. El aire estaba lleno de humo.

–Bienvenido al reino de lo perdido y lo encontrado –dijo Keeley, abarcando todo lo que la rodeaba con un gesto de las manos.

A medida que caminaba, cambió. Su pelo de color zafiro adquirió un tono rojo oscuro, y varios de los mechones se pusieron del color del chocolate. La piel de hielo se volvió del color de los melocotones y la nata, y sus ojos se convirtieron en dos piedras de ámbar.

Antes, Torin pensaba que era bella, pero, al verla así…

Era deslumbrante.

–¿Qué demonios te ha pasado? –le preguntó con furia. ¿Cómo iba a poder resistirse a ella a partir de aquel momento?

Ella palideció, y Torin no necesitó un cambio de tiempo para saber que había vuelto a herir sus sentimientos.

–Aquí debemos de estar en otoño –respondió Keeley, con frialdad.

Ella suspiró.

—Siento haber sido grosero.

Ella protestó entre dientes y continuó andando.

—Vamos. Hay una cabaña sobre aquella colina.

Las puntas del pelo rojo le llegaban por la cintura, y Torin se preguntó si le harían cosquillas en el estómago cuando ella se sentara a horcajadas sobre su regazo y se moviera con rapidez y con fuerza sobre él, y...

Torin gimió.

Enfermedad protestó airadamente.

«¡Cállate!». A Torin le pareció extraño que el demonio quisiera escapar de la chica y que, sin embargo, no hubiera dudado a la hora de transmitirle una enfermedad. Aunque, bien mirado, tal vez no fuera tan extraño: Enfermedad había atacado como un perro rabioso y acorralado.

«Hay que acabar con los perros rabiosos», pensó.

Aquel era uno de sus grandes deseos.

Siguieron caminando en silencio durante unos minutos. Entonces, él preguntó:

—¿Cómo es que cambias de color así? No me lo habías dicho.

—Sí te lo había dicho. Este cambio sucede naturalmente. Yo soy la estación que me rodea.

Bueno, eso tenía lógica. Torin se preguntó cómo sería en primavera y en verano... y notó que el cuerpo se le endurecía.

Al pasar cerca de uno de los árboles del bosque, una de sus lianas se estiró y se detuvo cerca de Keeley. La olisqueó como si fuera a atacarla. Torin iba a agarrarla, pero, antes de que pudiera hacerlo, Keeley lo hizo en su lugar. Se oyó un grito estridente mientras la liana se convertía en cenizas.

—Impresionante —comentó Torin.

—Obviamente.

«No sonrías».

Si lo hacía, solo iba a conseguir darle alas.

—Una vez me preguntaste mi edad. Ahora me toca a mí. ¿Cuántos años tienes?

—Soy mucho mayor que tú; llevo envejeciendo desde el principio de los tiempos. Eso significa que también soy mucho más sabia que tú. Sé cosas que tu pequeña mente ni siquiera podría entender.

Seguramente, eso era cierto.

—¿Insultas la belleza de mi cerebro cuando ni siquiera lo has visto desnudo? Malos modos, princesa. Muy malos modos.

Ella se puso rígida y, al instante, suspiró.

—Es cierto. Te pido disculpas.

Keeley estaba mejorando mucho a la hora de dominar su genio. Antes, aquella frase suya habría provocado que ella hiciera un discurso explicando que las reinas no se equivocaban nunca.

De repente, a Torin se le pasó una idea por la cabeza. Keeley era muy lista, sabía muchas cosas y llevaba viviendo mucho tiempo. Seguramente, tenía la capacidad de encontrar a Cameo y a Viola... y la caja de Pandora.

Pero ¿podía él confiarle unas tareas tan importantes?

En realidad... sí. Si ella había dicho que iba a hacer algo, lo haría. Su sentido del honor no iba a permitir nada menos que eso.

En la guerra, él nunca había tenido honor. Siempre había luchado sucio. No había sentido reparos a la hora de matar a un objetivo por la espalda, ni de patear a alguien que ya había caído.

Con ella, todo se había vuelto del revés.

Cuando llegaron a la cima de la montaña, Torin vio la cabaña por primera vez. Era una enorme construcción hecha de troncos. La chimenea estaba encendida, y el aire olía a un estupendo asado. ¿Dentro habría un amigo, o un enemigo?

—¿Conoces al dueño?

—Probablemente, no.

—¿Probablemente? ¿Es que no lo sabes?

—Guerrero, tengo millones de recuerdos en la cabeza. Imágenes, conversaciones, planes, batallas, esperanzas, sueños, dolor, pena... Algunas veces, la información se pierde. Algunas veces tengo que deshacerme de algunas cosas.

–Está bien. Deja que yo lleve la voz cantante.

–¿Estás seguro de que eso es lo más inteligente? Este reino está lleno de una raza de gigantes.

–¿Cuáles son sus puntos débiles y fuertes?

–Por supuesto, su punto fuerte es su tamaño. Su punto débil está en sus articulaciones. Tienen que soportar tanto peso que se deterioran rápidamente.

Bien. Torin llamó a la puerta y apretó con fuerza la empuñadura de la daga para lanzar un ataque a las rodillas del gigante. Se oyeron pasos, y las bisagras chirriaron cuando se abrió la puerta. Torin tuvo que mirar hacia arriba. Frente a él había un gigante.

–Debe de ser que no te has enterado, humano. A mí me gusta cazar mi comida –dijo el gigante–. No me gusta que mi comida aparezca en la puerta de mi casa. Le resta toda la diversión.

–No sé cómo sería mi compañero –dijo Keeley–, pero yo soy tan dulce que sería un postre magnífico.

El gigante la miró y, de repente, se le escapó un grito de terror.

–¡Tú!

–Yo diría que te conoce –comentó Torin.

–Seguramente es uno de los recuerdos que he tenido que borrar –respondió ella.

–Me negué a espiar para ti, así que me sacaste uno de los riñones y me obligaste a que me lo comiera –dijo el gigante, temblando.

–Seguro que te encantó. En cuanto al día de hoy, he venido para...

–Para obligarme a que me coma el otro, tal y como me prometiste –balbuceó el gigante–. ¡Lo sabía!

No esperó la respuesta de Keeley, sino que salió de la cabaña y se alejó corriendo a toda velocidad.

Torin se pellizcó el puente de la nariz.

—Me da la sensación de que esto va a ocurrir con frecuencia.
—Gracias.
—Sí, porque lo decía como un cumplido. Espera aquí mientras compruebo si hay más ocupantes.
—¿Que espere aquí? Supongo que ya sabes que el hombre del saco se esconde de mí, ¿no?
—Y tú sabes que el hombre del saco es un cobarde, ¿no? A aquel tipo le gustaba llamar al timbre y esconderse detrás de los matorrales.
—Sí, lo sé. Pero, de todos modos...
—Sí, ya sé que das mucho miedo, pero esa habilidad tuya va a ser un último recurso para nosotros.

Si Keeley tenía que luchar, destruiría la casa y todo lo que había en su interior, y él estaba deseando tres cosas: una comida decente, una cama blanda y, en sus fantasías, una mujer dispuesta.

—Tú hazte a la idea de que soy tu humilde sirviente y que voy a ocuparme de que tengas todas las comodidades.
—¡Ja! No creo que hayamos entrado en el reino de lo imposible es por fin posible.

Torin no respondió. Entró en la cabaña y vio un enorme salón, una enorme cocina y un enorme dormitorio. Las paredes estaban llenas de cabezas de animales disecadas, y la mayoría eran criaturas que él no había visto nunca y que no quería volver a ver. Por lo menos, no había bicho viviente en la penumbra de aquella casa.

Al volver al vestíbulo, vio que Keeley había entrado en la cabaña y se había puesto cómoda en la cocina. La mochila estaba a sus pies.

—¿Es que no entiendes el significado de «espera aquí»? —preguntó él.

Llenó dos cuencos de una sopa que estaba hirviendo en el fuego. Era un caldo de verduras bastante claro al que todavía no se le había añadido carne. Junto a la olla había un pedazo enorme de algo: era una carne negra como la pez.

Debía de ser de un animal extraño, o de los humanos a los que cazaba el gigante.

Torin lo tiró por la ventana y se lavó las manos enguantadas antes de acercarse a la mesa. Percibió un olor a hojas de otoño y a canela, y se puso tenso. Aquel olor era de Keeley. Era tan diferente y tan seductor como su nuevo aspecto, y le llenó los pulmones y la cabeza, provocándole un nuevo arrebato de excitación.

«Tengo que acariciarla de nuevo, y pronto».

«No, nunca».

Torin puso uno de los cuencos delante de ella y se dejó caer con dureza en su asiento.

Enfermedad se golpeó contra las paredes de su cráneo.

—Sí, sí lo entiendo —dijo Keeley—. Pero parece que tú crees que puedes darme órdenes —añadió, jugueteando con la comida. Tomó un poco de caldo, y añadió—: A propósito, te permitiré que lo hagas, pero solo en la cama. Una mujer tiene que poner los límites en alguna parte.

Él se agarró con fuerza a los brazos de la silla, y el sudor comenzó a caerle por las sienes. El corazón estuvo a punto de estallarle en el pecho.

—Come. Y nosotros nunca vamos a estar juntos en una cama, Keys, te lo prometo. Es por tu propio bien.

—Lo sé —gruñó ella, mientras removía el caldo con la cuchara—. Pero la abstinencia no es más fácil por eso.

¿Haciendo mohines porque no podía acostarse con él? Aquello era el sueño de cualquier hombre.

Torin respiró profundamente. Tenía que cambiar de tema.

—¿Alguna vez has puesto en venta tus servicios?

—¿Mi habilidad sexual superior?

—¡No! —exclamó Torin, y rompió sin querer los brazos de la silla.

Ella lo miró con cara de pocos amigos.

—Has reaccionado como si yo no tuviera por qué llegar ahí, y es la conclusión más lógica teniendo en cuenta lo que has dicho antes de preguntar.

—Tienes razón —dijo él. «Me estás matando». Dejó caer los trozos de madera astillados al suelo, y explicó—: Me refería a tus habilidades de Curator.

—¿Por qué? ¿Tienes algún enemigo al que quieres que destroce?

—Necesito ayuda para encontrar a mis amigos. Los quiero del mismo modo que tú querías a Mari.

—Vaya, vaya. Esto demuestra que los demonios sois unos expertos manipuladores. Buen trabajo.

—Solo he dicho algo objetivo. Estoy dispuesto a hacer cualquier cosa por encontrarlos.

Ella enarcó una ceja.

—¿Cualquier cosa?

Aquel tono bajo de su voz... enronquecida por la excitación... le envió una descarga de excitación directamente a las ingles.

¿Cuántas descargas como aquella iba a sentir antes de que terminara la conversación?

—Cualquier cosa, salvo poner en peligro tu vida.

De nuevo, él estaba preocupándose por ella y protegiéndola. ¿Cómo iba a mantener una la distancia emocional? ¿Cómo iba a mantener la distancia física?

Keeley acababa de verlo abriéndose paso por el bosque. Sus músculos se contraían y se tensaban de tal manera, que ella solo quería abalanzarse sobre él. Después, había tenido que verlo recorriendo aquella casa con la determinación de encontrar a algún enemigo para protegerla de él. ¿Se suponía que tenía que hacer caso omiso del hecho de que sus fantasías se hubieran convertido en realidad delante de sus ojos?

Cada vez estaban empezando a importarle menos y menos las consecuencias de estar con él. En realidad, era la necesidad lo que iba a matarla.

Además, podía ser que él estuviera equivocado. ¿Y si, aunque estuvieran juntos, ella no enfermaba por segunda vez? Ella había superado la enfermedad que le había transmitido el demonio, ¿no? Eso tenía que significar algo.

«Tengo que vencer su resistencia de la misma manera que él ha vencido la mía. Además, me lo debe».

En realidad, no, no le debía nada en absoluto.

Tenía que reconocer la verdad. ¿Por qué le había culpado por la muerte de Mari? Su amiga habría encontrado la manera de tocar a Torin aunque él le hubiera dicho que no y hubiera tomado medidas para impedirlo. Mari, pese a toda su bondad, era obstinada y decidida.

Mari había aceptado las condiciones de Cronus. Por fin, Keeley había aceptado la culpabilidad de su amiga por lo que había ocurrido, y ya no tenía ningún resentimiento hacia Torin. El problema era que también había perdido la única defensa que tenía contra su atractivo. Ya no podía evitar que se formara un vínculo.

Él la odiaría por ello.

«No puedo dejar que suceda».

—No te entiendo —le dijo, mirándolo.

—Eso está bien, porque yo tampoco te entiendo a ti —respondió él, empujando hacia ella el cuenco de sopa que le había servido—. Come, por favor.

El «por favor» estuvo a punto de convencerla.

«Disfruta del momento. Toma lo que puedas, mientras puedas».

—¿Quieres saber lo que te va a costar que te ayude a encontrar a tus amigos? —le preguntó—. Está bien. Por cada uno de ellos que encuentre, tendrás que tocarme y darme placer. Cuando yo diga, y como yo diga.

Torin estaba empeñado en resistirse a ella, pero no podría aguantar. Necesitaba un pequeño empujón, y ella iba a dárselo.

«¿Poner las manos sobre Keeley? Sí, por favor».
«¿Darle placer? Mil veces sí».

Torin habría pagado de buena gana aquel privilegio, pero era ella la que estaba dispuesta a pagarle a él. ¿Podía ir mejor su vida? ¿O peor?

«Ten cautela», se dijo.

—¿Tú me deseas?

Ella asintió lentamente.

—¿Y por qué yo?

—¿Y por qué no?

Torin apretó la mandíbula.

—¿Te bastan con las diez razones más importantes, de las que ya hemos hablado, o te bastan un par de ellas?

Ella se recostó en el respaldo de la silla.

—Eres irritante, e incluso defectuoso, pero también eres increíblemente atractivo y, sí, yo soy un poco superficial. Además, estoy desesperada.

La palabra «defectuoso» era un veneno para él. Infectaba todo lo que se encontraba a su paso.

—Así que estás desesperada. Vaya. Me siento halagado.

—¿No debería haber admitido eso?

—¡No! A un hombre le gusta saber que es especial —dijo, y se pasó una mano por la cara. ¿De veras había pronunciado él esas palabras?

—Me has entendido mal. Tú eres especial —respondió ella—. ¿Te he dicho que me gusta mirarte?

—¿Acaso solo te importa el físico de los hombres?

—¿No te he dicho que soy superficial? —respondió ella. Su tono era de broma, y eso calmó la ira de Torin—. Pero lo que estaba intentando decirte —añadió, midiendo bien las palabras, como si no quisiera revelar demasiado—, es que además de todas esas cosas, también eres fuerte y fiero, incluso sanguinario. Y, aunque eres un tipo duro, también eres dulce. Eres una contradicción andante, y eso me fascina. Algunas veces estoy segura de que te sientes atraído por mí y otras veces no estoy segura, pero, a causa de tu demonio, sé que nunca harás nada al respecto si sientes atracción. Por eso, yo tengo la responsabilidad. Quiero sentir placer. Tú estás aquí. Tú puedes dármelo.

La primera parte de su respuesta le dio calor. La segunda lo dejó helado. Él no era más que algo cómodo.

—Dime una cosa. ¿Por qué iba yo a querer proporcionarle placer a una mujer que es ofensiva y también defectuosa?

A ella se le escapó un jadeo.

—Yo no soy defectuosa.

—Querida, tus rabietas te convierten en alguien defectuoso —dijo él. Sin embargo, después añadió—: Pero eres divertida y lista, frágil y, al mismo tiempo, increíblemente dura. Eres un peligro para todas las normas que yo me he impuesto. Y eres guapísima. A mí también me gusta mirarte.

Ella se quedó boquiabierta.

—¿Qué? ¿Es que acaso vas a decirme que nadie te ha dicho lo guapa que eres? En ese caso, tendré que perseguir a todos los tipos que te hayas cruzado en la vida y llamarles idiotas.

—¿Guapísima? ¿De verdad?

—Sí. Pero tengo que rechazar tu generosa oferta —dijo él—. Las sesiones de toqueteos, por muy recatadas que sean, pondrían en peligro tu vida. Te recuerdo que acabas de recuperarte de tu primera enfermedad.

—Pero...

—Nada de «peros». Te he visto retorcerte de dolor y gritar pidiendo piedad, y he odiado verte así. Ahora estás mejor, pero ¿quién sabe si te recuperarías una segunda vez?

—¿Estás intentando decirme, amablemente, que no te gustó acariciarme?

—No, en absoluto. Yo no soy amable, ¿es que no te has dado cuenta?

—¿Piensas alguna vez en acariciarme?

«Todo el tiempo».

—Princesa, yo ardo por ti —respondió él. No quería que hubiera malentendidos entre ellos en aquel respecto.

Ella se deslizó por la silla, hacia delante, hasta que sus rodillas se tocaron, y él tuvo que tragarse un gruñido animal y agarrarse al borde de la mesa para no tocarla. Sin embargo, el borde de la mesa también se rompió.

A Keeley se le escapó otro jadeo... de sorpresa o, tal vez, de excitación.

—Pero tienes que pensar en las posibles consecuencias que puede haber si seguimos ese camino —dijo Torin. «¿Maldita sea, de un no absoluto, a esto?»—. Puede ocurrir un accidente, aunque yo tenga los guantes puestos y los dos estemos vestidos. Además, puede que tengas demasiadas expectativas.

Ella frunció el ceño.

—¿Qué quieres decir con eso?

Él no iba a explicárselo. Tenía demasiado orgullo. Hizo un gesto vago en el aire, con la mano.

—Sí, o no. ¿Estás dispuesta a correr el riesgo?

Ella no vaciló.

—Sí. Estoy dispuesta.

Torin tuvo que contener el impulso de agarrarla y sentarla en su regazo. Necesitaba planear el mejor modo de proceder... de satisfacer sus necesidades sin hacerle daño.

—Ahora que ya hemos establecido cuál será el pago —dijo ella—, ¿cuántos amigos tuyos han desaparecido?

—Dos amigas, y un tercero, si sabes seguir el rastro de los espíritus de los muertos —dijo Torin. Había estado buscando al antiguo guardián de la Desconfianza, Baden, desde que se había enterado de que todavía estaba en algún lugar, atrapado en otro reino—. Fue asesinado hace varios siglos.

—Yo sigo el rastro de los espíritus de la misma manera que sigo el rastro de todo el mundo. Con facilidad. Y espero el mismo pago.

Sí, él iba a pagarla. Le pagaría con dureza...

«No. Con delicadeza. He de ser delicado con ella». Preferiría morir antes que asustarla, hacerle daño o hacer que se arrepintiera de sentir deseo por él.

—Lo tendrás.
Ella lo miró fijamente.
—¿Y eso es todo? ¿Solo tres tareas?
—Otra cosa más, si es posible. Encontrar y destruir la caja de Pandora.
—DimOuniak, quieres decir.
Aquel era el nombre oficial. Torin asintió.
Ella pensó durante un momento.
—Sí, eso también puedo hacerlo. ¿Por dónde te gustaría que empezara?
—Por encontrar a Cameo y Viola.
Ella tamborileó con los dedos en la mesa.
—¿Son novias tuyas?
¿Estaba celosa?
Aquella idea le excitó.
Oh, qué sorpresa. En realidad, todo lo que ella hacía y decía le causaba excitación.
—No —respondió.
—Bueno. ¿Y qué les ocurrió?
—Tocaron algo que no debían tocar y se desvanecieron en el aire.
—Necesito más detalles.
—¿Sabes lo que es la Vara Cortadora? —le preguntó.
—Todo el mundo lo sabe.
—¿Y sabes lo que hace?
—Sí, claro.
Bueno, nadie más sabía eso.
—Cuéntamelo.
—Funciona en combinación con otros tres artefactos: la Jaula de la Compulsión, la Capa de la Invisibilidad y el Ojo que Todo lo Ve. Necesito las cuatro cosas para hacer lo que me has pedido, pero eso no es ningún problema, porque sé dónde están. Las robé y las escondí hace muchísimo tiempo, y...
—En realidad, tú no sabes dónde están. Mis amigos y yo las encontramos.

–Espera, no sé si te he oído bien –dijo ella. Se inclinó hacia delante y posó las manos en sus muslos–. ¿Ya tienes todo eso?

Torin sintió el calor de la piel de Keeley a través del cuero de los pantalones, y se le escapó un silbido. Era demasiado... y no era suficiente.

«Necesito más. Tengo que conseguir más».

–Exacto –dijo y, con un supremo esfuerzo, le quitó las manos de sus muslos.

Pagaría a Keeley cuando llegara el momento, pero no podía permitir que ocurriera nada más entre ellos. Nada de roces espontáneos. Eso le llevaría a la ruina.

Pero sería maravilloso.

–Entonces, no me necesitas –dijo Keeley, con un mohín–. Puedes encontrar a tus amigas, a tu amigo muerto y la caja de Pandora sin mí.

Torin se frotó el pecho, y dijo:

–Nosotros no sabemos cómo poner en funcionamiento los artefactos.

–¿Me estás diciendo que tenéis los medios para encontrar a cualquiera, o cualquier cosa del mundo, incluyendo el objeto más deseado del mundo y cualquier puerta de este mundo o de otros, y no sabéis cómo hacerlo?

–Explícame una cosa, por favor: ¿Cuál es el objeto más deseado? –preguntó él. ¿Se trataba de la caja?

Ella se quedó desconcertada por un momento.

–¿Cómo puede habérseme olvidado? –preguntó, por fin, en un tono de reverencia–. Él es parte de una guerra que ni siquiera entiende, lo que significa que, gracias a mis espías, él tiene respuestas para preguntas que ni siquiera sabe formular.

«Por favor, no te encierres en ti misma ni en tus pensamientos».

Por suerte, Keeley salió de su ensimismamiento unos segundos más tarde.

–Tienes que darme los artefactos –le dijo–. Yo debo poseer los cuatro. Sin ellos, no puedo encontrar a tus amigos.

–No son míos –dijo él, y suspiró. ¿Para qué discutir?–. Está bien. Los artefactos están en poder de otros guerreros poseídos por demonios. Debes jurar que no matarás a ninguno, ni les harás daño. Ni dejarás que ningún otro los mate o les haga daño.

Hubo una pausa. Entonces, con una voz desprovista de toda emoción, Keeley preguntó:

–¿Y si ellos me atacan a mí?

Fuera de la cabaña había empezado a llover suavemente.

–No van a hacerte daño.
–¿Cómo puedes estar tan seguro?
–Yo no lo permitiría.

La lluvia cesó tan rápidamente como había comenzado. ¿Acaso había pensado Keeley que él iba a quedarse de brazos cruzados si sus amigos intentaban matarla?

Nunca.

–Muy bien –dijo ella, asintiendo–. Lo prometo.

Él exhaló un suspiro de alivio.

–Gracias. Háblame de esa guerra que yo no entiendo.

En los ojos de Keeley apareció un brillo calculador.

–Esa información no era parte de nuestro trato, guerrero. Tiene un precio.

Eso haría un total de cinco pagos. Sin embargo, Torin supo que ella insistiría en que aquello se lo pagara ese mismo día.

Su resistencia se resquebrajó. ¿Acaso había algún motivo para retrasarlo?

Él la agarró del pelo suavemente y tiró de ella para acercársela.

–Keeley.

Su respiración cálida le acarició la cara.

–Sí, Torin.
–Quiero…

«Quiero que estés a salvo», pensó él.
Sabía que un solo momento de debilidad podía costarles muy caro a los dos.
Recuperó la resistencia, y dejó que Keeley volviera a su silla.
—Está bien, de acuerdo —dijo.
Ella se echó a temblar, y él se preguntó si había tenido miedo de que la besara, o si había deseado que continuara hasta el final.
—Los Titanes y los Griegos quieren la caja —le explicó ella—. No porque deseen terminar con el reinado de terror de los Señores del Inframundo, sino porque quieren poseer lo que todavía hay en ella.
—Dentro nunca ha habido más que demonios, y te aseguro que nadie los quería.
—Te equivocas. Escúchame. Zeus no ordenó a Pandora que custodiara dimOuniak porque los demonios estuvieran encerrados dentro. ¿Crees que le importaba? Es egoísta y está sediento de poder. No le importa el destino de los humanos ni de los Griegos. Solo se preocupa de sí mismo.
Indiscutible.
—Entonces, ¿por qué le ordenó a alguien que guardara la caja?
—Por lo que todavía queda dentro.
—Dentro había demonios. Fueron liberados y colocados dentro de mis amigos y de mí. La caja está vacía.
—Guerrero, en tu razonamiento hay un gran error. Hay demonios a patadas. ¿Por qué iba a preocuparse de los que están en la caja y no de los que había sueltos por ahí?
—Porque los nuestros son más poderosos.
—¿Es un intento de halagarte a ti mismo? —preguntó ella, negando con la cabeza—. Piénsalo bien. Nadie encerró a los demonios en esa caja para salvar al mundo del mal. El mal ya estaba aquí. Encerraron a los demonios en esa caja para que la gente no pudiera hacerse con el tesoro.
—¿Qué tesoro?

La expresión de Keeley se suavizó, y dijo con reverencia:

—La Estrella de la Mañana.

Él se estrujó el cerebro, pero no dio con la información.

—¿Y qué es eso?

—Algo que hizo el Más Alto, una extensión de su poder. Es un poder incluso más grande que el mío. Con él, nada es imposible. Se puede resucitar a los muertos. Se puede curar cualquier enfermedad. Los demonios pueden sacarse de sus huéspedes sin consecuencias negativas.

Lo que estaba describiendo Keeley eran todos sus sueños hechos realidad. Podría librarse de Enfermedad y recuperar su antigua gloria. Tendría la vida que siempre había anhelado... podría tener todo lo que deseaba.

Podría resucitar a Mari.

Podría tener a Keeley en su cama, desnuda, para hacer lo que quería hacer con ella. Sin consecuencias.

Podría acariciarla, recorrer sus curvas y deleitarse con el calor y la suavidad de su piel. La haría gemir y retorcerse, metería los dedos en su cuerpo y, después, lamería toda la miel que ella le ofreciera... Y, después, la llenaría por completo.

Torin cambió todo su plan de vida. Cambió sus objetivos. Empezó a sentir esperanza.

«Nada me impedirá conseguir la Estrella de la Mañana».

—Sabía que eso te iba a gustar —dijo ella, con una sonrisa—. Originalmente, los humanos poseían la Estrella de la Mañana, pero Lucifer la robó y la puso en la caja, con los demonios, para asustar a cualquier posible ladrón. Pero Zeus se hizo con ella.

—Pero, si esa Estrella de la Mañana es tan importante, ¿por qué se la dio a Pandora? Solo es una guerrera más, y bastante incompetente, por cierto.

—A ella no le dieron la caja por lo que podía hacer, sino por lo que no podía hacer. Sabían que no iba a ser capaz de resistirse a abrirla. He oído hablar de su insaciable curiosidad.

—Pero... si eso es cierto, ¿por qué no abrió la caja Zeus? ¿Y por qué nos castigó a mis amigos y a mí por hacerlo?

—Él quería la Estrella de la Mañana, no la ira de los demonios. Y a vosotros no os castigó por abrir la caja, sino por perderla.

Torin asimiló toda aquella información y se quedó paralizado.

—Si Zeus había estado esperando a que alguien la abriera, ¿por qué no la agarró cuando todos estábamos tan ocupados luchando contra los demonios?

—Alguien se le adelantó.

—¿Quién?

—No importa —dijo ella.

De repente, se puso rígida y prestó atención hacia un lateral, como si acabara de oír un ruido extraño. Frunció el ceño.

Él estuvo a punto de gemir al pensar en que, de nuevo, iba a encerrarse en sí misma.

Sin embargo, Keeley dijo:

—Los sirvientes de Hades me han encontrado.

Se puso en pie de un salto y tomó un cuchillo de la encimera de la cocina.

Capítulo 10

Keeley agarró con fuerza el mango del cuchillo. Los sirvientes la habían encontrado en aquel otro reino, y no iban a conformarse con provocarla como debían hacer en el interior de la prisión.

«¿Me arrodillo ante vos, reina de la suciedad?».

«Eh, perrito, perrito». Le lanzaron una rata entre los barrotes de la celda. «Toma este aperitivo delicioso».

Risotadas, carcajadas, cacareos. O, cuánto había llegado a odiar aquellos cacareos.

Sin embargo, aquel día habían ido a luchar contra ella.

¿A quiénes habría enviado Hades? Había muchos sirvientes distintos entre los que elegir: con forma de animal, humanoides, Nephilim, espíritus...

—¿Tienes verdadera experiencia para luchar en una batalla? —le preguntó Torin, tomando otro cuchillo de los que había en la cocina.

¿Acaso no recordaba que le había golpeado la cara con una rama?

—Sí, un poco.

En realidad, todas sus peleas habían terminado a los pocos segundos, y ella no había tenido que dar ni un puñetazo; sin embargo, no podía utilizar ese método, porque echaría abajo la cabaña y Torin resultaría herido. Por culpa de sus estúpidas cicatrices de azufre, no podía teletransportarlo a otro lugar.

—Si te marcharas —le dijo—, yo podría...
Él alzó una mano y la interrumpió.
—No voy a ir a ninguna parte.
—Pero...
—No, princesa. Si tú estás aquí, yo también. Y punto.
Ella dio una patada en el suelo.
—¡Nada de punto! —gritó, y la casa empezó a tambalearse—. Tengo habilidades especiales cuando me enfado mucho, y voy a usarlas. Tu presencia es un obstáculo para mí. Así pues, quiero que te marchas, o voy a... voy a...
—Vamos, vamos, princesa. ¿Te estás concentrando en mí?

«Me está calmando...».

«Ya me conoce bien. Sabe que él es mi debilidad».

—Sé que tienes superpoderes —continuó Torin—, pero tengo ganas de pelea. La necesito. Hazme el favor de dejar que yo me ocupe de esto, ¿de acuerdo?

«No debo hacer caso de cómo me late el corazón».

La casa dejó de temblar.

—Es un plan muy malo —murmuró Keeley—. No voy a poder controlar mi reacción si resultas herido. Creo que lo mejor sería que no hubiera ninguna pelea.

Sí. Era una excelente idea. Keeley salió corriendo hacia la puerta y, de camino, se cortó la muñeca.

—¿Qué estás haciendo?

Ella dejó caer gotas de sangre frente a la puerta. Sin embargo, cuando llegó a la primera ventana, la herida ya se le había cerrado y tuvo que cortarse otra vez.

—Estoy bloqueándoles el paso a los demonios.

—Bueno, pues deja de hacer eso ahora mismo. Si nuestro enemigo no puede atraparnos aquí, irán a buscarnos a cualquier otro sitio.

Ella lo ignoró, y dijo:

—El mal no puede entrar en una casa marcada con la sangre de un ser puro. Y yo tengo la luz de los Curators en mi interior, así que todavía soy pura.

Cuando llegó a la última ventana, ocho demonios entraron rompiendo el cristal. Los añicos salieron disparados en todas las direcciones. Varios de ellos le hicieron cortes en la piel.

Ella se quedó inmóvil.

Los monstruos tenían forma de animales, los que menos le gustaban de todos. Eran arañas con diez patas cada una, y caminaban por la pared. Sin embargo, las patas no tenían los extremos suaves y pegajosos. Sus terminaciones eran ganchos de metal que arañaban todo lo que tocaban.

Los demonios la miraron con una sonrisa despreciativa, mostrándole sus afilados colmillos.

Tenían algo que le impidió teletransportarse de reino en reino. Seguramente, tenían cicatrices, marcas que anulaban su poder, por cortesía de Hades.

–Nuestro señor se ha enterado de que has escapado, y quiere hablar contigo, Keeleycael. No te pienses que vas a disfrutar de la conversación.

Hades podía teletransportar a quien quisiera a cualquier lugar, salvo a ella. Siempre había detestado eso.

–Oh, no os preocupéis. Muy pronto tendré una charla con vuestro rey.

Aparentaba estar calmada, pero por dentro estaba temblando.

«No estoy lista para enfrentarme a él. Todavía no. Pero pronto».

Antes de su conversación con Torin se había olvidado de la Estrella de la Mañana. Cuando estuviera en su poder, podría matar a Hades, liberar a Torin y a todos sus amigos y devolverle la vida a Mari. Todo, de un plumazo.

Entonces, podría crear el reino de sus sueños. Sería vasto, inexpugnable y diverso. Un hogar para inmortales que, como ella, hubieran sido rechazados por su propia gente.

Sin embargo, iba a evaluar de nuevo su idea de casarse con un hombre bueno y dulce. Estaba pensando que ella estaría mejor con alguien... volátil.

—Voy a daros cinco segundos para que os marchéis —intervino Torin. Se colocó entre los demonios y Keeley, con un cuchillo en cada mano, y dijo—: Si os quedáis, os sacaré los intestinos por la boca.

Aquella amenaza no sentó nada bien a los sirvientes. Le silbaron con odio.

—Uno —dijo Torin—. Cinco.

No dio más avisos, y se abalanzó sobre ellos.

Las arañas cayeron del techo y las paredes y se lanzaron hacia él. Ella quedó olvidada momentáneamente. Sintió una preocupación que le resultaba desconocida. Si le tocaban un solo pelo de la cabeza a su guerrero...

Vaya. De acuerdo.

No tenía que haberse preocupado.

Torin cayó de rodillas casi en el último momento y se deslizó por el suelo, por debajo de uno de los demonios, mientras le pasaba la punta del cuchillo por el torso. Las entrañas del monstruo cayeron al suelo y se desparramaron. Todavía latían.

Uno menos. Y había caído de una manera espectacular.

Keeley comenzó a aplaudir dando saltitos y, de repente, siete pares de ojos se clavaron en ella.

Sonrió con frialdad, y dijo:

—No podéis culpar al guardián de la Enfermedad por lo que ha hecho. Os avisó.

Sus palabras fueron recibidas con diferentes niveles de rabia. Todos los demonios se pusieron en acción, salvo dos. Torin los había agarrado por las patas y tiró de ellos hacia atrás. Entonces los soltó y le clavó un cuchillo a cada uno en la cabeza.

Tres menos.

«Deja ya de mirarlo con adoración y ponte a pelear».

Quedaban cinco demonios, y estaban casi a su alcance. Keeley se movió y cortó una garra que se dirigía hacia su cuello, y otra que se dirigía hacia su corazón. Una tercera garra le golpeó en el brazo, pero ella, aprovechando el impulso de sus movimientos, se dejó caer de rodillas y salió del círculo de la lucha. Apuñaló a un demonio por la espalda y le destrozó los riñones.

Cuatro menos.

Aquello era, casi, divertido.

Una de las garras se extendió hacia ella, y Torin la agarró y la apartó de su camino. Con la otra mano, le lanzó una cuchillada al culpable. Se oyó otro golpe.

«Es como música para mis oídos».

—Apártate —le ladró Torin.

¿A ella? Eso no era música.

—Lo estaba haciendo perfectamente.

—Pero me toca a mí —replicó Torin.

Se puso a danzar entre los sirvientes de Hades sin dejar de mover los cuchillos y, a cada uno de sus movimientos, cortó un miembro de las arañas. En un momento dado, miró con dureza a Keeley. ¿Acaso quería asegurarse de que ella lo estuviera mirando a él?

«¿Estará intentando impresionarme?».

Tuvo un cosquilleo en el pecho. Nadie había hecho nunca nada parecido por ella. El rey Mandriael estaba tan impresionado consigo mismo, que pensaba que los demás también lo estaban. A Hades no le importaba lo suficiente.

Un momento. Aquel cosquilleo tan cálido... ¿era el comienzo de un vínculo? Keeley tragó saliva y cabeceó. ¡No! No podía formar lazos con Torin. Sin embargo, aquel calor se intensificó, y el cosquilleo se volvió más fuerte.

«Tengo que pararlo».

Él lanzó un corazón caliente a sus pies.

Era un regalo.

El calor creció dentro de ella, y Keeley comenzó a sudar.

«Si me vinculo a él, me echará de su vida».

A la pila de vísceras que él estaba lanzando a sus pies se unió una pata, una espina dorsal, un páncreas... y un estómago.

Cada vez sentía más calor, tanto, que se estaba quemando.

«Va a ocurrir en cualquier momento, quiera o no quiera...».

Tal vez Torin cambiara de opinión con respecto al vínculo. Después de todo, le había tallado un juego de ajedrez. Había apartado las ramas de su camino y había ido a buscarle comida. Había hecho todo eso por ella.

También se había asegurado de que tuviera un lecho blando por las noches. Le había preguntado si tenía frío, y había avivado el fuego si ella le respondía que sí.

—¿Ni siquiera estabas mirando? —le preguntó él, en aquel momento.

Su tono de incredulidad la sacó de su ensimismamiento. Lo miró. Estaba lleno de sangre del enemigo, y tenía varias heridas en el pecho.

«Nunca lo había visto tan bello».

—Los demonios... —dijo Keeley.

—Todos están muertos. No pueden convertirse en portadores. Pero tú no has mirado.

—Claro que sí —dijo ella, intentando disimular que le temblaban las rodillas—. Ha sido un trabajo impresionante, príncipe azul. Uno de los mejores que he visto en mi vida.

A él se le hinchó el pecho de orgullo.

—Puedo llegar a ser temible.

¿Acaso le había dicho alguien lo contrario?

«Obligaré al culpable a que se arrodille ante él y le ruegue clemencia».

—Puedes, y lo has sido.

Él asintió con satisfacción.

—¿Van a venir a buscarte más demonios?

—Seguramente, hoy no. Pero pronto —dijo ella.

Cuando Hades no viera el regreso de sus arañas, sabría que habían muerto, y querría vengarse.

Él no era de los que dejaban pasar una ofensa, ni siquiera la más insignificante.

—¿Por qué te han atacado? —preguntó Torin.

—Tienen la misión de informar a Hades sobre mí.
—¿Por qué? ¿Todavía te desea?
—Tal vez. Pero no porque me quiera, si es lo que estás pensando. Ni siquiera me quería cuando estábamos juntos, o no me habría vendido a Cronus a cambio de un barril de whisky —dijo ella, con amargura—. Yo soy una amenaza para él, y a Hades no le gustan las amenazas.

La expresión de Torin se volvió de rabia.

—¿Por un barril de whisky? ¿Tú, que tienes un valor infinito?

Y, justo en aquel momento, el vínculo terminó de formarse por completo.

A ella se le escapó un grito de dolor, y un infierno de llamas estalló dentro de ella. Su poder estalló, crepitó salvajemente y, de repente, la necesidad que sentía por Torin aumentó hasta un nivel casi insoportable.

—¿Qué te ocurre? —preguntó él.

«¿Cómo puedo haber permitido que sucediera esto? No puedo decírselo».

—Nada... nada. Estoy bien —dijo ella, con un jadeo.

«Nunca había experimentado nada tan delicioso. Tengo que tocar a Torin».

No, no.

—Te brillan mucho los ojos —dijo él—. Y me estás mirando de una manera que...

Ella se relamió los labios. «Tengo que besarlo».

—¿Cómo te estoy mirando?

—Como si no solo fuera un héroe... sino alguien especial —respondió Torin, escupiendo las palabras.

—Eso no debería sorprenderte. Te dije que lo eras.

—¡No, no lo soy! Todavía no.

«Tengo que poseerlo».

—En este momento no soy nada recomendable —dijo él, y retrocedió para alejarse de ella—. Ya lo sabes, pero estás permitiendo que el deseo influya en tu pensamiento lógico. Creía que eras más lista.

¿La estaba culpando, o luchando contra sus propias emociones?

Eso era: el deseo de Torin fluía por el vínculo y alimentaba el suyo.

«Tengo que fingir que no lo siento».

«No, no puedo fingir. Estoy demasiado desesperada».

—Y yo creía que tú eras más listo —le dijo—. Tú no puedes decidir lo que ocurre entre nosotros. Ya no.

Keeley se acercó a él lentamente. Podría haberse frotado contra él, pero no lo hizo. Aún no. Se detuvo a un centímetro de distancia.

—Tú no eres el depredador en esta situación, sino yo. Yo tomo lo que quiero.

Él continuó alejándose, aunque tenía las mejillas sonrojadas a causa de la pasión.

Ella lo siguió con determinación.

—No voy a permitir que me niegues mi premio.

Él miró su boca, y las pupilas se le dilataron. El calor que irradiaba Torin era una magnífica caricia.

—El premio... ¿por haberme dado información?

—Utiliza la excusa que quieras —le dijo ella. Por primera vez en mucho tiempo, a Keeley no le importó el mañana, solo el presente. El momento. El hecho de estar con aquel hombre—. Pero esto va a suceder.

Por fin, Keeley apretó su pecho contra el de Torin.

Él no retrocedió más. Se quedó inmóvil, apretando los dientes, como si estuviera luchando por no perder el dominio sobre sí mismo.

«Yo le ayudaré a que lo pierda».

Pasó un dedo por el cuello de su camisa y descendió hasta su cintura, con cuidado de evitar sus heridas. Él la maldijo, pero no se apartó.

—¿Más? —preguntó ella, y extendió las palmas de las manos sobre su pecho. Los latidos de su corazón eran erráticos. Lentamente, Keeley deslizó las manos hacia arriba y terminó rodeándole la nuca.

–Keeley –susurró él. Después, agitó la cabeza–. Deberíamos esperar. La Estrella de la Mañana.

–No quiero esperar. Ya no –respondió ella.

Se puso de puntillas y sus labios se acercaron más a cada segundo que pasaba, hasta que llegaron a un punto en el que ya no pudieron volverse atrás–. Quiero lo que quiero, cuando lo quiero.

Ambos se quedaron sin respiración, suspendidos en un momento de agonía y placer. En realidad, no estaban haciendo nada, pero la promesa de obtener más era una tentación irresistible... Keeley se acercó más y posó los labios sobre los de Torin.

Él se sobresaltó. Ella lamió. Él mantuvo la boca cerrada, pero sus labios se relajaron. «¿Todavía piensa que puede resistirse a mí?». Se disolvió contra él, uniendo más sus cuerpos, y volvió a lamerlo. En aquella ocasión, él sacó ligeramente la lengua para encontrarse con la de ella.

Eso fue el detonante de todo lo demás. Él gimió y abrió la boca por completo. Sus lenguas se unieron y ella se sintió invadida por una marea de éxtasis. Torin la besó con aspereza, con desesperación, y la empujó hasta la pared. La agarró por la cintura y la levantó sin que sus bocas se separaran ni un instante. De repente, sus cuerpos estaban perfectamente alineados. Ella lo rodeó con las piernas, y él metió los dedos entre su pelo. Sin embargo, sus manos no permanecieron mucho tiempo allí. Pronto las deslizó sobre ella, le apretó los hombros y tomó sus pechos, mientras sus caderas se frotaban.

–Eres tan maravillosamente duro... –jadeó ella.

–Y tú eres tan maravillosamente blanda –respondió él, mientras seguía frotándose con fuerza.

Ella gimió su nombre, y él rugió de agonía y se apartó de ella repentinamente. Keeley cayó al suelo.

Torin estaba temblando.

Ella temblaba con más fuerza que él, y estaba jadeando. Se irguió.

Él la miró con los ojos entrecerrados, intentando respirar.

–No deberías haber hecho eso, y yo no debería habértelo permitido.

–El daño ya está hecho, si es que hay algún daño.

–El contacto prolongado...

–No me importa. Quiero más.

Él apretó los puños.

–¿Quieres más, princesa? Muy bien, lo tendrás. Solo espero que estés preparada.

Torin agarró a Keeley por la nuca y la estrechó contra sí. Desde que había terminado de luchar contra las arañas, el deseo lo estaba reconcomiendo por dentro. En realidad, desde mucho antes.

En cuanto el demonio Enfermedad lo había poseído, el hambre era lo único que había quedado para él, y nunca había aprendido a hacer las cosas despacio y a tomar un poco y después otro poco. No sabía hacer que una comida durara. Lo único que quería era darse un festín hasta que no quedara nada. Cuando ella se había atrevido a cruzar la distancia que los separaba, y Torin se había sentido envuelto en su olor a canela, no había podido seguir resistiéndose.

Entonces, ella lo había besado, y él se había sentido como si se tirara en paracaídas. El descenso le había encantado, pero detestaba la caída. O, más bien, le habría encantado si hubiera sobrevivido. El viejo Torin había sido devorado por las llamas, pero de ellas había surgido un Torin nuevo, más fuerte y más débil a la vez, y Keeley se había convertido en su única fuente de agua. Un hombre necesitaba el agua para sobrevivir.

Metió la lengua en su boca. Sus dientes entrechocaron, causándole dolor. Su lengua rodó contra la de ella, y ella correspondió a cada una de sus caricias. Ella le rodeó la cintura con las manos y se aferró a él como si temiera que fuera a desvanecerse en cualquier momento.

La saboreó, obligándose a ser delicado con ella, tomándose su tiempo para memorizar cada uno de sus exquisitos detalles. La sedosidad de su pelo, la caricia de su piel aterciopelada, su olor a miel y el azúcar de su sabor.

–Torin –jadeó ella–. Quiero...

–No –respondió él. Sabía que había ocurrido lo peor. Ella quería terminar con el beso–. Lo haré mejor.

–Eso es imposible –dijo ella, con una sonrisa llena de dulzura.

Él se relajó y la estrechó contra sí.

–Quiero más.

–Sí –respondió Keeley contra sus labios–. Me lo has prometido. Yo desearía que...

–¿Qué? ¿Qué es lo que deseas? Dímelo y te lo daré.

–Deja que te lo enseñe –respondió ella. Lo tendió en el suelo y se sentó a horcajadas sobre él–. Mantén las manos a ambos lados del cuerpo.

¿Acaso no quería que la acariciara? Aquella idea fue peor que ninguna de las amenazas que ella hubiera podido hacerle.

–¿Por qué? –le preguntó angustiado–. ¿Acaso soy demasiado brusco contigo?

–¿Demasiado brusco? Guerrero, no se puede ser demasiado brusco conmigo. Pero esta es la primera vez que te pongo las manos encima y, probablemente, que te ponen las manos encima a ti. Tengo intención de disfrutar de cada segundo y asegurarme de que tú disfrutes también.

Sí...

–Yo no puedo resistirme a acariciarte.

Le tomó los pechos con ambas manos y se deleitó con su carnosidad, con su peso. Las puntas se hincharon bajo sus palmas, y él notó la transformación. Magnífico.

Ella lo agarró por el cuello de la camisa y rasgó la tela.

Entonces, pasó las manos y las uñas por la carne que acababa de sanarse.

—Acaríciame, pero, hagas lo que hagas, no dejes de besarme, príncipe.

—Nada podría impedírmelo —dijo él, y la agarró del pelo para atraerla hacia sí. Con cuidado.

Sin embargo, Keeley gimió en tono de aprobación, y él olvidó las advertencias que le hacía su mente. Ella había dicho que no era demasiado brusco con ella, y Keeley nunca mentía. Sus lenguas se encontraron ansiosamente, y Torin sintió un placer salvaje y carnal. Cuanto más se exigían el uno al otro, más se daban. Él la devoró.

«Estaba muriéndome de hambre, y ella es un banquete».

—Más —le ordenó.

—Te daré más si dejas de contenerte —le dijo Keeley—. No me voy a romper.

Bueno, pero cabía la posibilidad de que él sí. Estaba jadeando.

«Pero ella jadea con más fuerza que yo». Keeley tenía la boca roja, hinchada y húmeda.

—No sabes lo que me estás pidiendo —le dijo él.

—¿Pidiendo? No, cariño. Estoy exigiéndote. Quiero que seas más brusco conmigo —dijo ella, y presionó su boca con los labios, con firmeza, lamiéndole el interior.

«Estoy perdiendo el control...».

Él la besó con más fuerza y, aunque se odió a sí mismo, supo que la presión era excesiva, pero no pudo parar, porque estaba dolorido. Tenía los músculos contraídos y sentía el deseo más feroz de su vida. No solo quería acariciar a Keeley. Quería poseerla y obligarla a que sus sentimientos fueran tan violentos como los que él estaba experimentando.

Al fin, perdió el control.

No iba a ser delicado. La llevaría hasta el clímax y, después, perseguiría su propio éxtasis.

La besó con más dureza y más rapidez, pero no parecía que a ella le importara. Keeley gimió y se retorció contra él. Le arañó la espalda y, de no ser por la tela de la camisa, le habría hecho sangrar.

A él le encantó.

Deslizó las palmas de las manos sobre sus pechos y pasó los dedos pulgares por sus pezones. Los guantes le molestaban, y dejó de besarla tan solo lo necesario para quitárselos con los dientes. Sus manos regresaron a ella inmediatamente. Se sacó la camisa por la cabeza y posó las manos sobre su sexo. Al notar su suavidad y su calor, se estremeció. Era lo más dulce que había tocado nunca.

Ella gimió de nuevo y se arqueó contra él, y Torin notó que su erección aumentaba contra la bragueta de su pantalón. Estaba a un paso de desnudarla y hundirse en su cuerpo.

Ella había nacido para él. Estaba seguro de eso.

Tomó sus nalgas con las manos y la apretó contra su cuerpo, salvajemente, pero no pareció que a ella le importara. Sus pezones le rozaban el pecho y Torin disfrutó de aquella fricción mientras musitaba su nombre una y otra vez.

«¡Baja el ritmo!».

Iba a explotar en cualquier momento. Aquella necesidad...

Era demasiado intensa. Era adictiva.

«No podré dejarla nunca». El demonio no importaba. No importaría hasta más tarde.

De repente, una sensación fría como el hielo invadió su interior.

«El demonio. Más tarde».

Aquellas palabras reverberaron en su mente, y el hielo se apoderó del resto de su ser. Keeley iba a ponerse enferma otra vez. Ellos dos lo habían provocado y, que él supiera, cuanto más tiempo la besara y la tocara, más enferma se pondría.

Nunca había mantenido un contacto prolongado con nadie, y aquello era nuevo para él. No estaba seguro de lo que iba a suceder.

¿Y si ella moría?

Se apartó de Keeley con un rugido. Ella cayó al suelo mientras él se ponía en pie de un salto. ¿Qué había hecho?

—Lo siento muchísimo, princesa. Debería haberte obligado a esperar.

Ella se puso en pie con las piernas temblorosas.

—Yo solo siento que hayas parado —dijo, e intentó alcanzarlo.

—No —respondió él, esquivándola—. No podemos.

—Sí podemos.

—No, Keys, no podemos —dijo él, y dio unos pasos hacia atrás para evitar caer en la tentación de volver a tocarla—. Tenemos que prepararnos. Vas a ponerte enferma.

Ella se detuvo, y aquel recordatorio alteró toda su actitud. Pasó de estar relajada y flexible a estar tensa y comedida.

—Lo siento —repitió él.

Sin embargo, aquellas palabras nunca serían lo suficientemente buenas.

Capítulo 11

Keeley sacó dos camisetas de la mochila. No podía dejar de temblar. Torin y ella se vistieron y buscaron unas tijeras, una aguja e hilo por la casa.

Entonces, ella se sentó frente al fuego que ardía en la chimenea y empezó a cortar y a coser pedazos de tela de las camisetas viejas, aunque no estaba muy concentrada en la tarea.

«¿Qué he hecho?». ¿Cómo se las había arreglado para convencerse a sí misma de que no iba a enfermar y de que, si enfermaba, sería fácil soportar una recaída? La enfermedad era debilidad, y la debilidad era vulnerabilidad.

Fuera estaba nevando; sus emociones habían convertido el otoño en invierno.

–¿Cómo te encuentras? –le preguntó Torin, que estaba paseándose por delante de ella.

–Bien.

Y era cierto. Estaba bien. Sin embargo, la última vez también estaba perfectamente.

–Bien. Eso está bien.

Pero ¿cuánto tiempo iba a durar?

–Distráeme –le pidió Keeley a Torin, mientras seguía cosiendo.

–Está bien. ¿Quién robó la caja de Pandora después de que la abriera? –le preguntó él–. No me lo dijiste.

—Y no te lo voy a decir —respondió Keeley. Había oído los rumores, y sabía que Torin era amigo de quien lo había hecho. Tal vez no la creyera y se pusiera en contra de ella—. No quiero hablar de la caja.

—Está bien. Vamos a jugar al juego de las preguntas. Puedo hacerte diez preguntas fáciles o una muy difícil. Tú eliges.

—La difícil.

—Si ver es creer, ¿cómo es posible que el aspecto de alguien sea engañoso?

—Ver no es creer. Creía que habías dicho que iba a ser una pregunta difícil.

—Sí, pero ¿cómo sabes que ver no es creer?

—Lo siento, Torin, ya te he respondido a eso.

Él se echó a reír y se encogió de hombros.

—Se me han terminado las ideas.

—Cuéntame cómo eras antes de tu posesión.

—Fiero y sanguinario.

—En otras palabras, no has cambiado.

—No seas boba. Ahora soy un tipo agradable.

—¿Quién te ha dicho eso? Tú eres tan agradable como yo.

—Como yo creo que tú estás hecha de azúcar y especias, me tomo eso como un cumplido. Sin embargo, este no es momento de tomarme el pelo, Keys. Estoy a punto de zarandearte. Así, puede que consiga meterte un poco de sentido común en esa cabeza tuya.

—Qué agradable eres —dijo ella.

Él la fulminó con la mirada.

—¿Has perdonado alguna vez a un enemigo y te has preguntado si sus actos no han sido un accidente, como ocurre a menudo con los tuyos? —le preguntó ella.

—No.

—¿Y no te parece que eso es ser malo?

—Muy bien, pues soy malo. ¿Y qué importa?

—El análisis de uno mismo es uno de los muchos servicios que presto.

—Prefiero que mi mujer sea silenciosa.

«¿Yo soy su mujer?».

«Estúpido corazón, saltándose los latidos».

—Puede que si formo un vínculo contigo tenga más facilidad para evitar otra enfermedad –dijo ella, en voz baja.

«No, no lo hagas. No hables de eso».

Demasiado tarde.

¿Y si el vínculo la ayudaba?

Él dejó de caminar y soltó una maldición.

—O puede que haga que te pongas más enferma.

Torin borró sus esperanzas de golpe. ¿Tendría razón? ¿Iba a sufrir aún más en aquella ocasión?

Terminó la costura y se la arrojó a Torin.

—Ya lo sé, ya lo sé. Tengo muchísimo talento y soy la más considerada del mundo. No sabes lo que harías sin mí. De nada.

Él alzó la tela para mirarla a contraluz.

—¿Qué es?

—Solo lo mejor para un hombre con tu enfermedad. Una camiseta con una capucha plegable. Así podrás cubrirte la cara durante las peleas y tus oponentes no podrán tocarte accidentalmente, y no tendrás que preocuparte más.

—Yo no me preocupo por eso. Si mis contrincantes no mueren por culpa de Enfermedad, entonces los mato yo.

Sí, ella ya había visto funcionar su daga.

—Bueno, yo he sido contrincante tuyo y todavía estoy aquí.

Él sonrió.

—Tienes razón.

—Siempre. Vamos, dame las gracias y póntela.

—Gracias –dijo Torin.

Con movimientos rápidos, se quitó la camisa y se puso la nueva camiseta, colocándose la capucha en la cabeza.

—Bueno, ¿qué tal?

—No te lo tomes a mal, princesa, pero creo que me siento como Batman.

—¿Eres tú Batman? ¿Os ha visto alguien en la misma habitación y puede demostrar que esta no es tu identidad secreta?

Él se alzó la capucha y la miró con cara de pocos amigos, y ella se echó a reír. Un rayo de sol entró por la ventana.

La expresión de Torin reflejó una gran ternura.

—Te brillan los ojos otra vez —dijo.

—¿De veras? —preguntó Keeley entre suaves carcajadas.

—Sí. Y es precioso verlo.

Ella dejó de reírse y se apoyó en él.

—Yo... Me duele —jadeó, y tuvo náuseas.

Entonces, se tapó la boca con la mano, pero no sirvió de nada. Se inclinó hacia delante y vomitó.

Torin corrió por el bosque, dejando sus huellas bien marcadas en la tierra. Cualquiera podría seguir su rastro. Sin embargo, si alguien lo encontraba, moriría. Incluso la persona más poderosa del mundo, si eso era en realidad Keeley, caía víctima de Enfermedad.

¿Cómo había podido permitir que sucediera aquello?

¡De nuevo!

Ella no iba a durar demasiado. Necesitaba un médico y medicinas.

Torin sabía cuáles eran las plantas que podían ayudarla: milenrama, saúco y menta para combatir la fiebre. Jengibre, camomila, hojas de frambueso, papaya y raíz de regaliz para el vómito. Tenía varias opciones, pero no podía utilizar ninguna de ellas.

Había estudiado las plantas de su reino, no del reino en el que se encontraba. ¿Eran las mismas, o diferentes? ¿Venenosas, tal vez?

Tenía que encontrar ayuda.

Siguió rastros de enormes huellas hasta que llegó a una población de casas de paja y barro. Eran edificaciones muy grandes. Había un bar, un almacén, otro bar, una tienda de cuero que parecía piel humana curtida...

Un gigante con toda la cara llena de *piercings* entró en el último edificio de la calle. En el letrero podía leerse: *Tónicos curativos y elixires exóticos*. Bien, eso era lo que necesitaba. Sin quitarse la capucha, caminó hacia la tienda por las sombras, intentando ser invisible para una horda de gigantes que caminaba por la calle. Consiguió llegar al porche de la tienda sin ser visto, y abrió la puerta.

En el interior del local, Piercings estaba ofreciéndole unos diamantes al otro hombre, el farmacéutico seguramente, que estaba cubierto de tatuajes.

–Sí, tengo justo lo que necesitas –dijo Tatuajes–. Pero te va a costar veinte kilos de diamantes.

–Treinta –dijo Piercings.

–Trato hecho –dijo Tatuajes.

Torin no estaba de humor para perder el tiempo negociando. Con todo el silencio que pudo, cerró con el pestillo la puerta de entrada y le dio la vuelta a la señal de *Cerrado*. Conocía sus propias limitaciones, y sabía que no iba a poder luchar con dos gigantes a la vez sin sufrir graves daños. Además, teniendo en cuenta que en aquella calle había una tienda de cuero humano, cabía la posibilidad de que aquellos tipos quisieran despellejarlo. Iba a tener que matar a uno de los dos.

Avanzó hasta que se detuvo a espaldas de Piercings. Su cabeza llegaba a la mitad de la espalda del gigante. Torin se agachó y le cortó el talón de Aquiles. Entonces, Piercings cayó de rodillas, aullando de dolor y, con un rápido movimiento, Torin lo degolló.

El cadáver se desplomó en el suelo.

Torin miró a Tatuajes.

–No quería hacer esto, y me disculpo si era amigo tuyo, pero, como puedes ver, estoy dispuesto a hacer cualquier cosa con tal de conseguir lo que quiero.

Tatuajes entornó los ojos.

—¿Y qué es lo que quieres, humano?

—Yo no soy humano. Y quiero algún preparado para una amiga que tiene mucha fiebre y no para de vomitar sangre. Si me das algo venenoso para castigarme por lo que he hecho, y mi amiga sufre o muere, volveré por ti. No te mataré inmediatamente, sino que jugaré contigo hasta que tú mismo me pidas que lo haga.

Tatuajes no se dejó impresionar. Se inclinó hacia delante y se agarró al borde del mostrador.

—Estás suponiendo que vas a salir vivo de esta tienda.

Torin sonrió con frialdad y empezó a tirar de los dedos de uno de sus guantes.

—Yo no he elegido este camino, sino tú. Voy a contarte lo que va a suceder. Voy a tocarte, y te contagiaré la misma enfermedad que la está matando a ella. ¿Te he dicho que soy Torin, el guardián del demonio de la Enfermedad? Cuando empieces a tener los síntomas, harás un compuesto para intentar salvarte, pero estarás demasiado débil para evitar que yo te lo quite.

Tatuajes palideció.

—Estás mintiendo.

—Ahora lo vas a averiguar, ¿no? —dijo Torin, mientras se guardaba un guante en el bolsillo y empezaba a quitarse el segundo—. Cuando tenga lo que quiero, me voy a marchar de aquí, gritando que necesitas ayuda. Tus amigos entrarán corriendo y te tocarán, y ellos también se infectarán. Tu mundo se verá asolado por una plaga que matará a miles de los de tu raza. Y todo esto, porque te negaste ayudar a la Reina Roja.

Al gigante se le salieron los ojos de las órbitas.

—¿Eres un mensajero de la Reina Roja? —preguntó—. Había oído el rumor de que ha vuelto, pero no quería creerlo. Sí, sí, por supuesto que haré lo que sea por ayudar a su excelsa majestad. Por favor, dile que estuve ansioso por ofrecer mis servicios —dijo, y comenzó a correr por la tienda en busca de ingredientes y tubos de ensayo.

¿Qué había hecho Keeley, exactamente, en aquel reino?

Cinco minutos después, Tatuajes le entregó una cantimplora llena de un líquido maloliente.

—Esto la calmará.

—No he bromeado. Si esto le hace daño, volveré, y te encontraré aunque huyas.

—No le hará daño, ¡te lo juro! Que se tome un solo trago tres veces al día. No es una cura mágica, pero le será de ayuda. Si muere, no será por mi culpa. Asegúrate de explicarle que hice todo lo que pude.

«Si muere...».

Aquellas palabras obsesionaron a Torin durante todo el camino de vuelta por el bosque. Si ella moría, no sería exactamente culpa del gigante, sino suya. Él había vuelto a forjar una amistad imposible que debería haber evitado. El mundo sería un lugar mucho más oscuro sin ella.

Keeley era la luz.

«Yo no voy a ser quien la apague».

Apretó los puños mientras seguía corriendo.

Al entrar en la cabaña, percibió el olor de la sangre. Keeley estaba tendida junto al sofá, sudando, con las mejillas enrojecidas por la fiebre y los labios agrietados.

«Yo he hecho esto. Yo».

El hecho de tener que dejarla así, sola, incapaz de defenderse por sí misma, había sido un tormento para él. Sería mejor que el tónico funcionara.

Ella tenía los ojos cerrados, y movía la cabeza de un lado a otro.

—Por favor, papá. No quiero quedarme con el rey. Tú me cediste a él... Ahora, ayúdame a dejarlo. ¡Por favor! No puedo... No puedo más...

¿Su propio padre la había entregado al hombre a quien ella despreciaba, y que le había hecho daño? ¡Desgraciado!

Torin se detuvo un instante, mientras la culpabilidad, la rabia y el dolor se adueñaban de él. ¡Qué hipócrita era! Él le había hecho mucho más daño de lo que era posible. Con los guantes puestos, le apartó el pelo de la cara.

—Ya estoy aquí, princesa —le dijo—. Te voy a proteger con mi vida, si es necesario, incluso de tus recuerdos.

—No he hablado con nadie hoy, lo juro. Por favor, no la matéis, majestad. Por favor. Tiene una familia. Ella... ¡Nooo!

Sollozos. Náuseas.

—Shh, princesa. Tienes que conservar las fuerzas —le dijo Torin, mientras le limpiaba el sudor de la frente con un trapo húmedo, y la sangre de las comisuras de los labios con los dedos pulgares—. Todo va a salir bien.

Le separó los labios y vertió entre ellos una medida de tónico. Después, la obligó a tragarlo cerrándole la mandíbula y masajeándole la garganta. Ella le dio manotazos en las manos para zafarse, pero estaba muy débil.

Tenía muchísimo poder y, sin embargo, era muy frágil.

Él esperó una señal de mejoría, pero Keeley empeoró. La sangre brotó de su boca y le causó un ataque de tos y de vómito. Torin no sabía cuánta medicina había tragado.

¡Demonios!

Enfermedad se echó a reír de alegría.

«Ojalá estuvieras muerto», le dijo Torin.

La risa aumentó.

—Hades —gritó Keeley, de repente—. Ayúdame.

—Estoy aquí, princesa. Soy Torin.

—Torin...

Por fin, Keeley se calmó y se sumió en un sueño tranquilo. Torin sacó las arañas muertas de la cabaña. Había dejado de nevar, y no había sol. El cielo estaba, simplemente... gris.

¿Una señal de tragedia?

¡No!

Cuando tuvo todos los cadáveres y sus partes cercenadas de los demonios en el patio, hizo una hoguera con ellos. El aire se llenó de humo y de olor a carne quemada.

Aunque ya estaban muertos, no quería que Keeley los tocara ni los viera cuando se despertase.

Porque iba a despertar. Él tenía que creerlo, porque, de repente, el más mínimo pensamiento de pasar un día sin ella le resultaba insoportable.

¿Hades, el único hombre que la había amado, la había traicionado? No, eso era imposible.

—Torin está aquí, princesa.

Torin... su nuevo hombre.

«Pero... Él no puede estar aquí. Estoy atrapada. Sola».

Keeley luchaba entre la realidad y los recuerdos. Tenía que aclararse el pensamiento...

Estaba caminando de un lado a otro por una habitación, con el corazón destrozado. Los hombres de Hades la habían encerrado, una hora antes, en el dormitorio de uno de los más humildes sirvientes. No era posible que su prometido supiera que estaba allí, aunque ella sabía que sus hombres nunca hacían nada sin su expreso consentimiento.

Habría podido zafarse de ellos, pero tenía unas nuevas cicatrices de azufre que le impedían hacer nada.

¿Cómo había podido suceder aquello?

Recordó que Hades le había dado un vino nuevo y especial para ayudarla a sumirse en un profundo sueño y que no sufriera ningún dolor cuando el azufre tocara su piel. Uno de los sirvientes se había colocado a su lado para hacerle una sola marca que mitigara lo peor de sus poderes, para que Hades y su pueblo pudieran estar a salvo con ella.

Sin embargo, cuando había despertado estaba a solas, con cientos de marcas de azufre, debilitada, casi sin poder respirar.

Hades iba a matar a su sirviente cuando supiera lo que le había hecho. Él no podía haber ordenado algo así. Él la quería, y nunca le haría daño deliberadamente.

—Hades —gritó por enésima vez—. ¡Te necesito!

Por fin, él apareció. Se teletransportó al centro de la habitación.

Era un hombre muy guapo, con el pelo y los ojos oscuros. Sus ojos se volvían rojos cuando estaba pensando en matar a alguien. Medía más de dos metros y era altivo. Todas las mujeres lo deseaban. «Pero me eligió a mí».

—Espero que tu alojamiento sea confortable —dijo.

Tenía un tono tan despreocupado...

Lo sabía.

A Keeley se le rompió el corazón.

—¿Por qué me has hecho esto?

—Eras demasiado poderosa. Si alguna vez te hubieras vuelto contra mí...

—¡Yo nunca me habría vuelto contra ti!

—...habría perdido todo lo que estoy intentando construir.

—Keeley.

Ella frunció el ceño. La nueva voz era de un hombre, pero no de Hades.

—Es hora de tomar la medicina, princesa.

La imagen de Torin le llenó la mente y borró los confines de aquella odiosa habitación. Vio su pelo blanco y largo. Sus ojos verdes y felinos. Su abrasador atractivo sexual, que siempre le hacía la boca agua. ¡Como en aquel momento! Había muchísima agua. Se estaba ahogando...

—Vamos, traga.

Un líquido frío pasó por su garganta y llegó a su estómago.

—Buena chica —dijo él.

Algo cálido le pasó por la frente. Era reconfortante. No podía ser su mano; él se negaba a tocarla.

Tocarla. Él no la había tocado, al principio, pero ella sí le había tocado a él. Entonces, él le había dado el beso más ardiente de su vida, y ella se había puesto enferma. Muy enferma. Y todo, por culpa de su demonio.

Exacto. El demonio.

Odiaba a aquel demonio.

Sintió tanta ira, que el colchón que había bajo ella comenzó a temblar.

«Voy a matar a ese demonio».

–Otra vez no –murmuró Torin.

Un segundo después, ella estaba flotando, pero el temblor continuaba.

Oyó el sonido de unos platos. De unos troncos.

«Oh, sí», pensó con frialdad. «Enfermedad va a sufrir por lo que ha hecho...».

Torin soltó una maldición, y ella empezó a rodar por una ladera. Se le llenó la boca de hierba y de tierra. Sintió un agudo mareo.

Cuando, por fin, dejó de moverse, tuvo que luchar por abrir los ojos. ¿Acaso los tenía llenos de barro? Pestañeó, y vio a Torin. El verdadero Torin estaba sobre ella.

Tenía una sonrisa en los labios.

–Bienvenida, princesa.

Capítulo 12

Torin estaba eufórico. Keeley había sobrevivido a otra enfermedad. Se había recuperado tan rápidamente como había enfermado. Después de una hora de destruir la cabaña, de hecho, estaba en pie, y no tenía secuelas.

La primera vez, Torin lo había entendido, porque otros también se habían curado. Sin embargo, aquella segunda vez...

¿Cómo había podido sobrevivir? Él se lo había preguntado, pero ella le había respondido:

–Hola. Soy la Reina Roja. Tengo superpoderes.

Quizá. Probablemente.

¿Sobreviviría a una tercera enfermedad? ¿Y a la cuarta?

Teniendo en cuenta el trato que habían hecho, parecía que ella estaba dispuesta a averiguarlo; sin embargo, él no. Ya no.

«Eso ya lo he oído más veces».

«Sí, pero esta vez es cierto».

Él la guio por el bosque, vigilante, por si se les acercaba algún gigante con intención de vengarse. La destrucción de la cabaña había ocasionado un polvo que todavía seguía en el aire. Keeley permaneció tras él, callada. Aquel silencio le ponía nervioso.

–¿Me odias? –le preguntó.

–¿Odiarte? ¿Por qué iba a odiarte?

—¿De veras tienes que preguntarlo?
—Obviamente, porque acabo de hacerlo.
—Por el demonio. Por los vómitos.
—Tal vez hayas olvidado que fui yo quien te tocó.

No, no lo había olvidado. No lo olvidaría jamás. Su caricia había dejado bien claro lo mucho que él la necesitaba, lo acuciante que era su necesidad. Cuando, por fin, la había tocado, todo había perdido su importancia, salvo el placer.

—No quiero que hablemos de eso —dijo.

Mientras buscaba un sitio seguro para aparcar, Torin pensó que el deseo debía de estar consumiéndole el cerebro, y que el calor debía de estar derritiéndole las entrañas. El otoño había pasado y, después de pasar un tiempo de invierno, habían entrado en un calor asfixiante. Sin embargo, él no creía que aquello tuviera nada que ver con Keeley. Su estado de ánimo no concordaba con las altas temperaturas.

—Voy a quitarme la camisa. No te acerques a más de tres metros de mí hasta que vuelva a ponérmela —le dijo Torin a Keeley. Se sacó la prenda por la cabeza y se la enrolló en el cuello para que la tela absorbiera las gotas de sudor que le caían de las sienes—. Lo digo muy en serio.

Keeley observó con fijeza su torso desnudo, y Torin tuvo la sensación de que lo acariciaba.

—Eres un fastidio, ¿lo sabías? —respondió ella—. Yo también tengo mucho calor —añadió. Se rasgó las mangas de la camisa y se las arrojó a la cara.

Al verla sin mangas, él recordó cómo se había revisado los brazos y las piernas al despertar de su enfermedad. Lo que hubiera visto Keeley en sus miembros, o lo que no hubiera visto, la había relajado. Él le había preguntado por qué lo hacía, pero ella respondió:

—Ya. Como si fuera a darte ideas.

¿Qué significaba eso?

—Estúpida doble moral —dijo Keeley—. Si yo me quitara la camisa, sería una fresca que está rogando que la devoren.

—Tranquilízate. Yo nunca te haría rogar nada.

—¿Estás diciendo que me lo darías gratis?

—No estoy diciendo nada —dijo él. Si continuaban por aquel camino, terminarían donde habían empezado: con un grave problema—. Pero ¿para qué te vas a arriesgar a que te piquen los insectos? Vamos a buscar un abrigo. Podría ser de piel.

—Como si algún insecto se fuera a atrever a acercárseme.

—Bueno, pero, de todos modos, nunca está de más ser precavido —dijo él, y rebuscó en su mochila—. Sé que tengo un top de sobra por algún sitio.

—¡Si intentas que me lo ponga, te ato, te abro en canal y dejo que los animales se tomen tus órganos de aperitivo!

—Todo el mundo tiene que comer —dijo él. Sin embargo, sacó las manos vacías de la mochila—. Por desgracia, se nos ha acabado la ropa limpia.

—¿Y qué te parece si te quito la piel del cuerpo? Tú puedes ser mi abrigo.

—Es buena idea. Así estarás caliente durante la próxima nevada.

Ella dio una patada en el suelo.

—Mi incapacidad de hacerte enfadar es muy molesta.

—Si te sientes mejor así, puedo gritarte.

—Eso sería de mucha ayuda, gracias.

Él pensó un instante y, después, empezó a gritar.

—¡Cómo te atreves a desnudarte los brazos en público! Tienes razón, eres una fresca. Eso le da muchas ideas a un hombre. Le hace pensar que te dedicas a llevar cajas pesadas, ¡lo cual es tarea suya! Es humillante.

Keeley se echó a reír, y sus pechos se movieron. Él había tenido aquellos pechos en la mano. Los pezones estaban endurecidos, seguramente, por la necesidad de ser pellizcados y succionados.

«¡Date la vuelta ahora mismo!».

No lo hizo. No podía.

Keeley dejó de reírse, y entre ellos se hizo el silencio.

—Torin —susurró.

—No —dijo él y, al ver que ella se humedecía los labios, repitió—: No.

Se oyó el crujido de una ramita. Aquella era la señal de que ya no estaban a solas.

Gracias a Dios. Torin sacó uno de los cuchillos que había conseguido salvar del derrumbe de la cabaña.

—Escóndete detrás de esa roca —le dijo a Keeley, mientras observaba el bosque con toda su atención para avistar a cualquier visitante. ¿Era humano, animal, o gigante? ¿O una combinación de los tres?

Keeley miró la roca en cuestión y puso cara de pocos amigos.

—La Reina Roja no se esconde.

—Si no lleva guantes, sí. No olvides que ahora eres portadora. Además, has estado enferma. Tienes que conservar la energía. ¿Y se desbordan tus emociones? Seguramente, lo mejor será que no destruyamos todo el reino mientras todavía estamos en él.

El gesto de Keeley se hizo aún más hostil. Sin embargo, terminó por exhalar un suspiro y se encaminó hacia la zona segura.

—Está bien. Lo que tú digas. Tengo un humor demasiado bueno como para discutir.

—¿De verdad? ¿Esto es buen humor? —preguntó Torin. El sol no brillaba en el cielo, precisamente.

Keeley se tropezó con una liana... No, no era una liana. Era una trampa, muy parecida a la que había preparado Torin en el otro reino. Se oyó un clic y un sonido susurrante y, justo cuando ella caía de rodillas, una lanza salió disparada hacia ella desde el agujero de un árbol, con destino a su corazón.

—¡No!

Torin se lanzó hacia ella.

Sin embargo, Keeley agarró el arma antes de que se le clavara en el pecho.

Él rodó por el suelo y se puso en pie de un salto. Su alivio fue muy corto, porque de entre el follaje salieron dos humanos primitivos, vestidos únicamente con un taparrabos y armados con un par de aquellas lanzas primitivas. Seguramente, eran los humanos a los que daban caza los gigantes.

Uno de ellos vio a Keeley y elevó el arma para lanzarla.

Torin no perdió el tiempo con negociaciones. Lanzó su cuchillo y atravesó la garganta del hombre, que cayó ensangrentado al suelo y quedó boca abajo, con el arma inutilizada.

El otro hombre, al que Torin bautizó como Tarzán, frunció el ceño y subió su lanza.

Torin sacó otro cuchillo.

—Yo no lo haría si fuera tú.

—Oh, qué bien —dijo Keeley, dando palmaditas—. Dos guerreros muy atractivos luchando a muerte. Tienes mi aprobación, Torin. Continúa.

A Tarzán se le oscurecieron los ojos de horror y de odio.

—Tú —dijo, con un jadeo—. Habíamos oído el rumor de tu vuelta, pero creía que era falso, que nunca te atreverías a volver.

—¿Yo? Creo que te equivocas de chica —respondió Keeley.

—Como si alguien pudiera olvidarte. Estuviste a punto de destruir todo mi pueblo, arrancaste los árboles sagrados de raíz en un abrir y cerrar de ojos y apaleaste a todo mi clan con ellos.

—¿Hice todo eso? Bueno, seguro que tenía un buen motivo —respondió ella, pensativamente—. Pero ahora no me acuerdo. Debe de ser otro de los recuerdos que he borrado de mi mente.

Torin no perdía de vista a Tarzán ni su lanza.

—¡Ah, ya sé por qué! —exclamó Keeley—. Tu pueblo tiene la costumbre de arrojar niños al fuego como sacrificio a vuestros dioses –dijo, y entornó los ojos mientras el árbol que estaba a su lado se arrancaba de cuajo del suelo y quedaba flotando a su lado–. Yo tengo un problema con eso.

–Y yo tengo un problema contigo.

Tarzán echó a correr hacia ella como un misil, y ella dirigió el árbol hacia él. Sin embargo, Tarzán estaba preparado y se agachó, esquivando el tronco por debajo. Entonces, siguió corriendo, chocó contra ella y la derribó. Cuando la tuvo inmovilizada en el suelo, la agarró por el cuello con las dos manos, piel con piel.

Torin gritó salvajemente y se abalanzó sobre el hombre primitivo para quitárselo de encima a Keeley. Cayeron al suelo con dureza, y Tarzán se llevó lo peor del impacto. En cuanto se detuvieron, Torin se sentó y le golpeó. Le rompió la nariz, le partió el labio y le sacó los dientes. La mandíbula se le desencajó.

–No vuelvas a tocar a la reina nunca jamás.

Tarzán cerró los ojos y se quedó laxo. Su cabeza rodó hacia un lado.

Torin no se levantó. La Reina Roja era suya, y nadie más podía tocarla. Antes, él moriría por evitarlo.

–Ya es suficiente –le dijo Keeley–. Si lo dejas vivir, será un buen experimento. Por ese motivo no lo he teletransportado a otro sitio antes de que atacara.

¿Para averiguar cuál era la enfermedad que podía transmitir? Inteligente.

Torin miró a Tarzán.

–Enhorabuena. He decidido no matarte para poder verte sufrir.

Se puso en pie y miró a Keeley. Ella seguía en el suelo, y él se le acercó con preocupación.

–¿Qué te pasa?

Ella se apoyó en los codos. Tenía algunos hematomas en el cuello. Se mordió el labio, y dijo:

–Creo que me he torcido el tobillo.

–Deja que lo vea.

Con cuidado, Torin levantó el bajo de su pantalón. Tenía una ligera hinchazón y una ligera rojez en la piel. Él sintió rabia. Hizo ademán de levantarse para ir a matar a Tarzán, pero Keeley lo agarró de la muñeca para detenerlo.

—Tienes la cara manchada de sangre —le dijo ella, con un tono suave y femenino, y él notó un dolor anhelante en el pecho.

—No es mía —dijo Torin—. Vamos a salir de aquí antes de que aparezcan más tipos con lanzas.

Ató a Tarzán con varias lianas para arrastrarlo mientras caminaba, y tomó a Keeley en brazos, con cuidado de no tocar su piel.

Ella se acurrucó contra su pecho y, mientras caminaban, un rayo de sol permaneció fijo en ellos.

—Torin... ¿sabes por qué he dicho que se me ha torcido el tobillo? Bueno, es cierto. Pero también es cierto que se me ha curado ya.

—¿Quieres que te deje en el suelo?

—No, lo contrario. Quiero que me abraces con más fuerza. Puede que no deba admitir esto, pero lo que hicimos en la cabaña ha hecho que te desee todavía con más intensidad.

Él sintió una descarga de lujuria.

—No digas eso.

—¿No quieres que diga la verdad?

—Solo consigues ponerme las cosas más difíciles.

—¡Ese es el objetivo! —exclamó ella—. Los dos queremos un final feliz. Pero, tal vez, yo también quiera un poco más hasta que llegue...

«Resiste».

En dirección al norte, se encontraron con muchas trampas. Seguramente, aquella era la zona de la aldea de Tarzán, y Torin decidió cambiar de dirección. Después de caminar durante una hora, encontraron una cueva vacía.

Depositó a Keeley sobre una gran piedra. Ella se quedó

mirando fijamente sus labios, y él tuvo que apartarse rápidamente.

Ató a Tarzán, que seguía inconsciente, a una pared rocosa.

—Tengo que establecer un perímetro de seguridad —le dijo a Keeley.

—Ten cuidado.

—Siempre tengo cuidado —respondió Torin.

«Salvo contigo».

Sin embargo, eso tenía que cambiar antes de que fuera demasiado tarde.

Torin trabajó como un loco, haciendo lanzas con ramas, poniendo trampas con lianas, excavando agujeros y ocultándolos con hojarasca. En cierto momento el calor se convirtió en un frío glacial, y todo se cubrió de una fina capa de hielo. A él se le congeló la punta de la nariz, y comenzaron a arderle los pulmones debido al aire frío. Terminó de trabajar y se lavó los guantes en un río cercano. El agua también se heló, y él soltó una maldición.

Volvió rápidamente a la cueva, antes de morir por congelación. Lo primero que vio fue que Tarzán todavía estaba sin conocimiento y, lo segundo, que Keeley había creado una cortina con ramitas y hojas, y la había colgado del techo de la cueva para establecer dos compartimentos. En uno de ellos estaba Tarzán, y en el otro, ella. En el suyo ardía un agradable fuego... y Keeley estaba apoyada contra la pared de roca, con las rodillas elevadas y separadas.

Estaba desnuda, preparada para recibirlo.

—Quería darte una buena bienvenida —le dijo, con una sonrisa lenta, casi tímida—. También quería tentarte. ¿Lo he conseguido?

A Torin se le cortó la respiración. «Sal corriendo», se dijo. Pero no pudo. Ya había percibido su olor a canela y vainilla, y ya estaba demasiado cerca de ella, aunque no recordaba haberse movido. Sin embargo, lo había hecho y, de repente, Keeley estaba a su alcance y él estaba de rodillas.

–Esta vez tendremos cuidado –le dijo Keeley–. Lo único que quiero es demostrarte que hay una forma.

–Sí. Una forma –dijo él. Temblando, le agarró las rodillas y, pese a los guantes, sintió una descarga eléctrica. Le separó las piernas...

«Nunca había visto nada tan bello». Pasó un dedo por el calor húmedo que ella le ofrecía, y pensó: «Quiero esto solo para mí. La deseo».

Debió de pronunciar aquellas palabras en voz alta, porque ella gimió, arqueó la espalda y murmuró:

–Soy tuya.

–Yo cuido lo que es mío.

«Voy a mantener un control absoluto».

No sabía por qué clase de milagro había decidido Keeley hacer algo así, por qué había sentido tanta impaciencia pese a todo lo que le había hecho él, pero siempre le estaría agradecido. O siempre sentiría arrepentimiento...

El tiempo lo diría.

Sin embargo, en aquella ocasión no iba a marcharse. No iba a parar antes de tiempo. Otra vez, no.

Acarició sus pezones y se los pellizcó suavemente. Ojalá pudiera succionarlos, pero resistió la tentación, y fijó su atención en el centro de su sexo. Separó sus pliegues y halló el lugar que iba a hacerla suplicar, y presionó.

–Torin –gimió ella–. ¡Sí!

Él apretó con más fuerza. Nunca había llegado tan lejos con una mujer, pero, con ella, quería llegar más y más lejos.

–Quiero que entres en mi cuerpo –le rogó Keeley.

Él deslizó un dedo profundamente, y se maravilló.

–Estás tan húmeda...

–Y lo estaré más todavía –respondió ella, con la voz enronquecida.

Él fue moviendo la mano hacia dentro y hacia fuera, pero muy pronto, aquello no fue suficiente para ninguno de los dos, y aumentó la velocidad. La tensión del cuerpo de Keeley no cedió, sino que se intensificó, y sus paredes internas lo apretaron para intentar retenerlo dentro. La erección de Torin palpitaba a la vez que sus movimientos, exigiéndole el mismo tipo de atención. Entonces, introdujo otro dedo.

A ella se le escapó un jadeo de deleite.

Cuanto más se movía, más parecía gustarle a Keeley; ella levantó las caderas para recibir mejor las acometidas de su mano, y fue una dulce agonía para él. Las contracciones se intensificaron, y él aumentó el ritmo. Siguió empujando con sus dedos, cada vez más rápidamente y con más fuerza, deslizándose hacia arriba, hasta que ella no pudo hacer otra cosa que mecerse una y otra vez.

—Te gusta esto —dijo él, con reverencia.

—¡Sí! Oh, sí —gimió ella—. Pero quiero que lo hagas con más fuerza. Más rápido.

—No quiero hacerte daño.

—¡Más fuerte!

Él no pudo negárselo, y empezó a moverse con más dureza. Los sonidos que ella emitió después... Comenzó a ronronear como si no pudiera creer lo que estaba sucediendo. Más jadeos. Ruidos salvajes que electrizaban el aire.

—Voy a darte más. Tienes que aceptarlo. Sé que puedes hacerlo —dijo él.

Entonces, metió un tercer dedo en su cuerpo, y ella llegó instantáneamente al clímax, gritando su nombre y arrancándole un gemido a él. Torin siguió moviendo los dedos mientras ella temblaba. Al cabo de unos instantes, Keeley se desplomó en el suelo, sin fuerzas.

Sin poder soportarlo más, Torin se abrió el pantalón y utilizó la humedad del deseo de Keeley para lubricar su miembro viril. Empezó a acariciárselo de arriba hacia abajo con una violencia que no debería causarle sorpresa. Ella se incorporó, pero él no sabía qué pretendía hacerle, y no debía arriesgarse a averiguarlo. Sin embargo, le permitiría que lo hiciera, por muy peligroso que fuera. La empujó hacia el suelo y se irguió sobre ella; a cada segundo que pasaba, él era menos consciente de la situación, y apoyó una mano junto a su sien, en el suelo, mientras seguía acariciándose sin parar.

–Un día, quiero tomarte en mi boca –dijo ella–. Quiero tomarte por completo y tragar tu simiente. Te acuerdas de cuánto me gusta tragar, ¿no?

Lo que estaba describiendo... Torin sabía que nunca podría dárselo, pero, al menos, podía imaginarlo. Aquellos labios rojos a su alrededor, y una succión cálida y húmeda. Empezó a sentir un intenso ardor en el miembro viril, y se apretó aún más la carne.

Sí... sí... Estaba a punto de estallar. El ardor ascendió hasta el extremo del miembro, y su simiente salió expelida hacia el vientre de Keeley. El placer que sintió Torin fue tan sublime que...

Hacia su vientre.

De repente, fue consciente del significado de aquellas palabras, y retrocedió con espanto. Aquello no era un contacto piel con piel, pero era un contacto y, posiblemente, más peligroso aún.

Volvió hacia ella e intentó limpiarle la piel antes de ponerse en pie. Le temblaban las piernas mientras se colocaba la ropa de nuevo. Todo vestigio de placer desapareció.

–¿Torin? –preguntó ella, con inseguridad.

Estaba perfecta. Tenía el pelo revuelto, la piel brillante de satisfacción. Sin embargo, por mucho deleite que hubiera sentido Keeley, cabía la posibilidad de que él la hubiera infectado de nuevo.

–Cuando vuelva –dijo Torin, con la voz entrecortada–, quiero que estés vestida. Vas a quedarte al otro lado de la cueva, y no vamos hablar más. Ni siquiera vamos a mirarnos. Si enfermas, nos enfrentaremos a ello. Hasta ese momento...

Torin salió de la cueva.

Keeley no estaba segura... no podía procesarlo... era demasiado.

El placer había sido abrumador. Una hora después, todavía no se había calmado por completo. Tal vez nunca lo consiguiera. Y Torin, su dulce Torin convertido en una bestia rugiente, todavía no había vuelto.

«¿Me está evitando?»

¿Dónde podía estar?

¿Y dónde había aprendido aquello? Utilizando solo los dedos, había conseguido llevarla al clímax y la había dejado completamente saciada.

«¿Y piensa que voy a poder apartar los ojos y no mirarlo? ¿Que voy a poder abstenerme de hablar con él?».

Sería más fácil arrancar la luna del cielo. Ella deseaba a Torin más que nunca.

Sabía que tenía que enfrentarse con lo que sentía por él, que cada vez era más fuerte. Temía que él se alejara de ella en cuanto supiera que había formado el vínculo de los Curators, y que ese vínculo se reforzaba más y más con cada una de las caricias que compartían.

El vínculo dictaba que, durante toda su vida, ella estaría dedicada a él y a su futuro. A menos que Torin cometiera una traición tan grande que el vínculo se desvaneciera, como había hecho Hades, ella querría siempre lo mejor para él, aunque tuviera que dar la vida para conseguirlo. Sus emociones siempre responderían a las de Torin, y su bienestar sería lo más importante para ella.

Se echó a reír sin ganas. Él nunca iba a estar tan dedicado a ella. Temía demasiado los efectos de su demonio.

Keeley pensó que tenía que encontrar la Estrella de la Mañana, fuese como fuese. Y rápido.

Mientras, iba a tomar el control de la situación de una manera activa. Haría todo lo que estuviera en su mano para que Torin cambiara de opinión sobre el vínculo. Se ganaría su corazón y, después, se lo diría.

Era un plan perfecto, si no se analizaba demasiado. Pero ella era una luchadora y podía ganar. Conseguiría que Torin la deseara con la misma intensidad que ella lo deseaba a él. Era fácil.

Tal vez.

Bueno, sí, probablemente sería difícil. Sin embargo, ¡estaba dispuesta a enfrentarse al reto! En cuanto Torin se librara del primitivo, ella empezaría a golpear.

Capítulo 13

Pasó un día.
Dos.
Tres.
Cuatro. Tarzán se había curado casi por completo de sus heridas, y no había enfermado. Ni siquiera había estornudado. No había tenido una sola náusea.

Torin estaba eufórico por el hecho de que Keeley no fuera portadora de ninguna de las enfermedades del demonio.

Además, su simiente no la había hecho enfermar a ella.

No sabía qué pensar de eso. ¿Se atrevía a sentir entusiasmo también por ese motivo, o debía aferrarse a su miedo?

¿Podría acariciarla de nuevo y tocar su piel con las manos desnudas sin que hubiera consecuencias?

Todavía era demasiado arriesgado. Sin embargo, no podía olvidar aquel episodio erótico con ella. Él había metido los dedos en su cuerpo, y a ella le había gustado. Bueno, quizá la palabra «gustar» fuera demasiado suave. Ella lo habría matado si hubiera llegado a sacar algún dedo antes de que ella hubiera terminado.

Torin sonrió al pensarlo. Desde su orgasmo, fuera de la cueva brillaban dos soles gemelos, y una alfombra de flores silvestres rojas, moradas y rosas había cubierto el terreno a un kilómetro a la redonda.

Sin embargo, aquella asombrosa reacción de Keeley no consiguió que él dudara de su decisión de no tocarse.

Y eso le puso de mal humor mientras preparaba el desayuno de Keeley. Era la comida de costumbre: ramitas, hojas y hongos.

Ella estaba sentada, con las piernas cruzadas, sobre un camastro de suaves hojas. Tenía el pelo suelto por la espalda. Un hombre normal habría apretado sus mechones con el puño, le habría inclinado la cabeza y la habría besado con fuerza.

Torin dejó la comida a su lado con más ímpetu del que hubiera querido. Ella lo ignoró, tal y como había ignorado todo lo demás, incluido él. Se había tomado en serio sus palabras, y ni siquiera lo miraba.

«La echo de menos aunque esté aquí mismo».

–Come –le dijo–. Cuando hayas terminado –añadió, con preocupación por el hecho de que no comiera y no descansara lo suficiente–, mataremos a Tarzán y seguiremos el camino.

Tal vez un cambio de aires le mejorara el estado de ánimo.

–¿Qué? ¿De verdad? ¡Ya he terminado! –exclamó Keeley, y se puso en pie de un salto. Un segundo más tarde, Tarzán había desaparecido–. Lo he mandado a su pueblo, despellejado.

Qué fácil. Algunas veces, a él se le olvidaba lo poderosa que era.

–Bueno, pues ya podemos irnos –dijo Keeley, y salió de la cueva dejándose allí el desayuno.

¿Por qué tendría tanta prisa?, se preguntó Torin. Metió la comida en un trapo limpio y salió tras ella. Pronto la alcanzó y le puso el paquete en la mano.

–Come –le repitió–. De verdad.

–Claro, claro –dijo ella y, mientras caminaban por el bosque, fue dejando caer las cosas al suelo.

–Ya está bien.

—¿A qué te refieres?
—Lo sabes perfectamente.
Ella dobló el trapo y preguntó:
—¿De verdad?
—¿Por qué nunca comes ni duermes? —le preguntó él.
Ella lo fulminó con la mirada.
—¿De verdad piensas que alguien puede pasar sin comer ni dormir?
—Tú sí. Lo has hecho. ¿Por qué?
Ella entrecerró los ojos.
—Está bien. No como porque la comida puede estar envenenada. No duermo porque no quiero enfrentarme a las pesadillas ni a las vulnerabilidades. Pero ¿a quién le importa todo eso? Vamos a hablar de lo que ocurrió entre nosotros cuando yo estaba desnuda.
—Yo nunca te envenenaría.
—Los dos pasamos un buen rato —continuó Keeley—. Tengo intención de fijar un horario para repetir, pese a tu abrupto final.
Aquella frase brotó de sus labios con inseguridad, llena de la vulnerabilidad que ella decía despreciar.
Torin notó un dolor en el pecho.
Detestaba aquel estúpido dolor.
¡Ya estaba bien! Ya era hora de terminar con aquello.
—¿Por qué sigues deseándome? ¿Es que no te he demostrado que nunca podré darte lo que necesitas?
—Esas son muy buenas preguntas —dijo ella, sin mirarlo a los ojos.
Aquella respuesta le provocó ira. Y lo mató un poco por dentro, también.
¿Acaso esperaba que ella le dijera que sí podía darle todo lo que necesitaba?
—Sean cuales sean mis motivos, podemos disfrutar el uno del otro durante una temporada —prosiguió Keeley, en un tono esperanzado—. ¿No crees?
¿Hasta que apareciera alguien mejor para ella? Su enfa-

do se extendió como si fuera un fuego de mil demonios en sus venas.

La conversación no era obligatoria. Solo tenía que atravesar reino tras reino sin ponerle las manos encima a Keeley. Sin embargo, sabía que eso iba a ser imposible. Tenía que volver a experimentar las sensaciones que ella le había producido; Keeley se había convertido en una enfermedad de su sangre y, como el demonio, no tenía cura.

—Estoy dispuesto a pagar a cambio de tu ayuda para encontrar a mis amigos y la caja de Pandora. Y lo haré —dijo—. Pero no voy a darte nada más.

Ay. A causa del vínculo, la actitud de Torin fue dolorosa para Keeley, cuando antes solo le resultaba molesta. Y, como ninguna otra raza formaba vínculos como la suya, él no sabría nunca todo el daño que le hacía, a menos que ella se lo dijera, cosa que no iba a hacer.

No quería conseguir su culpabilidad. Él ya se sentía lo suficientemente culpable.

—Si no quieres hablar de sexo... —dijo.

—No, no quiero —respondió él, con una voz gutural.

—Entonces, ¿te parece bien que hablemos de mi siguiente tema favorito? ¡Yo misma!

—Está bien. Te escucho —dijo él.

—He estado casada una vez. A los dieciséis años, mis padres me obligaron a casarme con el rey de los Curators. Nuestra unión duró cuatro horribles años, y yo me aseguré de que no hubiera descendencia. Él fue un padre terrible con sus otros hijos.

—Vaya. Me siento como un idiota. Sabía que habías estado con un rey, pero no que te hubieras casado con él. Es lógico, por tu título nobiliario.

—Bueno, pues, pocos meses después de que el rey muriera, me comprometí con Hades, el peor engañabobos que hay sobre la faz de la tierra. Fue el error más grande que pude cometer –prosiguió Keeley, y pensó: «Has empezado con algo negativo. Termina con algo positivo»–. Mi color favorito es el del arcoíris, y creo que las pasas son el dulce más delicioso de la naturaleza. ¡No me importa lo que digan los demás! Lo sé todo acerca de todo, y mi única equivocación ha sido pensar que estaba equivocada.

Él contuvo la sonrisa.

–La prometida de Hades. Debería acostumbrarme a oírlo, pero todavía me cuesta hacerme a la idea. ¿Cómo era?

–Al principio, emocionante. Él tiene mucho magnetismo.

–Y tendencias homicidas.

–Sí, pero en aquel momento, eso era parte de su encanto. Me enseñó a defenderme y a protegerme.

–Pero esa lección te costó bien cara.

¿A qué se refería? A Keeley le dio miedo preguntárselo. Él sonrió irónicamente y preguntó:

–Bueno, ¿y cuál es tu mayor defecto?

–¿Por qué? ¿Estamos en una entrevista de trabajo?

–Puede ser.

«¿Para qué puesto?».

–Bueno, seguramente, mi mayor defecto es que soy demasiado generosa... en la cama.

A él se le atragantó una carcajada. Cuando se calmó, preguntó:

–Has estado encerrada durante siglos, ¿no?

–Sí.

–Entonces, ¿cómo es que eres tan moderna?

–Fácil. Una vez tuve empleada a una vidente. Ella tenía la deliciosa habilidad de permitir que otros entraran en su cabeza y vieran su futuro. Yo lo hice. Muchas veces, además.

–Divertido, pero no muy útil. Aunque conocieras tu futuro, terminaste en la cárcel.

–Sí, es verdad. Sospecho que ella me ocultó deliberadamente ese aspecto de mi vida. ¿Qué mejor modo de escapar de mis garras? –preguntó Keeley–. Bueno, ¿y tú? Cuéntame cosas de ti.

–Si quieres que te cuente algo, tienes que comer.

Oh, bien. Él había sido sincero durante todo el camino. Había dicho que nunca la envenenaría, así que ella lo creía. Exageradamente, se metió comida en la boca, una sola vez.

–Más.

¡De acuerdo! Tomó un puñado y se lo metió todo en la boca. Era tanto que apenas podía masticar.

A él le brillaron los ojos de alegría, y su cara adquirió una expresión casi infantil.

–Yo nunca he estado casado –dijo, después de que ella se hubiera tragado toda la comida.

Al ver que no decía nada más, Keeley puso los ojos en blanco.

–Vaya. Más despacio. No sé si voy a poder asimilar tanta información.

–Mi peor defecto es mi falta total de defectos. ¿Sabes la carga que es ser perfecto todo el tiempo?

Ella se ahuecó el pelo.

–En realidad, sí, lo sé.

Él sonrió y le dio un empujoncito con el hombro. Entonces, al darse cuenta de lo que había hecho, frunció el ceño y carraspeó.

–¿Qué quieres saber sobre mí?

–¿Por qué tienes una mariposa tatuada?

Él enarcó una ceja.

–Creía que lo sabías todo sobre todo.

–Sabía cosas de los Señores del Inframundo antes de... Bueno, antes. Mis espías me dieron diferentes versiones sobre los tatuajes.

–¿Espías? Vaya, qué misterioso.

–Aprendí del mejor. De Hades –replicó ella, y señaló su estómago–. ¿Qué significa tu tatuaje?

–Cosas diferentes para gente diferente. La mariposa apareció el mismo día de la posesión del demonio.

—Entonces, es una marca del mal.
—Para mí, sí.
—En mi opinión, una mariposa es un símbolo raro para el mal.
—No creo que sea un símbolo. Creo que es un recordatorio de que el mal puede esconderse incluso detrás de la más bella de las fachadas.
—¿Necesitas ese recordatorio a menudo?
—Solo cada vez que me miro al espejo.

Ella soltó un resoplido.

—¿Acabas de hacerte un cumplido a ti mismo? Creo que tu ego necesita algunas caricias.
—Desde luego, tengo algo que necesita algunas caricias —murmuró él, mirándola con ardor. Keeley se estremeció.

«Tengo que darle una respuesta brillante, sexy».

—¿Ah, sí?

Él se puso rígido y apartó la mirada.

—Algunos datos sobre mí —dijo—: Mi nombre porno es doctor Largo. Preferiría comer carne del Nephilim que cacé antes que pasas. Lo siento, Keys, pero las pasas son una porquería de la naturaleza.

¡Ja!

—Mi nombre porno es Ivanna Longone. Y, si no tienes más cuidado, voy a reclutar un ejército de pasas y, entre todas, te comeremos a ti.
—Eso sería divertido. Para mí —dijo él, y su sonrisa le iluminó todo el rostro—. Se me dan muy bien los ordenadores, puedo piratear cualquier sistema y durante mis siglos de vida he matado a más gente de la que puedo contar. Hubo un tiempo —admitió él, con un titubeo—, en el que vivía para eso. Me encantaba.
—Todavía te encanta —respondió Keeley, al acordarse de cómo había terminado con las arañas de Hades—. Pero solo en el campo de batalla.
—Y cuando tengo que defender a mis amigos.

Keeley sintió unos celos muy familiares, pero el sentimiento fue incluso más fuerte que antes. El hecho de tener aquel tipo de protección... y no solo algunas veces, sino siempre... ¿no sería lo más dulce del mundo?

—¿Y ellos? ¿Sienten lo mismo por ti? —preguntó.

—Sí.

—Debe de ser muy agradable.

—Más que eso.

—¿Y hay alguna probabilidad de que yo les caiga bien?

¡Vaya! El tono de necesidad que desprendían sus palabras era prácticamente humillante.

Keeley habría retirado aquella pregunta, pero él la miró con una expresión de preocupación, incluso de dolor.

—Princesa, se van a volver locos por ti.

Recorrieron tres reinos más, y Keeley empezó a sospechar que alguien les estaba siguiendo. No le dijo nada a Torin; no había ninguna necesidad de que él empezara a arrasarlo todo a su paso hasta que no tuviera pruebas. Porque eso era lo que iba a hacer Torin. Su humor había empeorado a medida que pasaban los días. Incluso había cumplido lo que le había ordenado a ella en la cueva: no la miraba y no le dirigía la palabra.

El primer reino era una tierra de aislamiento sensorial. Estaba sumida en la oscuridad y el silencio. Atravesarla había sido doloroso mental y físicamente. El segundo reino no era sino una montaña de hielo que habían tenido que escalar y, como Torin se había negado a que se acurrucaran uno contra el otro, el frío había sido tan horrible como la oscuridad. En aquel momento estaban en un reino que contaba con muchos campos de ambrosía y amapolas, las drogas de los inmortales, y a cada dos pasos tenían que enfrentarse a un narcotraficante empeñado en defender su mercancía.

Al menos, Torin seguía siendo muy protector con ella, a pesar de su silencio y su desdén.

Keeley quería pensar que él usaba aquellos silencios para acallar la intensidad de lo que sentía por ella y para contener su desesperado deseo, pero que, al final, aquel deseo vencería. Sin embargo, todo era una fantasía que no duró demasiado, y una ligera niebla comenzó a acompañarles a cada paso.

Aquella mañana, él se había marchado a cazar su desayuno. Para él, solo para él. Le había dejado bien claro que ya no iba a hacer camastros para ella ni iba a prepararle la comida, con la esperanza de que ella no volviera a intentar seducirlo.

¡Bien, pues estaba funcionando!

Sonó el ruido de una ramita al romperse, y apareció un guerrero a quien ella no había visto nunca y a quien, sin embargo, reconoció. Era uno de los prisioneros del Reino del Llanto. Su olor a piruleta lo identificó incluso antes de que hablara.

—Galen —dijo ella con una sonrisa de bienvenida.

Era tan alto como Torin, y casi tan musculoso. Tenía el pelo rubio pálido y rizado, y los ojos tan azules como un cielo despejado por la mañana. Su aspecto era angélico. Le habían arrancado las alas, pero estaban volviendo a brotar, y no eran más que dos pequeñas protuberancias cubiertas de plumón blanco que se extendían por sus hombros.

Recordó lo que había sucedido: cuando los Innombrables habían conquistado el Reino del Llanto, habían hecho todo lo posible por llegar hasta Galen. La idea de perderlo la había irritado, porque había llegado a apreciar su arrogancia y su vigor. Así que había provocado a los Innombrables a través de los barrotes de su celda, hasta que uno de ellos se había acercado con la intención de silenciarla, y ella había aprovechado para abrirle desde la nariz al ombligo con el pincho que se había fabricado. Las tripas de la criatura se habían desparramado por el suelo.

«Exacto». Ese era el motivo por el que había matado a

su primer Innombrable y se había granjeado el odio de su hermano.

—¿Cómo has llegado hasta aquí? —le preguntó.

Sabía muy poco sobre su historia. Había sido uno de los mejores amigos de Torin y los otros Señores del Inframundo... hasta que les había revelado su plan de robarle la caja de Pandora a Zeus y abrirla.

Cuando los guerreros fueron exiliados a la tierra, estalló una larga y sangrienta contienda entre Galen y los Señores. Una contienda que todavía duraba.

«Bien, tal vez sea el enemigo de Torin, pero no es mi enemigo».

«¡Chúpate esa, guerrero!».

—Os he estado siguiendo —admitió Galen—. Y no soy el único. Había tres poseídos por demonios que querían vuestra sangre, pero no llegaron a la última puerta. De nada.

—¿Los has detenido?

—Sí, violentamente. No podía permitir que se acercaran a mi chica.

Ella le lanzó una sonrisa resplandeciente.

—Qué amable por tu parte. Muchísimas gracias.

Él asintió.

—¿Tienes hambre? —le preguntó ella, y le ofreció un puñado de semillas de amapola que había robado por el camino.

Galen negó con la cabeza.

—No tengo mucho tiempo. Torin ha visto mis huellas y está siguiendo mi rastro. Solo quería darte las gracias por distraer a los Innombrables cuando fueron a mi celda.

—Fue un placer, de verdad.

¿Por qué no podía sentirse atraída por él? Era guapísimo, fiero y un chico malo.

Sin embargo, no era Torin. No era obstinado, desdeñoso y venenoso.

—A propósito, sea lo que sea lo que le estás haciendo al guerrero, sigue así. Nunca lo había visto tan desquiciado.

Por favor.

—No está desquiciado. Es un hombre frío que conserva la calma.

—No. Te vigila. Se está formando una tormenta dentro de ese chico y, un día, se va a desencadenar. Me da la sensación de que los dos vais a estar muy contentos por ello.

Por fin, la niebla se levantó y apareció un sol brillante.

—¿Tú quieres que él sea feliz? —le preguntó Keeley a Galen.

—Yo no he dicho eso —respondió él, con un resoplido.

Sonó otra ramita al romperse.

—Vete —dijo ella, haciéndole un gesto con ambas manos para que se alejara.

Sin embargo, Galen no se movió con la suficiente rapidez, y ella tuvo que teletransportarlo a cierta distancia de allí. Justo entonces, Torin entró en el campamento. A él, lo que había hecho le parecería una traición, y no le gustaría nada. Sin embargo, no era una traición. Era una precaución. Si no había pelea, no habría heridas.

Y ella no tendría que tomar partido.

—Aquí ha estado alguien —dijo él, y miró a ambos lados—. ¿Te ha amenazado? ¿Te ha atacado?

Al pensar en lo que le había dicho Galen sobre Torin, Keeley sintió una enorme satisfacción. Ignoró sus preguntas, y dijo:

—¿Dónde está tu desayuno?

Él, en silencio, estudió el perímetro del campamento en busca del culpable. Mientras lo hacía, el sol brilló con mucha más fuerza.

—Vayámonos —dijo, entonces—. La salida de este reino está a una hora de camino.

¿Ya la había encontrado? ¿Sin ella?

Sintió una punzada de pánico, pero pasó rápidamente. Él podía haberla dejado allí, pero no lo había hecho. Galen debía de tener razón.

La satisfacción se intensificó cuando ella se levantó y le hizo un gesto para que la precediera por el camino.

—Ya estoy lista.

Él, con un gesto sombrío, comenzó a andar. Llegaron al límite del reino una hora después y, como ella le había puesto una marca de control a Galen, pudo comprobar que no estaba lejos de allí.

Galen le caía bien, y ella estaba en deuda con él por haberse ocupado de aquellos poseídos que los perseguían. Estaba segura de que Torin lo entendería. Algún día. Después de haber tenido un buen ataque de furia masculina.

Él miró hacia atrás, hacia ella, y frunció el ceño. ¿Por qué? ¿Qué estaba pensando?

Cuando Torin abrió la puerta entre los dos reinos, ambos la atravesaron.

Entonces, Keeley se vio rodeada por coches que, de repente, tuvieron que maniobrar para evitar atropellarlos a Torin y a ella. Todo acabó en un choque en cadena.

El reino de los humanos. Aquel era el reino de Torin, donde estaban esperando sus amigos.

Rápidamente, el miedo reemplazó a su satisfacción. Todo estaba a punto de cambiar. Muy pronto, Torin se reuniría con los otros Señores, con hombres y mujeres a quienes quería. Keeley cumpliría su promesa de encontrar a las chicas que habían desaparecido, al espíritu y la caja de Pandora. Torin cumpliría su promesa de proporcionarle placer. Después, se separarían. Él ya no la necesitaría más.

«Pero yo todavía lo necesitaré a él».

Pensamientos tontos, propiciados por el miedo al fracaso. «Solo me estoy mentalizando para rendirme».

¡Nunca! La lucha por conseguir su corazón no había terminado.

«Todavía hay tiempo».

Más bocinas. Torin tiró de ella y se la llevó hasta la acera, lejos del tráfico. Alguien la empujó; era una mujer.

Miró a Keeley como si fuera inferior y, después, miró a Torin y soltó un jadeo de sorpresa. Keeley sintió ira.

—Soy una reina —dijo, mientras el suelo empezaba a temblar.

Entonces, notó unos dedos acariciándole el pelo y se dio la vuelta.

—Sí —dijo Torin—. Lo eres, verdaderamente.

Él ni siquiera había visto a la mujer. Solo tenía ojos para ella. La estaba tocando voluntariamente, y parecía que era feliz.

—Los mechones son como la miel —dijo, en un tono de reverencia.

A ella se le aceleró el corazón. El color de su pelo había cambiado otra vez, y los cabellos eran de un rubio dorado que resplandecía.

—Es verano —respondió ella, sin respiración. Sabía que lo estaba mirando con unos enormes ojos azules.

—Deslumbrante.

—¿De verdad?

Estaba sucia de tierra y de barro, llevaba una camiseta rota y unos pantalones andrajosos, iba descalza y debía de tener un aspecto completamente descuidado. Seguramente, eso era lo que había pensado la mujer humana.

—De verdad. Yo... —Torin se quedó callado de repente y bajó la mano enguantada—. Ahora estamos en mi terreno, princesa, así que tengo reglas para ti.

—¿Reglas? Estás de broma, ¿no? Yo no obedezco a nadie más que a mí misma, e incluso eso me resulta difícil a veces.

Otra persona chocó contra ella. En aquella ocasión, se trataba de un hombre.

Torin frunció el ceño y lo empujó.

—Discúlpate.

—Lo-lo siento, señora. Lo siento muchísimo.

El hombre se alejó rápidamente.

—¿Señora? —gritó ella, intentando disimular la felicidad

que le había causado la reacción de Torin–. ¿Es que llevo unos pantalones de madre de familia? ¡No creo!

Torin miró su propia mano con una expresión ceñuda. Después, entrelazó los dedos con los de Keeley y tiró de ella para que comenzara a caminar por la acera. ¡Asombroso! «Está sujetándome la mano. Vamos tomados de la mano. Nuestros dedos están entrelazados».

–Las reglas son las siguientes –dijo Torin–. No puedes mirar a otros hombres. No hables con ellos. No sientas lujuria por ellos.

De acuerdo. De acuerdo. De acuerdo. «No debería estar tan conforme».

–¿Por qué?

–Porque no quiero provocar otra plaga.

«Está celoso», pensó Keeley, a pesar de su respuesta. Aquel era un comienzo prometedor.

–Será como tú digas.

–Claro que será como yo diga.

Sonreír habría sido una respuesta poco adecuada, ¿no?

–Bueno, ¿y adónde vamos?

–A algún sitio en el que pueda cargar mi móvil para llamar a mi amigo Lucien. Él me trasladará a casa.

Una punzada de pánico...

–¿Y yo?

–No deberías tener ningún problema para seguirnos la pista.

Keeley se sintió aliviada.

–Claro que no. Soy la Reina Roja.

–Sí, sí, ya lo sé. Tienes superpoderes. Vas a portarte a la perfección.

–¿Es que no me porto siempre a la perfección?

–Lo digo en serio, Keys.

–Sí, me estás insultando en serio, y puede que quieras pensártelo mejor.

–No vas a hacerles ningún daño a mis amigos.

–Ya te prometí que no lo haría.

—Ya lo sé, pero...

—No termines esa frase. Puede que decida que no merece la pena perder mi valioso tiempo por tus tareas.

Una pausa. Después, unas palabras entrecortadas:

—Lo siento.

—No lo parece.

Él suspiró, y la expresión de ira desapareció de su semblante.

—Lo siento. De verdad, lo siento.

Demasiado fácil. Habría sido mejor que se resistiera un poco. Porque, con aquella disculpa, había dejado claro que lo que más le interesaba de ella eran sus habilidades.

¿Ganarse su corazón? ¿De verdad tenía alguna oportunidad?

—No importa cómo vaya todo lo demás —prosiguió él—, pero no destruyas mi hogar, por favor.

¿Acaso no tenía ninguna fe en ella? El suelo volvió a temblar.

—¿Quieres perderme de vista?

—No. Solo quiero protegerte de una guerra contra mis amigos. Eso es todo.

No. Estaba intentando salvarse a sí mismo del hecho de tener que tomar partido por un bando.

—Creo que dijiste que se iban a volver locos por mí.

Él se pasó una mano por el pelo.

—Y así será. Pero...

Pero. Siempre había un pero.

—Olvídate de los Señores. De ti quiero algo más que protección.

Él se suavizó, pero solo ligeramente.

—Créeme, lo sé. Lo has dejado bien claro.

—¿Acabas de reprocharme que haya hecho lo que tú deseabas en secreto y no te atrevías a pedir? Si es así, te destripo.

A él se le hundieron los hombros.

—No ha sido un reproche. Es el motivo por el que he tenido una erección durante los últimos cuatro días.

Oh.

¡Oh!

«¿En serio? ¿Es eso todo lo que tengo?».

–Al contrario de lo que tú puedas pensar –prosiguió él, en un tono de amenaza–, a mí no me gusta ponerte enferma y preguntarme si vas a sobrevivir o no.

–¿Y crees que a mí me gusta arder de fiebre y vomitar las entrañas? –preguntó ella. Su ira volvió a encenderse y el suelo comenzó a temblar de nuevo. «Calma. Tranquila. Hay gente inocente a nuestro alrededor»–. Pero, al contrario que tú, a mí me parece que merece la pena con tal de estar contigo.

–No, a ti te parece que el placer es más importante que el sentimiento de culpabilidad que todo eso me produce a mí.

Palabras duras.

Pero también, ciertas. Ella nunca lo había pensado así: sus deseos, contra las emociones de Torin. Sin embargo, quizá debiera haberlo hecho.

«Al menos, se preocupa por mi bienestar», se dijo. Pero aquello no era un gran consuelo.

–Está bien. No puedes soportarlo. Entendido. Nuestro trato queda deshecho.

–Vamos, ni hablar –ladró él.

–Te ayudaré de todos modos –replicó ella, con rabia–. Y me deberás favores, pero no sexuales. Ya te diré cuáles son más adelante.

–De acuerdo –respondió él, bruscamente.

–De acuerdo –repitió ella, con la misma brusquedad–. Ahora, ve a llamar a tu amigo, antes de que se me olvide que somos socios y pierda los estribos.

–Eso no nos vendría bien, ¿verdad? –preguntó él, en un tono desdeñoso–. La princesa tiene que salirse con la suya, o sufre todo el mundo.

–Tú sabes que tengo problemas para controlarme. Mi defecto es el mal genio.

–Lo que sé es que utilizas tus emociones como excusa. Tú podrías controlarte, pero prefieres no hacerlo. Y ¿cómo demonios puedes enfadarte porque te eche en cara tu mal genio, cuando en este momento está alcanzando niveles peligrosos?

Los hombres estúpidos que hacían observaciones acertadas eran muy molestos.

–Muy bien, pues también prefiero no pasar contigo ni un segundo más, ¿qué te parece eso?

Antes de hacer algo de lo que pudiera arrepentirse, se teletransportó a un hogar subterráneo que se había procurado en secreto después de ir a vivir con Hades. Toda mujer necesitaba su santuario y, en aquel momento, ella lo necesitaba más que nunca. Pese a todo lo que le había dicho Torin sobre que quería seguir trabajando con ella, toda la discusión le había parecido un rechazo, y ya había tenido bastantes de esos en la vida.

Capítulo 14

Cameo soltó una maldición, dio un puñetazo en la pared, volcó una mesilla de noche de una patada, volcó una cómoda, arrojó los cajones por la habitación... Pero, no, no se le pasó el mal humor. Lazarus y ella habían conseguido deshacerse de los híbridos de zombi y cocodrilo y habían llegado a una puerta entre reinos sin heridas. Sin embargo, habían pasado a una dimensión peor aún que la anterior. O reino. ¡Lo que fuera!

Era un lugar donde vender y comprar esclavos sexuales se consideraba un buen medio de vida.

Después de haber dado dos pasos, estaban rodeados por un ejército de guerreros armados, que los habían dejado inconscientes antes de que pudiera haber una pelea. Mientras estaban inconscientes, los habían desarmado, bañado y vestido con una ropa ridícula, y los habían encerrado en una habitación muy lujosa, con un mobiliario tan bonito que no parecía hecho por manos humanas.

Lujosa y bonita, sí, pero cárcel de todos modos. Por desgracia, la puerta era infranqueable y no había ventanas.

Lazarus se reclinó en la cama como si fuera un sultán que esperaba las atenciones de su concubina favorita. No llevaba camisa, aunque tenía una bata de terciopelo oscuro por los hombros. Llevaba unos pantalones ajustados y blancos, con bordados de diamantes en las costuras.

Había un frutero lleno a su lado, y él se metió una uva en la boca y le lanzó una sonrisa suave.

–¿Por qué no puedes disfrutar de nuestra nueva situación, preciosa?

Cómo detestaba que se dirigiera a ella con aquellos apelativos. Se volvía más condescendiente a cada día que pasaba.

–Nuestros captores nos van a vender en subasta pública. ¿No lo entiendes?

–¿Te da miedo que nadie puje por ti? Después de todo, tienes una voz demasiado trágica.

Tenía que decirlo, ¿no? Siempre tenía que decirlo. Ella no necesitaba que se lo recordaran.

–Nos van a separar.

Él, con una actitud de aburrimiento, estiró los brazos por encima de la cabeza. Estaba perezoso. Lánguido. Sexual.

–¿Y?

–Y yo te necesito. Eres mi único billete de vuelta a casa.

Él sabía encontrar las puertas que había entre los reinos. Ella, no. Él podía ver a los monstruos que poblaban los diferentes mundos, porque tenía los ojos abiertos a un plano espiritual que ella no percibía. Y, cuando se esforzaba, podía luchar para liberarse en cualquier situación. Ella no siempre tenía tanta suerte.

En aquel momento, era muy valioso para ella.

–Mira, preciosa –dijo él, y dejó el frutero sobre la única mesilla que no estaba destrozada–. Yo no te necesito a ti. Todavía no, al menos –añadió, mientras la miraba de arriba abajo con deliberación.

Ella se puso muy rígida.

–¿Qué quieres decir?

Él enarcó una ceja con diversión. Siempre se divertía.

–¿Qué crees tú que quiero decir?

–Que si no me acuesto contigo, estarás perfectamente conforme con separarte de mí.

—Oh, bien. Pensaba que te tenía confundida.

Ella se le acercó e intentó abofetearlo, pero él atrapó su mano a tiempo.

Se rio suavemente.

—¿Tus hombres anteriores han sido tan malos que te niegas a darle una oportunidad a ningún otro?

—Yo sí puedo darle una oportunidad a un hombre, pero tiene que gustarme.

Él se encogió de hombros.

—Tú te lo pierdes.

—¿Y por qué quieres acostarte conmigo? No te gusto.

Él pensó durante un momento. Después, se encogió de hombros.

—Tal vez me guste el hecho de que estás disponible.

Oh, qué romántico. Con sequedad, ella comentó:

—No sé cómo no me lanzo a tus brazos en este mismo instante.

—Es un misterio.

¡Aj! Tenía respuesta para todo.

—Mira, guapo: si permites que te vendan sin protestar, seguro que tendrás otras mujeres a tu alcance. Incluso otros hombres —dijo ella, con una sonrisita—. Que te diviertas con eso.

Aquella amenaza no le asustó.

—Exactamente lo que yo quería decir. Y, aunque a mí me parecería bien eso, a ti no. Yo sobreviré. Tú, no.

¡Ella no estaba indefensa! No importaba lo que hubiera pensado unos minutos antes.

—Tú me has visto luchar. Sabes que soy buena.

—Sí, pero no lo suficiente. Los hombres que nos hemos encontrado son asesinos y, claramente, los ha adiestrado el mejor de los mejores. Así que, estas son mis condiciones: desnúdate, túmbate en esta cama conmigo y entrégate a mí, y yo no permitiré que te vendan a nadie.

Ella se estremeció. La idea de besarlo y acariciarlo... la idea de estar con él agradó a su cuerpo de una manera primitiva. Él poseía belleza, fuerza y poder; por mucho que intentara negarlo, ella lo deseaba. Quería que la abrazaran, que la consolaran y, sí, que le proporcionaran placer. Hacía tanto tiempo...

Sin embargo, alzó la barbilla y dijo con desdén:

—Entonces, básicamente, quieres que me prostituya.

Él entrecerró los ojos.

—¿Estás diciendo que no sientes ningún deseo por mí?

Ella podría haber mentido. Quería mentir. Le costaba mucho confiar en el sexo opuesto.

En cuando Alexander se había enterado de que ella era la huésped de un demonio, la había entregado a sus enemigos.

Y ellos le habían hecho cosas horribles...

Y, sin embargo, ella no había podido culpar a Alexander, sino al miedo. Cuando había escapado, había vuelto con él, pensando que volvería a quererla si ella le explicaba su situación, pero Alexander le había tendido una trampa.

Y, mientras ella trataba de liberarse, la gente para la que él trabajaba, los Cazadores, estaban dispuestos a matarlo con tal de llegar a ella.

«Entrégate voluntariamente o lo verás morir».

Ella lo había visto morir.

«Lazarus no es Alex», se dijo. Lazarus sabía lo de su demonio. Y, si ella era mala, él era diez veces peor. Vaya pareja formaban.

Además, ella no era una cobarde, y no temía las consecuencias de decir lo que pensaba.

—No —admitió—. No estoy diciendo eso. Pero la fuerza es la fuerza. Además, al contrario que el treinta y ocho por ciento de la población, yo me niego a acostarme con un hombre que me considera tan solo un entretenimiento.

—Ese es un número muy exacto.

—Me gustan las estadísticas.

Tendía a utilizarlas mucho cuando se ponía nerviosa. Torin le tomaba el pelo respecto a eso.

«Oh, Torin. Te echo de menos».

Él nunca la habría tratado así.

Lazarus se sentó y le indicó que se acercara.

—Ven aquí.

A ella se le aceleró el corazón. Tragó saliva, y preguntó:

—¿Por qué?

—Qué desconfiada eres —dijo él, y chasqueó la lengua—. ¿Es que tienes miedo de lo que pueda hacerte, o de lo que pueda hacerte sentir?

—A mí no me da miedo nada de nada.

Cameo apretó los dientes y avanzó hasta que se detuvo entre los muslos de Lazarus. Se le puso la carne de gallina. Él la miró con sus ojos negros como la noche, que brillaban con un calor que le calentó hasta los huesos.

Él posó las palmas de las manos en su cintura, y a ella se le escapó un jadeo.

—Eres tan bella —dijo él, mirándola.

Cameo llevaba un sujetador de encaje color rosa con unas braguitas a juego, así que Lazarus pudo ver cómo se le endurecían los pezones.

—Y qué sensible.

—¿Qué estás haciendo? —le preguntó ella.

Él la agarró con más fuerza.

—Tu disponibilidad es solo uno de los motivos por los que te deseo. Pregúntame por los otros —dijo él, en un tono autoritario.

Ella se negó a obedecer. No quería saberlos.

Él se lo dijo, de todos modos.

—Desde el momento en que abrí los ojos y me vi atrapado en un reino contigo, he querido sustituir tu tristeza por placer. Y, Cameo —añadió, con la voz enronquecida—, voy a hacerlo.

La elevó con ambas manos y la giró, y la lanzó al colchón. Su cuerpo musculoso la aplastó contra el colchón antes de que ella terminara de botar. De nuevo, se le escapó un jadeo.

—No voy a comprar tu ayuda –le dijo.

—Tal vez yo esté intentando comprar la tuya.

—Pero si has dicho que tú no necesitabas...

Él la besó y metió la lengua profundamente en su boca, interrumpiendo sus palabras, y la dulzura de su sabor invadió todos sus sentidos.

«Me siento bien», pensó. «Muy bien. Bien, bien, bien. Nunca me había sentido tan bien».

Se le borraron de la cabeza todos los motivos por los que debería rechazarlo. Él la estaba usando... pues bien, ella también lo usaría a él. Seguramente, la dejaría plantada segundos después de haber terminado. No la respetaba.

—Oh, claro que sí te respeto –dijo él, y hubo algo en su respuesta que molestó a Cameo. Sin embargo, estaba distraída por el placer, y no supo qué era. Él le quitó las horquillas del pelo–. Nunca había conocido a una mujer como tú. Tengo que poseerte, o moriré. Y me gustas más a cada segundo que pasa... me encanta tu exquisito tacto.

Él volvió a darle otro beso apasionado, en aquella ocasión, más duro y más brusco. A ella le encantó ver que el placer le despojaba de su fachada de calma y lo dejaba balbuceando, aunque sus palabras siguieran causándole una sensación extraña al fondo de la mente.

«Debería sentirme molesta por lo que ha dicho, y no embelesada».

Pero ¿por qué? ¿A quién le importaba? Él le abrió el sujetador, y posó las manos en sus pechos. Comenzó a masajear la carne dolorida y le pasó los dedos pulgares por los pezones.

Cameo notó que la tristeza salía cada vez más de su ser, y fue algo glorioso.

—Te gusta esto. Y mi boca te va a gustar aún más.

Él reemplazó los dedos por su boca, y le lamió la piel. Entonces, empezó a succionar con fuerza, y ella arqueó la espalda y se elevó sobre la cama a causa del placer.

—Esta vez te voy a tomar con fuerza –le dijo Lazarus,

mientras le quitaba las braguitas. Entonces, se incorporó para quitarse la bata y arrancarse el pantalón. Quedó desnudo. Gloriosamente y asombrosamente desnudo–. La segunda vez será lenta y dulce.

Ella se estremeció. Había pasado toda la vida con guerreros, y estaba acostumbrada a hombres que tenían el cuerpo esculpido en el campo de batalla. Sin embargo, Lazarus era totalmente distinto.

Se agarró la erección con el puño mientras ella lo estudiaba.

–Esto es para ti. Todo. No lo olvides nunca.

Entonces, atrapó los muslos de Cameo entre las rodillas y, de nuevo, la recorrió con la mirada. Aquello hizo que Cameo temblara de deseo. Él irradiaba una intensidad salvaje y no escondía nada, como si hubiera perdido su humanidad y hubiera dejado salir al animal que acechaba en su interior. Como si estuviera dispuesto a matar con tal de conseguirla. Como si, de verdad, no pudiera vivir sin hundirse dentro de ella.

–Deja que yo te enseñe lo que tengo para ti –le dijo Cameo, suavemente.

–Sí –dijo él, y deslizó las palmas de las manos bajo sus rodillas para separarle las piernas. Se quedó mirándola con los ojos muy brillantes–. Eres hermosa –le dijo.

Lentamente, Lazarus se inclinó hacia delante y se tendió sobre ella, y Cameo le rodeó la cintura con las piernas.

Cuando él se colocó para penetrar en su cuerpo, a ella le pareció oír que alguien llamaba a la puerta.

–Lazarus –gimió, intentando avisarle. Sin embargo, lo único que pudo hacer fue suplicarle–. Por favor... Es tan delicioso...

A él se le cayó una gota de sudor de la sien.

–Sea quien sea, se marchará.

Sin embargo, pasaron varios segundos y él no se movió. Esperó, y siguieron llamando, cada vez con más intensidad, hasta que Lazarus se irguió y soltó una maldición.

—¿Qué sucede?
—Son nuestros captores —susurró ella, con un jadeo.

Su deseo se desvaneció al darse cuenta de que iban a tener que luchar para evitar que los vendieran en una subasta.

La puerta se abrió de par en par y entraron dos guardias armados.

Lazarus la tapó con una manta y se dirigió a los guardias con el ceño fruncido.

—Alteza —dijo uno de los hombres.

Los dos se inclinaron ante él.

Lazarus se quedó rígido y silencioso.

—Tenéis dos segundos y, después, moriréis —dijo.

Ambos palidecieron.

Uno de ellos comenzó a hablar:

—Nos dijisteis que no interrumpiéramos, pero tenéis un visitante. Es un sirviente que dice que la Reina Roja está libre. Sabemos que habéis estado buscándola, señor.

A Cameo se le escapó otro jadeo. Se giró hacia Lazarus; él la estaba mirando con algo parecido a la consternación. Les hizo una seña a sus hombres para que se retiraran.

Ellos obedecieron. Porque eran sus hombres.

Así pues, él no era un prisionero.

Lazarus se levantó y se puso los pantalones.

—Bienvenida a mi reino, preciosa.

Baden tenía agarrada del cuello a Pandora, que, suspendida sobre el suelo, pataleaba sin parar. Él se limitó a apretar con tanta fuerza que a ella se le pusieron los ojos saltones y la piel azulada. Él lo hizo con calma. Si sus emociones se alteraban, le ardería el pelo. Era una habilidad que tenía desde antes de su posesión, y la había conservado. No sabía por qué motivo ninguno de los otros Señores del Inframundo reaccionaba así ante una emoción oscura.

Pandora se había atrevido a apuñalarlo mientras dormía. Le había atravesado el corazón, el estómago y el muslo con rapidez.

Si hubieran vivido en otro reino, aquello habría servido para matarlo de nuevo. Sin embargo, vivían allí, separados de otras almas muertas. No eran lo suficientemente buenos para ingresar en ningún nivel de los cielos, pero tampoco para descender al infierno.

Él había sentido el dolor de las cuchilladas, pero no había sufrido la última consecuencia. Se había curado y, después, había ido tras ella.

—¿Tienes algo que decirme? —le preguntó, con calma. Si Pandora no se disculpaba, seguiría sufriendo.

Cuando ella intentó asentir, él relajó la mano con la que le apretaba el cuello.

—Sabía que... ibas a reaccionar... así —dijo ella, entre jadeos—. Esperaba que... lo hicieras. Lo.. planeé.

Él frunció el ceño y la soltó. Una espada le atravesó la espalda y salió por su pecho. Él miró hacia abajo con confusión, antes de que sus rodillas cedieran. Pandora cayó al suelo, y emitió un gemido de dolor que se fundió con el suyo.

Por instinto, se puso delante de ella para protegerla del enemigo que los acechaba por la espalda. Era Cronus o Rhea y, a juzgar por el olor a lilas, era Rhea. A Pandora solo podía herirla él, nadie más.

Pero Pandora lo apartó de una patada y, con ayuda de Rhea, se puso de pie.

La antigua reina de los Titanes le sonrió desde arriba, con su acostumbrada petulancia. Era una mujer bella, con el pelo negro como el de Pandora y la piel tan blanca como la de Pandora. Sin embargo, la antigua reina tenía los ojos azules, y los de Pandora eran negros como su malvado corazón.

Se habían confabulado, ¿verdad? Baden se sintió traicionado.

Tal vez Pandora se diera cuenta. Le escupió:

–¿Qué esperabas? Ibas a dejarme aquí cuando te rescataran.

–No –dijo Rhea, en un tono de seguridad–. No nos va a dejar aquí a ninguno. ¿Y quieres saber por qué, Baden?

Él se agarró a la hoja de la espada y siguió tendido en el suelo, jadeando, pero silencioso.

Rhea se irritó con aquella actitud de indiferencia, y se puso en jarras:

–Yo voy a decírtelo. Porque sabes que la Reina Roja utilizará la Estrella de la Mañana para su propio beneficio. Ella no se preocupará de ti ni por un instante. Y, si lo hace, te obligará a pagarle a cambio de su ayuda. ¿Y qué podrás darle tú? Nada.

–No voy a pagar.

Pagaría Torin, y todo el mundo lo sabía.

–Tú has visto la escena en la niebla como todos nosotros. Sabes que Torin y ella se han separado, y que tal vez ella no esté dispuesta a ayudarle. Puede que ataque sola. Nosotros solo podemos confiar en encontrar la Estrella de la Mañana antes que ella. Tú podrías actuar solo, sí, pero tendrás más posibilidades de éxito contra un ser tan poderoso como la Reina Roja si tienes a alguien respaldándote. Alguien como yo. Sin embargo, no te ayudaré hasta que tenga tu juramento de que me concederás lo que yo desee cuando tengas la Estrella de la Mañana en tu poder.

–¡Eh! Eso no es lo que convinimos –protestó Pandora.

Rhea se apartó el pelo del hombro e, ignorándola, le dijo a Baden:

–Hasta entonces.

Después, se marchó.

Capítulo 15

La casa que encontró Keeley no era como la recordaba. Debería ser una cueva primitiva, aunque también palaciega, llena de bellos sedimentos, en la que ella guardaba todos sus tesoros. Aquello era una maravilla moderna en la que faltaban todos sus muebles, sus joyas y sus vestidos. Las piezas nuevas debían de haber salido del harén de un sultán.

¿Cómo había ocurrido aquello?

Había sofás mullidos y alfombras de colores y una mesa de centro tallada en madera de palisandro y rodeada de cojines. Había un manantial de agua caliente con cascada en la parte trasera. Había un armario hecho del cristal, lleno de ropa muy ligera. Vaqueros ajustados. Tops de cuello *halter*. Minifaldas.

Fuera quien fuera el responsable de aquellos cambios, no había dejado ni rastro. Y, aunque los cambios eran bonitos, Keeley se puso furiosa. Habían invadido su santuario sin permiso.

El techo tembló sobre su cabeza. Y las paredes. Y el suelo, bajo sus pies.

«La princesa tiene que salirse con la suya, o todo el mundo sufre».

«Tú prefieres no controlarte».

Las palabras de Torin se le pasaron por la mente. Respiró profundamente e intentó concentrarse en cosas positivas. Tomaría una ducha larga y caliente. Podía vestirse para matar. Después, volvería junto a Torin y haría que le rogara otros cuatro días. Y, por mucho que se lo rogara, ¡ella no lo tocaría! Podía negárselo todo, tal y como él se lo había negado a ella.

En aquel momento cesaron los temblores de tierra.

Tal vez sí pudiera controlar sus reacciones, después de todo.

Keeley se paseó por la cueva buscando los fallos de seguridad, pero no encontró ninguno. Eso significaba que su benefactor podía teletransportarse, lo cual disminuía la lista de sospechosos desde cero a cero. Ella no tenía amigos ni familia.

¿Un enemigo, tal vez?

Pero ¿por qué iba a ayudarla un enemigo?

«Ya lo pensaré después».

Tomó la ducha que había imaginado, utilizando su jabón y sus aceites favoritos, perfumados con flores silvestres y almendras. Aunque hubiera querido dormir una siesta, la primera desde hacía siglos, su misterioso benefactor había dado al traste con la posibilidad. No podía arriesgarse a que alguien se acercara a ella mientras estaba indefensa.

Se puso un top de color azul claro que hacía juego con sus ojos y un par de pantalones cortos. Se calzó unas botas de vaquera con brillantes incrustados. No estaban mal. Un poco divertido, muy sexy.

«¡Espero que no te ahogues de deseo por mí, Torin!».

—Me alegro de que estés aquí. Y de que tengas tan buen aspecto.

Oír aquella voz... era como recibir el golpe de un bate de béisbol en la cabeza.

Lentamente, se giró hacia el recién llegado. Por supuesto, era Hades. Seguía tan guapo como ella recordaba, o más aún. Parecía más alto y más musculoso. Era oscuro y elegante. Llevaba un traje negro, una camisa blanca y una corbata roja, y tenía clase y sofisticación. Parecía que no había conocido nunca un momento de dolor o sufrimiento.

Y, tal vez, nunca lo hubiera conocido.

Pero iba a conocerlo pronto.

Inmediatamente, tuvo el impulso de golpearlo, pero se resistió. Tenía que planear bien su forma de proceder con aquel hombre, sobre todo, porque notaba el calor de las múltiples cicatrices de azufre que él tenía en el cuerpo.

–¿Por qué has redecorado mi casa? –le preguntó.

–Para que estuviera más bonita cuando volvieras.

Ya. Como si él esperase que volviera.

–Estaba bien como estaba. Quiero mi ropa.

Él sonrió lentamente.

–Esa es mi Keeleycael. La mujer que me pedía que le comprara helado y luego me gritaba por permitir que se lo comiera.

–Yo no soy tu Keeleycael –gruñó ella.

–¿Estás segura? Eso ha sonado como si estuvieras rezongando.

–No estoy rezongando. Pero puedo adivinar por qué has hecho todo esto: has utilizado mi casa como nidito de amor.

–Yo no necesito más niditos de amor, preciosa mía. Los tengo por todo el mundo.

–Yo no soy tu preciosa –dijo ella. Cada vez tenía más ganas de golpearlo–. Pero qué valiente eres. Al menos, has decidido venir en persona, en vez de enviar a tus sirvientes.

Él no respondió al insulto, sino que sonrió.

–Eres exquisita, preciosa mía. No ha pasado un solo día en que no haya pensado en ti, ni te haya echado de menos entre mis brazos.

¿Cómo se atrevía a decir eso? Ella, con toda la calma que pudo, respondió:

–Tampoco ha pasado un solo día sin que yo pensara en

ti, tirado en el suelo con el pecho abierto en canal y todos tus órganos esparcidos a tu alrededor.

La sonrisa de Hades se volvió sardónica, y dijo:

—¿Es eso lo que haría falta para recuperarte?

—Me mentiste, me envenenaste, me engañaste y te aseguraste de que me encarcelaran. No hay segundas oportunidades para nosotros.

—Yo nunca te envenené —respondió él, con el ceño fruncido.

—Entonces, ¿por qué siempre estaba mareada?

De repente, vio con claridad la respuesta: el vínculo... y la oscuridad de Hades. Ella se alimentaba de él diariamente, y él no sabía nada de su vínculo.

Bueno, un crimen menos por su parte.

El vínculo con Torin no le causaba ningún tipo de mareo, sino solo un aumento de la excitación.

—No importa —dijo ella—. Ahora soy mayor. Más sabia. No puedes hacer nada por cambiar la espantosa opinión que tengo de ti.

—Keeleycael...

—¡No! —gritó ella—. No me llames así.

«Ya no soy esa chica estúpida», pensó.

Se obligó a calmarse de nuevo, y continuó:

—¿Esto es una continuación de tu plan para debilitarme? ¿Para evitar que me convierta en alguien más poderoso que tú?

Él caminó por la estancia y pasó un dedo por la encimera de la cocina...

A ella le rugió el estómago.

—Porque es demasiado tarde —añadió.

Hades levantó uno de los adornitos que le había regalado.

Keeley pensó rápidamente que iba a tirarlo.

—Lo que te hice fue un error —dijo Hades.

Un error. Una palabra bonita para todos los horrores que había tenido que soportar.

—Vaya, lo siento por ti.
—No volveré a cometer un error semejante.
—Porque muy pronto estarás muerto.
Él suspiró.
—A propósito, deberías darles un aumento de sueldo a tus sirvientes. Todas sus provocaciones, sus escupitajos y, recientemente, sus intentos de asesinarme han sido esfuerzos que merecen reconocimiento. De verdad.
—¿Provocaciones? ¿Escupitajos? ¿Asesinato? Keeley, tienes mi palabra de que yo no sabía nada de ese trato. Envié a los sirvientes con herramientas para ayudarte a escapar de la celda.
—Claro. Eso tiene todo el sentido. Podías haberme ayudado en persona, pero no recuerdo que visitaras la prisión. Además, tu palabra no vale nada.
—No podía darle a Cronus la ocasión de que me encarcelara a mí también.
—Oh, vaya, tienes razón. ¿Dirías que eso es egoísta por tu parte, o solo frío?
—Los sirvientes no me obedecieron, así que serán castigados.
¡Mentiroso! De repente, ella no soportaba estar más en compañía de otro hombre que solo quería utilizarla.
—Márchate.
Él se acercó rápidamente a ella y se puso a juguetear con las puntas de su pelo. Irradiaba seducción y carnalidad.
—Solo tardé unos años en darme cuenta de que había cometido un enorme error.
—Unos años. ¿Mi atractivo es tan fuerte? Vaya, sí que soy especial.
—Por supuesto, pasé tiempo con otras mujeres, pero ninguna podía compararse a ti. Te deseo, aunque seas más poderosa que yo.
—Sí, claro que soy más poderosa que tú.
Él entrecerró los ojos.

—Podríamos formar un equipo invencible.

Ahí estaba la verdadera razón por la que él quería que estuviera a su lado.

—No creo que la muerte sea demasiado buena para mis enemigos.

—¿Lo ves? Pensamos lo mismo.

—Tú eres mi enemigo. Te odio.

—Muy bien. Necesitas tiempo y espacio —dijo él—. Lo entiendo. Pero vendré pronto por ti, preciosa mía. Volverás a ser mía.

¡Qué arrogancia! ¡Qué audacia!

—Lo siento, pero ya tengo a otro hombre a mi lado. Bueno, en realidad, no lo siento. Él me hace reír. Apenas me toca y ya he llegado al orgasmo.

La mirada oscura de Hades se llenó de rabia.

—¿Quién es?

Aquella rabia... era otra bonita mentira para conquistar su corazón, para conseguir que ella pensara que le importaba y que volviera a enamorarse de él. De ese modo, le resultaría más fácil hacerle daño.

—Eso no es asunto tuyo. Pero, ¿Hades?

—Sí, preciosa mía —respondió él. No parecía muy contento.

Ella hizo aparecer una daga en su mano y se la clavó en el estómago. No podía utilizar sus poderes contra él a causa de las cicatrices de protección, pero sí podía utilizar un arma.

A él se le escapó un silbido de dolor, y la sangre comenzó a brotar a borbotones y le manchó toda la mano a Keeley. Al cuerno la espera. Al cuerno los planes. No había podido resistirse a golpear.

Esperó a que él estallara en furia.

Sin embargo, Hades se limitó a sonreír, le dio un beso fuerte en los labios y dijo:

—Tendrás tus vestidos mañana, a última hora de la tarde. Hasta la próxima vez, preciosa mía.

* * *

Torin pasó el brazo por encima de la mesilla de noche y tiró la lámpara. ¿Dónde demonios estaba Keeley?

Desde que ella había desaparecido, él había ido a una cafetería con conexión a Internet, había ido al banco y había sacado dinero. Había reservado una habitación en un buen hotel, había cargado el teléfono, había llamado a Lucien y le había dejado un mensaje en el contestador.

Todo eso, en menos de dos horas.

Keeley llevaba seis horas desaparecida.

Él sabía que no tendría ningún problema para encontrarlo. Algunos de los que tenían el poder de teletransportarse podían ir hasta una persona en concreto, hasta alguien con quien tuvieran algún tipo de conexión. Por eso, la Reina Roja podía encontrarlo. Solo tenía que querer encontrarlo.

Enfermedad se echó a reír; le deleitaba la ausencia de Keeley.

Torin tiró la lámpara al otro lado de la habitación, y el pie de porcelana se rompió. En cuanto la viera, iba a echarle un sermón. Duro. Hiriente.

Si no volvía pronto…

¿Qué?

La buscaría y se la llevaría consigo. Tendría que luchar contra ella, obviamente, pero las cosas no habían terminado entre ellos. Si necesitaba que le recordara quién era él, un guerrero implacable, se lo recordaría. Y no lo haría con gentileza.

—¡Keeley! —gritó—. ¡Vuelve!

No obtuvo ninguna respuesta y, después de unos cuantos segundos, tiró la mesilla de noche.

—Vaya, vaya, encanto. ¿Quién es la princesita mimada ahora?

Ella apareció delante de él, exhibiendo más piel dorada de la que tenía tapada, con el pelo rubio y ondulado cayéndole alrededor del rostro. Tenía los ojos brillantes de ira y los labios... más hinchados y rojos de lo normal.

—¿Estás de mal humor? —le preguntó Keeley.

Torin sintió alivio al ver que ella no lo había olvidado. Sin embargo, aquel alivio se convirtió rápidamente en preocupación.

—¿Estás bien? ¿Te ha pegado alguien?

Ella pestañeó con desconcierto.

—No, ¿por qué?

—Tienes los labios hinchados.

Ella se los frotó, y se le sonrojaron las mejillas.

—No me han pegado, sino que me han tirado los tejos.

Así que no la habían pegado, sino que la habían besado.

Torin estalló. Olvidó todo lo que había pensado decirle, y se plantó frente a ella.

—¿Quién ha sido? —preguntó con un rugido.

Ella abrió unos ojos como platos.

—Hades. ¿Por qué?

—¿Y te atreves a preguntarme por qué? ¡Tú me perteneces! Lo acordamos. No puedes besar a otros hombres, Keeley. Nunca. ¿Es que has olvidado mis reglas?

Ella se quedó boquiabierta y soltó unas cuantas palabras incoherentes, como si no supiera qué decirle.

Él no se movió. Tenía la respiración entrecortada, y le ardían los pulmones. Alargó las manos hacia ella, pero apretó los puños y dejó caer los brazos justo antes de tocarla.

«Esto es una locura. Estoy loco. Tengo que marcharme».

—¿Estás pensando... en tocarme? —le preguntó ella, con los ojos muy abiertos.

No. Ella era la que tenía que marcharse. Él no podía estar en público en aquel momento.

—Vete de compras. Cómprate algo bonito. Yo te invito —le dijo, y le arrojó su tarjeta de crédito—. Vuelve dentro de una hora. O de dos. No, en realidad, será mejor que volvamos a reunirnos mañana.

–Sí, estás pensando en tocarme –dijo ella–. Incluso lo anhelas. No te gusta que me haya tocado otro hombre, y quieres sustituir ese recuerdo con tus manos.

Sí, eso era. Hades iba a morir, y él.. él tocaría a aquella mujer y ya no pararía nunca jamás.

Torin apretó los dientes.

–Es tu última oportunidad, Keeley. Te sugiero que te marches ya –le dijo. Estaba a punto de perder el control.

–De ninguna manera. Tú eres el guerrero fuerte y fiero, y he sido yo la que ha tenido que rogarte una y otra vez. He tenido que luchar contra mí misma, valiera o no valiera la pena lo que iba a conseguir. Bien, pues ahora te toca a ti.

–Yo he hecho exactamente lo mismo. He luchado.

–¿Cuándo te has rendido sin que yo tuviera que luchar por ello? Tú siempre te has resistido a mí con facilidad, y te has alejado. Por supuesto, refunfuñabas mucho al alejarte, pero siempre me has dejado a un lado.

–¿Con facilidad? –rugió él.

Keeley no tenía ni idea de cuál era la intensidad de sus necesidades, pero él iba a dejárselo claro.

La agarró por la nuca y la besó brutalmente, para silenciarla, poseerla y dominarla. Sin embargo, en cuanto ella se derritió contra su cuerpo, en cuanto lo acogió en su boca, la oscuridad que había dentro de él cambió. El impulso de castigar y dominar se convirtió en la necesidad de seducir y agradar.

Aquella era Keeley, su princesa. Se merecía lo mejor.

Suavizó la presión y giró la lengua dentro de su boca, saboreándola: tenía el sabor de las frutas del verano y de la miel. Era dulce, y era suya. Le tomó las mejillas, hizo que inclinara la cara y giró la lengua un poco más profundamente. Ella correspondió a su beso.

Y aquello fue la ruina de Torin.

Siguió besándola, succionó y mordisqueó. Ella hizo lo mismo, mientras metía los dedos entre su pelo y tiraba para colocarlo como deseaba. Era embriagador saber que

Keeley lo deseaba tanto como él la deseaba a ella. Se estaba convirtiendo en un adicto a ella. Necesitaba desnudarla y dar un paso más.

Estaba tan tenso como un arco.

La tomó por las caderas y la levantó del suelo. Ella le rodeó con las piernas y se colgó de él. Con la sangre hirviendo, Torin se encaminó hacia la cama, posó una rodilla y la tendió sobre el colchón. Después, se tumbó sobre ella.

–Sí –jadeó ella, y se arqueó contra él. Torin notó su suavidad femenina contra su dureza palpitante.

–Si te hago daño, dímelo.

–No puedes hacerme daño. Sabes que me gusta la dureza.

«Mi mujer es todo lo que siempre he soñado».

Torin se quitó los guantes y le arrancó la camisa. Ella no llevaba sujetador. Bien. Le acarició los pechos y pasó los dedos pulgares por sus pezones. Su piel era como la seda, y su calor lo envolvió. Se había convertido en un adicto a todo aquello. Para siempre.

Pasó la lengua por uno de sus pezones endurecidos y, después, sobre el otro, hasta que los dos estuvieron enrojecidos, hinchados y húmedos. Ella gimió, y aquel sonido fue música para sus oídos.

–Torin...

Él le agarró suavemente el pelo con una mano y con la otra trazó un camino ardiente entre sus piernas. Cuando metió los dedos bajo sus braguitas, estaba temblando.

Introdujo un dedo en su cuerpo... y gruñó de aprobación. Sintió su calor, la miel, la tensión, sin ninguna clase de barrera. Cerró los ojos mientras el éxtasis se apoderaba de él.

–Estás húmeda –dijo, y le dio otro beso, al mismo tiempo que deslizaba otro dedo en su cuerpo.

Ella onduló las caderas y lo acogió más profundamente.

–Torin, necesito que... –dijo, entre jadeos–. Umm... más fuerte... Quiero más fuerza...

Él iba a darle todo lo que ella deseara, todo lo que necesitara. Apretó la palma de la mano contra su sexo hinchado, y ella se arqueó y explotó, gritando mientras los espasmos recorrían su cuerpo. Era una imagen muy bella y carnal, y Torin estuvo a punto de llegar al clímax. Sin embargo, quería que ella terminara primero.

Cuando Keeley se desplomó sobre el colchón, él retiró los dedos y se los lamió mientras ella miraba.

—Delicioso —susurró.

Ella, con una mirada luminosa, posó una mano en su pecho y lo empujó hacia atrás. Se irguió sobre él.

—Mi chico malo se merece un premio.

«¡Sí, por favor!».

Se sentó a horcajadas sobre su cintura y le desabrochó el pantalón. El apéndice que le había dado tantos problemas aquellos últimos días quedó liberado.

¿Qué usaría? ¿Sus manos, o la boca?

A él se le elevaron las caderas sin que pudiera evitarlo.

—Hazlo.

Ella bajó la cabeza, y su pelo dorado cayó como una cortina sobre la cintura de Torin. Él se puso muy tenso cuando notó que su boca cálida y hambrienta lo envolvía. El placer fue casi insoportable.

—Por favor, princesa —le rogó—. No pares. Lo necesito.

Nunca había experimentado aquello. Siempre lo había soñado... siempre lo había esperado. Era una tentación tan fuerte como la misma Keeley.

Ella lo tomó profundamente y, por instinto, Torin alzó las caderas. Ella lamió su longitud de arriba abajo, cada vez más rápido. Y él notó que la sangre le hervía cada vez más, que el cuerpo le dolía, que todo aquello era demasiado...

—Keeley, por favor.

Ella no se detuvo. Le acarició los testículos mientras pasaba la lengua por el extremo de su miembro hasta que, en un último momento de racionalidad, él consiguió salir de su boca y girarse para derramar su clímax sobre la cama.

Después, se dejó caer junto a ella con el corazón acelerado, fuera de control. Estaba empapado de sudor. No podía respirar.

–Ha sido... Gracias.

Debió de equivocarse al elegir aquellas palabras, porque la placidez y la ensoñación desaparecieron del semblante de Keeley. Sus ojos azules se oscurecieron y ocultaron sus emociones.

–Claro –dijo ella, y se levantó de la cama para ponerse la ropa rasgada–. De nada.

Capítulo 16

Gracias.

Después de todo lo que había arriesgado, de todo lo que iba a tener que soportar, ¿aquello era lo primero que le decía Torin?, se preguntó Keeley.

No le dijo: «Por estar contigo, merece la pena cualquier cosa, princesa».

«Eres necesaria en mi vida, Keys. No me dejes nunca».

Pero... no. Solo le había dado las gracias.

Se ató los jirones de la camisa. Con sus prisas, Torin se la había rasgado. Y ella, por terquedad, no había metido en una bolsa de viaje ninguno de los trajes que le había comprado Hades. Iba a parecer una fulana, andando así por la calle. No era, exactamente, una prueba de su sangre azul.

«Tal vez haya tenido una reacción exagerada, o demasiado emocional. Tal vez solo esté buscando un motivo para discutir, o para proteger mi...».

¡No! Se negaba a echarse la culpa a sí misma.

Torin se incorporó, se puso los guantes y la camisa y se abrochó el pantalón. Tenía el pelo despeinado de una manera muy sexy, las mejillas rojas de satisfacción y los labios hinchados, como los suyos. Era un hombre recién satisfecho y ofrecía una imagen bella y atrevida. El vínculo que había entre ellos crepitó de tensión.

Keeley detestaba que él no pudiera sentirlo.

«Es hora de decírselo».

No, todavía no. Pero pronto.

Él la observó durante un largo tiempo antes de romper el silencio.

—¿Te he hecho daño?

—¿En qué sentido?

Antes de responder, él pensó durante un momento.

—Físicamente.

—No.

—¿Y emocionalmente?

¡Sí!

—No quiero hablar de eso.

Tenía los sentimientos a flor de piel. Ella le había dado acceso a su cuerpo y también, quizá, a su corazón. No había otra explicación para el efecto salvaje que él tenía en ella: la privaba del sentido común y la llevaba hacia la temeridad una y otra vez.

Y ella estaba harta de ser siempre una mujer disponible, pero desechable. Si Torin hubiera podido elegir entre muchas mujeres sin tener que preocuparse del contagio de la enfermedad, ¿la habría elegido a ella?

Después de la discusión... y después de aquello... No. Keeley no lo creía.

«¿Qué tengo de malo, que ningún hombre puede valorarme?».

«Valgo menos que un barril de whisky».

Así pues, estaba decidido: se quedaría con Torin, pero ya no intentaría ganarse su afecto. Nunca volvería a lanzarse a sus brazos. Nunca volvería a permitir que la besara y la llevara al clímax. Aquella parte de su relación había terminado.

Él apoyó los codos en los muslos y se inclinó hacia delante.

—¿Te sientes mal ya?

A ella se le encogió el estómago al recordar lo que iba a ocurrirle.

–No.

«¿Qué he hecho?».

–Keeley –dijo él y, con un suspiro, se levantó.

–Eh, no hace falta que te esfuerces en convencerme de nada –dijo ella–. Estoy de acuerdo. No vamos a volver a hacer esto.

Él frunció el ceño y dio un paso hacia ella.

–Eso no era lo que...

–¡No! –gritó Keeley.

Si él se le acercaba, tal vez volviera a caer en sus brazos y a rogarle, como había rogado a Hades.

Eso no iba a volver a suceder, nunca jamás.

–Keeley...

Un hombre desconocido apareció en mitad de la habitación, y Torin se quedó callado.

Ella miró al recién llegado con hostilidad. Tenía el pelo negro y el rostro lleno de cicatrices causadas por el fuego o por una espada. Sus ojos eran de distinto color: uno azul y el otro, marrón. Llevaba una camisa negra y unos pantalones vaqueros desgastados.

Tenía un aire curtido que a ella le causó admiración.

Sin embargo, eso no significaba que fuera a perdonarle su intromisión.

–Te has aparecido delante de la chica equivocada –le dijo.

En su mano apareció un arma semiautomática. Keeley sabía que no iba a matarlo metiéndole una bala en la cabeza, pero le daría una lección.

La habitación empezó a temblar a su alrededor.

Torin se acercó a ella rápidamente.

–Cálmate, princesa. Este hombre no es un enemigo. Es Lucien, mi amigo.

Aquel nombre reverberó por su mente, y ella estableció la conexión. Era Lucien, uno de los Señores del Inframundo, guardián de la Muerte. Un inmortal con un genio endiablado que, tal vez, podía compararse al suyo.

Cuando Galen le había contado cuál era su experiencia personal con cada uno de los guerreros, a ella le había interesado conocer a aquel, principalmente. Sin embargo, ya no le interesaba. Lucien acababa de introducir el cambio que ella había temido: Torin ya no era solo suyo.

—Muy bien. No voy a matarlo —dijo ella. Dejó el arma en la mesilla de noche y la habitación dejó de temblar—. ¿Lo ves? Cumplo mi promesa, como una buena chica.

Torin sonrió a medias antes de volverse hacia su amigo.

Lucien lo miró y sonrió con alegría.

—Eres tú. Estás aquí de verdad.

—Sí —dijo Torin, en un tono también alegre.

De repente, Keeley se sintió como una voyeur.

—Siento no haber oído tu llamada —dijo Lucien—. Me avergüenza decir que estaba ayudando a Anya a esconder un cadáver.

¿Anya? Keeley conocía aquel nombre... ¿Por Galen? ¿O porque era una de sus espías?

Torin se rio.

—Claramente, tienes las manos llenas con la chica que te ha tocado, ¿eh?

—Hablando de chicas... —dijo Lucien, y miró a Keeley con curiosidad.

—Lucien —dijo Torin—, te presento a Keeley.

Lucien asintió.

—Me alegro de conocerte.

—No lo dudo.

Pero ¿por qué tenían que hacer las presentaciones justo entonces? Ella no estaba en su mejor momento, y tenía que estar en su mejor momento. Si no les caía bien a los amigos de Torin, ellos no le dirían que había conocido a una chica que podía ser su chica. Incluso podían decirle que se librara de ella.

«Las cosas ya han terminado entre vosotros, ¿no te acuerdas?».

Cierto. Pero siempre era agradable ser aceptada.

—Va a ayudarnos a encontrar a Cameo, a Viola y a Baden, y a destruir la caja de Pandora —dijo Torin, sin mencionar la Estrella de la Mañana. ¿Acaso no quería que su amigo se hiciera demasiadas ilusiones?

«Ni siquiera ha tenido la cortesía de presentarme como amiga suya. Solo como ayudante».

Keeley tuvo un arrebato de furia que estuvo a punto de ahogarla.

Lucien la miró con incredulidad.

—¿Y cómo vas a hacer todo eso?

—¿Es esto un interrogatorio? —preguntó ella. Experimentó un extraño chisporroteo en la sangre, que hizo que se apoyara en un pie y después en el otro—. ¿Y quién es Anya?

Se acercó al escritorio y se sentó. Puso los pies sobre la mesa, sabiendo que estaba enseñando la ropa interior. Que Torin viera lo que no iba a volver a tener.

Él se acercó a ella rápidamente y le puso una manta sobre el regazo, ocultándola desde la cintura a los pies.

El comportamiento de un amante celoso.

Una mentira.

Lucien observó todo aquello y frunció el ceño.

El chisporroteo impulsó a Keeley a levantarse, y la manta cayó a sus pies.

—Que disfrutéis de vuestro reencuentro, chicos —dijo, y miró a Torin antes de escabullirse. Él estaba tenso y enfadado. ¿Por qué? «No importa»—. Nos vemos... después, donde sea.

Él la agarró de la muñeca.

Lucien emitió un sonido ahogado y la agarró también. ¿Para apartarla de Torin?

Ella alzó la mano e intentó descargar una corriente de poder para poner al guerrero en su sitio; sin embargo, las cicatrices de Torin se lo impidieron.

Él miró a su amigo con una expresión atormentada.

—Esto es algo entre Keeley y yo.

—Torin —dijo Lucien—. Suéltala.

—No le hables así —le espetó Keeley.

«¿Te pones de su parte, después de todo?».

Solo en aquella ocasión. Porque... porque le tenía lástima. ¿Cuántas veces habrían tenido que hacer algo así sus amigos para proteger a alguien de él?

Keeley podía imaginárselo: muchísimas.

El hecho de que la gente que lo quería lo mirara con horror tenía que ser muy doloroso para Torin.

Él la miró fijamente.

—Te vas a quedar aquí. ¿Y si te pones enferma?

Ella tragó saliva. Sí. Debía tenerlo en cuenta, porque lo único que era peor que estar enferma era estar enferma y sola.

Torin la soltó y se frotó el pecho, encima del corazón. Aquella era otra señal de su sentimiento de culpabilidad.

«No debería haberle empujado a que estuviera conmigo».

Él carraspeó y se volvió hacia Lucien.

—¿Cómo están todos? —preguntó.

—Todavía no le he dicho a nadie que has llamado —admitió su amigo—. Quería asegurarme de que eras realmente tú.

—Comprensible.

—Has estado fuera mucho tiempo, y han ocurrido muchas cosas —dijo Lucien, mientras se frotaba la nuca.

—¿Mucho tiempo? Solo han sido unas semanas —dijo Torin.

—No. Unos meses.

—El tiempo pasa de forma distinta en los diferentes reinos —dijo Keeley.

—Vaya —murmuró Torin.

—Un guerrero de los Phoenix mató a White, la hija de William —dijo Lucien—. Ella explotó en cientos de miles de bichos diminutos que se diseminaron por todo el mundo y están infectando a la gente con la maldad. La tasa de criminalidad ha aumentado muchísimo.

Torin asintió con una expresión grave.

—¿Y qué más me he perdido?

—Kane se casó con Josephina, la reina de los Fae, y ella está embarazada.

Kane... el guardián del Desastre...

Josephina... Aquel nombre no le sonaba. La última noticia que había oído Keeley era que el rey de los Fae era un tipo fanfarrón.

—¿Kane va a ser padre? Eso me resulta surrealista —comentó Torin—. ¿Cómo se las va a arreglar para no matar a su hijo? La última vez que lo vi, se le estaba cayendo el yeso del techo en la cabeza, y tenía un buen día.

—Ya no está poseído —dijo Lucien.

Torin agitó la cabeza con incredulidad.

—¿Y pudo sobrevivir a la extracción del demonio de su cuerpo?

Lucien asintió.

—Sí.

—¿Cómo?

—Josephina sacó al demonio y curó su espíritu dañado con amor que, aparentemente, es una medicina espiritual.

Torin miró a Keeley de reojo.

¿Acaso se estaba preguntando si ella podía hacer lo mismo por él?

«Solo si te enamoras de mí, encanto».

O cuando ella encontrara la Estrella de la Mañana.

—¿Y qué más? —le preguntó Torin a su amigo.

—Taliyah se quedó con nuestra fortaleza del Reino de la Sangre y las Sombras. Kane hizo un trato con ella, y ahora tenemos que mantenernos alejados de la fortaleza. Atlas y Nike, los dioses Titanes de la fuerza, se han ido a la ciudad. Cameo y Viola siguen desaparecidas, y nadie sabe nada de su paradero. Anya sigue planeando nuestra boda. Gideon y Scarlet también están esperando su primer hijo. Amun y Haidee están hablando de abrir una casa de acogida para adolescentes problemáticos. Gilly está preparando una fiesta para celebrar su mayoría de edad y, cuando William no está hecho una furia por la muerte de su hija, mira a la chica con un hambre tan intensa que todos los demás quieren sacarle los ojos.

Todas aquellas noticias dejaron a Torin impresionado.

Keeley había reconocido a algunos de los hombres. William era un inmortal brutal y salvaje de origen misterioso, y era uno de los hijos adoptivos de Hades. Vivía en el inframundo cuando Hades y ella estaban juntos. Era un libertino que había seducido a toda la población femenina. A las casadas. No quería nada más que placer, y tenía un sentido del humor muy oscuro. Se reía cada vez que mataba a un enemigo.

A Keeley siempre le había caído bien, pero nunca había pensado que ninguna mujer pudiera captar de verdad su atención. Y menos una humana. Ella había oído decir que aquella tal Gilly era una adolescente frágil emocionalmente que se había hecho amiga de Danika, la mujer del guardián de Dolor.

Emocionalmente frágil... joven... soltera... No era el tipo de William.

—Bueno, ¿y por qué estamos aquí? —preguntó de repente—. Vayamos a ver a todo el mundo.

Torin la miró, se sobresaltó y se alejó de ella tambaleándose. Había palidecido.

—¿Qué pasa?

Keeley se miró, y un jadeo se le escapó de entre los labios.

Tenía toda la piel llena de forúnculos.

Capítulo 17

Torin creía que ya había llegado a lo más profundo de su sentimiento de culpabilidad, pero se había confundido.

Aquello sí que era culpabilidad.

«Parece que todavía tengo que meterme las lecciones en la cabeza a golpes».

El camino más simple y directo hacia una vida sin remordimientos era que su piel no entrara en contacto con la de una mujer. Y, sin embargo, él había suspendido aquel examen una y otra vez.

En aquel momento, lo único que podía hacer era ocuparse de todas las necesidades de Keeley. Y, sin embargo, como las otras veces, aquello no servía para compensar lo que él mismo había permitido que ocurriera. «¡Idiota!».

Sabía exactamente cómo había llegado a aquel punto. Estaba encolerizado con Hades, tenía celos de que hubiera besado a Keeley, y las emociones habían desbaratado sus defensas en cuestión de segundos. Sin embargo, aquello no era una excusa válida.

Le había consumido la necesidad de poner su marca en Keeley para que todos supieran a quién le pertenecía. Ansiaba que ella lo deseara a él por encima de todos los demás. Y, tal vez, ella lo hubiera deseado así, pero eso no había durado. Su arrepentimiento había llegado antes que su enfermedad.

«No vamos a volver a hacer eso nunca más», se repitió de nuevo.

Aplicó los ungüentos de hierbas que le había llevado Lucien sobre las heridas supurantes de la piel de Keeley y le vertió una medida de medicina en la garganta. Después le dio un baño de avena. Ella permaneció en un estado de constante delirio; aquel día, él había conocido un nuevo nivel de infierno al verla retorcerse y dar tumbos sobre la cama, dejando manchas de sangre en las sábanas.

—No lo entiendo —le dijo Lucien, paseándose por la habitación—. ¿Ya la habías tocado antes? Y, después de que se curara, ¿volviste a tocarla voluntariamente, sabiendo que esto iba a volver a ocurrir?

Enfermedad se echó a reír en su cabeza, y Torin volvió a sentir la pesada carga de la culpabilidad.

—No es portadora. Sufre y se cura. Pero no se convierte en portadora.

—Torin...

—Te quiero, amigo, pero mi relación con Keeley no es asunto tuyo.

—Sí lo es —dijo Lucien—. Te conozco desde hace siglos. Te he visto hundirte en un pozo cada vez que tocabas a alguien y tenías que verlo morir.

—¡Ella no va a morir! —exclamó Torin, y dio un puñetazo en el colchón, con tanta fuerza, que rebotó. Keeley gimió.

—Lo siento, princesa —dijo él, mientras le acariciaba el pelo con la mano enguantada—. Lo siento muchísimo.

Ella abrió los párpados, y Torin se dio cuenta de que tenía una mirada febril y perdida.

—¿Cuándo me van a crecer otra vez? Necesito que vuelvan a crecerme.

—¿El qué, princesa? ¿Qué es lo que necesitas que vuelva a crecerte?

—Las manos. Necesito las manos —dijo ella, mientras se le caían las lágrimas por las mejillas.

«Yo la he hecho llorar».

–Tienes las manos, princesa. Te lo prometo.
–Tengo que quitarme los pies. Tengo que escapar de los grilletes. Mis manos –gimió ella. Entonces, se acurrucó sobre un costado y empezó a sollozar.

Él miró a Lucien, pero, rápidamente, apartó la mirada. No quería ver el horror reflejado en los ojos de su amigo. Keeley había estado atada en la prisión, y había reunido fuerzas para quitarse primero las manos, y más tarde, los pies, con tal de liberarse de las cadenas.

El corazón que había vuelto a crecerle en el pecho a él, después de sacárselo en la misma prisión, lloró por ella. Se le formó un nudo doloroso en el estómago. Él también tenía que liberarla. No iba a quedarse más con ella con la excusa de protegerla. No iba a jugar más con la tentación, ni con ella.

Había vidas en juego, sí: la de Cameo, la de Viola, la de Baden. En realidad, la de todos aquellos a quienes quería. Sin embargo, en la otra cara de la moneda estaba la vida de Keeley.

Y, si él tenía que elegir una cara de aquella moneda, sería la de Keeley, sin dudarlo.

Aquella era una revelación muy grande, una revelación que no quería analizar demasiado. Tampoco quería analizar el hecho de que, al pensar en separarse de ella, solo pudiera pensar en morir. En realidad, sus sentimientos no tenían importancia, puesto que iba a hacer lo mejor para ella. Sabía que el pasado de Keeley estaba lleno de dolor y tristeza, y no podía llenar su futuro con lo mismo.

Miró a Lucien, y le dijo:
–Vete a casa. Llámame todos los días, y te diré cuándo se ha recuperado. Después... la dejaré aquí.

Había demostrado una vez más que no podía estar cerca de ella, porque la tentación de tocarla y de besarla era demasiado fuerte, y cuando ella le rogaba que lo hiciera, a él se le olvidaban las consecuencias. Era muy egoísta por su parte, y muy cruel.

Tenía que terminar.

Sería frío y metódico, pero iba a terminar con ella.

—Me aseguraré de que no me siga.

Lucien lo miró con el ceño fruncido.

—Pero... la necesitamos. Cameo...

—¡No me importa! —exclamó, con un gruñido. Había cometido el error de explicarle a Lucien el alcance del poder de Keeley, y su amigo estaba decidido a utilizarla—. Ya encontraremos otro modo.

Silencio.

Torin se deslizó por la pared hasta el suelo. Nunca más vería su cambio de colores de estación a estación. Nunca hablaría más ni se reiría con ella. Nunca más la abrazaría.

«Quiero abrazarla».

¿Y si encontraban la Estrella de la Mañana el mismo día que ella se recuperara? ¿Y si no la encontraban? ¿Y si la encontraban después de veinte años?

¿Y si él la encontraba por sí mismo y volvía a su lado como un hombre sano y completo?

No más conjeturas. Su relación tenía que terminar aquel mismo día.

Su decisión no tenía fisuras. La vida de Keeley era más importante que su propia felicidad, y no había más que decir.

—Torin —dijo Lucien.

Él alzó una mano.

—No me digas nada. Solo... llámame. Nos veremos cuando Keeley esté curada.

Al principio, Lucien no reaccionó. Después, asintió de mala gana.

—Hasta entonces.

Keeley notó la tensión que había en el dormitorio incluso antes de abrir los ojos. Se incorporó de golpe, preparada para la batalla. El hecho de que no hubiera nadie acechándola ni a punto de atacarla le causó asombro.

Por costumbre, se revisó los brazos y las piernas para asegurarse de que nadie le había hecho marcas cuando estaba dormida.

«¿Dónde estoy? ¿Qué ocurre?».

¡Torin! Él estaba sentado junto a la cama, en una silla. Tenía el pelo en punta, como si se hubiera pasado muchas veces los dedos entre los mechones, y la miraba con atención, con dureza. Llevaba una camiseta blanca y unos pantalones de cuero negros.

Sus miradas se cruzaron, y él exhaló un suspiro de alivio y se irguió.

Iba a tocarla, pero se contuvo.

—Has sobrevivido —dijo, con la voz ronca—. Una vez más.

«¿He sobrevivido?».

«Sí, exacto». Había estado terriblemente enferma.

—No sé cómo —añadió él.

Su inmenso poder era uno de los motivos, por supuesto, pero tenía que haber algo más. Como, por ejemplo, él. Torin. Aún sin saberlo, él le había transmitido descargas de fuerza a través de su vínculo, y esa fuerza la había ayudado a sanar.

«Díselo».

«Aún no».

Él se quitó los guantes y los dejó sobre uno de sus muslos. Llevaba anillos en ambas manos, prácticamente en todos los dedos. Eran sencillos aros de plata, y algunos tenían piedras azules. Llevaba tres colgantes distintos al cuello.

—¿Por qué llevas tantas joyas? —le preguntó.

—Lucien me ha traído mis cosas.

Entonces, aquel era el verdadero Torin. «Me gusta. Mucho».

Keeley tuvo unos deliciosos escalofríos.

—Bueno... ¿y por qué estás tan disgustado?

—Has estado enferma durante ocho días. Se te ha parado el corazón dos veces, y he tenido que hacerte la reanimación cardiopulmonar. Cada vez se me da mejor; en esta ocasión solo te he roto una de las costillas.

«Tema peligroso. Procede con cuidado».

—Bueno, como puedes ver, ahora estoy perfectamente.

—Me alegro —dijo él. Entonces, se puso a mirar por la ventana que había frente a la cama—. Nuestra relación siempre ha estado basada en las elecciones, Keeley. Luchar o perdonar. Tocar o no tocar. Quedarnos juntos, arriesgándolo todo, o separarnos. Nuestra relación siempre estará basada en elecciones.

—Yo...

—No he terminado.

Aunque tenía el corazón en un puño, le dejó continuar.

—No es justo para ti —dijo él—. Tú no tienes por qué hipotecar tu salud por estar conmigo. Y, por eso, voy a romper lo nuestro.

«Quería... ¿separarse de ella?».

—No —dijo Keeley, cabeceando.

—Va a suceder, quieras o no.

—No hagas esto, Torin —le dijo ella.

—Como ya te he dicho, es lo que va a suceder. De hecho, ya ha sucedido —anunció él. Se estaba agarrando con tanta fuerza al borde de su silla, que tenía los nudillos blancos—. No sabes qué tortura es haber pasado tanto tiempo sin lo que más deseaba y, cuando por fin lo consigo, tener que ver a la persona que me importa sufriendo por ello.

«Le importo».

«¡Le importo!».

—Entonces, ¿vas a rendirte? ¿Me vas a dejar como si no fuera más importante que una basura, después de todo lo que hemos compartido?

—Tú no eres una basura —gritó él, y ella se dio cuenta de que le había ofendido—. Tú eres...

La miró con una expresión posesiva, como un salvaje. Negó con la cabeza, y su semblante quedó en blanco.

—Es lo mejor.

—¿Para quién? Para mí, no.
—Sí, para ti —replicó él—. Voy a encontrar a mis amigas sin ti, y rescataré el espíritu de mi amigo Baden. Encontraré la caja sin ti. No te deberé ningún favor.
—¿Y la Estrella de la Mañana?
«No puede hacer esto. No puedo permitírselo».
—Si la encuentro... cuando la encuentre, bueno... —Torin hizo un gesto de impaciencia.
Bueno, ¿qué?
—Hasta entonces, puedes olvidarme —añadió él—. Considéralo un regalo de despedida.
¿Olvidarlo, y tal vez para siempre? No, él no podía... No era posible que...
En aquel momento, ella se dio cuenta de la verdad. Él sentía algo por ella, algo más intenso de lo que dejaba atisbar. Su bienestar le importaba más que encontrar a sus amigos y la caja.
Unos cálidos rayos de sol inundaron su alma y, al momento, inundaron también la habitación, entrando por la ventana.
De repente, vio claro el motivo por el que se había quitado los guantes. Pensaba que, sin la barrera de cuero en su sitio, no caería en la tentación de ponerle las manos encima.
—¿Me has entendido? —preguntó Torin.
—Sí —dijo ella, sin poder dejar de sonreír—. Te he entendido.
—¿Estás segura?
—Totalmente.
—Pues no parece que lo hayas entendido bien —dijo él, con el ceño fruncido. Sin una palabra más, sacó el teléfono de su bolsillo y marcó—. Ya he terminado.
Lucien apareció unos segundos después. Torin se puso en pie y se dirigió hacia su amigo.
—Marchaos, chicos —dijo ella—. Yo me reuniré enseguida con vosotros.

Torin se dio la vuelta.

–Has dicho que entendías que íbamos a separarnos.

–Eso no es lo que he dicho, ni lo que he entendido.

–Entonces, ¿qué?

«Que eres mío, y yo soy tuya. Que vamos a estar juntos».

Lo había conseguido: se había ganado su corazón, tal y como pretendía. No por completo, aún, pero estaba cerca.

Y, por el momento, eso era suficiente.

–Te lo contaré luego –dijo ella, y miró significativamente a Lucien–. Cuando estemos solos.

–Keeley –dijo Torin, entre dientes.

–Encanto –dijo ella–, confía en mí. No querrás que revele lo que pienso delante de tu amigo.

Lucien se echó a reír.

–Me recuerdas a Anya.

Ella bajó las piernas de la cama. Torin le había puesto una camiseta vieja que le llegaba hasta la mitad de los muslos.

–¿Quién es Anya? –preguntó ella.

–Mi… –el guerrero entornó los ojos–. No estoy seguro de cómo explicar mi relación con ella. Es mi chica. Mi ángel.

–No es ningún ángel –intervino Torin, y le lanzó a Keeley una mirada fulminante–. Hasta que la comparas con alguien que yo conozco.

Keeley se atusó el pelo.

–Los cumplidos te llevan a todas partes.

–Anya es una persona alocada que se ha pasado todo el tiempo que lleva con Lucien planeando una boda que no se va a celebrar. Es su prometida no prometida. Pero no importa. No vas a conocerla. Te vas a quedar aquí.

Ella le sopló un beso.

–Nos vemos enseguida.

—No vamos a vernos nunca.
—¿Dentro de cinco minutos? ¿O prefieres dentro de diez?
—Nunca.

Cuando Torin desapareció con Lucien, tenía una expresión sombría.

Ella entró al baño, se lavó los dientes y tomó una ducha. Después, observó la camiseta limpia y los pantalones de algodón que le había dejado Torin. «No, esta vez no».

Se teletransportó a su cueva y descubrió que Hades le había devuelto los vestidos y el resto de su ropa. Eligió un traje con las mangas de cota de malla y un corsé de cuero y crin enrollados, que se le ceñía a la cintura, y unos pantalones ajustados de color negro con una cola que empezaba en sus caderas y llegaba hasta el suelo.

Se trenzó la parte superior del cabello y dejó el resto suelto, cayéndole en ondulaciones doradas por la espalda. Después, se puso la corona, que era de acero y diamantes.

Con la cabeza bien alta, se teletransportó junto a Torin, y lo encontró en una fortaleza.

Las paredes del vestíbulo eran de mármol blanco con vetas doradas. Por todas partes había colgados preciosos apliques y retratos que eran, seguramente, de los Señores del Inframundo y sus mujeres. La iluminación se completaba con las arañas que había suspendidas desde el techo. El suelo era de ónice negro. Un lugar exquisito, algo como lo que siempre había querido para sí misma: lujoso, pero acogedor.

Torin estaba junto a Lucien, mirando con cara de pocos amigos el retrato de un soldado vestido de negro que tenía el brazo sobre los hombros de una mujer. La mujer lucía un vestido de fino terciopelo y de encaje, y llevaba un tocado de plumas que enmarcaba su delicado rostro.

«No es tan guapa como yo».

—Hola, Torin —dijo.

Él la fulminó con la mirada, al principio. Después, la recorrió con la mirada, una vez, dos veces e, incluso, una tercera vez. Sus pupilas se dilataron más y más, y fijó su atención en todos los lugares adecuados.

Ella giró lentamente sobre sí misma, dejando que Torin pudiera admirarla desde todos los ángulos.

—Tú me has mostrado a tu verdadero yo. Ahora, yo te muestro mi verdadera persona.

—Estás... No hay palabras...

Él se acercó, pero su amigo Lucien le puso una mano en el hombro y lo detuvo.

Keeley se tragó la irritación.

—No se te ocurra intentar echarme. Voy a quedarme –dijo ella–. Y punto.

Torin estaba fingiendo que observaba el retrato de Kane y Josephina mientras intentaba negar lo que acababa de ocurrir: «He dejado a Keeley. Muy pronto, ella ni siquiera se acordará de mí».

«Tengo que superarlo. Soy un hombre, no un bebé desamparado».

Cuando Keeley había aparecido a su lado, él había percibido su olor a bayas y miel antes de volverse hacia ella... y había recibido un golpe de lujuria tan intenso que no sabía cómo podía seguir en pie.

Estaba impresionantemente guapa con su vestido.

Enfermedad emitió un gruñido que le recordó sus crímenes a Torin.

—Tienes que marcharte, Keeley. Te lo digo en serio.

—Que lo digas en serio no cambia nada.

—Si te quedas, solo te causaré dolor y pena.

—No seas tan melodramático. Ya me has dado algo más que dolor y pena.

—¿Te refieres al cólera? ¿O a la viruela?

Ella miró a Lucien un segundo y alzó la barbilla.

—Placer.

Otra descarga de lujuria. Él le había dado placer, la había saciado como nunca había saciado a ninguna otra. Ella no había dejado su cama con decepción.

—Es cierto —gruñó él.

Entonces, como si no estuvieran manteniendo una conversación sobre la vida o la muerte de su relación, ella se dirigió al retrato de dos personas a quienes él no conocía. Un hombre y una mujer de pelo oscuro.

—Son Atlas y Nike. A él lo conocí cuando era un mujeriego. A ella no la conozco, pero, según mis espías, es muy mala, peor que... ¿Qué es lo peor del mundo?

—¿Tú? —preguntó Torin.

Ella asintió.

—Peor que yo.

Él suspiró. Había esperado que aquel comentario la enfureciera tanto como para que se marchara.

—Atlas y Nike nos encontraron hace varias semanas —dijo Lucien—. Anya ya conocía a Nike, y han ido a dar una vuelta por ahí. Ese es el motivo de que haya tenido que esconder un cadáver hoy también.

Desde la cocina se oyeron carcajadas, y una música llegó desde el salón, acompañada por las pisadas de unos pequeños pies que corrían.

—Adelante —dijo Lucien.

Entonces, aparecieron un niño y una niña de unos dos años y medio. Se detuvieron y lo miraron fijamente.

—¿Quién ha traído niños pequeños a la fortaleza? —preguntó Torin.

—Yo no soy un niño pequeño —dijo el niño.

—Claro que no, claro que no —respondió Torin, alzando las manos con un gesto de rendición.

—Seguro que te acuerdas de Urban y Ever —intervino Lucien—. Han... eh... crecido.

No. Aquello no era posible.

—Pero... si solo he estado fuera unos meses.

Cuando se había marchado, Urban y Ever eran unos bebés.

—Madox y Ashlyn cometieron el error de pedirle a Anya que los cuidara un rato –explicó Lucien–. Mi querida mujer puso a los niños dentro de la Jaula de la Compulsión y les ordenó que crecieran un poco.

—Vaya –dijo Torin. Quien estuviera encerrado en la Jaula de la Compulsión tenía que obedecer las órdenes que les diera su propietario. En aquel momento, la dueña de la jaula era Anya–. ¿Y Maddox se enfadó mucho?

—¿Él? No, no demasiado. Pero Ashlyn... –Lucien no terminó la frase, y se estremeció.

Urban tenía el mismo pelo negro y los mismos ojos de color violeta que él recordaba. Ever tenía el mismo pelo rubio dorado y los mismos ojos castaños. Y, aunque los mellizos parecían niños normales, vestidos con camisetas y pantalones cortos, irradiaban una energía sobrenatural que le causó un cosquilleo en la piel a Torin.

—Hola –les dijo–. Soy vuestro tío Torin.

—No –respondió Urban, cruzándose de brazos–. Eres un intruso.

Vaya.

—Esa palabra es demasiado grande para un niño tan pequeño –dijo Keeley–. Eres tan mono que voy a permitir que me llames tía reina Keeley. Puedes expresar tu agradecimiento.

Una capa de hielo se formó sobre la piel de Urban mientras miraba alternativamente a Torin y a Keeley.

—No voy a llamarla nada, señora. No me cae bien.

Ever empezó a despedir pequeñas llamas.

—Sí. Son extraños, y los extraños son el enemigo. Nosotros tenemos permitido atacar al enemigo.

—Niños –dijo una voz en tono de reprobación–. ¿A quién estáis desafiando esta vez?

Era Maddox, el guardián de la Violencia, que bajaba las escaleras con una expresión seria. Al ver a Torin, se detuvo en seco.

—¿Torin?

Él asintió.

—El mismo que viste y calza.

—Pero... Papáaaa... —Ever hizo un mohín, con tanta habilidad, que casi parecía que había nacido con ella—. Nosotros nunca podemos hacerle daño a nadie, y William nos prometió que muy pronto podríamos hacerle un daño muy grave a alguien si no se lo decíamos a mamá. Pues ya es muy pronto, y no se lo vamos a decir a mamá. Te lo prometemos.

Maddox suspiró cansadamente y murmuró:

—Voy a despellejar vivo a William.

—¡Torin! —exclamó una voz familiar—. ¡Por fin has vuelto!

Se oyeron unos pasos. Entonces, Anya, la diosa menor de la Anarquía, apareció rápidamente por una esquina, saltó por encima de los niños... y se detuvo en seco al ver a Keeley. Se quedó pálida y retrocedió un par de pasos.

—¡La Reina Roja! No, no, no. ¡Lucien! Dijiste textualmente que «Torin está con una rubia impresionante». ¿Por qué no mencionaste que es mi enemiga acérrima?

—¿Quién, yo? —preguntó Keeley, tocándose en el pecho.

—Como si se te hubiera olvidado. Mi amiga te llamaba «la Pitufina» —dijo Anya, y se puso en jarras—. La obligaste a que se arrodillara ante ti y se cortara su propia carne. Y la llamaste Bloody Mary.

—Bueno, pues entonces no fue para tanto —dijo Keeley, y alzó la barbilla.

—Pocos años después, obligaste a Zeus a que te cediera todo lo que había en la cámara del tesoro. Era un impuesto, según le dijiste, porque no habías matado a todos a quienes él quería, sino solo a la mitad.

—De eso sí me acuerdo. Él acababa de atacar a mi prometido.

—¡Sí, el rey de la oscuridad!

Maddox se puso delante de sus hijos para actuar como escudo.

—Entonces, ¿es de verdad una enemiga? —preguntó Ever, con emoción.

—Sí —gritó Anya.

Al mismo tiempo, Torin también gritó.

—¡No!

Anya continuó:

—¡Tenemos que sacar a los niños de la fortaleza antes de que se coma sus corazones para cenar y sus espinas dorsales de postre!

—¡Eh! —protestó Keeley—. Solo me he comido órganos del enemigo en ocho ocasiones, y siempre con un buen motivo.

Torin se pellizcó el puente de la nariz.

—¡Nadie amenaza mis órganos! —gritó Ever. Extendió el brazo, y justo encima de la palma de su mano se formó una bola de fuego que la niña lanzó con todas sus fuerzas hacia Keeley.

Torin se colocó delante de ella. «Nadie, ni siquiera una niña, tiene permitido herir a mi mujer». Keeley se limitó a rodearlo, y atrapó la bola de fuego antes de que lo tocara y pudiera quemarle.

«No, no es mi mujer. No puedo pensar así».

—¿Un juego de pelota? Claro, me gusta —dijo Keeley. Se puso delante de él y le lanzó la bola de llamas a la niña, que la atrapó con una expresión de sorpresa.

Urban extendió la mano, y en su palma se formó una bola de hielo. Él también se la lanzó a Keeley, y ella la capturó con facilidad. Sin embargo, aquella se derritió en su mano antes de que pudiera devolvérsela al niño.

—Ooh. Lo siento. Hoy soy verano, no invierno.

—¿Quién es la Reina Roja? —preguntó Maddox malhumoradamente.

—Yo —dijo Keeley, e hizo una perfecta reverencia—. Lo sé, lo sé. Te sientes honrado de conocerme y apenas puedes contener la emoción, pero haz lo posible por aparentar calma. A mí me resultan embarazosas las muestras de adoración. Para otros.

Maddox pestañeó.
Torin intentó no sonreír.
Se oyeron más pasos. Entonces, llegaron corriendo Ashlyn, una muchacha rubia, Gideon, un guerrero de pelo azul y Scarlet, con un avanzado embarazo. Otros llegaron desde diferentes partes de la casa: el silencioso Amun y la encantadora Haidee. El oscuro Reyes y su preciosa mujer rubia, Danika. El decidido Sabin y su valiente Gwen. Strider, el fanfarrón, y su terrorífica pelirroja Kaia. Aeron y su encantadora esposa, Olivia, y su hija adoptada, Legion, que era adulta.

La última vez que Torin había visto a Legion, un demonio que se había convertido en una chica de verdad, al estilo Pinocho, estaba destrozada, porque acababan de rescatarla de la cautividad y la tortura. Había mejorado mucho durante el tiempo que él había estado ausente. Tenía las mejillas sonrosadas y sus ojos oscuros brillaban.

Lucien se acercó a Anya y le dijo unas palabras en voz baja. Mientras él hablaba, aparecieron Paris y Sienna.

En aquella reunión solo faltaban Kane, Cameo y Viola.

Torin sintió muchas cosas diferentes: euforia, confusión, sorpresa y, por supuesto, la inquietud de Anya. Aquella inquietud empezaba a molestarle. Keeley debería haber recibido una gran bienvenida, pasara lo que pasara. Así se había comportado él con todos los recién llegados a la familia.

—Me alegro de que hayas vuelto, amigo —le dijo Sabin, el guardián del demonio de la Duda.

—¿Quién es esa chica? —preguntó Strider, el guardián de la Derrota—. Está... Ay.

Kaia le había dado un codazo en el estómago.

Aunque durante el corto espacio de tiempo que había estado lejos de casa habían cambiado muchas cosas, aquello no había cambiado en absoluto, y Torin se relajó. Deseaba con todas sus fuerzas abrazar a cada uno de sus amigos, pero ninguno de ellos aceptaría su contacto, ni siquiera con la protección de la ropa. Keeley era la única persona que había estado dispuesta a arriesgarlo todo por él.

Él le posó la mano enguantada en la espalda, en la cintura, sin poder resistirse. Era una muestra de apoyo, de agradecimiento y, sí, de deseo.

Ella lo miró con desconcierto.

Él se encogió de hombros. No sabía qué decir.

—¿Qué ocurre aquí? —preguntó Aeron—. ¿Qué es eso de la Reina Roja?

—¡Voy a darle una patada en la cara! —exclamó Anya—. O ver cómo lo hace otra persona. ¿Alguien se ofrece voluntario?

—¡Ya basta! —exclamó Torin. Aunque Keeley mantenía una actitud calmada, había empezado a llover suavemente, y las gotas golpeaban las ventanas. Estaba sufriendo—. Ella tiene un nombre, y vas a utilizarlo. Y debe ser tratada con respeto siempre. Quien la ofenda responderá ante mí y, os lo prometo, las preguntas van a doler.

—Bueno, pues a mí ya me cae bien —dijo Kaia—. Cualquiera que consiga que Anya se haga pis de miedo tiene que ser increíble.

—¡No me he hecho pis! —protestó Anya, y añadió sombríamente—: Solo un poco.

—Torin —dijo Lucien, en un tono de tensión—. Si Keeley ha hecho las cosas que ha mencionado Anya...

—Sí, las he hecho —dijo Keeley, sin mostrar arrepentimiento—. Todo eso, y más. Y peor.

—Entonces no puede quedarse aquí. Los niños...

—Por favor, ¿de verdad crees que quiero quedarme en un antro así? —preguntó ella. Se acercó a la ventana que tenía más cerca y miró al exterior—. Nunca había oído nada tan ridículo.

A Torin le dolía el corazón por ella. Estaba a la defensiva. La habían rechazado sus padres. Hades la había cambiado por un barril de whisky. Ella anhelaba que la aceptaran, y él entendía eso, probablemente, mejor de lo que pensaba Keeley. A causa de Enfermedad, a él siempre lo habían dejado aparte cuando había una batalla o una celebración. Formaba parte de la vida de sus amigos, pero era una parte alejada de ellos.

Sintió rabia.

—Yo voy donde vaya ella. Sin excepciones.

A Keeley se le escapó un jadeo. Menos de una hora antes, él había intentado librarse de ella. Sin embargo, en aquel momento estaba jurando que iba a permanecer a su lado. Ella podía preguntarle por qué, pero él no tendría una respuesta que darle.

Sabin y Lucien se miraron y se comunicaron en silencio. Después, dieron un paso hacia delante.

—Quédate —dijo Sabin, asintiendo.

—Acabamos de recuperarte —añadió Aeron—. No podemos perderte ahora.

—Entonces, que nadie amenace a Keeley —dijo Torin, y miró fijamente a Anya—. Lo digo en serio.

—Muy bien —respondió la diosa, con un resoplido—. Ya me encargaré de que no oigas lo que tenga que decir.

¿Ah, sí?

—Puede que conozcas el mal genio de la Reina Roja y la hayas visto en acción, pero ¿te ha dicho Lucien que es capaz de hacer mucho más? Puede encontrar a Cameo y a Viola. Puede traer a Baden a casa. Y puede encontrar la caja de Pandora.

Torin no dijo nada de la Estrella de la Mañana, puesto que antes de dar a conocer la noticia quería investigar un poco a solas.

—Sin embargo —continuó—, no voy a pedirle que haga ninguna de esas cosas si se pronuncia una sola palabra desagradable, la oiga o no.

Se hizo el silencio. El asombro de todos era casi palpable.

¡Bum! La fortaleza tembló desde los cimientos. Cayó polvo de las vigas del techo.

¡Bum! ¡Bum!

Torin miró a Keeley. ¿Era a causa de su mal genio? Sin embargo, ella no les estaba prestando ninguna atención a sus amigos; estaba mirando por la ventana.

—¿Qué ocurre? —preguntó Anya, mientras se ponía delante de sus hijos para protegerlos.

Keeley posó una mano en la ventana, y dijo:

—Creo que... nos están atacando.

Capítulo 18

Keeley se encolerizó. Ser la Reina Roja solo tenía una desventaja: los enemigos. Se ganaba enemigos allá adonde fuera. A menudo, como había sucedido con los sirvientes de Hades, la seguían.

Los enemigos de aquel día eran los Innombrables.

Querían amenazar su nueva vida.

Tenían que morir.

Dejó de llover, y los truenos retumbaron en el cielo.

Ella envió descargas de poder a los Innombrables para teletransportarlos lejos y seguirlos con un sierra de acero, pero se dio cuenta de que se habían protegido con cicatrices de azufre. Las descargas de poder se deshicieron.

¿Quién se lo había dicho?

No era difícil de adivinar. Los tres locos poseídos por los demonios. Se llevarían su merecido más adelante.

Debía pensar en la forma de pulverizar a los Innombrables. No podía destruir a aquellas bestias haciéndoles estallar, porque causaría bajas entre los amigos de Torin y, posiblemente, derribaría la fortaleza.

Por supuesto, podía teletransportar a todo el mundo a un lugar lejano antes de que comenzara el espectáculo. De ese modo, los salvaría a todos, excepto a Torin, pero Lucien podía ocuparse de él. Sin embargo, quedaba el problema de la fortaleza.

«No la destruyas», le había pedido Torin.

Y ella había entendido por qué. Si arrasaba su hogar, sus amigos nunca la aceptarían.

«Quiero que me acepten».

¡Bum!

La fortaleza volvió a temblar. Los Innombrables habían hecho trizas la alta puerta de hierro que rodeaba la fortaleza y habían quitado algunas de las trampas del perímetro de las que le había hablado Galen.

—¿Por qué no se teletransportan aquí dentro? —preguntó. Habían perdido el elemento sorpresa.

—No son admiradores míos, precisamente —dijo Sienna—. He tomado medidas contra ellos.

Así que aquella era la nueva reina de los Titanes. La que había usurpado el trono de Cronus.

«No es la bestia descomunal que me esperaba».

—¿Los Innombrables son extraños, papá? —preguntó Ever con dulzura.

—Sí, cariño.

—Entonces, ¿puedo hacerles daño?

—Sí —dijo el guerrero con dureza—. Puedes hacerles mucho daño.

—¡Oh, bien! —exclamó Ever, y fue a abrazar a su hermano.

—En realidad, no —dijo Keeley—. No puede.

Se volvió hacia los guerreros justo cuando una de las vigas del techo se agrietaba.

—Lo siento, pero tú no tienes voto en esto. Nos vamos a ocupar nosotros —dijo Strider—. Vamos a hacer las cosas a nuestra manera. La buena.

—Está la manera buena, y está la mejor manera —respondió ella.

En un instante, teletransportó a los niños, a las mujeres y a Strider a un lugar lejano.

El resto de los guerreros dio muestras de pánico.

—¿Qué has hecho con ellos? —rugió el padre de los mellizos—. ¿Dónde están?

—A salvo —respondió Keeley—. ¡Deberías estar contento! Están seguros, y los traeré después de la batalla —añadió, y se frotó las manos—. Bueno, ¿empezamos?

¡Bum!

—Torin —dijo uno de los guerreros.

—No les va a pasar nada —dijo Torin—. Tenéis mi palabra. Están a salvo, y van a volver.

«Él confía en mí».

El sol brilló con más fuerza a su alrededor.

—Los Innombrables llegarán pronto —dijo, y teletransportó hasta allí un arsenal del que le habían hablado una vez: pistolas, rifles, granadas, lanzallamas y espadas—. Podéis elegir, chicos.

—Puedo teletransportarte a tu habitación, Torin —dijo Lucien—. No permitiremos que las criaturas lleguen allí.

¿Cómo? ¿Esperaban que el poderoso y feroz Torin se escondiera en su cuarto? ¿Querían mandar al banquillo a su mejor jugador? ¿Querían perder la batalla?

—Que yo sepa, no tiene dolores menstruales, así que dejad de tratarlo así —dijo ella. Después, se volvió hacia Torin y le ordenó—: Ni se te ocurra pensar en irte. Elige un arma.

Él se quedó desconcertado un instante. Después, dijo, haciendo un saludo militar:

—¡Sí, señora!

Tomó un rifle y dos espadas, y se puso la capucha por la cara.

—¿Por qué no puedes teletransportar a los Innombrables lejos de aquí? —le preguntó Lucien—. Como has hecho con las mujeres y los niños.

Si Torin les hablaba del azufre, iba a hacerle daño, porque estaría eligiendo la seguridad de sus amigos por encima de la suya. Sin embargo, hasta ese momento, ella no iba a decir nada.

—Tengo mis motivos.

Sienna apareció junto a Paris con el ceño fruncido.

—Todo el mundo está en una playa —anunció, y fulminó a Keeley con la mirada—. No vuelvas a hacer eso.

—¿O qué? ¿Vas a hacer que lo lamente? Vamos, no puedes hacer nada. El poder se te está escapando entre los dedos, querida, desde hace tiempo. No te molestes en intentar negarlo. Siento cómo se te escapa.

Sienna palideció.

—¿De qué está hablando, nena? —le preguntó Paris a su mujer.

—Se está debilitando —dijo Keeley—, y yo sé por qué. El poder no es tuyo, es de Cronus, y no se ha vinculado a ti. Tienes que arreglar eso si quieres sobrevivir.

—¿Es eso una amenaza? —preguntó Paris, apuntando a Keeley al pecho con un arma semiautomática—. Porque yo no reacciono bien cuando alguien amenaza a mi mujer.

Torin se puso delante de Keeley y apartó el arma.

—No hay tiempo para esto. Y voy a advertirte que tú tampoco debes amenazar a mi chica, o te meto una bala en la cabeza.

«Soy suya. Soy de Torin».

—Y, mientras te estás recuperando —dijo Keeley—, te cortaremos el pelo.

Paris retrocedió con cara de espanto y se tocó los rizos multicolores.

Keeley se sintió generosa y añadió:

—Te permito que me hagas una sola pregunta sobre tu mujer cuando los Innombrables hayan muerto. Si le pides disculpas a Torin por amenazar a su chica.

«Yo. Soy yo».

Paris asintió.

—Está bien. Lo siento.

Keeley posó la palma de la mano en la espalda de Torin. Él se puso muy tenso al principio, pero, después, se relajó. Entonces, se volvió hacia ella y la miró con intensidad.

—No corras riesgos innecesarios —le ordenó.

«¿Por ti? Siempre».

—De acuerdo —le dijo.

Los guerreros corrieron en diferentes direcciones y ocuparon puestos junto a las ventanas para disparar al enemigo. Sin embargo, no sirvió de nada. La puerta estalló en cientos de añicos de madera y metal que atravesaron el vestíbulo como misiles y se clavaron en varios de ellos.

Una Innombrable entró en el vestíbulo. Era un ser horriblemente feo. Tenía pico, en vez de nariz y boca, como si fuera un pájaro rabioso. Llevaba una camisa de cuero, pero no le cubría los pechos, y Keeley se fijó en que tenía unos piercings de diamante en los pezones. Una falda de cuero le cubría la cintura y los muslos. Era un monstruo muy musculoso.

La Innombrable se giró hacia la derecha y hacia la izquierda para estudiar lo que la rodeaba. Tenía unos pequeños cuernos en la espina dorsal, de cuyas puntas caían gotas de un líquido. ¿Veneno?

Los guerreros empezaron a dispararle, pero las balas no tuvieron ningún efecto en ella. Incluso atrapó una granada que le habían lanzado y la hizo explotar apretándola con el puño sin que le causara ninguna herida. Sin embargo, la habitación quedó destruida, y los escombros volaron por todas partes. Keeley se llevó a los guerreros, salvo a Torin, a otra parte de la fortaleza, para alejarlos de aquel peligro.

¡Estúpido azufre! ¿Cómo se suponía que iba a poder protegerlo?

Él cayó al suelo y se puso en pie de un salto. Estaba indemne.

En un movimiento muy rápido, la Innombrable movió el brazo hasta su espalda, se arrancó una de las protuberancias y se la arrojó a Keeley. Torin la empujó para apartarla, y el cuerno pasó de largo entre sus hombros.

«¡Mi héroe!».

Sin embargo, Keeley se enfureció al pensar que la Innombrable había estado a punto de herir a su hombre.

La fortaleza tembló con fuerza una vez más.

En aquel instante, la Innombrable agarró a Keeley por los hombros y la lanzó al otro lado de la habitación para apartarla de su camino. Después, agarró a Torin del cuello y miró a Keeley como si quisiera decirle: «Mira lo que le hago al que tú defiendes».

Zarandeó a Torin y lo agitó con fuerza.

Keeley se puso en pie e hizo aparecer dos dagas en sus manos. Iba a destriparla.

–Torin –dijo.

Él dejó que la Innombrable sujetara el peso de su cuerpo y le rodeó la cintura con las piernas. Cayeron al suelo y él absorbió la fuerza del impacto, que usó para romperle la muñeca y debilitar su sujeción. Después, le golpeó el pico con la parte más fuerte de la palma de la mano y ella comenzó a gritar y a sangrar. Se escabulló, alejándose de él.

Sin embargo, la victoria de Torin no sirvió para calmar las emociones de Keeley. Su poder ya estaba ansioso por verse liberado.

–Keeley –gritó Torin, por encima del ruido.

–Mantenla ocupada –le dijo ella, y se transportó hasta el cuerno que les había lanzado. Lo agarró y se lo llevó a una isla remota y desierta del sur del Atlántico.

El poder estalló desde ella y sacudió toda la isla. Un volcán entró en erupción, y la lava fue a todas partes. Aparecieron unas enormes grietas en el suelo. Ella inhaló el humo y tosió.

Cuando calmó lo peor de su rabia, volvió a la fortaleza. «Si le ha ocurrido algo malo mientras yo no estaba...».

Torin y la Innombrable no estaban donde los había dejado. Ella se teletransportó al piso superior. Allí, se encontró con otro de los demonios. Tenía el pecho lleno de cicatrices y las piernas cubiertas por un pelaje rojizo. Estaba rugiéndole a Lucien mientras trataba de golpearlo, pero el guerrero tenía una espada y se defendía desde ángulos distintos.

Mientras, Sabin atacaba al monstruo con un lanzallamas, y Gideon le disparaba con un rifle automático.

—¡Me toca! —gritó Keeley.

Y, para su sorpresa, los amigos de Torin se detuvieron en medio de la batalla y le dieron la oportunidad que necesitaba.

Se teletransportó a los hombros del monstruo y le apretó el cuello con las piernas. Al instante, le clavó en el ojo el cuerno que había conservado, y el Innombrable empezó a gritar de dolor mientras sus músculos se contraían. Se cayó hacia delante y quedó inmóvil en el suelo.

Keeley salió arrastrándose de debajo de su cuerpo, se puso en pie y lo escupió.

—Rematadlo. Cortadle la cabeza y sacadle el corazón, descuartizadlo y quemad sus trozos.

No había necesidad de correr ningún riesgo.

Uno menos; quedaban tres.

Ella fue teletransportándose por toda la casa hasta que encontró a los tres monstruos en un dormitorio, trabajando juntos. Los dos machos eran tan altos y anchos que parecían montañas. Uno era calvo, y de su cráneo salían sombras negras, espesas y putrefactas. El otro tenía hojas afiladas en vez de pelo. Todas ellas estaban ensangrentadas.

Uno de los amigos de Torin estaba en el suelo, inconsciente. Era Aeron, el que tenía tantos tatuajes.

Keeley no lo estudió con atención. Todavía no. Sus emociones...

Los muros de la fortaleza temblaron de nuevo.

Calma. Tranquilidad.

Torin estaba frente a su amigo, luchando a espada con la Innombrable del pico. El monstruo se teletransportó a su espalda, pero él esperaba la acción y se giró. Sin embargo, antes de que pudiera darle una cuchillada, ella volvió a desvanecerse y apareció a su izquierda. Keeley se teletransportó hasta ella para lanzarle un ataque sorpresa, cuando uno de los amigos de Torin se deslizó de rodillas por la habitación y, al chocar contra la Innombrable y Keeley, las hizo caer al suelo.

—Lo siento, lo siento —dijo.

—No te preocupes —respondió ella.

Torin alzó la espada para apuñalar a la Innombrable, pero se detuvo un instante al ver a Keeley.

Aquella pausa le costó cara. La Innombrable aprovechó la oportunidad y le dio una patada en el estómago. La fuerza del golpe fue tal que Torin salió disparado hacia la pared, la atravesó y pasó a la habitación de al lado.

El temblor de los muros de la fortaleza aumentó.

Keeley hizo aparecer la espada de Torin en su mano y se movió de un sitio a otro en un instante, para que la Innombrable nunca pudiera tener el control sobre ella. Y, cuando el monstruo estaba lanzando golpes al aire, sin acertar nunca, ella apareció a unos centímetros de ella y le clavó la espada en el cuello. Apretó hacia abajo y fue atravesándole el estómago y la pelvis. La hoja salió entre sus muslos. La había cortado en dos mitades; la sangre brotó abundantemente y la Innombrable aulló de dolor en su agonía. Cayó muerta al suelo, y Keeley sonrió.

—¿Te ha gustado? A mí, sí.

El guerrero que había tirado a Keeley al suelo estaba cerca de ellos, y le cortó la cabeza a la Innombrable.

Dos menos. Quedaban otros dos.

Torin volvió y miró a Keeley.

—¿Estás bien? —le preguntó.

—Sí, muy bien.

—Gideon está en peligro —gritó alguien en el piso de abajo.

Keeley se teletransportó, y no tuvo problemas para saber quién era Gideon. El guerrero del pelo azul estaba en mitad de un tramo de las escaleras, tendido boca arriba sobre los escalones, y el Innombrable de cuyo cráneo salían sombras tenía un brazo levantado con las zarpas prolongadas y listas para atacar.

—¡No!

Keeley teletransportó a Gideon al otro lado de la fortaleza, justo cuando el Innombrable se teletransportaba a su lado y bajaba el brazo hacia ella... Aquel había sido su plan; se trataba de que ella cayera en su trampa.

Sus garras tenían veneno en las puntas, y el Innombrable se las clavó en la yugular. Ella no tuvo ni siquiera la ocasión de gritar de dolor. Torin sí gritó; Keeley oyó su aullido mientras caía al suelo.

Nunca había sentido una quemadura tan grande. Los pensamientos se resquebrajaron en su mente.

Con la vista borrosa, vio que Torin se acercaba al Innombrable y, en un segundo, le sacaba el corazón palpitante del pecho con la mano. Mientras el Innombrable caía de rodillas, entre jadeos de dolor, Torin le metió el corazón en la boca. Después, blandió la espada hacia atrás y descargó un golpe mortal para decapitar al monstruo. La cabeza cayó al suelo y se alejó rodando. El resto del cuerpo se precipitó por las escaleras.

—Princesa —dijo Torin, arrodillándose a su lado. Tomó sus mejillas con las manos enguantadas, pero las retiró al instante—. Lo siento. Lo siento. Te he manchado de sangre.

«No te preocupes por eso», quiso decir ella, pero no pudo mover la boca. Todo se volvió negro a su alrededor, aunque siguió escuchando los ruidos de la batalla: gruñidos, golpes, los silbidos de las hojas de las espadas, maldiciones y... al final, notó algo suave en la cara.

—No me dejes —le rogó Torin, y su olor masculino la envolvió—. Aeron está vivo. Todos han sobrevivido. Espero lo mismo de ti. ¿Me oyes?

A ella le cayó sangre por las comisuras de los labios.

—Vamos, forma el vínculo de los Curators conmigo —le pidió él—. Hazlo. Toma mi fuerza y todo lo que necesites.

«¿Quiere mi vínculo?».

«Alegría...».

Torin debía de haberse quitado la camisa, porque ella

notó el algodón suave presionado contra la herida de su cuello.

–No tienes nada que hacer salvo recuperarte. Y lo harás. A mí me cortaron la garganta y salí de aquella. Tú también lo vas a conseguir. Eres más fuerte que nadie que yo conozca. Te vas a curar. Es una orden, princesa.

Capítulo 19

Torin observó a Keeley, que estaba tendida en su cama, inmóvil. Él llevaba siglos durmiendo en aquella habitación, soñando siempre con el día en que pudiera haber una mujer a su lado. Sin embargo, aquello no era su sueño. Era una pesadilla.

Las sábanas estaban empapadas con su sangre. Keeley se estaba muriendo.

—No. ¡No! Me niego a perderte. ¿Me oyes? —le gritó, aunque estuviera inconsciente.

Si él quería tener la posibilidad de ser feliz alguna vez, Keeley tenía que sobrevivir. Era tan simple como eso.

Le aplicó presión a la herida... y ella dejó de sangrar. Sin embargo, su pecho quedó inmóvil. Ya no subía y bajaba con la respiración.

Él le hizo el masaje cardíaco durante tres minutos. La herida de su cuello volvió a abrirse, y Keeley empezó a sangrar de nuevo. Él se retiró, y gritó:

—¡Vamos, Keeley! ¡Cúrate!

El silencio le partió el alma.

—¡Por favor! ¿Tienes idea de lo importante que eres para mí?

De nuevo, el silencio.

No, ella no podía saberlo, porque él no se lo había dicho nunca.

Con un grito salvaje, Torin dio un puñetazo a la pared y sintió un dolor tremendo en los nudillos. No tenía que haber permitido que Keeley se quedara allí. Tenía que haber sido fuerte para alejarse de ella una segunda vez. Para siempre.

Su debilidad les había salido muy cara a los dos.

—¡Keeley! ¿Me oyes? Estás en mi cama. Dijiste que aquí podía darte órdenes. ¡Ya te he dicho lo que tienes que hacer, así que hazlo!

Pero ella no lo hizo.

Torin cayó de rodillas. Se sentía como un animal hambriento y desesperado. Salvaje e inconsolable.

—Tranquilízate —le dijo Lucien, que acababa de aparecer a su lado.

¿Que se tranquilizara?

—¿Por qué no te callas la boca...?

Antes de que él pudiera insultar a su amigo, se abrió la puerta de la habitación y entró Danika, que llevaba una jarra en las manos. La jarra estaba llena de... ¿tierra?

—Sienna me ha traído —dijo, y se acercó a la cama.

Parecía que iba a arrojar la tierra sobre la herida de Keeley, y Torin se lo impidió.

Al darse cuenta de lo mucho que se había aproximado a ella, dio un paso atrás.

—Será mejor que tengas una buena razón para hacer esto —le dijo.

Danika abrió mucho los ojos con una expresión de miedo.

—Sí la tiene —dijo alguien desde la puerta. Era Reyes, su hombre—. Danika ha tenido una visión en la que se le mostraba cómo ayudar a tu mujer —dijo su amigo, el guardián del demonio del Dolor. Tenía los brazos cruzados sobre el pecho y miraba a Torin con expectación—. Apártate de Danika o vamos a tener un problema, amigo mío.

Torin apretó los dientes y se alejó.

Danika exhaló un suspiro de alivio y continuó.

—Voy a inclinarme para cerciorarme de que la tierra cae en la herida, ¿de acuerdo?

—¿Por qué? —ladró él.

Ella se estremeció ante su vehemencia, y dijo:

—Porque Keeley es una Curator, y está vinculada a la tierra y a sus estaciones. Eso significa que también está vinculada a los elementos. La ayudan.

Torin se dio cuenta de que eso tenía sentido. Tomó la jarra de manos de Danika y se arrodilló junto a Keeley. Entonces, empezó a meter la tierra en la herida cuidadosamente. Por primera vez, desde que había visto cómo la atacaba el Innombrable, empezó a tener esperanza.

—Torin —dijo Danika—. ¿Estás seguro de que debes hacerlo tú? Estás...

—Llevo los guantes —dijo él, con un rugido.

No iba a poner en peligro a Keeley otra vez, pero necesitaba tocarla.

Los siguientes minutos de silencio fueron una tortura. Esperó, pero Keeley no dio muestras de mejoría. Él metió la tierra más profundamente en la herida, pero no ocurrió nada.

—No lo entiendo —dijo Danika—. Esto debería funcionar.

Torin se levantó y llenó la jarra de agua. Si un elemento debía funcionar, dos de ellos tenían que ayudar aún más. Con delicadeza, echó agua en la herida de Keeley.

Ella siguió quieta e inmóvil.

La esperanza murió.

Enfermedad empezó a carcajearse.

Torin posó la frente en el colchón. La había perdido. Aquello no era justo. Eran los monstruos quienes debían morir, y no los ángeles. Sin embargo, ¿cuándo había sido justa la vida?

«¿Y cómo voy a seguir viviendo?».

—Torin... —dijo Danika.

—Salid —les dijo a todos—. Dentro de unos segundos no voy a ser responsable de mis actos.

—Espera —insistió ella—. Creo que está respirando.

Él alzó la cabeza de golpe. Keeley tenía los ojos cerrados, pero.. ¡su pecho subía y bajaba! Sí, estaba respirando.

¡Estaba viva!

—Keeley, cariño.

Su cabeza giró hacia él por la almohada mientras ella gemía.

—Estoy aquí, princesa. Estoy aquí. No voy a volver a irme a ninguna parte.

Keeley se estiró y abrió los ojos. Cuando se dio cuenta de que estaba en un dormitorio desconocido para ella, frunció el ceño. La luz del sol entraba por el enorme ventanal e iluminaba de lleno la cama doble en la que descansaba. A su lado había un pequeño hueco, como si alguien hubiera pasado la noche a su lado.

¿Torin?

Aquella idea le entusiasmó. Pero ¿dónde estaba él?

Una voz suave respondió a su pregunta desde las sombras.

—Está con sus amigos. Ellos quieren interrogarte cuando te despiertes, pero él no se lo va a permitir.

Ella sonrió al reconocer aquella voz, y dijo:

—Galen.

Él asintió y se acercó a ella.

—Exacto.

—Te has arriesgado mucho viniendo aquí. ¿Lo has hecho para enfrentarte a Torin?

—No. Torin no tiene nada que ver con esto —dijo Galen, y se sentó a su lado en el colchón—. Ni siquiera la venganza.

«Interesante», pensó ella. «Estoy necesitada de contacto físico y de afecto, y la cercanía de Galen debería causarme algún efecto, aunque él no me atraiga». Sin embargo, ella no notaba ningún cosquilleo, ningún temblor.

—¿Ya no lo odias? —le preguntó a Galen.

—Sí, lo odio —respondió él, con una sonrisa fría—. Siempre lo odiaré. Una vez fue uno de mis mejores amigos, pero no confió en mí, y todavía cree que yo soy uno de los que reveló nuestro plan de robar la caja de Pandora.

—Así que tú, el culpable, se enfada con el inocente por atreverse a reaccionar ante una traición con dolor e ira. Típico.

Galen asintió sin remordimientos.

—Es un buen resumen, sí.

—Y tú, el culpable, todavía tienes resentimiento.

Él volvió a sonreír, aunque, en aquella ocasión, con algo de calidez.

—Me gusta que me entiendas.

—Ya. Bueno, y ¿por qué has venido? Si me dices que es porque quieres tener algo conmigo, te destripo. Le pertenezco a Torin. Él lo ha dicho.

—Me alegro, porque tú no eres mi tipo.

—¡Eh! ¿No te gustan las chicas valientes con problemas de temperamento?

—Tú no eres Legion, así que no —respondió él, y frunció el ceño—. Creo que debería llamarla Honey. Así es como la llaman los Señores ahora. Parece que se ha reinventado como parte de su recuperación.

Keeley recordó fragmentos de conversaciones que había oído, y suspiró.

—Esta Legion, o Honey...

Una enemiga que le había entregado su virginidad y, después, había intentado matarlo envenenándolo. Entonces, había huido de él, pero él la había perseguido para vengarse. La guerra contra los Señores se lo había impedido. Durante aquel tiempo, Legion, o Honey, había terminado en el infierno, donde la habían torturado sin piedad.

—¿Vas a llevártela?

Galen se encogió de hombros.

—No lo sé. Quizá. Antes quiero hablar con ella.

—Bueno, pues hazme un favor: espera. Esta gente acaba de recuperar a Torin y acaba de conocerme a mí. Están un poco abrumados, y no creo que reaccionen bien a otra alteración más en sus vidas.

—Yo no le voy a hacer daño. Ya le han hecho bastante. Y nadie más va a saber que estoy aquí, te lo prometo. Pero necesito tu ayuda. En su habitación hay algún tipo de bloqueo que no me deja entrar.

Una cosa era ayudarlo a que llegara a un lugar seguro, pero permitirle que se paseara libremente por casa de Torin era otra muy diferente.

—Dame algo de tiempo. Muy pronto, Torin me deberá algunos favores y podré arreglar un encuentro entre Honey y tú que tenga la aprobación de los Señores del Inframundo.

Galen entrecerró los ojos.

—Tu plan tiene un ligero fallo: no quiero esperar.

Ella le dio unos golpecitos en la cabeza.

—Pobrecito. ¿Es que pensabas que te estaba dando a elegir?

Él iba a responder, pero ella le indicó que guardara silencio. ¡Oía pisadas! Alguien se estaba acercando al dormitorio.

—Más tarde —le dijo a Galen, y lo teletransportó al otro lado del mundo.

Después, se arregló el pelo con los dedos y se alisó la camiseta que llevaba, preparándose para recibir al nuevo visitante. Esperaba que fuera Torin, porque tenían unas cuantas cosas de las que hablar. De Galen, sí. Pero, también, de su relación: las cosas habían cambiado, y los dos lo sabían. Muy pronto iban a tener que tomar decisiones mucho más difíciles.

¿Estaría él decidido a conseguir que aquello funcionara entre los dos?

¿Qué querían el uno del otro?

¿Cómo deberían proceder?

Estaba muy impaciente por obtener respuestas, pero también tenía miedo de que él hubiera cambiado de opinión una vez más.

Bueno, ¡pues iba a demostrarle que no podría!

Keeley teletransportó el mobiliario fuera de la habitación y empezó a sustituirlo con sus cosas. «Me vengo aquí, y punto».

«Intenta librarte de mí, encanto. Te reto a que lo hagas».

Capítulo 20

Torin subió corriendo las escaleras, seguido por algunos de sus amigos, preguntándose por qué demonios había tenido tantas ganas de volver con ellos.

–Solo quiero hablar con ella –le dijo Sabin–. Voy a ser agradable, te lo prometo.

Tal vez lo fuera, pero la versión de «agradable» de Sabin era dejar a su oponente con vida. Y su amigo no sabía que la versión de Keeley de «agradable» hacía que la suya pareciera un día en un balneario.

–Olvídalo.

–Déjame darle las gracias por salvar a Gideon –dijo Scarlet.

–Después.

–Deja que hable con ella sobre la búsqueda de Viola y de Cameo –le pidió Aeron–. Sé que no podíamos hablar con ella mientras se estaba recuperando, pero ahora ya está mejor, ¿no?

–Sí, pero yo hablaré con ella.

–¿Y qué pasa con el poder de Sienna? –preguntó Paris–. Keeley me prometió que me daría respuestas.

–Y te las dará, pero hoy, no. Bueno, y ¿qué pasó con Taliyah? –preguntó él, cambiando de tema antes de que nadie pudiera protestar–. ¿Sabe alguien por qué quería la fortaleza que teníamos en el Reino de la Sangre y de las Sombras?

Taliyah era la hermana mayor de Kaia y Gwen, y era más fría que el hielo. Tanto, que era la única mujer a la que William se había negado a seducir.

—Todavía no lo sabemos —dijo Strider—. La necesitaba más pronto de lo esperado, y ahora no podemos comunicarnos con ella. Y ella no viene a vernos.

¿Por su propia elección?

—¿Y William? ¿Sabe que he vuelto? —preguntó Torin. Le asombraba lo mucho que había echado de menos a aquel tipo.

Strider cabeceó.

—Todavía no, pero no te preocupes. Aparecerá dentro de poco. No se aleja de Gilly ni de los preparativos de su fiesta de cumpleaños durante mucho tiempo.

—Vaya —dijo Anya—. Hace más de tres horas que maté a alguien. La vida es un horror. Mi prometido se niega a permitirme que mate a la criatura más odiosa del mundo. Ni siquiera me deja que le haga unas cuantas heridas superficiales con un cuchillo. Estoy pensando en romper con él.

—No te lo recomiendo —dijo Reyes—. Tal vez no vuelva a pedirte que te cases con él.

Ella jadeó de indignación.

—¡Lucien! ¡Díselo!

—Sí, se lo pediría otra vez —le dijo Lucien a Reyes.

Bueno, tal vez sí fuera estupendo volver a estar entre ellos y sus rarezas.

—De todos modos —dijo Anya—, Torin, ¿te acuerdas de aquellos niños a quienes salvamos de Galen y de sus compinches hace un tiempo? ¿Aquellos que tenían habilidades sobrenaturales? Bueno, pues después de que les encontráramos nuevos hogares, yo he seguido en contacto con ellos, vigilándolos. Soy así de increíble. Y les va bien, salvo a uno, que escapó. Necesito que le pidas a la Reina Roja que lo encuentre.

—Se lo pediré —dijo Torin. Cuando llegó a la entrada de su dormitorio, tenía una pequeña sonrisa en los labios—. Bueno, queridos amigos, aquí es donde nos separamos.

Entre protestas, él entró en su cuarto y cerró la puerta con el pie. Llevaba una bandeja con el desayuno en las manos.

Al ver el estado de su habitación, la sonrisa se le borró de los labios. ¿Qué demonios...? Había montones de oro y joyas por todos los rincones, y macetas de plantas colgadas del techo. En su armario había colgado un millón de vestidos femeninos. Había una chaise longue tapizada con una tela de estampado animal y con una manta de terciopelo negro encima.

Una mesa de porcelana color cobalto y flores de latón. Y, pegadas en los monitores de sus ordenadores, notitas que le recordaban que tenía que matar o mutilar a ciertas personas.

—¡Sorpresa! —exclamó ella—. Te he ahorrado la molestia de pedirme que me mudara a vivir contigo. De nada.

Su Hada de Azúcar estaba en el centro de la cama, tapada con el mullido cobertor, con los ojos brillantes de emoción. Su pelo dorado caía en ondas hasta el colchón.

Como siempre, él sintió la imperiosa necesidad de abrazarla y poseerla, y la sangre le hirvió en las venas.

Y, como siempre, se dijo que debía evitarlo, que tenía fuerza suficiente como para resistir la tentación.

—¿Estás segura de que es inteligente que vivamos juntos? —preguntó él, mientras dejaba la bandeja sobre la mesilla de noche.

—Ya encontraremos la forma de que salga bien —dijo ella.

Sería mejor que la encontraran pronto.

—¿Qué tal estás?

—Perfectamente bien.

—¿Pero...?

Keeley observó su expresión, respiró profundamente, retuvo el aire en los pulmones y... se puso de pie y fue al baño, sin molestarse en cerrar la puerta. Abrió los grifos de la ducha y se desnudó; entró en la cabina y empezó a ducharse con los geles de Torin. El olor del sándalo invadió suavemente el aire, y él estuvo a punto de morirse.

El cristal que separaba la ducha del resto de la habitación no se empañó, y él pudo ver cómo se le endurecían los pezones... cómo temblaba su vientre. ¿Estaba pensando en él? ¿Deseaba que él la acariciara y que apretara el cuerpo contra el suyo?

Torin entró al baño en estado de trance y se apoyó en la encimera del lavabo. Tenía una erección tan dura como el acero, pero la ignoró.

–Pero... –insistió.

–Me imagino qué es lo siguiente que vas a hacer, y no me gusta.

–¿Y qué es?

–Ser cruel e intentar librarte de mí.

–No voy a hacer eso.

Ella continuó como si él no hubiera dicho nada.

–Soy más que la inmortal más poderosa del mundo, ¿sabes? Soy una persona con sentimientos. Valgo más que un barril de whisky.

–Tú lo vales todo –dijo él en voz baja.

–Tengo un corazón que puede resultar muy heri... Un momento, ¿qué has dicho? –preguntó.

–Que no quiero separarme de ti –respondió él. Torin se incorporó, intentando resistir el impulso de reunirse con ella en la ducha, y se fue a la habitación para poner distancia entre ellos dos–. Sin embargo, no puedo seguir haciéndote daño. Vivir en la misma habitación aumentaría mucho las posibilidades de que tengamos contacto.

–Cuando tuvimos cuidado, no me hiciste daño.

–¿Y si no tengo cuidado la próxima vez?

–Es mi vida, y es mi decisión.

–La culpabilidad...

Ella alzó la barbilla.

–Al cuerno la culpabilidad. Podrás olvidarte de ella, ¿no?

Aquella muestra de inseguridad le causó una punzada en el corazón. Torin dijo:

—Es un milagro que hayas sobrevivido a mis caricias en tres ocasiones. ¿Qué sucedería la cuarta vez? ¿Y la quinta? Algún día, puede que no te recuperes, y yo prefiero morir a dejar que suceda eso, Keys.

Ella estuvo a punto de responder. ¿Por qué no decírselo todo? ¿Por qué no enseñar ya todas sus cartas?

—Tú eres especial para mí. Me importas. Podrías haberme asesinado muchas veces, pero no lo hiciste. Deberías haberme temido, y nunca lo has hecho. Deberías odiarme, y parece que no eres capaz. Deberías evitarme, pero lo único que haces es acercarte a mí. Quiero lo mejor para ti. Pero lo mejor no soy yo.

—Oh, Torin —dijo ella y, lentamente, se acercó a él, todavía húmeda de la ducha—. Tú sí eres lo mejor.

Él retrocedió para alejarse de Keeley, hasta que sus pantorrillas toparon con el borde del colchón. Ella siguió avanzando hasta que quedó justo delante de él. Estaba desnuda. Gloriosamente desnuda.

—Tú también eres especial para mí —le dijo—. Y también me importas. Quiero lo mejor para ti. Y yo soy la mejor, Torin. Tú me has visto luchar, ¿no? Y has visto el alcance de mi poder. De no ser por el azufre, podría hacer mucho más, enseñarte muchas más cosas. Te quedarías impresionado.

Él quiso prometerle que iba a librarse de las cicatrices de azufre inmediatamente, pero no pudo hacerlo: habría sido una mentira. Por supuesto, ya sabía que no necesitaba protegerse de ella ni tener un arma contra ella, pero sí era necesario que hubiera alguien que pudiese anular sus poderes en un momento dado, cuando ella perdiera el control sobre su temperamento. Y, como él no quería pensar en que ninguna otra persona le pusiera las manos encima, aquella carga recaía sobre sus hombros.

—Quiero pertenecerte, lo deseo con todas mis fuerzas —

continuó ella–. No solo de palabra, sino también de hecho. Te anhelo tanto que me duele. Todo el tiempo.

–Keys...

–No. Todavía estoy hablando. Tú me dijiste que formara un vínculo contigo, y lo hice. Pero lo hice antes de que me lo dijeras. ¡Y no me arrepiento! Ya no. No quería que sucediera, e intenté evitarlo, pero tú, mi dulce guerrero, eres irresistible. No tienes por qué preocuparte: yo no soy un parásito. No solo tomo, sino que también doy. ¿No te has dado cuenta de que ya eres más fuerte, y yo también? Algún día dejaré de ponerme enferma, ya lo verás. Al demonio se le terminarán las enfermedades. Lo venceré, ya lo verás.

Torin experimentó mil emociones. ¿La principal? Excitación. Estaban unidos por un vínculo. Estaban conectados de un modo que nunca hubiera creído posible, al menos, no para él.

Además de excitación, sentía esperanza, miedo, euforia. Tenía un fuerte sentimiento de posesión hacia ella. Y temor. Y, después, incluso más excitación.

«Estoy perdido».

Y ella... ella era la pura seducción, la carnalidad. Tenía una carne exquisita, sonrosada y deliciosamente húmeda. Intentó decirse que era fuerte, pero, en realidad, era débil. Con ella, siempre había sido débil.

–¿Y si...?

–¿Y si disfrutamos y no pasa nada malo?

No era lo que él iba a decir, pero aquellas palabras avivaron su esperanza. ¿Y si ella tenía razón?

–Si lo hacemos –dijo Torin–, tendrá que ser sin tocarnos piel con piel.

–Pero... la única manera de que yo me vuelva totalmente inmune al demonio es soportar cada una de sus enfermedades, así que tengo que...

–No. No va a haber más enfermedades para ti, Keeley. Esto no está abierto a la negociación. Tienes que prometérmelo.

Keeley se humedeció los labios, y Torin esperó a que asintiera. Y, cuando lo hizo, él no perdió el tiempo. La tomó en brazos y se la sentó en el regazo. Ella jadeó en cuanto la tocó. A él se le escapó un silbido, y se giró para apretarla contra el colchón. Sus pechos se mecieron y sus pezones, del color de las frambuesas, lo hipnotizaron.

Ella giró las caderas hacia arriba, buscándolo. Olía a lo mejor del verano, a flores, a álamos, a excitación... y todo aquello se mezclaba con su propio olor. Los sonidos que ella emitía... gemidos, gruñidos y dulces ronroneos.

Torin no tenía suficiente.

—Las cosas que quiero hacerte...

—Házmelas —le rogó ella, con la voz entrecortada—. Todas.

Él la agarró por debajo de las rodillas, y ella tomó una bocanada de aire. Como siempre, Torin notaba el calor de su piel a través del cuero de los guantes. Se colocó sus piernas alrededor de las caderas para abrirla a su erección. Era preciosa, rosada, húmeda, con una piel destinada a él. Solo a él. Sentía un abrumador deseo de saborearla, y maldijo a su demonio.

Oyó una risotada dentro de su cráneo.

Tal vez hubiera una manera. Tenía que pensar. Sin embargo, su mente y su cuerpo solo tenían un objetivo: entrar en ella.

Deslizó las manos hacia arriba y la acarició entre las piernas. Sus jadeos fueron música para los oídos de Torin. Continuó su camino ascendente... hasta que llegó a sus pechos. Los pezones se endurecieron ante sus ojos. Era maravillosa.

Las risotadas cesaron.

O, tal vez, él estaba tan concentrado en aquella mujer que ya no podía oírlas.

Cuando pasó las yemas de los dedos pulgares por sus pezones, Keeley se arqueó de arriba abajo, como si aquella sensación fuera demasiado para ella. Sin soltarla, él avanzó por la cama y puso los muslos bajo sus nalgas, estrechando su parte más íntima contra su erección. Giró las caderas contra ella, a través de la barrera de la ropa, atormentándolos a los dos.

—¡Torin! —jadeó ella—. Estoy ya tan cerca...

Entonces, él la levantó y le sujetó las piernas contra sus costados, de manera que solo su cabeza y sus hombros quedaron en contacto con el colchón, e incrementó la intensidad y la velocidad de sus embestidas circulares. En la base de su espalda empezó a formarse una gloriosa presión.

—Ojalá estuviera dentro de ti —dijo, entrecortadamente.

—Sí. Sí, dentro de mí, por favor...

Aquel ruego estuvo a punto de acabar con su control. No podía hacerlo... pero siguió acometiendo su cuerpo con fuerza, cada vez con más dureza, y ella se apoyó sobre los codos y elevó más el cuerpo. La fricción... la dicha...

—Bésame —dijo ella.

Sí. Su boca estaba húmeda y rosada, e imploraba sus labios.

—No.

—Por favor —dijo ella, de nuevo.

—No —repitió él—. No podemos... Lo hemos decidido...

—Sí podemos... Debemos hacerlo. Perdóname —dijo ella, y se incorporó para sentarse en el colchón.

Él se inclinó hacia atrás para impedir que sus pechos se tocaran, pero no pudo impedirlo. Sus senos... sus labios...

Un grito de negación se fundió con un grito de rendición. Ya estaba hecho: se habían tocado. Detestaba su debilidad, se detestaba a sí mismo, pero deslizó la lengua entre sus dientes y le dio un beso caliente, como si quisiera marcarla para siempre. Tenía el sabor de las uvas recién arrancadas de la parra, y el contraste de su dulzura con su lujuria acabó con el resto del control que Torin había querido ejercer.

Él entrelazó las manos con los mechones de su pelo y

tiró para colocarla en el ángulo que más deseaba. Tomó su boca profundamente y, con un interminable sentimiento de posesión, quiso robarle el alma. «Mía. Eres mía». Iba a poseer hasta el último centímetro de Keeley. Siempre.

Siguió embistiendo con su erección entre sus piernas, y habría penetrado en su cuerpo de tener un preservativo. Sin embargo, no lo tenía, puesto que nunca había necesitado ninguno. Así pues, siguió moviéndose con dureza contra ella, hasta que Keeley comenzó a gemir de manera incoherente con un placer sublime. Entonces, él suavizó sus movimientos.

–¿Qué estás haciendo? No –dijo ella, y le mordió el labio hasta que le hizo sangrar.

Aquello le produjo un frenesí de lujuria, y volvió a acometer contra su cuerpo. En la última embestida, ella se convulsionó contra él, gritando:

–¡Sí!

El hecho de saber que Keeley había llegado al clímax y estaba disfrutando de lo que él le había hecho fue definitivo: Torin sintió una avalancha de placer y siguió embistiéndola hasta que no tuvo nada más que dar, y se desplomó sobre ella.

–No te enfades –susurró ella–. Por favor, no te enfades. No pude evitarlo.

Y él no podía culparla. También lo deseaba con todas sus fuerzas.

Estaba jadeando y no podía respirar. El corazón le latía aceleradamente en el pecho.

–En este momento no puedo enfadarme como es debido –dijo Torin. Seguro que eso sucedería más tarde, y él los maldeciría a los dos–. ¿Estaría mal que me diera golpes en el pecho como un gorila?

–¿Mal? No. Sería entretenido.

Él le besó la frente.

–Tengo que limpiarme.

Ella se abrazó a él.

—Pero no quiero que te vayas –le dijo.

¿Acaso quería disfrutar de un poco de calma? Los deseos de su princesa eran órdenes para él. Se acomodó a su lado y, pese al estado tan humillante en que se encontraban sus pantalones, dijo:

—Háblame del vínculo.

Ella le pasó un dedo por el pecho.

—De verdad, no soy un parásito.

—Ya lo sé, princesa.

Antes, él pensaba que ella lo debilitaría, que lo dejaría sin reservas, pero, en realidad, se sentía más fuerte y más fiero.

—¿Qué es lo que forma ese vínculo?

Ella se relajó contra él, y sus cuerpos se fundieron.

—Muchas cosas. La proximidad. La necesidad. El amor. Incluso el odio.

Su mente se concentró en la palabra «amor». ¿Quería que ella lo amara?

No lo sabía. El amor solo servía para complicar las cosas.

Sin embargo, sabía una cosa con certeza: quería tenerla en su vida para siempre. Si llegaba el día en que sus caricias no la enfermaran, el mundo cambiaría para los dos. Ella sería suya por completo, sin reservas; al pensarlo, a Torin se le encogió el pecho de anhelo. Si no, tendrían que arreglárselas de otro modo.

Era un hombre muy malo. Ella se merecía algo mejor, pero no iba a tenerlo.

—Vete –susurró Keeley, dándole un pequeño empujón–. Ve a limpiarte.

Él se había puesto muy rígido, y se dio cuenta de que ella había malinterpretado el motivo. Sin embargo, se fue al baño de todos modos, porque necesitaba un momento para procesar lo que había ocurrido. Se lavó, se cambió de pantalón y de guantes... y, después, volvió a tumbarse junto a ella, sin haber procesado nada, realmente. Pensó que no había necesidad. Estaban juntos. Ya conseguirían que las cosas funcionaran.

La abrazó, y dijo:

—No sé qué estabas pensando hace un momento, pero quiero que sepas que estoy donde quiero estar: contigo.

Ella le dio un beso en el pecho, sobre el corazón, y le mordisqueó el pezón. Él la besó.

—¿Quieres conocer uno de mis secretos? —le preguntó.

—Sí, más que nada —dijo él—. Pero dímelo mientras me muerdes.

—Algunas veces, cuando la soledad era demasiado para mí, me imaginaba que salía con un hombre normal y agradable que nunca me hacía enfadar —dijo Keeley, entre mordisqueos.

—Pues no es lo que has conseguido —dijo él, y se giró para tenderse boca arriba, con ella sobre el pecho.

El pelo de Keeley se extendió alrededor de ellos dos, creando una cortina. Solo ellos existían en aquel refugio.

—Lo sé. Pero me he dado cuenta de que me gusta que me provoquen. Tú me das la oportunidad de ser yo misma.

—Bien, porque me gustas —dijo él.

—¿Y te gusta lo que te hago? —le preguntó Keeley, con un ronroneo.

—Sabes que sí.

—Bien —dijo ella, y siguió mordisqueándolo—, porque voy a hacerte mucho más...

Capítulo 21

Durante su vida en el más allá, Baden había descubierto que las alianzas eran como un péndulo que oscilaba sin parar. Siempre había que estar alerta, o un amigo podía apuñalarlo a uno por la espalda.

Primero, había estado solo. Después, se había aliado con Pandora. Después, Pandora había decidido ponerse del lado de Rhea, en contra de él. Y, en aquel momento, Baden había accedido a trabajar con Cronus, un hombre a quien despreciaba.

Poco después de que las chicas se hubieran puesto en su contra, Baden había reclutado al antiguo rey. Y, teniendo en cuenta que él tenía amistad con Torin y, por lo tanto, iba a tener relación con la Reina Roja, Cronus estuvo más que conforme con que llegaran a un acuerdo.

Mientras trabajaban codo con codo, Baden intentó no acordarse de todas las veces que Cronus había amenazado a sus amigos, y cuántas veces había recurrido a la tortura cuando las amenazas no eran suficiente.

Una vez, la Reina Roja había llamado a Cronos Nephilim, descendiente de los ángeles caídos. Baden había visto a aquel Nephilim vencer a los mandatarios griegos que, a su vez, ya lo habían vencido a él una vez. Después, Cronus se había hecho con el control del nivel más bajo de los cielos y, al final, una chica poseída por un demonio lo había decapitado.

«Y ahora es mi único aliado».

Realmente, la vida en el más allá era maravillosa.

–Deberíamos tener sirvientes para esto –gruñó Cronus, mientras sacaba una palada de tierra y la arrojaba a un lado.

Baden estaba sudando. El dolor que llevaba soportando todo el día se intensificó, pero merecía la pena.

–Bueno, pues no los tenemos. Acéptalo y sigue.

–Yo nací para dar órdenes, no para cumplirlas. Y nací para dirigir, no para hacer trabajo manual.

–Tu nacimiento no influye en tu vida después de la muerte, así que cállate y date prisa –le dijo Baden, y clavó la gruesa rama de un árbol en el agujero que había hecho Cronus.

Llevaban horas, o días, tal vez, haciendo lo mismo. En realidad, el tiempo no importaba en aquella dimensión. El pasado y el futuro se habían fundido hacía mucho con el presente.

Habían afilado muchas ramas para crear lanzas, todas ellas envueltas en un pedazo de las enredaderas que había cortado Baden. Para conseguirlas, había tenido que morir ocho veces. En aquel momento, estaban colocando aquellas lanzas en el perímetro del terreno limitado por la niebla.

Se estremeció al recordar aquellas muertes. Las enredaderas de sangre crecían en la frontera norte del reino, y sus hojas eran venenosas, y nadie se acercaba a ellas. Pandora y él habían cometido el error una vez, y el dolor que les había causado el veneno era algo que no olvidarían jamás. Y duradero: él había estado sufriendo durante años.

Volver había sido una estupidez... y algo muy sabio. Había tenido que soportar otro envenenamiento... todavía lo estaba soportando.

«Pero merece la pena», se recordó.

Tenía un plan.

El dolor se intensificó. Sudó profusamente, y los músculos se le contrajeron con fuerza alrededor de los huesos. Tuvo dificultades para respirar y se le nubló la vista. Sin embargo, el ataque de dolor terminó rápidamente.

Pronto llegaría otro.

–Date prisa –le ordenó a Cronus. Estaban a punto de terminar, pero eso no era suficiente.

–Date prisa tú.

–Las chicas van a volver en cualquier momento.

Aquella mañana, él había conseguido arrojarlas a una fosa. Sin embargo, iban a conseguir salir enseguida, e irían en su busca para vengarse.

–Y, como eres un guerrero tan patético, necesito toda la ayuda que pueda conseguir.

–Si vuelves a hablarme así, perderás la lengua.

–No, eso no, por favor –dijo Baden, con sarcasmo–. Sabes que volvería a crecerme, ¿no? Y eso, suponiendo que pudieras vencerme, cosa que no puedes hacer. Mientras tú estabas encerrado, yo he visto vivir y morir a los más grandes guerreros de la historia. Después, cuando escapaste, te observé. Conozco tus puntos fuertes y débiles mejor que tú mismo.

–Yo no tengo puntos débiles –replicó el antiguo rey, y se apartó para que Baden pudiera colocar la anteúltima lanza en uno de los agujeros.

Sin embargo, Baden se la clavó en el pecho. Cronus se quedó mirándolo con la boca abierta e intentó hablar. Al cuerno las alianzas. Iba a hacer aquello solo.

–¿Sabes lo que has hecho mal? –le preguntó Baden a Cronus, mientras posaba el otro extremo de la lanza en el suelo y levantaba al rey por los aires–. Te has permitido distraerte.

–Podría decirse lo mismo de ti.

Aquella voz resonó a sus espaldas. Y quien hablaba no se había percatado de que Baden estaba tomando otra lanza mientras había estado provocando a Cronus. Baden se giró y arrojó la lanza certeramente, atravesando a Rhea por la mitad. La lanza continuó su trayectoria y se clavó en el tronco de un árbol, dejando a Rhea ensartada y aprisionada.

Al igual que Cronus, ella tuvo problemas para hablar, debido a la sorpresa.

Baden tenía una sonrisa glacial cuando Pandora salió de entre los matorrales y se colocó junto a la antigua reina.

—Impresionante —dijo.

Él sabía que el cumplido era sincero, e inclinó la cabeza con orgullo.

—Pero tengo que castigarte por hacerlo —dijo Pandora.

—Claro. Puedes intentarlo. No esperaba menos.

Ella se le acercó con seguridad. Llevaba una daga en cada mano; se las había fabricado ella misma afilando rocas y ramas de árbol.

—No eres la misma persona que conocí en el cielo. Aquel hombre amaba a sus amigos. Has cambiado. ¿Crees que a ellos les gustará la persona en la que te has convertido durante estos siglos?

Era una pregunta que se había hecho muchas veces desde que habían encontrado a la Reina Roja.

Quería pensar que sí. Él se había vuelto duro, áspero y hastiado, pero ellos también. Antes, él era el que pacificaba a los demás. Todo el mundo acudía a él cuando tenía un problema.

Una ramita crujió cerca, y él salió de su ensimismamiento. Entrecerró los ojos al darse cuenta de que Pandora le había hecho lo mismo que él le había hecho a Cronus: distraerlo.

Se hizo un corte en la palma de la mano y dejó caer unas gotas de sangre sobre cada una de las enredaderas. Las plantas cobraron vida y se elevaron como serpientes que acababan de encontrar una presa.

Pandora se detuvo en seco y abrió mucho los ojos.

—Traédmela —les ordenó Baden a las enredaderas.

Las enredaderas se habían convertido en una extensión

de sus brazos, y avanzaron hacia Pandora, que se giró para salir corriendo. Sin embargo, las plantas la atraparon por los tobillos e hicieron que cayera al suelo de bruces. Después, la arrastraron hacia Baden.

Cuando ella estuvo a su alcance, las enredaderas la soltaron y se enroscaron en sus brazos a la espera de una nueva orden. Por eso había merecido la pena sufrir el envenenamiento.

Él posó una bota sobre la espalda de Pandora. Abrió la boca para fanfarronear, pero se quedó callado al ver una niebla negra que se acercaba desde el bosque. No podía ser natural.

Parecía que unos cuerpos se estaban retorciendo dentro de ella, y se oían gritos.

—¿Qué es eso? —preguntó Pandora, con un jadeo.

Baden se preguntó si debían salir corriendo, o si debían luchar. Sin embargo, ya era demasiado tarde para huir. Tendrían que luchar.

Salvo que la niebla lo alcanzó y lo envolvió... y lo arrastró consigo.

Cameo tiró el plato de exquisiteces al suelo.

Desde la cabecera de la mesa, Lazarus la miró con una ceja arqueada.

—¿No tienes hambre, preciosa?

—No, de comida no —ladró ella. Quería venganza.

Él se limpió los labios con la servilleta y la puso sobre la mesa.

—Entonces, de lo que yo puedo darte. Qué traviesa. Me satisface.

—¡De tu sangre! —gritó ella. Se puso en pie de un salto, plantó las palmas de las manos en la mesa y se inclinó hacia él—. Me has mentido. Me has hecho pensar que iban a venderme como esclava sexual. Me engatusaste para que me acostara contigo.

–Tsss... No irás a decirme que no disfrutaste.

–¿Por qué estoy aquí? –preguntó ella, ignorándolo–. ¿Y cómo estoy aquí?

–Hace mucho tiempo, la mitad de mi espíritu fue arrancado de mi cuerpo y succionado dentro de la Vara Cortadora. Quien poseyera la Vara podía controlarme. Como sabes, esa persona era Juliette. Entonces, Strider me decapitó, y la otra mitad de mi espíritu, junto a mi cuerpo, fue succionada al interior de la Vara. Allí, todo volvió a reunirse y mi cuerpo se sanó. Fui escupido a este reino y, aunque aparecí más fuerte que nunca, no podía viajar fuera de cierto número de reinos. Así pues, elegí mi favorito y lo conquisté. Todo esto, para decirte que he bautizado este lugar con el nombre de Reino de Lazarus.

–Original –dijo ella, aparentando indiferencia. Sin embargo, su mente trabajaba frenéticamente. ¿Eso era lo que hacía la Vara? ¿Abrir una puerta entre un reino y otro?–. ¿Y cómo me encontraste a mí? ¿Y qué pasa con los otros reinos por los que hemos viajado?

–Cada vez que una nueva alma utiliza la Vara Cortadora y entra en mi terreno, yo lo siento, y voy de caza. Al verte, me acordé de ti. Eres amiga de Strider, el hombre que me mató.

–Entonces, ¿buscas venganza?

–¿Por qué iba a buscar venganza? Él me liberó de Juliette. Tengo una deuda muy grande con ese tipo.

–Entonces, no lo entiendo. ¿Para qué me has engañado a mí? ¿Por qué no me trajiste directamente aquí?

La expresión de Lazarus se volvió infinitamente tierna, y ella no lo entendió.

–Porque tú no fuiste enviada aquí. Fuiste enviada a otro lugar, al interior del cuadro que tenías en la mano cuando tocaste la Vara. Para llegar a ti tenía que salir de aquí. Para regresar, tenía que atravesar otros reinos. Y lo de engañarte... Querida, no debes de saber lo entretenida que eres.

Nadie le había dicho nunca algo así.

—¿Dónde está Viola? Ella utilizó la Vara antes que yo.

—La encontré del mismo modo en que te encontré a ti, pero a ella la dejé marchar. No era tan interesante.

«¿Yo, interesante? Vamos, concéntrate, Cameo».

—Entonces, ¿no sabes dónde está?

—No. Aquí no está, si es lo que me estás preguntando. No la tengo escondida en una habitación para servirme cada vez que siento deseo. Tengo a muchas otras para esa tarea.

Cameo sintió celos.

Y los reprimió. No tenía motivos para estar celosa; él no iba a acostarse con ninguna de aquellas mujeres porque no iba a vivir mucho más. ¡Ella misma iba a matarlo!

Le dio la espalda al guerrero, como si no pudiera soportar mirarlo más y, disimuladamente, tomó un cuchillo.

—Si esta es tu forma de pagar las deudas...

—Sigues viva, ¿no? —dijo él, en un ligero tono de irritación.

Por fin. Una muestra de emoción sincera.

—Sí. Y me voy a marchar.

—No —respondió él—. No vas a marcharte. Vas a quedarte.

—¿Por qué?

Silencio.

Un silencio opresivo.

—Si intentas detenerme, voy a luchar contra ti.

—Con esto solo consigues estimularme el apetito, preciosa.

¡Mentiroso! Él no se sentía atraído por ella. No podía ser. Ella solo era un entretenimiento, pero nada más.

¡Bueno, pues estaba a punto de ser un gran error!

Se giró, y él se puso de pie a una velocidad ultrasónica. La agarró por los hombros y la estrechó contra sí. Su erección se presionó contra el triángulo de sus ingles.

«Le valdría cualquier mujer», pensó ella, mientras el calor invadía sus venas sin que pudiera evitarlo.

—Te deseo, y tú me deseas a mí. Vamos a ponerle remedio —le dijo él, con una mirada oscura y ardiente.

—¿Y qué te parece si le pongo remedio yo sola? —preguntó Cameo, y le clavó el cuchillo en el cuello.

A él se le escapó un jadeo de dolor, pero no la soltó.

—Bien hecho, preciosa. Bien hecho.

Sin sacarse el arma del cuello, la agarró y la depositó sobre la mesa, sin preocuparse de los platos ni de la comida. Le separó las piernas y se colocó entre ellas, sin apartar la mirada de sus ojos. Cameo sintió aún más calor en las venas, y se estremeció.

Lazarus posó las manos junto a sus muslos y se inclinó hacia ella, y tocó su nariz con la de él.

—Así es como vamos a jugar el resto de la partida —le dijo. Sin embargo, miró más allá, y frunció el ceño.

Al ver que no decía nada más, Cameo se humedeció los labios.

—Dime cómo.

Él no le dijo nada. Se irguió y ladeó la cabeza.

—Hay algo que no marcha bien.

No acababa de pronunciar la última palabra cuando oyeron un grito.

Lazarus se sacó el cuchillo del cuello, y la herida se le cerró al instante. Justo en aquel momento, se abrieron las puertas de la cocina y comenzó a entrar una niebla negra.

—¿Qué demonios es eso? —preguntó ella, poniéndose en pie.

El volumen de los gritos aumentó, pero Cameo no supo si provenían de la gente de Lazarus o de la niebla. O de ambos.

—No lo sé —dijo él, y la colocó a su espalda para servirle de escudo.

Aquel gesto la dejó pasmada... y la deleitó. Era la primera vez que le ocurría algo así. Ella lo agarró de la muñeca y lo llevó hacia la puerta que conducía al salón.

Sin embargo, la niebla los persiguió y los alcanzó rápidamente.

De repente, Cameo se vio rodeada y no pudo ver nada más, solo oír los gritos. No podía respirar, y no podía moverse.

–Lazarus –intentó gritar.

Después, su mente se sumió en la oscuridad.

Capítulo 22

«No te pongas enferma, por favor. Por favor, por favor, no te pongas enferma».

Aquel mantra se repitió en la mente de Keeley mientras veía levantarse a Torin. Sabía que él esperaba y temía que cayera enferma por otra infección del demonio. Y, en el fondo, ella también.

Si se ponía enferma, iba a costarle muchísimo convencer a Torin de que se quedara con ella. Tal vez él estuviera calmado, pero ella no tenía ninguna duda de que había llegado al límite de su paciencia.

–Ojalá pudiera decirte que lo siento –murmuró–, pero no lo siento. Me gusta lo que nos hacemos el uno al otro.

–A mí también me gusta, pero debería ser lo suficientemente hombre como para resistir la tentación.

–¿De verdad te culpas a ti mismo? Lo que pasa es que yo soy irresistible.

Él no respondió.

Rápidamente, ella se puso un vestido hecho enteramente de tiras de cuero negro. Aunque hacía una hora que él había tenido los dedos en su cuerpo, todavía sentía temblores de satisfacción. Y el olor dulce de las flores no era de ayuda. Sus plantas habían florecido en cuanto ella había llegado al clímax, y le recordaban constantemente lo que le había hecho Torin... y lo que ella le había hecho a él. Le recordaban su belleza, su tacto y su sabor. Le recordaban cómo le había proporcionado tanta dicha sin, ni siquiera, hacerle el amor.

¿Qué ocurriría cuando, por fin, penetrara en su cuerpo?

—No sé si debería darte las gracias o maldecirte —dijo él.

—¿Tal vez las dos cosas?

—¿Cómo te encuentras?

—Bien. De verdad.

Llamaron a la puerta.

—Soy yo, Torin —dijo Strider—. Tu chica tiene visita. Además, alguien le ha mandado unos regalitos.

—¿Regalitos? —preguntó ella, con un arrebato de felicidad—. ¿Para mí? Si nadie sabe que estoy aquí...

Torin frunció el ceño.

—¿Quién es el visitante? —preguntó.

—William... y sus tres chicos.

—¿William está aquí? —preguntó ella, dando palmaditas de alegría.

Torin le lanzó una mirada fulminante.

—¿Lo conoces? —preguntó, como si fuera un crimen horrendo.

—Sí.

—¿Y por qué?

—A través de Hades.

—Ya. Entiendo —dijo Torin, e inclinó la cabeza como si acabara de tomar una decisión—. Ahora mismo bajo —le dijo a Strider, sin apartar la vista de ella. Después, le preguntó a Keeley—: ¿Hasta dónde llegaba vuestra relación?

«¿Está mi encanto... celoso?».

—Éramos amigos, nada más.

—El William que yo conozco no se hace amigo de las mujeres. Se las lleva a su guarida y, a la mañana siguiente, se despiertan seducidas —dijo Torin. Después, abrió la puerta de la habitación y le cedió el paso—. Vamos a hablar con él sobre sus intenciones hacia ti.

Ella no se movió.

—Si enfermo...

Torin soltó una imprecación que la hizo estremecerse.

—Si enfermo —repitió ella—, me voy a curar. Ha ocurrido siempre. Eso no tiene por qué perjudicar a esto tan bueno que tenemos.

—¿Tan bueno? —repitió él, con incredulidad—. Keeley, puede que tú seas lo peor que me ha ocurrido en la vida. Has hecho que sienta algo, y cabe la posibilidad de que te mate por ello —dijo.

Y, después, salió sin mirar atrás.

A ella se le llenaron los ojos de lágrimas, y la lluvia empezó a golpear contra los cristales. Torin estaba preocupado, ahogándose a causa de la culpabilidad. Él le había preguntado muchas veces cómo podía continuar haciéndole aquello a ella, pero, tal vez, la pregunta era cómo podía ella seguir haciéndole aquello a él.

«Todas las parejas tienen problemas. Los superan».

«Nosotros somos más fuertes que la mayoría».

Con la cabeza alta, salió al pasillo, donde había un montón de cajas apiladas contra la pared. Cada una era de un material diferente: ébano, marfil, mármol, oro, plata y jade. ¿Eran sus regalos?

Temblando, abrió la que estaba más arriba, y encontró el corazón negro de un sirviente sobre un lecho de terciopelo rojo. Había una nota de Hades.

Como te he dicho, nunca más. Nos vemos muy pronto. H.

Uno de los mejores regalos que le habían hecho en la vida, seguro, pero Keeley solo sintió furia. Tomó aire, arrugó la nota y la tiró al suelo.

Torin volvió en aquel momento.

—¿Es un corazón? —preguntó. Se inclinó, tomó el papel y se puso rígido al leer la nota—. Nunca más ¿qué?

Keeley teletransportó un gran barril de whisky al pasillo y quitó la tapa. Empezó a echar allí los corazones y las cajas.

—¿No te lo imaginas?

—¿Qué está haciendo?

—Intentando reconquistarme —respondió ella. Era una misión imposible.

—Quiere una guerra, ¿no?

Con ella, sí. Pero a Keeley no le gustaba la idea de que Torin se enfrentara con Hades.

—Él fue quien me dio este cuerpo, ¿sabes? La propietaria anterior fue Persephone, una hija de Zeus, pero ella había muerto y su espíritu había continuado su camino. Hades conservó su cuerpo porque le gustaba su aspecto. Y, a causa de mi capacidad de crear vínculos con lo que me rodea, yo era la candidata perfecta para ocuparlo. Pero entonces, me convertí en mucho más de lo que él podía controlar, y lo utilizó para destruirme. ¿Y cree que le voy a dar otra oportunidad?

Mientras hablaba, se hizo con otros dos barriles para echar todas las cajas. Cuando terminó, los envió al reino donde vivía Hades junto a una foto Polaroid de sí misma haciendo un gesto insultante con el dedo corazón extendido.

Frotándose las manos de placer por el trabajo bien hecho, se giró hacia Torin. Él se había quedado pálido y tenía una expresión atormentada.

—No estoy enferma —le aseguró ella.

—Eso no es lo que... —Torin suspiró y se pasó una mano por la cara—. No importa.

¿Acaso él tenía otro temor? Keeley también suspiró. Parecía que nunca iba a terminar de entenderlo.

—William está esperando, ¿no? —preguntó y, decididamente, echó a andar sin saber adónde iba.

Torin se colocó delante de ella y cambió de dirección, guiándola hasta un salón. Allí había cuatro hombres, cada uno más guapo que el anterior, y ella reconoció rápidamente a William, el Lascivo, también llamado el Oscuro, pero no a los demás.

William estaba sentado en una lujosa butaca roja, con un vaso de licor ámbar en la mano. Tenía el pelo muy negro, despeinado, y los ojos muy azules y brillantes. ¿Acababa de salir de la cama de alguna mujer casada?

Seguramente. A pesar de todos los siglos que habían transcurrido desde la última vez que lo había visto, él no había cambiado. Era el sexo andante. O, más bien, sentado.

Los otros hombres estaban tras él, flanqueando la butaca. Uno era calvo, el otro moreno, y el otro, rubio. Claramente, todos eran guerreros; sus cuerpos se habían modelado en el campo de batalla, y en sus ojos había remolinos de horrores que nadie debería haber visto nunca.

También estaban presentes varios de los Señores y sus mujeres.

–Keeleycael –dijo William, con su voz grave y rica. La recorrió con la mirada, y lo más probable era que la desnudara mentalmente. Era un seductor nato, y no podía remediarlo–. Estás muy bella esta tarde.

–Como todas las tardes, noches y mañanas.

–Cada vez me cae mejor –comentó la Harpía pelirroja, Kaia.

Su hombre, Strider, tiró de su brazo para llevársela.

–Te he dicho que por una sola palabra pueden echarte.

–Pero, cariiñooo –dijo ella, y sus voces se disiparon mientras se alejaban.

–Ha pasado mucho tiempo –continuó William–. Lo sentí mucho cuando supe lo que te había hecho Hades, sobre todo porque no había tenido la oportunidad de probarte todavía.

Torin se puso a su lado y posó la mano en la empuñadura de una de sus dagas.

–Sí –respondió ella con ironía–. Ese fue mi único pesar.

William sonrió ligeramente.

–Te llevaría a mi habitación ahora mismo, te daría una nueva razón para vivir, pero pasarías a depender de mí, como todas las demás, y en este momento estoy demasiado ocupado.

—¿No tiene nada que ver con el hecho de que tu buen amigo Torin se esté imaginando tu cabeza en una pica?

—Querida, me está mirando como un loco asesino, pero esas miradas las atraigo allá por donde voy.

Ella puso los ojos en blanco.

—Bueno, ¿y quiénes son esos brutos que están detrás de ti?

—Son mis hijos.

Los hijos en cuestión permanecieron impasibles, mirándola como si fuera la siguiente de la tabla de cortar.

—Vaya. Ninguno de mis espías captó nunca esa información.

—Me encantaría contarte cómo fueron concebidos cada uno de estos bellacos, pero, antes de que terminara, te sangraría el cerebro y querrías arrancarte los ojos. Aunque estoy dispuesto a correr el riesgo, si tú lo estás también. Solo tienes que decir la palabra.

—La palabra.

—En una ocasión, estaba en un campamento y...

Alguien le arrojó un puñado de palomitas de maíz.

—¡Buu! ¡Buu! —gritó Anya—. Esa historia ya la he oído.

A Keeley no le gustó tener a aquella mujer a la espalda, pero, aparte de ponerse tensa, no dio más indicación de su desagrado.

—¿Dónde estás, William? ¿Por qué me has llamado?

Él señaló hacia atrás con el dedo pulgar.

—Mis hijos necesitan tu ayuda. Un soldado de los Fénix mató a su hermana —dijo, y apretó la mandíbula antes de continuar—: El culpable ha recibido su castigo, pero su clan afirma que mis hijos fueron demasiado lejos con su venganza, y nos hostigan diariamente. Mis hijos están ganando esta guerra, por supuesto, pero las escaramuzas constantes me molestan. Tus habilidades podrían ser el complemento perfecto a nuestras fuerzas.

Ella había participado en muchas guerras, y su bando nunca había perdido. Sus constantes victorias divertían a Hades. Y ella suponía que ese era el motivo por el que había empezado a temer su poder. Debía de haber empezado a preguntarse qué sucedería si ella se volvía alguna vez contra él.

Había actuado en consecuencia, y con eso solo había conseguido hacer realidad sus peores miedos.

–Lo pensaré –dijo, y Torin se puso rígido–. Pero, si al final acepto, tus chicos tendrán que jurarme lealtad eterna. Pronto empezaré a formar un nuevo reino, y estoy buscando una buena guardia real.

Aquel anuncio provocó diferentes reacciones. Torin se alarmó. William se divirtió. Sus hijos se sintieron ofendidos.

–Esas son mis condiciones –dijo ella, encogiéndose de hombros–. O lo tomas, o lo dejas.

–¿Alguien quiere oír mi opinión? –preguntó Anya.

–Preferiría tragarme una pila –murmuró Keeley, y teletransportó a la diosa a una jaula del zoo. O, más bien, lo intentó. Anya no se movió del sitio y sonrió con petulancia.

Keeley fulminó a Torin con la mirada. Él ya les había contado a los demás cuál era su punto débil. De ese modo, había elegido la seguridad de sus amigos por encima de la suya. Y solo podía haberlo hecho cuando ella estaba retorciéndose en la cama, recuperándose de una herida que había recibido por salvar a Gideon.

Él la miró como preguntándole: «¿Qué podía hacer?».

La fortaleza empezó a temblar. Keeley respiró profundamente varias veces. Ella había estado trabajando en su relación, dando todo lo que tenía, confiando en él y arriesgando la vida por él. Y él había estado trabajando en cómo debilitarla mejor.

«¿Cuántas cosas más voy a tolerar?».

Keeley apartó la mirada de Torin.

«Ya me encargaré más tarde de él».
Siempre más tarde. La historia de su vida.
—Vaya, ¿por qué hay tanta gente aquí? —preguntó alguien a quien Keeley no conocía.
William dejó su copa y se puso en pie. Ya no era la imagen de la depravación, sino de un auténtico saqueador que estaba preparado para atacar y devorar.
Keeley nunca había visto tal respuesta en él.
Una muchacha de aspecto delicado apareció entre los Señores y sus mujeres. Tenía el pelo oscuro y brillante y un cutis perfecto de color oliva. Sus ojos sensuales eran de color castaño, y tenía unas pestañas largas y espesas. Pero, por muy deslumbrante que fuera, era muy joven, y humana. Demasiado joven y demasiado humana para los feroces apetitos de William.
Aquella tenía que ser la famosa Gilly.
Su cumpleaños se estaba acercando, recordó Keeley. Pobrecita. ¿Tendría idea de que William estaba preparado para saltar sobre ella?
La muchacha saludó a Keeley con dulzura.
—Soy Gillian. Todos me llaman Gilly, aunque les he pedido que no lo hagan. Tú debes de ser la Reina Roja de quien tanto he oído hablar.
—Puedes llamarme Keeley —dijo ella.
«Me parece que vamos a ser muy amigas, y voy a enseñarte a atormentar a William el Oscuro para toda la vida».
—¿Y yo no me merezco un saludo, querida? —ronroneó William.
Gilly se giró hacia él con la gracia de una bailarina de ballet y se puso las manos en las caderas.
—¿Eres tú quien ha quemado todos los adornos de la decoración de mi fiesta de cumpleaños?
—Sí —dijo él, que no parecía muy arrepentido.
—Entonces, no, no te mereces un saludo.
Keeley se cruzó de brazos. Se sentía molesta en nombre de la chica.

—¿Le has quemado los adornos?

Él la miró con los ojos entornados.

—No necesita ninguna fiesta. Yo tengo una sorpresa para ella.

Sí, y Keeley estaba segura de que la sorpresa estaba en sus pantalones.

—Tu sorpresa no es lo que ella quiere, Willy, o no habría comprado los adornos para decorar su fiesta.

William alzó la barbilla, y en sus ojos aparecieron chispas rojas.

—¿Os estáis enfadando, alteza? Adelante. Intenta atacarme y verás lo que ocurre.

Oh, ella ya sabía lo que iba a ocurrir: nada. Como Torin y Anya, él se había protegido con marcas de azufre.

Era una pena que ella tuviera un arma a la que no afectaba el azufre: la información.

Sonrió a Torin.

—Tú querías saber quién robó la caja de Pandora después de que la abrieran, ¿verdad? Bueno, pues yo puedo decírtelo.

De repente, un ruido extraño y estridente le llenó los oídos, y por los poros se le escaparon enormes cantidades de poder. Empezaron a fallarle las rodillas.

«No entiendo qué pasa».

Empezó a caerle algo caliente y espeso de la nariz y, después de limpiárselo, vio que tenía unas manchas rojas en los dedos.

—Deberías ir a tu habitación a descansar —le dijo William—. Claramente, no estás bien.

«Tengo que decírselo a Torin».

—William... —murmuró—. William es quien... robó dimOuniak... Él es... quien os traicionó.

Todo su mundo quedó a oscuras.

Capítulo 23

Torin se masajeó la nuca.

Once días. Tiempo suficiente para superar la rabia que sentía por William, que había admitido su crimen. El guerrero había vigilado a los Señores y había esperado. Había robado la caja de Pandora unos segundos después de que fuera abierta, pero, antes de que pudiera llegar muy lejos con ella, Lucifer se la había arrebatado a él.

Willy no había visto ningún motivo para confesar lo que había hecho, porque no quería confesárselo. No lamentaba lo que había hecho, solo lamentaba que le hubieran descubierto. Típico.

Según William, Lucifer no podía tocar la Estrella de la Mañana. La luz de la estrella habría acabado con su oscuridad y lo habría destruido. Por eso no quería que nadie más la tuviera.

Pero ya se encargaría de todo aquello más tarde.

En aquel momento, no había nada más importante que Keeley. Aquellos once días fueron la duración de su nueva enfermedad. Había sangrado constantemente por la nariz, e incluso por los ojos y las orejas. Torin no entendía lo que le estaba pasando, hasta que le había explotado la base del cráneo a causa del tumor que se le había formado en el cerebro.

Aquella visión tan truculenta había sido uno de los peores momentos de su vida, de una vida que estaba llena de muy malos momentos.

El día anterior había cesado la hemorragia, por fin, y su cráneo se había regenerado. Keeley iba a sobrevivir.

—Se va a despertar muy pronto —le dijo a Lucien. Estaban a solas en la habitación de su amigo. Aquella era la primera vez que él se había alejado de Keeley durante los últimos once días.

—Me alegro. Entonces, ¿por qué estás tan triste?

—Porque tengo que volver a dejarla por enésima vez, y en serio.

Si seguían así, ella llegaría a odiarlo tanto como odiaba a Hades, y Torin no quería llegar a ese punto.

De hecho, tal vez ya hubieran llegado. No por Enfermedad, sino porque él les hubiera contado a sus amigos lo del azufre. Estaban tan asustados por el alcance de los poderes de Keeley y lo que podía significar para sus familias, que él había querido darles alguna garantía de seguridad antes de que le pidieran que eligiese entre Keeley y ellos.

Sin embargo, eso era lo que había hecho. O, al menos, eso era lo que pensaba Keeley.

—No puedo creer que vaya a decir esto, pero ¿sería tan terrible seguir saliendo con ella? —preguntó Lucien—. Nunca te había visto tan feliz.

—¿Malo? Sería terrible. Yo no soy bueno para ella.

—A mí me parece que ella no estaría de acuerdo contigo.

—No puedo seguir haciéndole esto. He intentado dejarla; tú mismo lo has visto. He fracasado. Creo que quería fracasar. Demonios, sé que quería.

Lucien se frotó la barbilla con dos dedos.

—Tengo una teoría sobre todo esto. Creo que puedes tocar a la Reina Roja sin consecuencias.

—Pues guárdatela —dijo Torin—. Ya he demostrado que no es válida.

—Algún día, puede serlo, si ella forma un vínculo contigo.

–Ya lo ha formado.

–Deja que termine. Si ella se vincula contigo... y con muchas otras personas. Es una Curator y, cuantos más vínculos tenga, más fuerte será.

–Ya. ¿Y si les pasa las enfermedades del demonio a los demás a través de esos vínculos? Ella tendría la fuerza suficiente para combatirlas, pero tal vez los demás no.

Lucien suspiró.

–Sí, es cierto.

Torin maldijo su vida. No debería ser tan dura. Tomara la decisión que tomara, o quedarse, o marcharse, tocarla, no tocarla, intentar algo o ser solo amigos, sería una decisión equivocada.

–Tengo que romper con ella –dijo–. Keeley significa mucho para mí.

–No me parece que sea de las mujeres que permiten que un hombre tome las decisiones en su lugar.

–No me importa. Voy a ser firme.

–La última vez también lo fuiste.

–Eres un plomo. Me marcho antes de darte un puñetazo en la cara.

Lucien pestañeó con inocencia.

–¿Es por algo que he dicho?

Torin se levantó y se dirigió a la puerta. Cuando iba a agarrar el pomo, la puerta se abrió y apareció Anya, que estuvo a punto de chocarse al entrar.

Ella se detuvo en seco y escondió las manos detrás de la espalda. Llevaba un sombrero y la sombra del ala le ocultaba los ojos.

–¿Te marchabas ya? –dijo ella–. Bien. Quiero decir, que me alegro de haberte visto. ¿Le has preguntado a la Reina Roja por el chico? Bueno, adiós –dijo, y se hizo a un lado, señalando el pasillo con la barbilla–. Es hora de que Lucien deje a solas un rato a Anya.

Vaya. Aquello no tenía buena pinta. Para Lucien.

–¿Qué has hecho, Anya? –le preguntó él.

Ella bajó la cabeza.

—No me obligues a decirlo delante de Torin, por favor, cariño.

—Dilo —insistió Lucien—. Ahora mismo.

—¿Qué sucede? —inquirió Torin.

—Bueno... Puede que haya tenido un pequeño problema con la bruja que hay en tu habitación —admitió Anya.

—¿Le has hecho daño? —preguntó Torin.

—¿Qué? ¿Yo, hacerle daño? Noo. Pero... puede que investigara un poco y me enterara de que cortándole el pelo era posible debilitarla. Entonces, puede que me haya metido en tu habitación con unas tijeras y le haya quitado esto —dijo la diosa. Alzó las manos, y le mostró espesos mechones de pelo dorado—. Y, a propósito, puede que haya comprobado que esos rumores no son ciertos.

«La voy a matar».

—Puede que la Reina Roja se haya despertado en mitad del corte de pelo —continuó Anya—, y puede que me haya quitado las tijeras y me haya cortado el pelo a mí también.

Lucien le quitó el sombrero. Anya tenía un flequillo y unas capas desiguales que le caían desordenadamente por la cara.

—Puede que estés ridícula. Y adorable —añadió el guerrero, de mala gana.

—No, adorable no —dijo Torin con furia.

Le había costado semanas convencer a Keeley de que podía descansar a su lado, demostrarle que estaba a salvo con él, que podía confiar en que la protegería de los demás mientras era vulnerable. Todos sus esfuerzos se habían estropeado en un abrir y cerrar de ojos.

Anya lo ignoró y le dijo a Lucien:

—Puede que tengamos que posponer la boda hasta que me haya crecido el pelo.

—¿Por qué no me sorprende? —preguntó Lucien.

—Si tú no le das su merecido, se lo daré yo. Y no me pondré guantes —dijo Torin, y salió de la habitación antes de pronunciar palabras más ásperas que podían destruir una amistad.

—Eh, Torin —dijo Strider, que aceleró el paso para alcanzarlo en el pasillo—. Kaia me ha estado dando la lata sin parar... eh... pidiéndome dulcemente que fijes una cita entre Keeley y ella. Quiere salir con la Reina Roja a divertirse con el asesinato y la mutilación, y esas cosas.

—Hablaré con ella —dijo Torin, al torcer la esquina.

—Me has salvado la vida —respondió Strider—. Pero... eh... hazlo pronto. Cuando Kaia da la lata sin parar... Quiero decir, que pide las cosas dulcemente, puede ser un poco doloroso.

Torin llegó a su habitación y abrió la puerta. Keeley estaba junto a la cama, con las manos agarradas delante de ella. ¿Lo estaba esperando?

Estaba deslumbrante. Era obvio que le habían dado un buen corte de pelo, puesto que las ondas acababan a la altura de sus hombros. Como Anya, tenía flequillo, pero ella se lo había peinado hacia un lado. Aquella nueva imagen la hacía más joven...

Estaba adorable.

Llevaba un vestido nuevo, de seda escarlata, que destacaba sus maravillosas curvas y que tenía una falda que le llegaba hasta los pies, y un marcado escote en forma de uve. Estaba impresionante.

Él retrocedió para aumentar la distancia que había entre los dos, pero no sirvió de nada. El deseo de acariciarla siempre lo atenazaba, pero, en aquella ocasión, lo consumía.

—Tenemos que dejarlo —gritó. Maldición. Carraspeó y añadió suavemente—: Seremos amigos, por supuesto.

Ella entrecerró los ojos.

—No me digas esa idiotez. Me la inventé yo.

—Keeley...

—¡No! Sabía que ibas a inventar algo así. ¡Lo sabía! Bien, pues rechazo tu oferta de romper y de ser amigos. Vamos a seguir juntos, y punto.

El demonio maulló de desilusión.

—No puedes negarte a romper una relación.

—Claro que sí. Acabo de hacerlo.

No tenía experiencia, y no supo cómo responder a Keeley. Así pues, decidió ser sincero.

—Lo mejor es romper, princesa.

—Ya has pensado antes que lo mejor era dejarme, y no tardaste mucho en volver a abrazarme como si no pudieras alejarte de mí. ¿Y sabes por qué lo hiciste? ¡Porque no podías alejarte de mí!

—Un error, obviamente.

—Tú no crees eso.

—Sí, sí lo creo.

Ella palideció.

—No. ¡No! No puedes seguir haciéndome esto. O estás en esta relación, o no. Te daré una oportunidad más.

—No necesito otra oportunidad. Hemos terminado. Tú eres la que no lo aceptas.

Entonces, Keeley respiró profundamente y se irguió de hombros.

—Está bien. Entonces, hemos terminado. Me marcho de aquí.

«¿Dónde está mi alivio?».

—Hay una habitación justo al lado.

—Me marcho a una casa de la ciudad.

—Eh... un momento —dijo Torin. Él quería que se quedara en la fortaleza, para saber siempre dónde estaba, y con quién estaba. Así, él podría verla cuando quisiera, y cerrarle la puerta en las narices a cualquier tipo estúpido que quisiera visitarla.

Keeley enarcó una ceja y le dijo con desdén:

—¿Ya te estás arrepintiendo de tu decisión, Torin? Pues lo siento, pero es demasiado tarde. Esta vez, he decidido yo.

¿Cómo podía arrebatarle toda la determinación con unas pocas palabras?

—Te estás comportando como si yo hiciera esto solo para

herirte. ¿Por qué no puedes ver que estoy eligiendo tu vida por encima de mi felicidad? Que siempre elegiré tu vida.

Era la verdad: él siempre elegiría a Keeley por encima de cualquiera y de cualquier cosa. Keeley lo era todo para él. Era la mujer a la que había esperado durante siglos sin saberlo. No podía haber nadie más para él. Y, aunque ella estaría mejor sin él, Torin supo que no podía dejarla. Elegir la vida de Keeley por encima de su propia felicidad también destruiría la felicidad de Keeley, y eso tampoco podía hacerlo. Nunca.

Ella había sufrido el rechazo durante toda su vida. Primero, el de sus padres, después, el de su marido y, finalmente, el de Hades. ¿Un barril de whisky? Torin habría pagado el precio máximo por ella: habría dado su vida.

Había mil motivos por los que deberían separarse, y solo uno por el que deberían continuar juntos: «Es mía. La quiero».

La quería, y no podía rechazarla de nuevo.

Había cometido un error, e iba a remediarlo.

Se puso frente a ella y la tomó de las manos.

—Siento haber intentado romper contigo. Siento haberles hablado a los demás sobre el azufre. Siento que te hayas puesto enferma por mi culpa. Pero, si puedes perdonarme y darme esa oportunidad de la que me has hablado, me quedaré e intentaré hacer lo posible para que seas feliz. No porque puedas encontrar a mis amigos desaparecidos, ni la caja, sino porque, sin ti, estoy perdido.

Al principio, ella no reaccionó.

—Por favor, Keeley.

Entonces, ella empezó a llorar.

A él se le encogió el corazón, y le quitó las lágrimas de las mejillas con los dedos temblorosos.

—Por favor, princesa, no llores. Quiero hacerte feliz, no ponerte triste.

—Soy feliz —dijo ella—. Me has roto el corazón, pero, después, me lo has reparado.

Una admisión peligrosa que revelaba todo el poder que él tenía sobre ella.

−Sé que necesito mejorar mucho.

−Sí, pero me gustas de todos modos.

−¿Y estás dispuesta a soportarme?

−Sí.

Gracias a Dios. Él la abrazó y la estrechó contra su pecho.

−¿Me perdonas?

−Sí, te perdono, pero no vuelvas a hacerme daño, Torin, por favor.

Él la abrazó de nuevo. ¿Qué respuesta sincera podía darle?

−Tu corazón está a salvo conmigo.

Entonces, fue ella la que lo abrazó a él.

−Entonces, cuéntame un secreto. Algo que no sepa nadie más. Demuéstrame que vas en serio conmigo. Después de todo, a tus amigos les has contado un secreto sobre mí.

Un secreto... Sus amigos lo habían visto en sus mejores y en sus peores momentos, y lo sabían todo sobre él... salvo una cosa. Algo que le causaba vergüenza y culpabilidad. Contárselo a Keeley no era inteligente, pero negárselo, cuando ya estaba obligado a negarle tantas cosas, no era aceptable.

Sin dejar de abrazarla, empezó a hablar:

−Una vez conocí a una chica −dijo.

Keeley se puso rígida contra su pecho.

Él contuvo la sonrisa. «Me quiere solo para ella, igual que yo la quiero solo para mí».

−La cortejé con flores y con regalos, a la vieja usanza.

−A mí me gustan las flores y los regalos −murmuró ella, suavemente.

«Flores y regalos, marchando».

−Aunque −añadió Keeley− a mí me diste el zoo y las piezas de ajedrez, y esos son mucho mejores regalos que ningún otro.

Técnicamente, ella le había robado las piezas de ajedrez, pero él debería habérselas dado directamente. «Que siempre vea lo mejor de mí».

—Todo el mundo cree que fui tras ella porque me atraía. Algunas veces, yo consigo convencerme de eso. Es más fácil aceptar el hecho de que le toqué la piel con mi piel y que, días después, una epidemia mató a miles de personas.

Keeley le acarició el pecho, sobre el corazón acelerado.

—Pero, la verdad es que...

—La verdad es que lo hice porque estaba enfadado. Todos los días veía a mis hermanos tocar y abrazar a quien querían. Luchar con cualquiera que quisieran. Yo siempre tenía que quedarme apartado. Aquel día, en concreto, acababan de llegar a casa después de una batalla contra los Cazadores. ¿Sabes quiénes son?

Ella se echó a temblar.

—Sí. Un ejército de humanos que una vez dirigieron Rhea y Galen. Tus enemigos.

—Exacto. Mis amigos estaban manchados de sangre y exultantes por la victoria. Yo estaba resentido. Y allí estaba ella, junto a la ventana de mi cabaña. Era una chica preciosa, de unos veinticinco años. Había enviudado, pero tenía toda la vida por delante. Me deseaba. Yo me daba cuenta cada vez que iba al pueblo y me cruzaba con ella. Aquella noche, pensé: ¿por qué no? Me merecía algo bueno en la vida, y ella también. Y, para ella, yo era alguien bueno.

Keeley le besó el pecho, donde acababa de acariciarlo.

—Sí te mereces algo bueno. Eres bueno.

Seguramente, no iba a pensar lo mismo cuando oyera el resto de la historia, pensó Torin.

—Iba a acostarme con ella. Lo planeé todo: pensé en que tuviera una noche llena de placer y, después, matarla para que no pudiera extender una epidemia. Ya ves; un verdadero ganador.

—Bueno, sí, tienes defectos —dijo ella—. Como todo el mundo.

—Pero mi historia con las mujeres es lamentable —continuó él—. Antes de que me poseyera el demonio, era demasiado brusco con ellas. Nunca conseguí mantener una relación. Y, en esta otra ocasión, justo después de haber acariciado la cara de aquella chica, me arrepentí de lo que había hecho y de lo que iba a hacer, y la dejé. La dejé morir. Murió, y toda su familia murió también.

Torin esperó con tensión e impaciencia a que Keeley le diera su veredicto.

—Di algo —le rogó.

—Lo que hiciste fue horrible, sí. No hay otra forma de calificarlo. Pero todos hemos hecho alguna vez algo horrible, guerrero. ¿Quién soy yo para juzgarte? Además, estoy segura de que, desde aquel día, has vivido con la culpabilidad.

—Sí.

—¿Y no crees que ya has hecho bastante penitencia? Has vivido durante siglos sin tocar a otra persona y sintiendo pena, dolor y angustia. Ya no eres el mismo hombre.

Así pues, Keeley no había tenido la reacción que él esperaba. Su dulce sorpresa.

—Puede ser —dijo él, cuando pudo hablar de nuevo—. Bueno, ¿por qué no duermes un poco? Esta vez no va a pasar nada, tienes mi palabra.

—No estoy cansada.

—Mañana va a ser un gran día.

—¿Por qué? ¿Qué va a pasar?

—Que vamos a buscar a mis amigos.

—Ah, estupendo —dijo ella—. Pero sigo sin estar cansada.

Tenía que estarlo, sobre todo, porque Anya había interrumpido su descanso.

—Cansada o no, quiero que duermas. Somos una pareja, ¿no? Hacemos cosas juntos —dijo Torin y, sin esperar a sus protestas, la tomó en brazos y la dejó en la cama.

—¿Qué cosas?

—Por ejemplo, dormir.
—Yo preferiría organizar nuestro armario.
—Es una pena. Una vez me dijiste que me obedecerías en la cama. Bueno, pues ahora estás en la cama.
—Muy bien. Voy a dormir —dijo ella, a regañadientes—. Pero no me va a gustar.
Él sonrió lentamente mientras se ajustaba los guantes.
—Vamos a ver si consigo que cambies de opinión...

Capítulo 24

Keeley se había convertido en una adicta a las siestas. Dormir con el olor de Torin en la nariz, envuelta en su calor, entre sus brazos... No podía haber nada mejor.

Excepto retozar con él.

Se despertó descansada y revitalizada, lista para conquistar el mundo... y se dio cuenta de que su necesidad por Torin era un dolor que nunca terminaría. Si Hades había sido una llama, Torin era un incendio. Cuanto más le daba, más quería. Y ahora que habían decidido intentar mantener una relación de una vez por todas... «Voy a poder tenerlo todo para mí sola».

Sin embargo, Torin no se levantó descansado y revitalizado. No parecía que deseara estar con ella. Se duchó y se vistió con cierta distancia emocional; su dulce amante nocturno se había convertido en alguien frío como el hielo que le daba órdenes de mala manera.

«Vamos, date prisa. Vístete».

«No, nada de vestidos. Ponte unos pantalones».

«Desayuna. Y, a propósito, necesito que uses los artefactos para buscar a una persona más: un chico».

¿Acaso se arrepentía de su decisión de estar con ella?

No, no, por supuesto que no. Ella era un buen partido.

Un buen partido con secretos.

Se le formó un nudo doloroso en el estómago.

«Hemos empezado desde cero. Tengo que hablarle de Galen. Y lo haré, en cuanto llegue el momento oportuno».

Sin embargo, durante los siguientes minutos no surgió ningún momento oportuno para confesarle que tenía mucha simpatía por su mayor enemigo y que quería invitarlo a la fiesta de Navidad de la familia. Le preguntó qué ocurría, y él respondió que no ocurría nada.

«Confío en él. Si dice que está bien, es que está bien». Su actitud, o el origen de aquella actitud, no tenía nada que ver con su romance.

—Bueno, vamos —dijo Torin.

Keeley lo siguió apresuradamente por el pasillo. Había llegado, por fin, la hora de reunirse con todos sus amigos. Y tal vez aquel fuera el problema. ¿Acaso pensaba que iba a echarlo todo a perder?

Él les dio órdenes a varios de los guerreros, en un tono mucho más áspero del que había utilizado con ella, y Keeley se sintió extrañamente reconfortada por ello.

La tensión estaba mitigada por la esperanza de todo el mundo, y por el hecho de que tanto hombres como mujeres hicieron lo que él les decía.

Paris apareció a su lado, y le preguntó:

—¿Cuándo podemos tener esa charla?

—Pronto —dijo Keeley.

—Estupendo. Te lo recordaré en cuanto acabes la búsqueda y el rescate —respondió él, y se alejó por otro pasillo.

Al pasar junto a Anya, la diosa le hizo un gesto con el dedo índice, implicando que le iba a cortar el cuello.

¿Amenaza de muerte? Keeley bostezó.

Torin dio un paso atrás y fulminó a la diosa con la mirada.

—No vuelvas a hacer eso —le advirtió con furia. En aquel momento, a Keeley le pareció que era capaz de cometer un crimen muy violento.

¿Era malo que ella se estremeciera de impaciencia?

—Es mía —rugió Torin—, y mataré por proteger hasta el último pelo de su cabeza, ¿entendido?

Keeley sintió un arrebato de alegría.

—Podría estar mintiéndote sobre la necesidad de utilizar los artefactos, ¿sabes? —dijo Anya, cruzándose de brazos—. A lo mejor quiere robárnoslos.

—No, no es cierto —dijo él, y miró a Keeley—. Confío en ella. Y, más que eso, voy a ponerla siempre por delante de todo lo demás.

—Gracias —le dijo ella, suavemente, y se volvió hacia la diosa—. Y gracias por el corte de pelo. Lo necesitaba. Como puedes ver, me favorece mucho.

—Sí, corto muy bien el pelo —dijo Anya, y se puso tensa cuando Lucien se materializó a su lado—. Ah, y esto te lo digo porque me obligan: la Jaula de la Compulsión es tuya. Te cedo mi propiedad.

—Lo consideraré un regalo por honrarte con mi presencia —le dijo Keeley. Torin tiró de ella para llevársela, y ella le preguntó en un susurro—: ¿Puedo hacerle daño, aunque solo sea un poco?

—Por favor, no. Por algún motivo, a Lucien le gusta.

Él torció una esquina y se detuvo frente a una puerta que estaba abierta, y le hizo a Keeley un gesto para que lo precediera.

Ella entró en la estancia; era una habitación no muy grande, completamente vacía, a excepción de una jaula lo suficientemente grande para encerrar a un humano adulto agachado, una vitrina de cristal que contenía la Vara Cortadora, y la presencia de Reyes y Danika. Keeley paseó alrededor de la jaula y tocó con un dedo el borde superior. Era fría y sólida, fabricada con un metal que nunca se deformaría, por mucha presión que le aplicaran. Notó un cosquilleo en el brazo.

Después, se fijó en la Vara Cortadora. Tenía un mango grueso con un extremo bulboso hecho de cristal, y dentro de aquel cristal se movía un mar de colores que brillaban. Seguramente, era el mejor símbolo fálico del mundo.

Reyes se puso delante de Danika antes de que Keeley pudiera estudiarla; ella era el Ojo que Todo lo Ve.

—Mi mujer ha visto tu pasado. Una maldad como la tuya nunca podrá redimirse.

—Bueno, tú deberías saberlo bien, ¿no? —replicó ella, recordándole sus crímenes y fingiendo que no le había dolido su comentario—. A propósito, podría apartarte sin el más mínimo esfuerzo.

—Inténtalo —dijo él—. Tengo esto —añadió, y movió el brazo, en el que tenía una cicatriz con azufre.

—Y yo tengo esto: si no te apartas, no encontraré a tus amigos.

Entonces, él se inclinó hacia ella y abrió la boca para decirle algo feroz, probablemente. Sin embargo, Torin se interpuso en su camino y le obligó a retroceder.

—Es mi invitada, y ha venido a ayudarnos, Reyes, no lo olvides. No va a hacerle daño a Danika. Pero yo sí te haré daño a ti si vuelves a amenazarla.

—Y sabes que a mí me encantará.

Reyes lo miró con antagonismo durante un instante lleno de tensión, pero, finalmente, alzó las manos con un gesto de rendición.

—Está bien, haz lo que haya que hacer.

«Eso era lo que pensaba».

—¿Dónde está la Capa de la Invisibilidad?

—Aquí tienes —le dijo Reyes, y se sacó un pequeño cuadrado de tela gris del bolsillo.

Keeley lo tomó y miró a Danika, que era una muchacha menuda y frágil. Le señaló la Jaula de la Compulsión.

—Tienes que meterte dentro.

La chica perdió la compostura y se echó a temblar.

—¿Por qué?

—Si quieres que encuentre a tus amigos, harás lo que yo diga y cuando lo diga. Sin objeciones.

—Pero...

—Eso me parece una objeción —dijo Keeley, y dio una palmada fuerte—. ¿Queremos hacer un rescate, o charlar? Mi tiempo es oro.

Danika miró a Reyes, que asintió con rigidez. Entonces, ella entró en la jaula y miró a Keeley.

—Gracias por ayudarnos.

A Keeley se le formó un nudo en la garganta. ¿De emoción por una muestra de agradecimiento bien merecida? «¿Acaso mi altivez se ha deteriorado tanto?».

Entonces, cerró la puerta de la jaula con más fuerza de la que pretendía y, al oír el sombrío clank, a Danika se le escapó un grito.

—Voy a poner al día a mi público —dijo Keeley—. Soy la dueña de la Jaula de la Compulsión. Mientras Danika esté dentro, nadie podrá sacarla, excepto yo. Bla, bla, bla...

—Si le haces daño... —dijo Reyes.

—No voy a hacerle nada —replicó Keeley, y se giró hacia la vitrina para sacar la Vara Cortadora.

—Ten cuidado con eso —le advirtió Torin.

Ella lo miró como si no entendiera su aviso.

—Las dos últimas mujeres que tocaron esa vara desaparecieron sin dejar rastro —le explicó él.

—Eso es porque no sabían utilizarla bien —dijo Keeley, y llevó el artefacto hasta la jaula, donde metió el extremo por el agujero que había en el techo de la tapa—. Hazte a un lado —le ordenó a Danika y, cuando la muchacha obedeció, ella empujó la vara hasta que el extremo tocó el suelo de la jaula.

—¿Sabías que se podía hacer eso? —le preguntó Torin a Reyes.

—No.

—Obviamente, somos idiotas.

«Si supieras solo la mitad, cariño...».

—Encanto, ¿qué te parecería si fuera primero a buscar la Estrella de la Mañana? Con ella, podríamos salvar a todos los demás en un abrir y cerrar de ojos.

—Sí, hazlo.
—¿La Estrella de la Mañana? —preguntó Reyes.
Keeley lo ignoró y le dijo a Danika:
—Agarra la Vara Cortadora con ambas manos y no las quites de ahí hasta que yo haya vuelto y te dé permiso.
La chica obedeció lentamente.
—A propósito —dijo Keeley—, tal vez esto no sea una experiencia demasiado agradable para ti. Te pido disculpas.
Danika agarró la Vara Cortadora con los dedos y gritó.
Reyes se dirigió hacia ella, pero Torin se interpuso en su camino. El guerrero lo esquivó, pero Torin lo siguió sin dejar de bloquearle el paso.
—Ahora, por favor —le dijo Keeley a Danika—, cierra los ojos e imagínate la Estrella de la Mañana.
La muchacha cerró los ojos, pero dijo:
—No sé lo que es eso.
—Solo piensa en las palabras. Estrella de la Mañana. Estrella de la Mañana.
Pasaron varios minutos en silencio, pero no ocurrió nada. La tensión aumentó en el ambiente. ¿Acaso estaban rotos los artefactos?
—No lo entiendo —dijo Keeley—. Imagínate a Cameo.
En cuando Danika obedeció, la parte superior de la Vara Cortadora se encendió y comenzó a brillar mucho más que antes, enviando rayos de colores en todas las direcciones e iluminando toda la habitación. No, los artefactos no estaban estropeados. Justo enfrente de la Jaula de la Compulsión, aquellos colores se unieron y formaron la imagen de una mujer morena de exquisita belleza, a quien unos humanos estaban arrastrando por unas escaleras, hacia arriba. Ella no podía ofrecer resistencia porque estaba inconsciente, y su cabeza se golpeaba contra el borde de los escalones e iba dejando un rastro de sangre.
—Cameo —dijo Torin, con un jadeo.
—¿Cómo podemos llegar hasta ella? —preguntó Reyes.
Fácil.

—Hay que atravesar la puerta, y estarás en medio de la escena que ves.

Mientras hablaba, desdobló la Capa de la Invisibilidad, y lo que había empezado como un pequeño cuadrado de tela alcanzó el tamaño de la carpa de un circo.

—Yo voy —dijo Torin.

Reyes negó con la cabeza.

—Tú no puedes ir. No puedes tocarla.

Su guerrero soltó una maldición.

—¿Otra vez tengo que quedarme apartado? ¡No!

—Sabes que es por...

Torin lo interrumpió.

—Lo que sé es que no quiero que Keeley haga esto. Sé que la he presionado para que nos ayudara, pero estoy preocupado por ella. No quiero que atraviese el portal. No quiero que vaya nadie, salvo yo. Si alguien resulta herido...

Equivocado, pero dulce. Ella le había prometido que iba a rescatar a Cameo, y ella sería quien lo hiciera.

Mientras ellos continuaban discutiendo, Keeley se puso la capa sobre los hombros y se acercó a la puerta.

Torin, que por algún motivo era consciente de todos sus movimientos, le espetó:

—¿Qué estás haciendo, princesa? No se te ocurra...

—¡Vuelvo enseguida!

Con un giro de la muñeca, se puso la capucha y desapareció.

—Ven aquí ahora mismo...

Ella atravesó el portal y dejó de oír su voz. Como la capa era el único billete para pasar, Torin no podría seguirla.

«Después me lo agradecerá».

El olor a azufre y a podredumbre la asaltó inmediatamente, y tuvo una náusea. Debía de estar en uno de los reinos del inframundo, pero había demasiados como para saber en cuál: el gobernado por Lucifer, el gobernado por

Hades, los miles de reinos que gobernaban ángeles caídos y Nephilim. Por lo menos, la capa ocultaba en todos ellos y en todos los sentidos, y los humanos que estaban arrastrando a Cameo no podrían oírla ni percibir su olor.

Mientras el grupo seguía subiendo, iban hablando de las cosas que querían hacerle a la chica... cosas que su líder, fuera quien fuera, les había prohibido. Cosas oscuras y terribles. Ella se enfureció.

El grupo llegó a la parte superior de la escalera, torció una esquina y empezó a recorrer un pasillo. Había seis puertas cerradas, y eligieron la tercera de la izquierda. Era una habitación vacía, salvo por los grilletes que colgaban del techo. Pusieron a Cameo en pie y le ataron las muñecas. Tres de ellos salieron de la habitación. El cuarto se quedó.

Uno de los que se marchaba hizo un alto al salir, y dijo:

—Si la tocas, te matará.

—Si se entera. No se va a enterar.

—Yo no estaría tan seguro de eso. Él quería a esta para sí. Por eso no está con las otras.

—Te repito que no se va a enterar.

La puerta se cerró, y el humano se quedó a solas con Cameo. Rápidamente, le apretó un pecho con la mano.

«Vas a pagarlo muy caro».

Keeley dejó caer la capa y se teletransportó a su espalda. Le agarró del cuello y notó que era humano, pero que en su interior había un gran mal. Entonces, estaba poseído por un demonio. ¿Cómo había llegado a vivir un humano a un reino que estaba reservado a espíritus malignos?

«No importa». Le dio un puñetazo en la base del cráneo, le agarró la espina dorsal y tiró. «Es como quitarle la espina a un pescado para filetear los lomos». Él se quedó demasiado sorprendido como para luchar contra ella y, después, estuvo demasiado muerto como para reaccionar.

Cuando él cayó al suelo, ella se frotó las manos por haber hecho bien el trabajo. Cameo necesitaba atención médica inmediatamente, así que le quitó los grilletes con las llaves del guardia y la hizo flotar envolviéndola en varias corrientes de poder, mientras las cubría a ambas con la capa. Después, volvió hasta la puerta que Danika había dejado abierta al mantener las manos en la Vara Cortadora y, un segundo más tarde, tenía a Cameo en la sala de los artefactos. La habitación estaba mucho más llena que cuando la había dejado. Todos los Señores estaban allí, la mayoría de ellos, paseándose de un lado a otro. Anya estaba murmurando palabras insultantes contra ella y sus intenciones.

«Un día tendrás que reconocer que estás equivocada, diosa».

Keeley dejó a Cameo en el suelo y se quitó la capa. La dobló y se la guardó en el bolsillo.

—Ya estamos aquí —dijo, y captó la atención de todo el mundo.

—¡Cameo! —exclamó Torin.

—Está viva. Y tú —dijo ella, dirigiéndose a Danika— puedes apartar las manos de la Vara Cortadora. Tú —añadió, mirando a Reyes—, puedes abrir la Jaula de la Compulsión.

Torin apenas miró a Keeley, se arrodilló junto a la mujer herida, y los demás también se arremolinaron a su alrededor, olvidándose de ella y de lo que había hecho.

Keeley entendía que la chica estaba herida y necesitaba cuidados. Sin embargo, hubiera deseado que el grupo también se preocupara un poco por si ella estaba bien o no. «Con el tiempo», pensó. «Hace falta tiempo, eso es todo». Algún día, la aceptarían como parte de su familia.

Decididamente, se acercó a la Jaula de la Compulsión y abrió la puerta para que Danika saliera. Incluso ella se marchó corriendo junto a Cameo.

«Tiempo».

Aeron, el guerrero tatuado, tomó a la muchacha en brazos cuidadosamente y la sacó de la habitación. Los demás siguieron su camino.

«Quiero que me amen así. Quiero tener mi sitio entre ellos».

Anya volvió, pero tan solo para preguntarle:
—¿Has encontrado al chico?
¿Al que había mencionado Torin?
—No tuve ocasión de buscarlo.
La diosa alzó un puño contra ella.
—Si me estás mintiendo solo para vengarte de mí...
Tal vez, si ella aprendía a mostrar respeto a los que estaban a su alrededor en vez de hablar con rudeza, ellos también aprenderían a respetarla. Sembrar y recoger.
—¿Mentir? —preguntó—. Yo nunca miento. Cuando sea posible, lo encontraré.
—Muy bien. Y... gracias. Supongo —dijo Anya. La diosa respiró profundamente y se marchó.
Keeley salió al pasillo y permaneció allí durante casi media hora, sin saber adónde ir ni qué hacer. La búsqueda de la otra chica, Viola, tendría que esperar hasta que Danika hubiera reunido fuerzas.
Notó que alguien le ponía las manos en los hombros y la giraba. Se encontró cara a cara con Torin y, como siempre, sintió euforia.
—¿Estás bien? —le preguntó.
Él tenía los ojos vidriosos y arrugas de tensión en la cara.
—¿Puedes ayudar a Cameo? Está empeorando.
Estaba a punto de llorar por Cameo. Keeley tuvo un ataque de celos.
—Supongo que ahora lo averiguaremos. Llévame.

Capítulo 25

Torin estaba muerto de preocupación. Se paseaba de un lado a otro sin poder evitarlo. Cameo apenas tenía fuerza para respirar, y su pulso era muy lento. Sus reflejos no respondían. Nada de lo que le habían hecho sus amigos había servido para ayudarla.

Keeley apartó a todo el mundo para abrirse paso hasta Cameo. Ella, con su fuerza y su capacidad, podría salvar a su mejor amiga.

No. Ya no era su mejor amiga. Keeley había ocupado ese lugar, quitando a Cameo de su pedestal, y eso ya no cambiaría nunca. Sin embargo, Torin tenía la sensación de que la había molestado de algún modo. Y ¿por qué no? La mayor parte del tiempo, él se comportaba como un idiota.

Sin embargo, a aquel idiota no le gustaba ver la tristeza reflejada en los preciosos ojos azules de su mujer.

Tenía que arreglar las cosas. Y lo haría, en cuanto supiera cuál era el problema.

–Alguien ha puesto una septa en su alma –dijo Keeley–. Y, como su alma está unida a su cuerpo, la septa está envenenándola físicamente e impidiendo que responda a los estímulos.

–¿Qué es una septa? –preguntó alguien.

–¿Cómo le han puesto algo en el alma? –preguntó otro.

Sin embargo, hubo algo que resonó por encima de todas las demás voces:

—Quítasela ahora mismo —dijo Sabin, con los puños apretados junto a los costados del cuerpo.

—No me hables en ese tono, guerrero —le dijo Keeley.

Torin no pudo discernir si alguien más oyó la respuesta, aparte de él, porque todo el mundo siguió hablando.

Finalmente, les gritó a todos que se marcharan. Así no iban a conseguir nada.

Se hizo el silencio.

—Fuera —repitió—. Dejadla trabajar. Lo único que estáis haciendo es distraerla.

Hubo protestas, lógicamente. Aquellos hombres y mujeres no estaban acostumbrados a cumplir órdenes de nadie. Sin embargo, al final salieron de la habitación, porque para ellos era más importante que Cameo se pusiera bien que mantener el control de la situación.

Él se quedó junto a Keeley. Ella le dijo:

—Incorpórala.

—Ya sabes que no puedo tocarla.

—Entiendo —respondió ella, con una mirada de dolor.

¿Qué demonios...?

—Princesa —dijo él.

Ella lo interrumpió y le espetó:

—No vas a ponerla enferma. Tu camisa y tus guantes la protegerán.

Cierto, pero él no iba a correr ningún riesgo, sobre todo teniendo en cuenta la condición tan inestable de Cameo.

Se asomó al pasillo, donde se habían congregado todos los demás, y llamó a Sabin.

—Sabin, te necesitamos.

Las conversaciones bajaron de volumen mientras el guerrero se abría paso entre la multitud. Torin dejó entrar a Sabin y, cuando iba a cerrar la puerta, William se coló también.

Bueno. No tenía importancia.

—Incorpora a Cameo —le dijo a Sabin.

Sabin no hizo preguntas; se colocó con cuidado detrás de la chica, con la espalda pegada al cabecero de la cama, y la sujetó erguida.

Keeley se colocó entre las piernas de Cameo y posó la palma de la mano sobre su corazón. La chica dio una sacudida, pero aquella fue su única reacción.

—¿Qué estás haciendo? —le preguntó Sabin a Keeley, preocupado.

—¿Siempre eres tan hablador? —intervino William, que estaba apoyado en la pared—. Lo que quiero decir en realidad es que si siempre eres tan irritante.

Keeley los ignoró a los dos. Movió la mano por el pecho de Cameo, hacia arriba y hacia abajo y, después, hacia ambos lados, lentamente, muy lentamente, hasta que la chica se arqueó y emitió un grito de agonía que reverberó por las paredes.

Sabin rugió:

—No sé qué le estás haciendo, pero ya basta.

—Confía en mí —dijo William—, o no. Pero seguramente, si supieras lo que está haciendo no querrías que parara. Si te pone las cosas más fáciles, imagínate que están retozando. Es lo que estoy haciendo yo.

A Keeley se le borró el color de las mejillas, y su respiración se volvió superficial. Claramente, lo que estuviera haciendo le causaba a ella tanto dolor como a Cameo, y a Torin no le gustó eso. Iba a agarrarla cuando ella cayó hacia atrás, jadeando.

—¿Estás bien? —le preguntó.

—Pronto lo estaré —dijo ella, y abrió la mano para mostrarles un objeto.

Era del tamaño de una pluma estilográfica, y de un color tan negro como la noche. Irradiaba unas pequeñas volutas de humo negro.

—No quiero que tengas que ocuparte de esa cosa tan fea y tan vieja —dijo William. Tomó la septa, la envolvió en un pañuelo y se la guardó en el bolsillo–. Deja que te haga un favor cuidando este objeto.

–Las hace Hades –dijo Keeley, y Torin se quedó inmóvil.

Él solo había visto una vez a Hades, pero había sido más que suficiente. Hades viajaba en una nube negra, y de su interior salían los gritos de sus víctimas. Cuando él miraba a una persona, esa persona se sentía como si ya estuviera en lo más profundo del infierno. Y estaba bastante claro que vendería a su madre a cambio de lo que quisiera conseguir.

Cameo abrió los ojos y murmuró:

–Llegaron... en una nube... negra.

Torin se agachó junto a ella.

–Shh. Estás a salvo.

–Me agarró a mí e intentó... cazar también a Lazarus... pero no pudo.

Sabin y él compartieron una mirada de confusión. ¿Lazarus? ¿El guerrero a quien había decapitado Strider?

–Tengo que... salvarlo... –dijo Cameo, e intentó agarrar a Torin.

Él se retiró hacia atrás al mismo tiempo que Sabin la empujaba hacia un lado, ambos gestos para evitar un contacto entre ellos. Ella se desplomó sobre la cama como si ya no le quedaran energías.

–El hecho de que hablen es prueba de que se trata de los sirvientes de Hades –dijo William.

–¿Y por qué iba a querer Hades a Cameo y a un guerrero muerto?

–Tendremos que preguntárselo –dijo Sabin, con una sonrisa fría, y miró a Keeley–. Está protegido con cicatrices, y no puedes teletransportarte hasta él, ¿no?

–Exacto.

–¿Y no puede Danika abrir una puerta que lleve directamente hacia él?

–Sí, pero abrir puertas es algo que le roba toda la energía. Tienen que pasar unos días antes de que ella se haya recuperado lo suficiente como para volver a hacerlo. Además, no creo que sea bueno que Hades sepa lo que ella puede hacer, ni lo que estamos intentando hacer nosotros.

–Keeley tiene razón. Olvídalo –dijo Torin–. Nuestras prioridades son encontrar a Viola y a Baden y encontrar la caja.

–Sí –dijo ella–. Baden será difícil de encontrar. Él es un espíritu, y yo, no. No puedo tocarlo y arrastrarle hacia una puerta a menos que uno de nosotros lleve un brazalete de serpentina.

–No había oído hablar de algo así, pero haré lo necesario para obtener un par de ellos –dijo Sabin; se levantó de la cama y se dirigió a la puerta.

Cuando dejó entrar a los demás guerreros para que vieran a Cameo, Torin perdió de vista a Keeley.

–Fuera de mi camino –les dijo a todos, mientras se abría paso para captar un atisbo de su mujer, que salía al pasillo.

Él la siguió, tomó un camino alternativo y la esperó detrás de una esquina.

–¿Qué se te pasa por esa cabecita, princesa? –le preguntó, cuando se encontraron.

Silencio.

¡Intolerable! Pero él contuvo la lengua hasta que ella se dio cuenta de que era la puerta de su dormitorio y entró.

–No me ignores –le dijo él–. Habla conmigo.

–¿Como querías hablar tú conmigo antes del rescate de Cameo? ¿O debería ladrarte las respuestas a tus preguntas?

Había sido un imbécil. Entendido.

–Estaba preocupado por ti y no lo he gestionado bien.

–Pues parecía que estabas preocupado por Cameo, y eso lo gestionaste muy bien.

–Escucha, ella y yo estuvimos saliendo un tiempo, pero...

Al oír que Keeley tomaba aire bruscamente, Torin se quedó callado.

—Te pregunté si era tu novia —dijo Keeley—. Me mentiste. Me mentiste después de que yo te dijera que prefiero salvar a un enemigo que me diga la verdad a un amigo que me mienta.

—No te mentí. Te dije que no porque ella no es mi novia. Ya no. Y no va a volver a serlo.

—Semántica —dijo Keeley.

Tomó una bolsa de viaje y empezó a llenarla con la ropa de Torin.

—No es verdad, no es semántica. ¿Qué estás haciendo?

—Ayudarte a mudarte a otra habitación. He decidido que voy a quedarme en esta y, como soy tu invitada, tengo el honor de elegir primero.

—No me voy a ir a otra habitación, Keys.

—Claro que sí, porque estoy rompiendo contigo.

—De ninguna manera. Convinimos en que íbamos a intentar que esto funcionara.

—Con la condición de que no volvieras a hacerme daño y, por si no te habías dado cuenta, eso es lo que has hecho.

—Y lo siento mucho —dijo él. Tomó la bolsa y empezó a sacar sus cosas—. Pero me voy a quedar.

—¿De verdad?

Un segundo más tarde, la bolsa estaba llena de nuevo. Él apretó los dientes; Keeley había teletransportado la ropa desde el armario.

—No tiene gracia —dijo.

—¿Quieres saber lo que tiene gracia? ¡Cameo y tú!

—Ella solo es una amiga.

—Y un cuerno. Estabas revoloteando a su alrededor.

—No era revoloteo, y lo nuestro acabó hace más de un año.

—¡Peor aún!

—No salió bien. Nunca habría salido bien, porque ella no es tú.

—¿Quién rompió? ¿Tú o ella?

—Fue mutuo.

–¿Ni siquiera lo sabes? ¡Oh! –exclamó ella, y el fuego ardió en sus ojos–. Pues, ¿sabes una cosa? A mí me cae bien Galen, me gusta mucho. Era otro de los prisioneros de la mazmorra de Cronus, y hablábamos. Viajó con nosotros a través de los diferentes reinos. Yo le ayudé. Y ahora, ¿quieres seguir conmigo?

Horror. Sí, él lo experimentó.

Y, también, ira.

La mente de Torin trabajaba afanosamente para dar respuesta a sus preguntas. Así pues, el hombre a quien había liberado, a quien creía conocer pero no podía situar, era Galen. El muchacho tenía las mejillas hundidas y el pelo, que normalmente era rubio pálido, lleno de barro. Tenía la piel blanca y seca, y le habían quitado las alas.

–Tú lo liberaste –dijo Keeley.

–Sí, y voy a tener que perdonármelo a mí mismo –soltó él. «¡Debería haber dejado que se pudriera allí!».

Galen había sido una vez su mejor amigo, pero luego se había convertido en un traidor, y había matado a Baden. El guerrero tenía una larga y deplorable lista de pecados. Torin quería asesinarlo.

Sin embargo, por muy horrorizado y enfadado que estuviera, consiguió decir:

–Me has preguntado si todavía quiero estar contigo, y la respuesta es sí. Podrías hacer cualquier cosa, y seguiría deseándote.

Ella se quedó boquiabierta.

–¿Cómo puedes decir eso? ¿Y cómo voy a poder creerte? A tu preciosa Cameo no querías tocarla, pero a mí no te importa hacerlo.

–Tú insistes en que lo haga.

–Y, como he dicho, tú me sigues la corriente.

–Pues claro que lo hago. Hay algo que me lleva irremediablemente a hacerlo. Tengo una urgencia constante de tocarte. Si puedo ponerte las manos encima, lo haré. Eres una tentación a la que no puedo resistirme. Ella no.

Keeley se calmó.

–Ah –musitó. Sin embargo, entrecerró los ojos–: Y, si eso es cierto, ¿por qué te olvidaste de mí en cuanto llegó ella?

–Princesa, yo nunca me he olvidado de ti. Siempre estoy pendiente de ti, y eso no cambia solo porque esté hablando con otra persona. Sabía que te habías quedado atrás cuando llevamos a Cameo a su habitación, y pensé que era porque no querías soportar a Anya. Pensé en ir a buscarte en cuanto Cameo estuviera en su cama.

–Ah –dijo ella, de nuevo.

Se dejó caer en la cama y botó en el colchón. Torin deseaba con todas sus fuerzas poder abrazarla. No podía hacerlo, pero sí podía cuidar de ella de otros modos.

–Hace mucho que no comes nada –le dijo–. Quédate aquí, por favor. Por favor, no me dejes, y por favor no me olvides. Ponte cómoda. Yo vuelvo enseguida, me pongo mi jersey favorito y podemos acurrucarnos.

Ella asintió.

Torin fue rápidamente a la cocina y preparó un festín de fruta, pasas, nueces y pan. Lo único que faltaban eran los bichos, pero él se negaba a atrapar insectos... a menos que ella se lo pidiera. Tenía la impresión de que haría cualquier cosa que ella le pidiera.

«¿Qué me está haciendo esta chica?».

Puso unas flores en la bandeja y volvió a la habitación. Ella no se había marchado. No se había movido ni un centímetro.

–Gracias –dijo Keeley, suavemente, y olisqueó una de las flores.

Él se sentó a su lado.

–Bueno, así que Galen, ¿eh? –preguntó.

Ella se comió una pasa y asintió. Qué cambio en su relación; Keeley ya no rechazaba la comida que él le llevaba, y tenía suficiente confianza en él como para comérsela. Los momentos dulces, como aquel, hacían que los momentos difíciles merecieran la pena.

—Es un mentiroso y un traidor. Lo sabes, ¿no?
—Error. Lo era. La gente cambia.
Rara vez.
—Si te está utilizando para llegar a nosotros...
—No, Torin. Además, mi relación con Galen no tiene nada que ver contigo.
—Está bien, pero... ten cuidado, ¿de acuerdo? Yo también confié una vez en él, y...

Torin pestañeó. Keeley y la habitación habían desaparecido y, de repente, estaba envuelto en la oscuridad más absoluta.

Se quedó desconcertado. Pestañeó por segunda vez, y apareció en un entorno completamente distinto. Estaba en una celda de barrotes de metal, pero no dentro de una mazmorra, sino en el centro de un campo de tierra que se extendía hasta el horizonte. ¿Bajo tierra?

¿En el infierno?

Keeley se puso en pie de un salto.
—¿Torin?
—Yo no he envenenado a Cameo.

Al oír la voz de Hades, sintió una rabia poderosa, y las paredes de la fortaleza comenzaron a temblar. Le había arrebatado a Torin, ¡e iba a pagarlo muy caro!

—Fue Lucifer —continuó él—. Estamos en guerra. Conociéndolo, tenía planeado acudir a ti y decirte que él rescataría a Cameo de mis garras si te unías a él en su lucha contra mí.

—Por supuesto que fue Lucifer —dijo ella, burlonamente—. Siempre hay que echarle la culpa a otro.

Hades se apoyó contra la puerta con los brazos cruzados sobre el pecho.

—¿Qué has hecho con Torin? —preguntó Keeley.

Él apretó los dientes.

—Deberías ser más agradable conmigo, preciosa. Tengo su destino en las manos.

—Devuélvemelo ileso.
—Te he traído un regalo —respondió él, ignorándola.
Los muros temblaron con más intensidad.
—Oh, vaya. Otra cosa que tengo que devolver al remitente.
—No, esto lo querrás, te lo prometo.
—Lo único que quiero es a Torin. Y, si te atreves a decirme que el regalo es tu pene, te meto otra daga entre las costillas.
Él sonrió.
—¿Quieres mi pene? Porque lo único que tienes que hacer es pedirlo, y te lo daré. Una y otra vez.
¡Hombres!
—Torin. Ahora.
Hades no perdió la sonrisa.
—Algún día cambiarás de opinión sobre mí.
—No. Devuélveme a Torin.
—¿Que libere a mi competidor? Eso no sería inteligente por mi parte. Soy un hombre muy sabio.
—Tu presencia aquí demuestra lo equivocada que está tu afirmación. Me mentiste, me utilizaste, me engañaste, me humillaste, me destruiste y me robaste siglos de vida. Nunca volveré a desearte.
—Entonces, dame un motivo para liberarlo.
—Acabo de darte seis. Pero hay más. Porque me lo debes. Porque él no te ha hecho nada. Porque me hace feliz, y me merezco un poco de felicidad. ¡Y porque sí! Elige tú.
En sus ojos se reflejó el dolor por un momento. Aquella emoción nunca la había visto en él. Seguramente, era un truco.
«No puedo ablandarme».
—Keeley —dijo él, con un suspiro, y se pasó una mano por la cara—. Lamento de verdad lo que te hice.
—¿Y crees que eso basta para borrar siglos de agonía, y que borra tus crímenes?

Keeley se teletransportó hasta él y lo abofeteó con fuerza un par de veces.

—Devuélveme a Torin.

Hades podía haberla detenido, pero no lo hizo. Aguantó estoicamente.

Ella volvió a pegarle.

—¡Devuélveme a Torin! Lo digo en serio.

Cuando levantó la mano para abofetearlo una vez más, Hades se trasladó a la mesilla de noche y dejó allí dos brazaletes. Ambos eran de oro y tenían una cabeza de serpiente en un extremo y una cola en el otro. Un par de brazaletes de serpentina.

—Para que los uses como creas conveniente.

—¿Y qué esperas a cambio?

—Nada. Tienes mi palabra.

—No me lo creo.

—Entonces, te haré un juramento de sangre.

Sacó una daga y se hizo un corte en una mano. Cuando las gotas de sangre cayeron al suelo, dijo:

—No espero ningún pago a cambio de los brazaletes.

Lo decía en serio... aquello era asombroso. Ella alzó la barbilla y dijo:

—No voy a darte las gracias.

Él asintió, como si no esperara menos.

—¿Y si te doy esto?

Torin, angustiado pero ileso, apareció en el centro de la habitación. Al ver a Hades, su actitud cambió por completo. Sus músculos se expandieron visiblemente, y se preparó para atacar.

Hades le clavó una mirada llena de dureza.

—Puedo liberarte de tu demonio y asegurarme de que sobrevivas. Y lo haré.

Torin dio un paso hacia él, pero se detuvo.

Keeley casi pudo oír el engranaje de su cerebro trabajando a toda velocidad. «No le escuches», quiso gritarle. «Sus tratos nunca acaban bien. Para la otra parte».

Entonces, tal y como esperaba, Hades expuso sus condiciones:

–Lo haré... en cuanto te alejes de Keeley para siempre y no vuelvas a verla ni hablar con ella nunca más.

Y, con una sonrisa llena de petulancia, el rey de la oscuridad se desvaneció.

Capítulo 26

Desgraciado.

Hades acababa de ofrecerle a Torin todo lo que siempre había deseado: liberarse del demonio, poder tocar a cualquiera en cualquier momento, luchar con cualquiera en cualquier momento, mantener relaciones sexuales y no tener que preocuparse de no hacerle daño a nadie por accidente. No volver a experimentar la culpabilidad ni la pena y el arrepentimiento por algo que no podía controlar. Pero, por supuesto, a cambio tenía que renunciar a la mujer a la que amaba y a la que deseaba más que al aire. No podría tocarla, cuando por fin sería capaz de hacerlo sin perjudicarla.

No, eso no iba a suceder.

No tuvo que pensarlo mucho. Keeley era suya y no iba a separarse de ella, ni siquiera a cambio de un sueño.

Keeley se alejó de él.

–No puedo creer que vaya a decir esto, pero... puedes aceptar la oferta de Hades, y ya no tendrás que volver a preocuparte de no herir mis sentimientos. Yo me aseguraré de que cumpla su parte del trato antes de olvidarte, como me has pedido varias veces.

–No.

No quería que Keeley lo olvidara jamás.

–No voy a dejar que te marches nunca. Quiero quedarme contigo.

—No. Esto es lo que siempre has deseado. Lo que necesitas.
—Te necesito a ti.
—¡No!
«No puedo perderla».
—Es malvado. No confío en él.

¿Cuándo lo liberaría Hades de Enfermedad? ¿Dentro de unos siglos? ¿Y cómo lo haría? ¿En qué estado lo dejaría? Cabía la posibilidad de que quedara como un vegetal. Al menos, en teoría.

No merecía la pena correr ese riesgo.

Con Hades siempre había demasiadas variables; además, en el fondo, ninguna de ellas tenía importancia.

—Ya te he dicho que me aseguraré de que cumpla su parte del trato —insistió ella.
—¡Al cuerno su trato!
—No, Torin, escúchame.
—No, escúchame tú a mí, Keys.

Ella estaba empeñada en terminar con él, por su bien. Torin lo entendía. Él también había tratado de hacer lo mismo, por el mismo motivo. Y, como era una mujer obstinada, nada de lo que le dijera iba a conseguir que cambiara de opinión. Keeley haría lo que pensaba que iba a proporcionarle más felicidad a él a largo plazo, con o sin su aprobación.

«No puedo permitírselo».

Se dio cuenta de que solo había un modo de proceder. Las palabras no iban a funcionar, pero los actos, sí. Tenía que demostrarle que podían disfrutar de lo que siempre habían deseado.

—¿Sabes una cosa? —le dijo—. Ya no hace falta que hablemos más. Te deseo. Completa. Voy a tomarte y, después, no vas a ponerte enferma.

Ella abrió unos ojos como platos, y él supo que la había captado.

—¿Cómo? —preguntó Keeley, sin aliento.

—Voy a demostrártelo.

Si las cosas le salían mal y le tocaba directamente la piel por accidente, ella haría lo que había dicho. Torin estaba seguro. «No puedo echarlo todo a perder».

Sintió mucha presión.

—¿Estás dispuesta? —le preguntó.

—Yo... Yo...

«Vamos, convéncela».

—Eres fuerte, y puedes soportar cualquier cosa. ¿Cuántas veces me has dicho que por el premio merece la pena aguantar las consecuencias?

—Muchas —respondió ella, y apretó los labios—. Vamos a pensar bien esto.

—Princesa, Hades no es mi única opción para conseguir la libertad, y no es la más fiable. Se te ha olvidado la Estrella de la Mañana.

—No, no se me ha olvidado. Lo que pasa es que ya no cuento con ella. Intenté encontrarla y fallé. Además, tú querías dejarme antes, aunque encontrar la Estrella de la Mañana fuera una posibilidad. ¿Y si intento dar con ella una y otra vez, y no la encuentro?

—¿Y si la encuentras?

Ella abrió la boca, y volvió a cerrarla.

Torin aprovechó su vacilación para acercársele. La tomó por la cintura y la tiró sobre la cama. Cuando ella terminó de botar, a él le agradó ver que no se movía de allí, y que tenía la respiración acelerada y era muy superficial.

Él se colocó a los pies de la cama. El pelo dorado de Keeley estaba extendido por los almohadones, y ella tenía una mirada llena de pasión clavada en él. A Torin se le aceleró la sangre en las venas.

—Vamos a hacerlo —dijo.

Sacó una chaqueta fina de su armario, de un material impermeable, y se la lanzó a Keeley.

—Quítate el sujetador, quédate con la camisa y ponte esto.

Ella se humedeció los labios mientras obedecía.
—¿Vamos a llegar al final?
Él inclinó la cabeza.
—Hasta el final.
Ella se tendió en la cama. A través de camisa y del fino material de la chaqueta, vio sus pezones endurecidos, listos para ser succionados.
—Los pantalones vaqueros —prosiguió él—. Quítatelos. Y las bragas, también.
Ella se quitó ambas prendas y las arrojó a un lado.
Tenía las piernas muy largas, y el centro de su cuerpo era rosado y estaba húmedo. A Torin estuvo a punto de parársele el corazón.
Se alejó una segunda vez.
—¿Torin?
Lo había pensado todo bien. Creía haber encontrado la manera de tener lo que anhelaba. Encontró un par de calzoncillos de algodón y un par de guantes, y se los entregó a Keeley. Mientras ella se ponía ambas cosas, su temblor se incrementó.
Bajo su mirada, Torin se abrió la bragueta del pantalón y liberó algo de la tensión de su miembro viril erecto. Sin embargo, no se quitó ni una sola prenda de ropa.
Se colocó un preservativo justo antes de subir al colchón y acercarse a ella. Keeley tomó aire. Cuando, por fin, Torin estuvo situado entre sus piernas, le tomó los tobillos con los dedos y percibió el calor de su piel a través de las capas de tela. Ella gimió al sentir que él pasaba los pulgares por los arcos de sus pies, hacia arriba, y se detenía al llegar a las rodillas.
—¿Te gusta notar mis manos en el cuerpo? —le preguntó Torin.
—Más que ninguna otra cosa —respondió ella, entre jadeos.
Él continuó ascendiendo... y, cuando llegó al centro del algodón, se inclinó, puso el borde de la chaqueta entre sus piernas y la apretó con la lengua; el cuerpo de Keeley esta-

ba totalmente protegido del suyo. Torin lamió su centro e hizo que ella se retorciera y arqueara las caderas, y él siguió moviendo la lengua en círculos cada vez más rápidos.

—¡Torin! —exclamó ella, gimiendo, y hundió los talones en el colchón, mientras pasaba los dedos enguantados por su pelo—. Es increíble.

—Ojalá pudiera tener tu miel en la garganta —dijo él.

Continuó moviendo la lengua contra ella, humedeciendo el material impermeable al mismo tiempo que ella lo humedecía también. Al poco tiempo, él se imaginó que podía saborearla, y era dulce, muy dulce.

Keeley se movió contra él y con él. Entonces, Torin utilizó los dientes y la mordisqueó... y succionó su carne, hasta que ella llegó al clímax repentinamente, con dureza, y gritó.

Sin embargo, él no había terminado.

Se movió hacia arriba. Le lamió el ombligo a través de la chaqueta. Para él, todo su cuerpo era precioso, era un festín que quería devorar.

—¿Qué quieres que te haga yo a ti? —le preguntó ella, y jadeó cuando él le mordisqueó un pezón—. Por favor, deja que...

—Solo quiero que disfrutes. Nunca había tenido nada de esto, y quiero dártelo todo.

Le masajeó los pechos suaves y carnosos, y succionó uno de sus pezones y, después, el otro.

Ella abrió la boca para decir algo, pero las palabras fueron sustituidas por un gemido de rendición, porque su placer llegó a otro punto máximo.

Él succionó con fuerza, y el gemido se convirtió en un gruñido. Torin deslizó una mano enguantada por su estómago y la metió por debajo de la cintura de los calzoncillos de algodón de Keeley... Ella se quedó inmóvil, y él presionó sus dedos contra su calor húmedo.

Keeley se echó a temblar. Gruñó y rogó más y más. Él la acarició en círculo... hacia arriba y hacia abajo... en círculo... hasta que ella estuvo jadeando de nuevo, murmurando de manera incoherente, con las piernas muy separadas.

—Lléname —le rogó—. Por favor, lléname.

Torin no pudo resistirse, y metió un dedo en su cuerpo. Sus paredes internas lo atraparon con su maravillosa estrechez. Él tuvo que morderse la lengua para no llegar al clímax en aquel mismo instante. Apoyó la frente en el esternón de Keeley y metió un dedo más en su cuerpo, moviendo la mano hacia dentro y hacia fuera, al principio lentamente y, después, con más rapidez y dureza, imitando los movimientos que tanto deseaba hacer con su miembro. «Todavía no».

—¿Puedes con otro más, princesa?

Torin no esperó su respuesta, porque sus gemidos de placer se lo habían dicho todo. Simplemente, la llenó con el tercero.

Keeley estaba ardiendo. Torin la había elegido por encima de todos los demás, por encima de todo y, en aquel momento, le dolía el cuerpo a causa de sus caricias y sus atenciones, y le temblaban los brazos y las piernas bajo la ropa.

Era magnífico.

Debería haber terminado con él, y tal vez al día siguiente se arrepintiera de no haberlo hecho. Sin embargo, en aquel momento, con Torin tendido sobre su cuerpo, rodeada por su calor y su olor, estaba completamente ahíta de placer. Le saturaba los huesos y le inundaba la mente, y le hacía cosquillas a todas sus células.

Y Torin estaba...

¡Oh, sí! Movía los dedos dentro y fuera de su cuerpo, porque él era quien le estaba proporcionando aquel placer. Y ella tenía que asegurarse de que él recibiera placer en la misma medida. No, más aún. Para él, todo aquello era nuevo, y debería ser...

Sus dedos tocaron un punto dentro de ella, un punto que la hizo gritar y pedir más, y llegar al punto de no retorno. Él siguió frotándola y frotándola... torturándola exquisitamente sin dejar de mover la mano.

—Torin...

—Estás muy húmeda, princesa.

—Sí —jadeó ella—. Te deseo. Lo quiero todo. Dámelo. Hace mucho tiempo que no... Y nunca había deseado a nadie como te deseo a ti.

Torin sacó los dedos del delicioso cuerpo de Keeley y oyó su grito de protesta, que fue como música para sus oídos. Ella tenía los ojos nublados, pero brillantes, y las mejillas sonrosadas. Nunca había estado tan bella.

Y pronto iba a ser suya de verdad.

—No voy a separarme de ti —le dijo—. Eso no va a cambiar nunca.

A ella se le cerraron los ojos, y se arqueó para frotarse el pecho contra su torso. Sus pezones endurecidos crearon una fricción embriagadora.

—Por favor. Por favor, Torin... Me duele...

—No quiero que te duela —dijo él.

Torin se echó a temblar; Keeley iba a ser su primera amante, y la última. Nunca desearía a otra como la deseaba a ella.

Tal vez otros hombres sintieran pánico al pensar que solo iban a estar con una mujer, pero Torin sintió felicidad. Nunca tendría que conformarse con una mera sustituta, ni en la fantasía, ni en la realidad.

—¿Estás lista, princesa? —le preguntó. Su miembro, duro como el acero, salió de su braqueta, y él se aseguró de que el látex permaneciera en su sitio. Se le aceleró el corazón, y le dijo—: Agárrate al cabecero de la cama.

Cuando ella obedeció, él rasgó el algodón blanco de sus calzoncillos y se colocó entre sus piernas. Posó el extremo de su miembro en la abertura, notó su calor y su estrechez, y tuvo que morderse la lengua para contener el placer.

Temblando, entró en ella lentamente, centímetro a centímetro, dándole tiempo para adaptarse a su tamaño, y dándose tiempo a sí mismo para adaptarse a aquella euforia pura que sentía.

Había esperado aquello durante tanto tiempo... Había soñado con ello. Había pasado siglos maldiciendo su falta. Y, allí estaba, obteniéndolo de una mujer única.

—¡Torin!

Ella posó los pies en el colchón y elevó las caderas para que él pudiera hundirse más profundamente. Los temblores aumentaron. Aquello era... Torin no tenía palabras para describirlo, salvo dos: para siempre.

Notó su cuerpo ceñido a su alrededor, más ceñido que cualquier puño. Notó su calor ardiente. No estaba seguro de cómo había podido vivir sin ella, pero sabía que no podría volver a hacerlo.

—Muévete —le pidió ella—. Tienes que moverte.

Sí. Oh, sí. Cuando se retiró, sintió la fricción y el deslizamiento, y la sensación de euforia se intensificó hasta que casi no pudo respirar. Ella le rodeó la cintura con las piernas para que él se deslizara de nuevo hacia dentro. Sin embargo, Torin no lo hizo. Resistió, y siguió saliendo de ella hasta casi el final. Se detuvo allí un instante, y volvió a hundirse con todas sus fuerzas.

—¡Torin!

A partir de aquel momento, nada pudo detenerlo. Volvió a salir de su cuerpo y a embestirla, una y otra vez, cada vez más rápidamente y con más fuerza, y el golpeteo contra la pared adquirió un ritmo constante. Ella estaba tan húmeda que resultaba muy fácil deslizarse hacia dentro y hacia fuera en su cuerpo ceñido y caliente.

Por primera vez iba a tener un orgasmo dentro de ella. Iba a experimentar con ella lo que nunca había experimentado con ninguna otra. La conocería por completo, la tendría por completo. Le daría todo lo que era.

Ella gritó de placer, y sus gritos le resonaron en los oídos. Estaba pronunciando su nombre mientras llegaba de nuevo al éxtasis, arqueándose contra él y clavándole las uñas en la espalda.

Entonces, el placer estalló en el cuerpo de Torin, y lo consumió. Cuando se estremecía contra ella, rugió como el animal en que se había convertido. Estaba ahíto, completo, satisfecho.

Marcado.

Capítulo 27

Keeley se puso ropa limpia, un par de pantalones cortos y una camiseta de Torin, y volvió a la cama con él.

–Esta vez tengo que darte las gracias –murmuró, y se quedó profundamente dormida sin que él tuviera que convencerla.

Torin se quedó observándola, totalmente maravillado con ella. Acarició las ondas doradas que se extendían sobre la almohada, se bebió la pureza de sus rasgos. Tenía los labios separados, húmedos, incluso hinchados de habérselos mordido, y él quería probarlos. Lo deseaba con todas sus fuerzas.

Nadie era más bello que su mujer.

Las cosas que le hacía sentir... lo que le había permitido que hiciera.

Ella lo había cambiado, le había dado lo que él siempre había considerado imposible. No solo el sexo, sino también una aceptación sin reservas. Ya no era Torin, sino el hombre de Keeley.

Le besó la coronilla. Él nunca hubiera pensado que la pérdida de su virginidad iba a proporcionarle algo más que alivio y, sin embargo, se sentía pleno. Su primera vez había sido con la mujer más bella, inteligente, sexy, lista y poderosa del planeta. Ella le había enseñado el verdadero significado del placer, y lo había estropeado para todas las demás. Aunque su hambre era enorme, solo había alguien que pudiera saciarla: Keeley. Ella sería su desayuno, su comida y su cena.

«Y puedo tenerla. Puedo ser cuidadoso con ella».

«Puedo saciarla».

De repente, se oyó un alboroto en el pasillo, y unas voces que interrumpieron sus pensamientos.

Keeley murmuró en sueños.

Si alguien la despertaba, iba a pagarlo muy caro.

Esperó a que ella hubiera vuelto a quedarse callada y, con cuidado, se levantó de la cama y fue a la puerta. Encontró a Anya y a Lucien en el pasillo, pasándose algo que parecía una cesta de fruta.

–Discúlpate –le ordenó Lucien a la diosa.

–¡Nunca!

–¡Callaos! –susurró Torin con ferocidad.

Ambos lo miraron.

–No digáis ni una palabra más. No hagáis ruido. Keeley está durmiendo, y estoy dispuesto a mutilar al que la despierte.

Anya entrecerró los ojos, pero, en vez de gritar, como se esperaba Torin, le entregó la cesta y dijo, en voz baja:

–Es para tu amiga. Porque Lucien lamenta que le cortara el pelo.

Lucien carraspeó.

–Y yo también lo lamento –dijo ella. Después, añadió–: Lamento no haberle cortado más. Pero no volveré a hacerlo, ¿de acuerdo? Así que puedes decirle que me he llevado una buena azotaina.

Entonces, Anya se fijó atentamente en él, y vio que tenía el pelo revuelto. Sonrió.

–Veo que la Reina Roja también se ha llevado una azotaina.

Torin les cerró la puerta en la nariz. Incluso sus risitas suaves le molestaban. Quería que Keeley tuviera toda la tranquilidad. Dejó la cesta en una mesa y miró su contenido. No era fruta, después de todo. Eran horquillas brillantes para el pelo, cepillos dorados, peines de plata, gomas de encaje para el pelo y una nota de disculpa firmada por Anya.

Mujeres.

Él se acercó a la cama. Por suerte, el ruido no había despertado a Keeley.

Durante las horas siguientes, estuvo controlando el ruido que los rodeaba. Reyes se acercó a la puerta para pedirle disculpas a Keeley por algo que le había dicho, pero Torin no le permitió entrar. Cualquier golpe o crujido o movimiento lo sacaban de la habitación entre susurros furiosos y órdenes de guardar silencio. Sus amigos lo miraban con extrañeza, y él sabía que pensaban que se había vuelto loco durante su ausencia, pero no le importaba.

Al final, William apareció en la puerta y se apoyó contra la pared del pasillo, con las manos a la espalda.

—He oído que te has vuelto un poco loco hoy —le dijo, con una sonrisa burlona. Como de costumbre—. Que quieres que todos tus amigos guarden absoluto silencio o que mueran.

—No quiero. Lo exijo.

—Bueno, pues yo soy un mensajero. Seguramente, el mensajero más impresionante que haya nacido. No finjas que no te has dado cuenta.

Torin enarcó una ceja.

—¿Te estás insinuando, Willy?

—Ya te gustaría. Como a todo aquel que se cruza en mi camino. Me has visto el trasero, ¿no?

—Veo que necesitas que te acaricien el ego.

—Yo no creo en eso. Creo en lo deslumbrante que soy.

Aquello podía continuar eternamente.

—Bueno, dime por qué has venido y piérdete.

—Está bien. Dile a tu placa de Petri que mis hijos están dispuestos a ser su guardia personal a cambio de sus servicios durante la guerra contra los Phoenix.

Torin le dio un puñetazo en la nariz a William y le rompió el cartílago. ¿Había llamado a Keeley «placa de Petri»? Eso no tenía gracia. Ninguna gracia. Pero era cierto. Porque eso era, exactamente, en lo que la iba a convertir él si no tenía siempre un cuidado extremo, ¿no?

William sonrió de nuevo. Tenía los dientes manchados de sangre.

—Espero que no te hayas roto una uña con esa caricia de amor.

Torin estaba a punto de responder cuando cayó en algo más que había dicho su amigo: guardia real. Se acordó del reino que pensaba instaurar Keeley, y soltó una maldición entre dientes.

¿Acaso quería marcharse a otro lugar?

«No, sin mí, no».

—¿Vas a participar en esa guerra? –le preguntó. Porque parecía que él sí iba a tener que hacerlo. Iba a ayudar a Keeley en todo lo que estuviera en su mano. Tal vez luchara de nuevo, pensó, cada vez más emocionado.

—Yo entro y salgo de ella. Hay un Enviado, Axel, que está empeñado en hablar conmigo, y me está siguiendo. Yo estoy empeñado en no hablar con él, lo cual significa que no puedo estar mucho tiempo en el mismo sitio.

Enviados. Guerreros alados que vivían en los cielos, y cuya misión era matar demonios. Sin embargo, eran aliados de los Señores del Inframundo.

—Se me ocurre una idea: ¿por qué no matas a Axel?

—Tengo mis motivos –respondió William, y agitó una mano en el aire para dejar al lado aquel tema–. Hades quiere recuperar a Keeleycael. Lo sabes, ¿no?

—Sí, lo sé, y por mí puede irse al cuerno. Es mía.

William puso los ojos en blanco.

—¿No te da vergüenza? Porque a mí me da vergüenza ajena. «Es mía» –dijo, burlonamente–. Es triste ver lo pillado que estás. Lo pillados que estáis todos. ¿Por qué no os quitáis suavemente el tampón y fingís que sois hombres?

Torin se dio golpes en el pecho, como si fuera un gorila.
—Eh, me parece que este nombre te suena: Gilly.
Al instante, William cambió de actitud. Torin notó que irradiaba tensión.
—No sé de qué estás hablando —dijo William—. Yo soy su generoso benefactor, y ella es mi desagradecida pupila. Soy... una figura paterna para ella —añadió, con un gruñido.
Torin sonrió.
—Estás en plena negación, pero puedes negar todo lo que quieras.
—Cállate.
—Amigo, espero ser tu padrino de bodas.

Keeley se despertó de golpe, y se incorporó. Se le pasaron miles de pensamientos por la cabeza, pero el primero fue: «Estoy enamorada de Torin».
Se le encogió el estómago. ¿Lo quería?
Oh... sí. A pesar de que, si le tocaba la piel, enfermaría. A pesar de que él había intentado dejarla más de una vez. No solo estaba vinculada a él y se fortalecía con su fuerza. Estaba completamente embelesada con él. Estaba bajo su hechizo. Era su cautiva.
Miró a su alrededor y se dio cuenta de que seguía en su habitación. Él había llevado una silla al lado de su cama. Al notar que se había despertado, tomó una bandeja llena de comida de la mesilla de noche y se la puso al lado.
Él tenía unas ojeras muy marcadas, y se había puesto un gorro de lana. Tenía aspecto de cansado, pero estaba muy sexy.
—¿Me he puesto enferma?
—No.
Exhaló un suspiro de alivio.
—Yo he estado entrando y saliendo a gritarles a mis amigos —dijo él—. Come. Tienes que recuperar fuerzas.

−¿Y por qué les has gritado a tus amigos?
—Porque me molestaban.
—Esa es una respuesta críptica.
¿Qué era lo que él no quería que supiera?
—Y, sin embargo, acertada.

Ella se metió una uva en la boca y tragó. El jugo era fresco y dulce, delicioso.

—Ojalá Danika estuviera recuperada y pudiera ayudarme a encontrar a la otra chica –dijo. Cuanto antes tuvieran a Viola con ellos, y al chico misterioso, antes podría ella ir en busca de la caja... y conseguir la Estrella de la Mañana–. Pero no lo está, ¿verdad?

—No, todavía no. Hace un rato que he hablado con Reyes, y me ha dicho que Danika está durmiendo y que solo se ha despertado cuando él la ha obligado porque tenía que comer.

Vaya.

Keeley se envolvió desde el cuello a los pies en la sábana y se sentó en el regazo de Torin. Lo abrazó con cuidado de no tocar su piel.

—Te voy a contar un secreto –le dijo ella–. Por muy feliz que me haga la idea de que puedas librarte del demonio, también estoy preocupada. ¿Y si decides que prefieres a otra mujer?

Él también la abrazó.

—Eso no puede suceder –le dijo con vehemencia.

—Eso lo dices ahora, pero...

—Lo digo muy en serio. Estoy perdido para todo el mundo salvo para ti, Keys, y no quiero que me encuentren. No me imagino un solo momento sin ti, no quiero. Tú eres mi tesoro, mi adicción. Eres mi enfermedad, y no quiero encontrar la cura.

Las inseguridades de Keeley se convirtieron en cenizas.

Él carraspeó, como si estuviera inquieto de repente.

—Por cierto, ha venido William a decirme que sus hijos están dispuestos a ser tu guardia personal.

–¿De verdad? Eso es estupendo.
–¿Dónde estabas pensando en instaurar tu reinado?
–Pues aquí mismo, ¿dónde iba a ser? Yo seré la Reina Roja de los Señores del Inframundo y de todas sus mujeres. Puedes darme las gracias –dijo ella, bromeando, en parte, pero también en serio.

Él sonrió, y su expresión sombría desapareció.

–Es la mejor idea que has tenido nunca.

–Bueno, ya lo sé. Pero lo primero es lo primero –respondió Keeley, y sonrió también–. Necesito darme una ducha y lavarme los dientes, en ese orden. Prepáralo todo.

Él le acarició la mejilla con un dedo enguantado.

–¿Ya te has convertido en una mandona?

–Soy tu reina. Eso es lo que se supone que tengo que hacer, mandar.

Él sonrió de nuevo, y aquella sonrisa fue tan resplandeciente que le llegó al corazón.

–¿Y se supone que yo tengo que obedecer en todo, sin ofrecer resistencia?

–Oh, guerrero. Espero que te resistas mucho –replicó ella, con la voz enronquecida–. Así te ganarás un castigo.

–¿De verdad? ¿Qué tipo de castigo?

–Estarás obligado a servirme. Repetidamente.

Él le miró los labios.

–¿Te ha gustado acostarte conmigo?

Ella se echó a temblar, y dijo:

–La palabra «gustar» es demasiado suave, guerrero.

–¿Aunque no podamos tocarnos la piel?

–Aun así.

–¿Y será suficiente para ti?

–Cepillo de dientes. Ducha. Después, te demostraré lo suficiente que puede ser –respondió Keeley, y dio una palmada con un aire real–. Prepáralo todo, guerrero, y la Reina Roja hará que te alegres de haber obedecido.

Capítulo 28

Baden recordó la niebla negra... y los sirvientes que lo habían sacado de ella a rastras. Lo habían llevado a aquella celda. Él habría pensado que era un reino espiritual, en vez de uno natural, porque por allí pasaban demonios constantemente, y porque podían tocarlo. Sin embargo, él tenía unas bandas doradas alrededor de las muñecas, y podía tocar cosas que no debería poder tocar.

Tenía la impresión de que quien le había mandado capturar era Lucifer. Había oído un comentario de los demonios...

Que Lucifer estaba recopilando todo lo que apreciaban los Señores del Inframundo.

Lucifer, que se había aliado con una especie de reina de las sombras, una mujer que había obligado a un poderoso Enviado a que se casara con ella.

Los Enviados iban a ponerse furiosos cuando supieran la verdad. Ellos eran guerreros alados que combatían contra los demonios, no los ayudaban.

Además, Lucifer estaba preparando un golpe para arrebatarle el trono a Hades, un hombre a quien había llegado a considerar su padre.

Baden imaginaba que él no era más que una moneda de cambio. Lucifer quería usarlo para obligar a los Señores a que lucharan a su lado y no contra él. Sin embargo, él no entendía por qué estaban allí también Cronus y Rhea; los Señores del Inframundo no harían nada por ellos.

Y, lo más importante de todo, ¿dónde estaba Pandora?

—¡Esto es un atropello! —gritó Cronus—. ¿Cómo es posible que yo reciba este tratamiento? ¡Soy el rey de los Titanes!

—Ya no —le escupió Rhea—. Ahora no eres el rey de nadie.

—Cállate. Nadie te ha pedido tu opinión.

Ella se encogió de hombros.

—No es mi opinión, es un hecho objetivo.

Los dos siguieron discutiendo.

Baden quería abrirles la garganta y sacarles las cuerdas vocales.

Se oyó el chirrido de una puerta al abrirse, y Baden se acercó rápidamente a los barrotes de su celda. Dos demonios iban por el pasillo en dirección a él. Medían un metro y ochenta centímetros y eran muy musculosos. Tenían cuernos en el cuero cabelludo, y unas alas que les salían de la espalda.

Él sacó la mano para llamar su atención.

—La chica. Pandora. ¿La habéis traído a este reino?

Ambas criaturas le mostraron unos colmillos amarillentos y se echaron a reír de alegría.

A Baden se le encogió el estómago. Aquella reacción significaba que sí, que la habían llevado allí, y que no la estaban tratando bien.

Aquello le enfureció. Él odiaba a Pandora. Siempre había maldecido el día en que se quedó atrapado con ella. Sin embargo, había sido su única compañía durante siglos, y no podía soportar la idea de que la torturaran.

Agarró al demonio de la derecha y lo golpeó contra los barrotes de la celda. Lo mantuvo allí, inmovilizado. El otro se acercó a rescatar a su compañero y le dio un puñetazo a Baden en la cara. Él no soltó al demonio.

Por fin, Rhea y Cronus se dieron cuenta de lo que pretendía, y se acercaron a cachear en silencio a los demonios con la esperanza de encontrar la llave de la celda.

Baden no la encontró. Cuando sus majestades se retiraron, él liberó al demonio y se alejó de él. El ojo se le había hinchado y tenía sangre en la boca.

—Tienes suerte de que nos hayan convocado. De lo contrario —le advirtió una de las criaturas—, te enseñaría una lección que nunca ibas a olvidar.

«Eso no lo había oído nunca», pensó Baden, irónicamente.

Los demonios se alejaron.

—¿Habéis encontrado la llave? —les preguntó a Cronus y a Rhea.

Sin embargo, los dos negaron con la cabeza.

Baden le dio una patada a una de las barras de metal. Sintió un dolor que le subía por la pierna y que se extendía por el resto de su cuerpo. Aquello le recordó que los efectos del veneno no habían disminuido, y que no estaba en plena forma.

Sin embargo, solo había una forma de salir de aquella celda: los demonios tenían que abrir la puerta. Y, para conseguirlo, tenía que retarlos.

—Eh —gritó—. Tenéis suerte de que os hayan convocado. Si no, podríais intentar enseñarme todas las lecciones que quisierais, pero los tres sabemos que os tendría a mis pies, muertos, en cuestión de segundos. ¡Cobardes!

Nada. No hubo respuesta.

Él desapareció.

Hasta que se oyeron unas pisadas, y los dos demonios volvieron a aparecer. Tenían los ojos entornados y brillantes, y mostraban los colmillos. La saliva se les caía al suelo.

—Preparaos —les dijo Baden a sus compañeros. Sabía que no podía confiar en ellos, que lo dejarían atrás sin pensarlo dos veces si tenían la oportunidad—. Si queréis que los Señores del Inframundo usen los cuatro artefactos para encontraros y salvaros, tenéis que ayudarme a escapar de esta celda.

Las bisagras de la puerta de la celda chirriaron, y entraron los demonios.

—Vamos a ver lo que puedes hacer —dijo uno de ellos.

«Sí, vamos a verlo».

Cameo estaba apoyada en el cabecero de la cama. Sus amigos llevaban varios días entrando y saliendo, dándole la bienvenida y preguntándole cómo estaba.

Torin estaba sentado junto a su cama, pero fuera de su alcance. Ella quería acurrucarse en su regazo y sentir sus abrazos y su consuelo, pero no se atrevía. Su vida era muy triste, y lo único que tenía era el contacto y la conexión con los demás. No podía perder eso convirtiéndose en portadora de una enfermedad. Por ningún hombre, ni siquiera por aquel.

Además, había una desconocida en la habitación. Una bellísima rubia que se había apoyado en la puerta cerrada, cruzada de brazos, y que lo observaba todo con unos ojos azules llenos de inteligencia.

Llevaba un vestido negro de manga corta, de encaje, con escote y con una falda larga de tul que le llegaba hasta los pies. Parecía poderosa.

Había una extraña tensión entre Torin y la mujer. Era como si su conexión crepitara. Cameo tuvo la necesidad de... algo.

No. De alguien.

«¿Por qué no puedo olvidar a Lazarus? Es un mentiroso. Un engañabobos».

«Parece que no solo soy Tristeza. También soy Idiotez».

—Me gustaría hablar a solas un rato con mi amigo —le dijo Cameo a la chica.

Torin negó con la cabeza.

—Lo siento, Cam, pero Keeley se queda conmigo. Siempre.

Aquel era un tono de propiedad, y ella nunca había oído a Torin hablar así.

Cameo se dio cuenta de todo, y se le escapó un jadeo.

—Estáis juntos.

Él asintió. Se cuadró de hombros, como si estuviera esperando un golpe por su parte, como si pensara que ella iba a gritarle lo errónea que era aquella relación.

La chica, Keeley, se movió de su sitio y se sentó en el regazo de Torin con la gracia de una bailarina de ballet, tal y como había pensado hacer Cameo.

—Pero... eso es... —balbuceó, llena de asombro.

—Sí, lo sabemos —intervino Keeley—. Somos la pareja más atractiva que hayas visto nunca. Puedes continuar —dijo, e hizo un gesto propio de la realeza.

Cameo estuvo a punto de espetarle que él había sido su novio primero, pero se contuvo. Torin y ella se habían querido mucho, pero no como se suponía que debían quererse los amantes. No de aquella manera.

—¿Ella es inmune a ti? —preguntó Cameo, que quería sentirse feliz por él.

Torin hizo un gesto negativo con la cabeza, y en su rostro se reflejó su habitual sentimiento de culpabilidad.

—¿Y le tocas la piel de todos modos?

—Lo he hecho —respondió él—, pero ahora he encontrado... otras formas.

—Te recomiendo fervientemente esas otras formas —dijo Keeley—. Pero también te recomiendo fervientemente que no las pongas en práctica con mi hombre.

Torin sonrió, y su sonrisa fue como un puñetazo en el estómago para Cameo.

«Yo podía haber tenido todo esto. Diversión, celos, sentimiento de posesión y obsesión... Pero me mantuve a distancia. Agradecí esa distancia. Y él también».

Y, ahora, estaba obsesionada con un hombre que se había divertido jugueteando con su vida y que, seguramente, la habría echado a patadas de su lado en cuanto hubiera obtenido lo que quería. Eso sí que eran malas elecciones.

—¿Te acuerdas de lo que te ocurrió antes de que Keeley te rescatara? —le preguntó Torin.

¿Keeley la había rescatado? ¡Maravilloso! Encima, no podía odiarla.

Cameo intentó recordar. La niebla era asfixiante. De ella habían emergido unos demonios que se la habían llevado a rastras. Finalmente, había podido volver a respirar. Sin embargo, alguien la había teletransportado a un salón del trono en el que ardían hogueras por todas partes. Los demonios pululaban por él con total libertad. Se oían gritos en el aire caliente.

Un hombre muy bello estaba ante ella. Tenía el pelo rubio, casi blanco, y los ojos negros y mágicos. Sus rasgos eran tan perfectos que a ella le dolió el corazón al mirarlo.

—Vas a ayudarme en una pequeña tarea —dijo él, con una voz que no era más que un susurro seductor.

Ella se había estremecido y se había sentido repelida por él, pero también fascinada... Tenía algo que...

Tal vez, el hecho de que Tristeza lo adoraba y había empezado a ronronear como un gatito dentro de su cabeza.

Intentó escabullirse, alejarse de él, pero unos demonios la sujetaron. Él la había apuñalado con algo afilado, de color negro, y se lo había dejado dentro.

—¿Acaso creías que tenías elección? —le preguntó, con una sonrisa fría. Después, miró a sus sirvientes—. Vamos, llevadla a su habitación.

Los demonios se la habían llevado a rastras.

Cuando terminó su narración, Keeley dijo:

—Es Lucifer. Parece que Hades ha dicho la verdad, por una vez.

—A menos que estén trabajando juntos.

—No es probable. Antes de su caída, Lucifer vivía en el

cielo y en el inframundo, por temporadas. Como ningún hombre puede servir de verdad a dos amos, al final tuvo que elegir entre Hades o el Más Alto. Eligió a Hades, pensando que recibiría de él un mayor poder y una posición más elevada.

—Un error —dijo Torin.

—Exacto. Hades lo reclamó como hijo solo para poder traicionarlo, para atarlo al inframundo mientras él seguía vagando por ahí libremente. Y, desde entonces, se han hecho demasiado daño como para convertirse en aliados alguna vez. Sobre todo, teniendo en cuenta que ninguno de los dos tiene la capacidad de perdonar nada.

Cameo observó a la pareja. Estaban en sincronía, y Torin le acariciaba el brazo suavemente mientras hablaban con un gesto de adoración, como si no pudiera creer el tesoro que tenía en el regazo.

Él nunca había podido superar su miedo y su culpabilidad para estar de verdad con ella, pero parecía que con Keeley sí lo había conseguido.

Claramente, sus sentimientos hacia Keeley eran profundos.

¿Podría tener ella algo igual alguna vez?

«Me estoy compadeciendo de mí misma. Tengo que dejar de hacerlo».

—Me pregunto si también ha encontrado a Viola —dijo Torin.

—Yo no la he visto —respondió Cameo.

—Si está allí —dijo Keeley—, y Lucifer se ha dado cuenta de que Cameo ha escapado, reforzará la seguridad con respecto a esa chica. Sacarla de allí va a ser más difícil.

—No importa. Yo la rescataré —dijo, mirando a Keeley con intensidad—. ¿Me has oído? Esta vez, no vas a pasar el portal sin mí. ¿Entendido?

Keeley se estremeció.

—¿Y qué vas a hacer si te desobedezco? —le preguntó, juguetonamente.

Su mano se posó en la cadera de la chica y la apretó. Irradiaba calor, tanto, que incluso Cameo pudo sentirlo.

—Voy a tener que demostrártelo —dijo él, y se puso en pie, utilizando a Keeley como pantalla. ¿Para ocultar una erección, quizá?

—Discúlpanos —le dijo a Cameo—. Tenemos que zanjar una discusión.

—Adiós —dijo Keeley, despidiéndose de ella con la mano mientras Torin la sacaba de la habitación.

Cameo se hundió en los almohadones de su cama. Siempre se había preguntado si había cometido un error al romper con Torin. Parecía que no.

«Yo nunca iba a poder ser la chica adecuada para él».

Por otra parte, Lazarus...

Era bueno saber que la habían apartado de su lado. De lo contrario, tal vez se hubiera quedado con él y, al final, él la habría dejado. Nadie podía soportar durante mucho tiempo sus oscuras emociones.

Así pues... ¿por qué quería volver con él?

Capítulo 29

Keeley y Torin se pasaron el día en la cama, manteniendo relaciones sexuales sin tocarse la piel, interrumpidos tan solo por algunas visitas ocasionales.

Paris y Sienna habían ido a hablar con ella, y Keeley sabía que hubiera sido una crueldad no atenderlos. Les había explicado la forma de crear un vínculo: Sienna tenía que dejar de pensar que los poderes que poseía eran de Cronus, y tenía que empezar a considerarlos suyos. Por ejemplo, el cuerpo en el que habitaba Keeley se habría descompuesto si ella no hubiera reclamado su posesión.

Keeley les detalló minuciosamente los pasos que tenían que dar para que Sienna retuviera y fortaleciera sus poderes, y ellos escucharon absortos. Cuando parecía que habían entendido todo lo que tenían que hacer, Torin los había echado. Se había divertido un poco más con Keeley, pero, pronto, habían aparecido Gideon y Scarlet, que querían darle las gracias a Keeley por haber teletransportado a Gideon lejos del Innombrable antes de que el monstruo pudiera asestarle el golpe fatal.

Aunque las interrupciones irritaban a Torin, para Keeley eran un deleite. Aquel grupo de inmortales la había aceptado, por fin. Deseaban su ayuda y su aprobación. «Se han hecho realidad todos mis sueños».

El único obstáculo del día fue cuando, después de otro

arrebato de pasión, Torin se había quedado callado y pensativo.

¿Acaso estaba pensando en el ofrecimiento de Hades?

El miedo le provocó pensamientos desagradables. ¿Sería solo cuestión de tiempo que Torin decidiera que aquello no era lo suficientemente bueno para él, ni para ella? Keeley cabeceó. Ella era el tesoro de Torin. Eso no iba a cambiar. Debía tener fe en él.

Reyes llamó a la puerta aquella noche, y dijo que Danika se había recuperado y que estaba lista para usar de nuevo los artefactos.

Keeley se vistió de manera cómoda, y le dijo a Torin:

—Tal vez debiera intentar encontrar la caja otra vez. Con la Estrella de la Mañana, no necesitaríamos ningún portal para encontrar a Viola y a Baden.

Él lo pensó un momento.

—Si Danika se queda sin fuerzas, y nosotros no tenemos éxito, estaremos fuera unos cuantos días.

—Merece la pena correr el riesgo —dijo ella.

Sin embargo, cuando todos se reunieron en la sala de los artefactos y Danika dio todos los pasos, el portal no se abrió.

¿Podía haber algún bloqueo místico en la jaula?

¿Quién tenía el poder necesario para hacer algo así? Muy pocos inmortales.

—No lo entiendo —dijo Keeley, mirando a Torin con una expresión de disculpa—. Pero no me voy a preocupar por ello.

Entonces, le dijo a la chica:

—Piensa en Viola.

Danika, que ya estaba un poco fatigada, cerró los ojos. Inmediatamente, el extremo superior de la Vara Cortadora empezó a brillar e iluminó la habitación.

Torin se acercó a Keeley y le rodeó la cintura con el brazo. De camino a la sala, sus amigos habían intentado convencerlo de que permitiera que otra persona acompañara a Keeley al cruzar el portal. Alguien que no provocara una plaga si las cosas iban mal. Como Anya, o Kaia, o Strider. Sin embargo, él se había negado en redondo. Él iba con Keeley, y punto.

Al recordarlo, Keeley se estremeció de emoción.

«Me estremezco mucho últimamente, y me encanta».

«Lo amo».

Cuando la luz que irradiaba la Vara Cortadora bajó de intensidad, el aire se separó y apareció otro reino, una puerta. Claramente, Viola estaba en el mismo lugar en el que había estado Cameo: era el salón del trono, con hogueras y demonios que pululaban por todas partes. Lucifer estaba sentado en un trono de calaveras que, una vez, había pertenecido a Hades, tamborileando con los dedos en el brazo del asiento, esperando algo. ¿O a alguien?

Y ¿dónde estaba...?

A Keeley se le encogió el estómago al ver a la chica. Tenía que ser Viola, porque era tal y como la había descrito Torin: rubia, con los ojos castaños y la piel bronceada. Sus curvas eran perfectas. Estaba encadenada a una pared, con los brazos y las piernas estirados y sin ropa. Tenía una mordaza en la boca.

¿Qué crímenes habrían cometido contra ella?

«Antes de salvarla, voy a matar a sus torturadores. Puede que incluso la convierta en mi mejor amiga».

Todo el mundo necesitaba un buen apoyo.

Torin agarró a Keeley con fuerza.

—¿Preparada?

Ella asintió, desplegó la Capa de la Invisibilidad y los cubrió a los dos. Atravesaron juntos la puerta y entraron en el salón del trono. El aire estaba lleno de humo, y se oían gritos de dolor y risotadas de alegría por todas partes.

Aquel lugar era más grande de lo que ella recordaba, el humo era más espeso y los gritos, más fuertes. Junto a Viola había otra mujer, con el pelo oscuro y corto, con la esbelta musculatura de una guerrera. También estaba encadenada. ¿Quién era?

Al verla, Torin se puso tenso.

−Es Pandora.

Bajo la capa, nadie oía sus conversaciones, así que no tenían por qué hablar en voz baja.

−Si Pandora está aquí, seguramente Baden también anda cerca. Pero no tengo los brazaletes de serpentina, así que no voy a poder tocarlos. Tendremos que volver por ellos más tarde.

−No es necesario. Yo he traído los brazaletes −dijo Torin.

Era un hombre con muchos recursos.

−Pero parece que no será necesario. Pandora lleva un par de ellos.

Keeley la miró, y vio que la chica llevaba dos bandas de metal en las muñecas.

−Bien. Vamos a terminar esta misión de rescate. Sigue hacia delante, alineando tus pasos con los míos. Así.

A medida que se acercaban a las muchachas, Keeley fue inspeccionando sus cuerpos en busca de heridas. No tenían lesiones visibles, pero sí tenían manchas de hollín en el estómago y en los muslos, lo cual sugería que habían sido maltratadas.

«Alguien lo va a pagar caro», pensó Keeley, apretando los puños, y los muros del palacio empezaron a temblar.

Lucifer, que seguía sentado en su trono, miró a su alrededor y frunció el ceño.

Keeley notó la respiración cálida de Torin en la mejilla.

−¿Sabías que el estómago humano tiene que producir una nueva capa de mucosidad cada dos semanas porque, de lo contrario, se digeriría a sí mismo? Además, he buscado información y he descubierto que los escarabajos saben a manzana, las avispas, a piñón, y los gusanos, como el beicon frito.

−Estás al tanto de unas cosas muy raras −dijo ella, y el temblor cesó−. Pero, en realidad, los escarabajos saben a cacahuete.

—Lo tendré en cuenta.

—Tenemos que provocar una distracción para poder llevarnos a las chicas a casa sin que se produzca una batalla –dijo Keeley. Y solo había una forma de hacerlo–. Yo me ocupo de Lucifer. Tú atraviesa el portal con las chicas y vuelve a buscarme después. Y mañana vamos a tener una seria discusión sobre tus cicatrices de azufre. ¿Y si necesito teletransportarte a un lugar seguro cuando vuelvas?

—Considéralas desaparecidas –dijo él, sorprendiéndola–. Pero no me gusta tu plan. No me gusta la idea de que tengas nada que ver con Lucifer.

—Torin.

—Sin embargo, sé que eres muy lista y muy poderosa, así que espero que tengas cuidado. Si te haces un solo arañazo, me voy a enfadar.

—Ojalá pudiera besarte –dijo ella. «Después», pensó. Una recompensa para los dos, y al cuerno las consecuencias–. Y tú también, ten cuidado, o me enfadaré yo.

Después, ella se teletransportó al exterior del salón del trono y le dejó la Capa de la Invisibilidad a Torin.

Los demonios la vieron y se dirigieron rápidamente hacia ella. Sin embargo, Keeley abrió las puertas del salón y entró como hacía cuando Hades la llevaba a visitar a su hijo adoptivo.

Lucifer se puso en pie de un salto con una sonrisa triunfante.

—Keeleycael. Qué extraordinario. Había oído que estabas libre, y esperaba que vinieras a visitarme. Pero no esperaba que vinieras tan... horrible.

Ella alzó la barbilla. No llevaba ninguno de sus vestidos, ¿y qué?

—Me he enterado de tus planes para destruir a Hades.

Él asintió.

—¿Te gustaría que te ayudara? –le preguntó ella.

Él no vaciló un segundo.

—Sí.

Entonces, Keeley pasó la mirada por el salón. Ni siquiera ella podía ver a Torin, que estaba debajo de la capa. ¿Qué estaba haciendo?

—Ven aquí —le dijo Lucifer, haciéndole un gesto para que se acercara—. Vamos a ponernos al día.

Qué formalidad y qué cortesía. Era un mentiroso.

—Me siento impresionada —dijo Keeley, sin moverse—. Si quieres hablar aquí conmigo, es que has hecho algo que Hades nunca consiguió: dominar absolutamente a los demonios, de manera que nunca te traicionen y divulguen en público lo que te oyen hablar en privado.

Él apretó la mandíbula. Ella acababa de recordarle que no podían hablar abiertamente delante de sus soldados, porque los demonios irían a contárselo todo a Hades.

—Tienes razón —dijo él—. Lo he conseguido. Pero acabo de darme cuenta de que no hay ningún sitio para que tú te sientes cómodamente.

—Eso es cierto.

Cuando Lucifer se acercó a ella, Keeley vio el brillo y la dureza de sus ojos oscuros, un brillo que no podía disimular. ¡El brillo de la maldad!

Él le ofreció el brazo.

Aunque hubiera preferido sacarse los ojos, Keeley lo tomó. Él se la llevó por un laberinto de pasillos donde los demonios fornicaban de la manera más vil, y la hizo pasar a un gran dormitorio. La estancia estaba dedicada al hedonismo: satén negro, terciopelo negro, cuero negro. Había juguetes y armas colgados de las paredes, y espejos por todas partes. Las velas brillaban en la oscuridad.

Unos demonios entraron tras ellos portando bandejas de comida. En pocos minutos había una mesa preparada en el centro de la habitación. Lucifer siempre guardaba las apariencias. Le gustaba que la gente pensara que era solícito y galante, y representaba el papel de persona servicial, o de lo que su víctima quisiera, hasta que había conseguido engañarla por completo y la tenía bien enganchada. Entonces, cambiaba a su verdadera personalidad de psicópata. Era su juego.

Él le sacó una silla, y ella se sentó.

–Gracias –le dijo.

Lucifer le sirvió un vaso de algo que parecía vino pero que, seguramente, era sangre, y le preparó un plato, pero ella no pudo identificar lo que había en él. De todos modos, no pensaba probar bocado.

Él se sentó frente a ella, sin dejar de mirarla.

–Mis fuentes me han dicho que te has unido a los Señores del Inframundo.

Tenía un tono de odio, y ella sabía por qué. Lucifer pensaba que los Señores debían seguirlo y que debían permitir que los demonios a los que acogían en su cuerpo rigieran sus vidas. El hecho de que no lo hicieran era una afrenta para él.

–Sí, lo hice –dijo ella. ¿Para qué iba a negarlo?–. ¿Te han dicho también tus fuentes que el Guardián de Enfermedad me infectó una y otra vez? Que me abandonó en varias ocasiones? Y, de todos modos, ¿por qué te interesa todo esto?

–A mí no me importa nada –respondió él, riéndose–, pero me gusta tener opciones, guapa. Eso es todo.

La fulminó con la mirada, y ella se dio cuenta de que tenía que actuar con más cuidado, porque no podía restregarle por la cara algo que nunca iba a alcanzar. Lucifer llevaba marcas de protección. Si decidía que no la necesitaba más, ella no podría usar su poder contra él.

De repente, las puertas del dormitorio se abrieron violentamente y entró un demonio con apariencia de gorila.

–Tres prisioneros trataron de escapar, mi señor, pero no llegaron lejos. Aguardan vuestro castigo.

Keeley se puso rígida. ¿Torin, Viola y Pandora? Seguramente. ¡La misión había fracasado! Era hora de controlar los daños.

–¿Dónde están? –preguntó Lucifer, con calma.

—En la sala del trono, mi rey.
—Traedlos aquí.
El demonio salió corriendo.
Keeley preguntó, con la garganta seca:
—¿Qué vas a hacer con ellos? ¿Y por qué tienes a dos mujeres encadenadas junto a tu trono?
Lucifer la miró con los ojos brillantes.
—¿A ti qué te gustaría que hiciera? Y porque me agrada tenerlas allí.
—¿Soltarlas?
Él sonrió y negó con la cabeza.
—Siempre tuviste un corazón demasiado blando. Esperaba que, con lo que te hizo Hades, te hubieras endurecido un poco.
Y eso habría sucedido, sin duda, de no ser por Mari y por Torin.
—¿Sabes? Tu visita me parece muy oportuna. Llegas aquí y, de repente, hay un intento de fuga.
—Pues a mí, lo que me parece raro es que tus prisioneros no intentaran escapar antes.
—Umm...
Los prisioneros llegaron ante Lucifer, y Keeley suspiró de alivio al constatar que no eran Torin, Viola y Pandora, sino un guerrero pelirrojo, Baden, seguramente, y los espíritus de Cronus y Rhea. Los tres llevaban brazaletes de serpentina.
Keeley miró a Cronus. El antiguo rey la había tenido encarcelada durante siglos y había propiciado la muerte de Mari. Aunque no podía vengarse de él físicamente, puesto que no tenía cuerpo, había muchas cosas que podía hacerle a su espíritu...
Las paredes comenzaron a temblar.
Cronus debió de sospechar lo que estaba pensando, y forcejeó contra sus captores.
—He cambiado de opinión —anunció ella—. No los dejes marchar. Podemos jugar a torturar a los muertos.

Los pensamientos racionales se abrieron paso entre la oscuridad de sus deseos, como luces brillantes que no pudo ignorar. ¿Sabía Torin que Baden estaba allí? ¿Se había dado cuenta alguien de que se escapaba con Viola y Pandora? Esperaba que lo hubiera conseguido.

Si lo habían atrapado... si le habían hecho daño...

«Quemaré este reino y todo lo que hay en él».

—¿Dónde está Pandora? —gruñó Baden—. ¿Qué le has hecho? ¡Dímelo! —gritó. Después, la miró a ella, miró a Lucifer y, de nuevo, a ella, y abrió mucho los ojos—. La Reina Roja. ¿Por qué estás aquí?

¿Él la conocía?

¿Y ella lo había olvidado?

—Sería un placer mostrarte exactamente lo que he hecho con tu preciosa fémina —dijo Lucifer, y se puso en pie. Ayudó a Keeley a levantarse, y ella no pudo pensar en ningún motivo para protestar por aquel regreso al salón del trono. Seguramente, Torin ya se había marchado.

Pero, entonces, ¿por qué nadie había dado la alarma?

Lucifer los guio por los pasillos sin soltarla un solo instante. Primer problema: si no conseguía zafarse de él, no podría teletransportarse a ningún sitio en el inframundo. ¡Aquellas estúpidas cicatrices de protección!

No era un buen momento para sucumbir al pánico.

Las puertas se abrieron, y Lucifer no tuvo que detenerse. Al entrar, dijo con despreocupación:

—Esta noche, Keeleycael, tú calentarás mi lecho, y te marcaré como concubina mía.

Eh... segundo problema.

—No.

—¿Acaso piensas que tienes la capacidad de elegir? Lo siento.

—¿Y acaso piensas tú que tienes la fuerza necesaria para violarme?

Él se echó a reír.

—Recientemente, he capturado a dos féminas amadas

por los Señores del Inframundo. Puede que las recuerdes; estaban encadenadas aquí. Tenía pensado destrozarlas y culpar a Hades por ello. Los Señores habrían ido por él, lo habrían distraído y yo habría podido atacar. Si hubiera sabido que tú ibas a aparecer en la puerta de mi morada, no me habría molestado. Tú serás una distracción mucho mejor.

Lucifer se detuvo en seco al comprobar que Viola y Pandora habían desaparecido. Ninguno de sus demonios se había dado cuenta.

Impresionante. Magistral. ¿Cómo lo había conseguido Torin?

Lucifer dirigió su rabia contra ella.

—Vaya, parece que te he subestimado. Mi propia distracción. Bravo. Pero no importa —dijo, sonriendo con frialdad.

—¿Y qué puedes hacer al respecto? —preguntó ella, y le dio un golpe tan fuerte en el pecho que le partió el esternón.

Mientras él trataba de respirar, ella le dio un puñetazo en la cara. Se giró y, agachándose, agarró por el cuello a uno de sus sirvientes más pequeños, se giró de nuevo y golpeó a Lucifer con la criatura. Los cuernos envenenados del demonio le rasgaron la piel y le rompieron el fémur, el hueso más grande de su cuerpo.

Lucifer gruñó, y se desvaneció en el aire. Ella se giró, esperando que se materializara a su espalda, e hizo aparecer una daga en su mano para apuñalarlo. Sin embargo, él la había engañado. Volvió al mismo sitio con una piedra de azufre, y se la clavó a Keeley en la parte superior de la espina dorsal. A ella se le escapó un grito de dolor mientras la debilidad se apoderaba de su cuerpo.

—Y esto, Keeleycael, es solo el comienzo de lo que puedo hacer.

Capítulo 30

Torin atravesó corriendo el portal, y gritó:
—¡Dejadlo abierto!
Dejó a las dos chicas allí y se dio la vuelta. Tenía que volver a buscar a Keeley. Sin embargo, cuando iba a atravesar de nuevo el portal, este se cerró, y él se tropezó contra la Jaula de la Compulsión.
—¡No! Ábrelo, Danika.
Ella se desplomó contra la Vara Cortadora, jadeando, bañada en sudor. Estaba muy pálida.
—Lo estoy intentando, pero no puedo... lo siento.
—Apenas ha podido mantenerlo abierto durante todo este tiempo —dijo Reyes, e intentó abrir la Jaula de la Compulsión, pero el metal no cedió—. Está atascada. ¿Por qué?
Porque Keeley era la dueña de la Jaula de la Compulsión, y solo la obedecería a ella. O... tal vez a él también, puesto que era el dueño de la Llave de Todo. Pero, si liberaba a Danika, ¿perdería ella el control de la Vara Cortadora y no podría cumplir las órdenes de Keeley?
«No puedo correr ese riesgo».
Se lo explicó a Reyes con pánico y urgencia.
—Tenemos que traer a Keeley.
—Dani está demasiado agotada —dijo Reyes. Sacó una daga y trató de forzar, sin éxito, la cerradura.

Torin salió corriendo de la sala. Todos sus amigos estaban reunidos en el pasillo, esperando noticias.

—Lucien —gritó él, y el guerrero se adelantó entre la multitud—. Teletranspórtame al inframundo. Puedes hacerlo sin necesidad de ningún portal.

—Sí, pero ¿a qué parte del inframundo? Es una enormidad.

—A algún palacio de Lucifer.

—Tienes que ser más específico. Tiene muchos palacios.

—William —gritó Torin.

—¿Qué? —preguntó el guerrero, situándose junto a Lucien.

—Ve a ver a Hades —le pidió. Nunca hubiera pensado que diría aquellas palabras, pero Hades podía salvar a Keeley, y él, no—. Pregúntale si sabe dónde está lucifer y dile que lo necesito para sacar a Keeley de su palacio.

Hades podía llevarla a cualquier lugar del inframundo, pero no podía sacarla de allí. Ella había entrado a través del portal de la Vara Cortadora, y tendría que salir de la misma manera; el teletransporte no serviría en aquella ocasión. Sin embargo, sin la Capa de la Invisibilidad, ella no podía atravesar el portal. Torin tendría que darle el artefacto a Hades, a menos que fuera con él, cosa en la que iba a insistir. Sin embargo, tenía muy poco poder de negociación en aquello. Solo sabía que haría lo que fuera para garantizar que Keeley estuviera bien. Lo que quisiera Hades.

Tal vez ella lo odiara por haber organizado así las cosas, pero prefería sufrir su odio que saber que la habían torturado y asesinado.

William se rascó el pecho.

—Me doy cuenta de que estás disgustado por esto, y me duele mucho. Pero deberías conocerme mejor: yo nunca hago nada gratis.

Torin lo agarró por el cuello de la camisa y lo zarandeó.

—No te lo estaba pidiendo.

A William no le impresionó demasiado.

—¿Me estás desafiando? Me parece que me estás desafiando.

—Está bien —dijo Torin—. ¿Cuál es tu precio?

—Keeley debe robarle mi libro a Anya.

El precioso libro de William. En sus páginas había una profecía que contaba cómo podía salvar su vida... o algo por el estilo. La diosa lo había robado hacía años y lo había escondido. Por pura diversión, según ella.

—Trato hecho.

—Entonces, volveré con Hades —dijo William, y desapareció.

—Yo no voy a rendirme —dijo Anya—. No sabes cómo es cuando tiene esa cosa en su poder.

Y no le importaba. Torin le dijo lo que podía hacer consigo misma; después, empezó a dar órdenes.

—Maddox, lleva a Viola a una habitación. Necesita atención médica. Lucien, Pandora también está aquí, y en el mismo estado que Viola. Lleva brazaletes de serpentina, así que es posible tocarla.

Todos se apresuraron a obedecer.

—¿Y Baden? —preguntó Sabin.

—No lo he visto.

William se materializó. Hades estaba a su lado.

—Fuera —rugió Torin, para despejar la sala de los artefactos. Solo quedaron Reyes y Danika.

William y Hades entraron tras él, y William cerró la puerta de una patada.

—¿Puedes salvar a Keeley, o no? —le preguntó directamente a Hades.

Hades miró a Reyes.

—Tu mujer ha de descansar durante dos días. Al final del segundo, abrirá un portal para Keeleycael. Si fracasa, me sentiré muy disgustado.

—¿Y cómo va a descansar si está dentro de esa jaula?

—Tendrá que encontrar el modo de hacerlo. Y tú —prosiguió Hades, dignándose a hablar a Torin, por fin– vendrás conmigo. Traerás a la Reina Roja a través del portal.

¿Significaba eso que Hades no podía atravesarlo, ni siquiera con la Capa de la Invisibilidad?

–¿Y qué quieres a cambio?

Hades entornó los ojos.

–Los dos sabemos que voy a hacer esto sin pedir nada a cambio. Por ella, no por ti.

¿Hades la quería? ¿De veras?

«¡Mía! ¡Mi mujer!».

–Pero, cuando volvamos –continuó Hades–, voy a venir por ella. Y me la ganaré. Yo puedo darle lo que tú no tienes.

Todas sus emociones se desbocaron, pero él se contuvo. No era el momento de desahogarse.

Un segundo después, las paredes de la habitación desaparecieron, y se formó otro mundo a su alrededor. Sintió el calor asfixiante del inframundo; oyó los gritos de desesperación. En el exterior del palacio de Lucifer las hogueras eran más numerosas y surgían espontáneamente en el terreno calcinado. Había demonios por todas partes, y la enorme entrada al edificio tenía forma de calavera.

Hasta el momento, nadie los había visto.

–Ella no estaría en esta situación si hubieras aceptado mi oferta –le dijo Hades.

–Los dos sabemos que me habrías arrancado a Enfermedad, pero me habrías dado a otro demonio.

Hades no lo negó.

–Sí, a Disfunción Eréctil. O a Automutilación. Seguramente, a los dos. En vez de eso, conseguiré que desees que hubiera sucedido eso, precisamente.

De repente, aparecieron dos espadas cortas en las manos de Torin. Cortesía de Hades, pero un movimiento estúpido por su parte.

–No, si te mato antes.

Hades ignoró su amenaza, y dijo:

—Lo peor es que ni siquiera tenías que haberle hecho daño. Tenías la respuesta todo el tiempo, pero estabas demasiado paralizado por tu miedo como para verla.

¿De qué demonios estaba hablando? ¿Qué respuesta? ¿Acaso se refería a la manera de estar con Keeley sin ponerla enferma?

—¡Dímelo! –gritó.

La única respuesta que recibió fue una fría sonrisa que proclamaba: «Nunca».

No tenía tiempo para intentar sonsacarle la respuesta. Los demonios ya se habían percatado de su presencia y habían dejado sus tareas. Estaban relamiéndose, hambrientos. Se oyeron murmullos de deleite.

—¿Estás listo para entrar a sangre y fuego? –le preguntó Hades.

¿Y perder más el tiempo?

—Estoy listo para que me teletransportes al interior.

—Lo siento, pero eso no va a suceder. Yo voy a teletransportarme, pero tú... A partir de este momento, estarás solo –le dijo Hades, y se desvaneció ante sus ojos.

Muy bien. Torin avanzó. Una vez había vivido para la batalla, y siempre la había echado de menos. Aquel día iba a participar en una.

Los demonios se abalanzaron sobre él con los colmillos preparados. Él movió las espadas en un amplio círculo, y decapitó a uno de ellos. Después, a otro. Una mano con zarpas se le acercó. De nuevo, él dio una cuchillada y cercenó el miembro que lo amenazaba. La mano cayó al suelo.

Cada vez lo rodeaban más demonios, y Torin no dejó de moverse ni un instante, impulsado por las descargas de adrenalina. Si hacía la más mínima pausa, él perdería un miembro del cuerpo. Aquel desafío le procuró energías.

Siguió cercenando cabezas, piernas y brazos y, entre carne despedazada y sangre, consiguió entrar por las puertas del palacio al vestíbulo. Tenía arañazos por todas partes, y un profundo corte en el muslo. Sentía fuego en las venas, probablemente, por causa de alguna toxina de los demonios. No le importaba.

Otros dos demonios se abalanzaron hacia él por la espalda, y Torin blandió las espadas hacia atrás y notó la resistencia de la carne y del hueso; supo que los había atravesado. Después, impulsó las espadas hacia delante y les cortó la cabeza. Entonces, siguió adelante, decidido a recuperar a su mujer.

Encadenada al trono de Lucifer. ¡Era humillante! Pero, al menos, Keeley llevaba una camiseta y unos pantalones deportivos de algodón, y no un biquini, como la princesa Leia cuando la esclavizó Jabba the Hutt.

Sin embargo, aquel era un pequeño consuelo, teniendo en cuenta que le habían cubierto la espalda de cicatrices de azufre.

La primera la había debilitado tanto que Lucifer ni siquiera había tenido que sujetarla mientras le hacía las demás. En aquel momento, ella ni siquiera podía teletransportarse a dos metros de la zona de peligro.

Lucifer le habría cubierto toda la piel de marcas, como había hecho su padre, de no ser por la conmoción que había estallado fuera. Él se había asomado a la ventana y, al ver a cientos de sus sirvientes descuartizados, la había arrastrado hasta su trono para esperar al enemigo.

¡Torin estaba allí! A ella se le aceleró el corazón de impaciencia y emoción.

Lo único malo era que Hades también estaba allí.

Los sirvientes se apretujaron contra las paredes a medida que su antiguo rey avanzaba hacia el estrado del salón del trono.

–Querías mi atención –le dijo a Lucifer, con una calma que hizo estremecerse a todos los demonios–. Ya la tienes.

Tal vez, hacía mucho tiempo, ellos dos se hubieran querido... pero el mal no podía ser leal al mal, y Lucifer era el mal personificado. Tenía una necesidad insaciable de poder, de halagos, de territorio, de control... Los daños colaterales no significaban nada para él. Robaba. Mentía. Mataba.

Y disfrutaba haciéndolo.

Quería que su poder se extendiera por todo el inframundo, y aquella era la causa principal de la guerra. Cuando él hubiera terminado con Hades, suponía que no tendría ningún otro competidor. Sin embargo, había olvidado al Más Alto. Por no mencionar a William que, una vez, reinó sobre la otra mitad de aquel reino, tan atado a él como el mismo Lucifer. Salvo que William había encontrado el modo de escapar, al igual que Hades.

–Lo que quiero –dijo Lucifer– es que te inclines ante mí. Si lo haces, podrás marcharte con la chica.

Hades sonrió sardónicamente, y Keeley reconoció su expresión. Lucifer estaba a punto de llevarse una buena tunda.

–Debes de pensar que temo que puedas ganarme en esta guerra. Que no he tomado precauciones antes de tener que entregar las llaves de mi reino.

Lucifer palideció, porque sabía que aquello era cierto.

Las puertas se abrieron violentamente de nuevo, y dentro del salón del trono cayeron muchos cuerpos despedazados de demonios. Torin trepó por aquella montaña de muertos y marchó directamente hacia el estrado de Lucifer. Se colocó junto a Hades con la cabeza alta.

Hades no pudo disimular su enfado.

Keeley tuvo que contener un gimoteo de alivio. Torin tenía un aspecto fiero; ella intentó levantarse para ir con él, pero Lucifer tiró de la cadena que tenía alrededor del cuello y la obligó a permanecer sentada.

–Dámela ahora –rugió Torin.

Se dispuso a subir al estrado, pero Hades extendió un brazo y no permitió que se moviera.

Keeley sabía lo que estaba pensando Hades: que Lucifer la agarraría y le cortaría el cuello allí mismo. O que se teletransportaría con ella a algún lugar lejano. O ambas cosas. Y tenía razón.

Sin embargo, los sirvientes de Lucifer se volvieron contra él y le mostraron los colmillos y las garras. Varios de ellos se dejaron caer desde el techo y pusieron sus cuerpos entre Keeley y su captor.

—Te lo advertí —dijo Hades, con una petulancia que tenía que resultar muy irritante.

Aquellas palabras significaban que los demonios solo habían fingido su lealtad hacia Lucifer, y eso le causó tal furia que trató de acuchillarla de todos modos. Sin embargo, los sirvientes se llevaron los golpes por ella, sirviéndola de escudo para que no recibiera ni un arañazo.

Hades liberó a Torin que, rápidamente, subió las escaleras.

A su manera típicamente grandiosa, Lucifer anunció:
—Esto no ha terminado.

Después, se desvaneció.

Los sirvientes se apartaron de ella y Torin cortó su cadena y la liberó. La abrazó contra su pecho, y Keeley oyó el galope de su corazón.

—Has vuelto a buscarme —dijo. Aunque, en realidad, nunca había dudado que volvería.

—¿Por ti? Siempre.

«Mi dulce príncipe azul».

«No. Mi rey. Mi otra mitad».

—Por muy conmovedor que sea el reencuentro —dijo Hades, con desprecio—, tenemos otras cosas que hacer.

Estaba en lo cierto. Y él también había ido a buscarla, cosa que asombraba a Keeley. Él nunca había sido de los que se arriesgaban por los demás. Ni siquiera a cambio de un pago.

Tal vez hubiera cambiado de verdad.

Sin embargo, ella no podía olvidar el pasado y volver

con él. Solo estaba dispuesta a que su asesinato no fuera tan doloroso como había planeado en un principio.

—Baden está aquí —le dijo a Torin.

Torin se puso rígido al notar que Hades se acercaba a ellos. El oscuro señor se agachó ante ella y le preguntó:

—¿Deseas que ese tal Baden vuelva con los Señores?

—Sí —dijo ella.

—Entonces, me ocuparé de que así sea. Estará esperándote en la fortaleza de Budapest.

Fue difícil para ella, pero consiguió darle las gracias.

Él inclinó la cabeza.

—Vas a pasar los siguientes dos o tres días en este palacio, como invitada mía, por supuesto. Me ocuparé de todas tus necesidades y de tu protección mientras esperamos a que el Ojo que Todo lo Ve pueda abrir de nuevo el portal para ti.

Ella no vio otra opción, y dijo:

—Torin también se queda.

Hades apretó los dientes con irritación.

—No hay necesidad. Puedo teletransportarlo ahora mismo.

—Torin se queda —insistió ella—. Y dormimos juntos.

—Hay muchas habitaciones...

—Vamos a estar en la misma habitación, o nos vamos —dijo Torin—. No me importa lo que haya fuera.

Hades no apartó la mirada de Keeley mientras asentía con rigidez.

Ella le sonrió.

—Puedes enseñarnos nuestro alojamiento.

Capítulo 31

Por todo el palacio, los sirvientes demoníacos de Hades estaban haciendo cosas que Torin hubiera preferido no ver. Además, había muchos pares de ojos rojos clavados en su bragueta, como si dentro hubiera un aperitivo escondido.

Hades abrió una puerta y les indicó que pasaran. Era una espaciosa habitación.

–Toda tuya. Si necesitas algo, grita mi nombre y apareceré.

Hablaba con Keeley, y solo para Keeley. Sin embargo, la mirada amenazante que le lanzó a Torin también decía muchas cosas.

–Pero, si gritas su nombre, no sé cómo voy a reaccionar.

Torin le cerró la puerta en la cara.

Keeley recorrió la habitación, tapando mirillas y espejos que debían de ser ventanas al exterior.

–Sé que esto te va a parecer algo estúpido, viniendo de mí –le dijo él–, pero me siento como si fuera comida para todas las enfermedades de transmisión sexual del inframundo.

Seguramente, aquella habitación había presenciado más acción que los pantalones de Paris, y eso que su amigo estaba poseído por el demonio de la Promiscuidad.

Keeley no dijo nada. Tan solo caminó hacia él con determinación y tomó una de sus espadas. La limpió en el baño de la habitación; después, se quitó la camisa y le mostró las cicatrices de la espalda.

Él se enfureció.

—Córtamelas —le dijo Keeley.

Su primer impulso fue negarse. No iba a hacerle daño.

Sin embargo, aquellas marcas eran el equivalente a unas cadenas para ella, y la dejaban en un estado de vulnerabilidad.

—Túmbate en la cama —le dijo.

Ella obedeció sin vacilar.

—Lo siento —susurró Torin, y comenzó a trabajar.

Ella no se quejó ni una sola vez. Había tenido que hacérselo a sí misma durante muchos siglos, y sabía lo que tenía que esperar, así que estaba preparada para soportar el dolor.

Y, después de todo lo que había tenido que sufrir, había elegido a Torin para que formara parte de su futuro.

«No soy digno de ella».

Pero lo sería. La quería con todo su corazón, y sería todo lo que ella necesitara. Le daría todo lo que quisiera.

Cuando terminó de cortar las marcas, Torin estaba temblando. Con todo el cuidado que pudo, le lavó las heridas y se las vendó con tiras de la camisa que se había quitado, puesto que era lo único de lo que disponían. Ojalá hubiera alguna maceta con una planta, o...

Torin se dio una palmada en la frente. Keeley no solo tenía un vínculo con la tierra. También estaba unida a él.

Aunque, pese a su vínculo, ella había enfermado cada vez que él la había tocado piel con piel. Sin embargo, no había reaccionado negativamente a su semen cuando él había tenido un orgasmo sobre su estómago. Esto tenía que significar algo. Tal vez, Keeley tampoco reaccionara negativamente a su sangre.

Al ver que la sangre de Keeley se estaba derramando a

través del vendaje y caía por los lados de su cuerpo, él volvió la espada contra sí mismo.

—¿Qué haces? —le preguntó ella, con un hilo de voz.

Con un silbido, Torin se puso el filo junto a una de sus cicatrices de azufre y cortó. Le había prometido que se las iba a quitar, y no había mejor momento que aquel. La carne ensangrentada cayó al suelo como si fuera una loncha de jamón. Él apartó el vendaje de la espalda de Keeley y puso el brazo por encima de sus heridas, dejando que algunas gotas cayeran dentro. Cuando toda la zona estuvo saturada, volvió a vendarla y presionó suavemente. Por suerte, ella se desmayó.

—Torin —dijo Keeley, con un jadeo, unas cuantas horas más tarde, y se incorporó apoyándose en ambas manos.

—Estoy aquí, princesa. Estoy aquí —dijo él, y le acarició la mejilla delicadamente, con la mano enguantada—. ¿Cómo te encuentras?

—Mejor. ¿Y tú?

—Muy bien, muy bien. Vuelve a tumbarte para que te mire la herida.

Ella obedeció, y él le apartó el vendaje con sumo cuidado. Para su asombro, la herida estaba casi curada. El músculo y la piel se habían unido de nuevo, y solamente quedaban algunas líneas rosadas que pronto desaparecerían.

Su sangre la había ayudado a sanarse sin causarle ninguna enfermedad.

¿O había sido el hecho de retirarle las cicatrices de azufre?

El comentario de Hades se le pasó de nuevo por la cabeza. «Tenías la respuesta todo el tiempo, pero estabas demasiado paralizado por tu miedo como para verla».

Sus cicatrices la habían debilitado. Tal vez hubieran debilitado su sistema inmunitario. ¿Podría tocarla, al fin, sin temor a las consecuencias?

¿Debía atreverse a pensar que podía ser tan sencillo? ¿Tal fácil?

Solo había un modo de averiguarlo...

—Gracias —dijo ella, sentándose—. Por todo.

La sábana se deslizó por su cuerpo y dejó desnudos sus pechos y sus pezones rosados. Torin sintió una descarga de deseo rápida y aguda, y tuvo que agarrarse al cobertor para no tocarla.

Pronto...

—No —le dijo a Keeley—. Gracias a ti.

Dos días después, tal y como habían planeado, Danika abrió un portal en mitad del dormitorio que compartían.

Keeley ya estaba curada de sus heridas, y atravesó el portal junto a Torin. Ambos iban cubiertos por la Capa de la Invisibilidad.

Algo había cambiado: los pasos de Torin eran más ligeros, y sus sonrisas, más frecuentes. A ella le encantaba, pero como Torin no quería decirle el motivo, sentía desconfianza. Bueno, desconfianza no era exactamente la palabra. Más bien, no creía que fuera a durar mucho.

Él apartó la capa, y los demás pudieron verlos.

—Libera a Dani —dijo Reyes, al instante.

Keeley se acercó y abrió la jaula. Reyes tomó a la débil rubia en brazos y la sacó de la habitación.

Torin siguió su ejemplo rápidamente, llevándose a Keeley consigo. Cuando llegaron a su habitación, la miró con una expresión de ternura.

—Por fin —dijo él, sin soltarle la mano—. Creo que existe la posibilidad de que pueda tocarte libremente ahora. También puedo estar equivocado, pero mi sangre ayudó a curarte las heridas y no te hizo enfermar. Además, me he quitado las cicatrices de azufre, que te estaban debilitando. Tenía que haberme dado cuenta... pero no lo pensé. Si estás dispuesta a correr el riesgo...

Como si ella necesitara pensárselo. Le puso la mano en la mejilla, y él inclinó la cara hacia ella, saboreando su contacto y su calor.

—Te deseo, Torin. Por completo.
Él le besó la palma de la mano con una expresión de alivio.
—Desnúdate, túmbate en la cama y cierra los ojos.

Sin sus ojos azules clavados en él, Torin esperaba que la tensión que sentía se mitigara un poco. Sin embargo, no fue así. Estar cerca de Keeley era como estar enchufado a la corriente eléctrica, y eso nunca iba a cambiar.
—Voy a acariciarte como siempre he soñado —dijo.
—Umm... Sí.
Torin se quitó los guantes. Ella le ofrecía una imagen bellísima, y él lamentó no poder empezar a tocar todo su cuerpo a la vez.
Apretó la mandíbula y rozó su frente con las yemas de los dedos. Bajó por su nariz, y el calor de su respiración le acarició la piel. Era íntimo, erótico. Un milagro de sensación y de conexión. Tocó la carnosidad de sus labios y se maravilló con su suavidad. Después, pasó por su barbilla, por su cuello y sus hombros. Descendió por sus brazos y tocó sus dedos. A ella se le puso la carne de gallina, y él la tocó con deleite.
Keeley alargó los brazos para poder tocarlo también. Él la agarró por las muñecas y levantó sus brazos por encima de su cabeza.
—Agárrate al cabecero —le pidió. Si ella le ponía las manos encima, no sería capaz de concentrarse.
Esperó hasta que ella hubo cumplido su orden, y dibujó todas sus articulaciones. Tenía muchas, y él las adoraba todas. Adoró cada centímetro de su cuerpo con las manos, con la boca... Parecía que ella se le disolvía en la boca como si fuera de algodón de azúcar, y que llegaba a cada una de sus células.
—Torin.
Él tomó sus pechos y vio que se le endurecían los pezo-

nes. Se le hizo la boca agua por ellos, pero pasó un único dedo por el centro de su estómago y rodeó su ombligo. A ella le tembló el vientre y se le aceleró la respiración. No se había quitado las braguitas, y él pasó los dedos por el centro húmedo. Ella gimió y arqueó la espalda.

Torin jugueteó sin piedad, recorriendo los bordes de la tela. Ella giró las caderas para intentar conducirlo hasta el punto en el que más lo necesitaba, pero él siempre permaneció a un suspiro de distancia y, muy pronto, lo «húmedo» se convirtió en «mojado». La recompensó apartando las braguitas y hundiendo profundamente un dedo en su cuerpo. Notó su estrechez y su calor, y el anhelo que sentía por él.

Keeley gimió, y gimió de nuevo cuando él salió.

–Torin...

Él permitió que lo mirara mientras succionaba el dedo húmedo. Dejó que viera su disfrute al probar su sabor.

–¡No seas egoísta! Dame una muestra de tus labios...

–Hasta que no haya terminado de tocarte entera, voy a ser todo lo egoísta que quiera, y a ti te va a gustar –replicó él.

Entonces, trazó la longitud de sus piernas, lentamente, hacia arriba y hacia abajo, jugueteando en sus rodillas y en sus tobillos. Su cuerpo era un mapa del tesoro, y cada lugar debía estar marcado con una equis.

–Torin –murmuró ella, sin aliento–. Por favor...

Él se quitó la camisa, y ella ronroneó de aprobación. Entonces, subió por su cuerpo y la besó. Sus lenguas se encontraron con dureza mientras él le masajeaba los pechos sin tratar de disminuir su fuerza. Sin embargo, Torin sabía lo mucho que a ella le gustaba su fiereza.

Ella le mordió la lengua y los labios. Él le pellizcó un pezón con fuerza.

–¡Sí, oh, sí, sí! –murmuró ella, mientras se retorcía contra él. Su blandura le proporcionó la cuna perfecta para su dureza.

Torin pensó que aquella tenía que ser la agonía más dulce que había conocido. El olor de su excitación penetraba en todos sus sentidos, le hacía la boca agua.

–Te he acariciado y te he besado –le dijo–. Y ahora voy a saborearte tal y como has soñado.

Un ronroneo entrecortado.

–No sé si voy a sobrevivir...

–Inténtalo.

Torin se rio suavemente, con una promesa oscura en la voz, y descendió mientras le lamía las curvas... Empezando por sus pechos, succionando sus gloriosos pezones, deteniéndose en el ombligo para juguetear.

–Mantén las manos sobre tu cabeza –le dijo él–. Lo digo en serio. No te sueltes.

–Ni hablar –respondió ella–. Lo que mi guerrero desea, lo obtiene.

Él le separó las piernas, hasta que sus rodillas descansaron en el colchón y la tuvo expuesta a todos sus caprichos. Sus braguitas estaban completamente mojadas.

Con un gruñido de satisfacción, le arrancó la prenda y la dejó desnuda. Era perfecta, y estaba hecha para él. Lamió su carne y cerró los ojos al percibir su dulzura y su calor.

A ella se le escapó una súplica. Él se la concedió, porque no podía negarle nada, y volvió a lamerle el cuerpo antes de entrar en él, reproduciendo con los dedos lo que muy pronto iba a hacer con su miembro. Cuando ella estuvo ondulándose salvajemente, murmurando palabras incoherentes, él succionó el centro tierno de su excitación.

El grito de satisfacción de Keeley rebotó por las paredes.

El dolor no había podido arrancarle un grito así, pero el placer sí. Él sonrió, y succionó con más fuerza. Ella entrelazó los dedos en su pelo para urgirlo a que continuara.

–Princesa exigente –dijo él. Aquello le encantaba, pero se obligó a parar.

Ella gimió e intentó que bajara la cabeza de nuevo.
—¡Torin! ¡No has terminado!
—Las manos.
Una orden lacónica, pero ella la entendió y obedeció. Cuando se agarró de nuevo al cabecero, él volvió a su tarea, lamiendo y succionando, incluso mordisqueando.

Ella le apretó las sienes con los muslos como si quisiera recuperar el control, pero él le separó las piernas de nuevo para abrirla a sus caricias. Ella tembló de deseo y le rogó que hiciera más, que la llevara más lejos, más profundo, y él lo hizo... la llevó al reino de las sensaciones.

Introdujo un dedo en su cuerpo, y ella llegó al clímax en aquel instante, contrayéndose a su alrededor y gritando su nombre una y otra vez. Él metió otro dedo más para prolongar el orgasmo, sin dejar de lamerla ni de succionar su carne, moviéndose dentro y fuera de ella... hasta que Keeley cayó desplomada en el colchón, entre jadeos.

Torin se retiró de su cuerpo y se sentó. La miró durante unos segundos, asimilando su satisfacción. Aquella imagen de gozo fue embriagadora y aumentó su necesidad.

Era hora de continuar.

—Desabróchame el pantalón.

Ella se sentó con impaciencia. Tenía el pelo revuelto y la piel sonrosada.

A él se le encogió el pecho. «Mía. Es completamente mía».

Con los dedos temblorosos, ella liberó su erección. Mientras lo hacía, lo vio lamer la miel de sus dedos nuevamente.

—Podría vivir solo de ti, princesa.

—¿De veras?

Ella tomó su mano y succionó sus dedos, uno a uno.

—Yo podría vivir de nosotros.

La presión, el calor y la humedad, hicieron que se estremeciera de necesidad. La necesitaba. Tenía que poseerla.

Ella protestó cuando se apartó de su cuerpo. Sin embargo, él lo hizo; se puso en pie junto a la cama y se desnudó completamente. Tomó un preservativo y se lo puso. Aunque quería tomarla sin barreras, no podían tener un niño. Sus movimientos eran urgentes, porque si no entraba en su cuerpo dentro de pocos segundos, tal vez muriera.

Ella, por fin libre de acariciarlo por donde quisiera, pasó las manos por sus hombros, por su pecho.. por su estómago.

—Toda esta fuerza... —murmuró.

—¿Te gusta?

—Me gusta... y lo anhelo.

—Entonces, voy a dártelo.

La agarró por los tobillos y tiró de ella.

Cuando cayó al colchón, Keeley jadeó de placer. Entonces, al darse cuenta de que la mitad inferior de su cuerpo estaba fuera de la cama, gimió.

—Qué travieso.

Él se colocó entre sus piernas y se colocó sus tobillos en los hombros. La presión entre sus cuerpos fue sublime. Y la visión de su desnudez ante él, también. Sus pechos perfectos, los pezones hinchados y rojos. El vientre tembloroso. Sus rizos rubios y brillantes de excitación.

—Vas a sentirme en cada centímetro de este dulce cuerpo —le prometió Torin.

—¡Sí! ¡Hazlo!

Él se hundió en su cuerpo sin darle tiempo para ajustarse. Penetró hasta el final. La seda y el calor de sus paredes interiores... la humedad... Todas las sensaciones se intensificaron y se volvieron casi insoportables. Aquello era demasiado bueno. Ella arqueó la espalda y gimió de éxtasis otra vez. Era muy ceñida, como un cepo a su alrededor, y él embistió con brutalidad una y otra vez, perdiéndose a cada acometida, deseando más y más sensaciones.

Aquello era el placer.

Aquello era la satisfacción.

Aquello era... la vida.

Sin embargo, cuando Keeley se estaba acercando a otro pico de placer, él salió de su cuerpo.

Ella no entendió su propósito, y gimoteó.

Él le bajó las piernas y la tumbó boca abajo, y volvió a entrar en ella, y ella le rogó que lo hiciera más fuerte y más rápido, agarrándose al cobertor con los puños apretados. Pronto, sus gritos se unieron a los gruñidos de placer de Torin y llenaron la habitación. Si alguna vez se olvidaba de él... No, no. Aquel momento quedaría para siempre grabado en su mente y en su alma.

—Estoy muy cerca, princesa —le dijo. Se inclinó y le mordisqueó la nuca.

Ella gritó y se contrajo a su alrededor y, en aquella ocasión, fue más que suficiente. Él estalló y se deshizo, vertió su simiente en ella hasta la última gota, hasta que ella se apoderó de todo lo que tenía que darle.

Durante horas estuvieron acurrucados juntos, riéndose y haciendo el amor, y la felicidad de Torin aumentó hasta que estuvo a punto de explotar.

Hasta el momento, no había ninguna señal de enfermedad.

La segunda vez que hicieron el amor, Keeley se tomó el trabajo de recorrer su cuerpo como la había recorrido a ella. Comenzó por sus hombros y descendió por su espalda, y prestó especial atención a sus nalgas duras. Después, se colocó frente a él y pasó las manos por su pecho, entre sus cuerpos, y agarró su erección por la base. Pasó el dedo por su extremo húmedo y, cuando él gruñó de aprobación, ella lamió una pequeña gota.

Keeley le hizo todas las caricias que siempre había soñado, y él supo que ya nunca volvería a ser el mismo.

—Voy a hacer algunas mejoras en la fortaleza —dijo Keeley, que estaba acurrucada a su lado, pasándole la rodilla por el muslo–. Nos hace falta un salón del trono.

–Ningún hogar está completo sin él. Pero recuerda que, como eres mi reina, tu trono tiene que ser más pequeño que el mío.

–Lo siento, encanto, pero tú te sentarás a mis pies. Vamos a tener algo llamado «matriarcado».

–Con la edad que tienes, me sorprende que no sepas pronunciar bien la palabra. Se dice «patriarcado». Vamos, repite conmigo: pa-triar-ca-do.

Ella le pellizcó un pezón.

–Vamos, repite conmigo: tor-tu-ra.

A Torin se le escapó una carcajada.

–Voy a ser una reina benevolente. Solo exigiré que la gente haga exactamente lo que yo diga, cuando lo diga. Y que se inclinen ante mí cuando entre en una habitación. Y que me lleven regalos una vez al día. Y que arrojen pétalos de rosa a mi paso.

–¿Nada más?

–No, creo que no.

–Me parece comedido –dijo él.

–Tú vas a ser el capitán de mi guardia, por supuesto.

–Y entraré a tu castillo por lo menos tres veces al día –dijo él, y se puso a mordisquearle el cuello–. Bueno, unas seis veces al día.

Ella se echó a reír e intentó escapar de él.

–¡Me haces cosquillas! ¡Para inmediatamente!

–¡Nunca!

Cuando cesaron las risas, Keeley se quedó callada.

–¿Torin?

–¿Sí, princesa?

–¿Te agradaría tener el honor de servir bajo mi cuerpo?

–¿Yo... debajo? ¿Así es como lo quieres? –preguntó él, y se la colocó sobre el regazo–. Estoy más que complacido con este honor.

Ella se sentó a horcajadas sobre su cuerpo, y las puntas de su pelo le rozaron el pecho.
—Oh, me gusta esto.
Deslumbrante. Torin la agarró por la nuca, y dijo:
—Espera a que veas lo que viene después.

Capítulo 32

Desde lo más alto a lo más bajo de lo más bajo.

Pasaron veinticuatro horas sin síntomas de ninguna enfermedad, pero, tal y como Torin había descubierto pocos días antes, estaba equivocado. Quitarse las cicatrices de azufre no había servido de nada. Keeley había caído gravemente enferma. No despertaba, no podía comer ni beber y comenzó a perder la vida por falta de alimento hasta que Hades fue a verla y volvió con los mejores doctores inmortales.

Ellos le pusieron suero y le administraron medicinas que solo podían encontrarse en otros reinos, pero, de todos modos, sus mejillas estaban hundidas y su piel amarillenta, y Torin...

Torin perdió toda esperanza.

Había pensado que ya lo había solucionado todo, que tenía la respuesta para vivir feliz con ella. Sin embargo, solo se estaba engañando a sí mismo.

Además, no podían encontrar la caja de Pandora. Él no olvidaba que, en las dos ocasiones en que Keeley lo había intentado, había encontrado un bloqueo de algún tipo. Eso significaba que no podían encontrar la Estrella de la Mañana. Se le habían acabado las opciones.

Keeley y él podían continuar como antes, si ella sobrevivía a aquella brutal enfermedad. Podían continuar manteniendo relaciones sexuales sin desvestirse, sin besarse, midiendo a la perfección las caricias, cuidando de que la ropa no se moviera. Sin embargo, eso ya no sería suficiente. La había tenido entre sus brazos, sin límites, y eso era lo que quería para el resto de la eternidad. Era lo que él necesitaba, y lo que ella necesitaba, también.

Sin embargo, ninguno de los dos podía tenerlo. Y Torin ya estaba harto de cometer errores, de tener esperanza, de intentarlo y de verla sufrir después sabiendo que él era el culpable.

Se había dicho que nunca volvería a rechazarla, que nunca volvería a herirla así, pero también se había engañado en eso. Tenía que dejarla y, en aquella ocasión, hacer algo permanente, algo que no pudiera deshacerse. Algo que ella despreciara.

La observó. Keeley estaba inmóvil, respirando solo porque tenía la ayuda de una máquina. Se odió a sí mismo.

Irguió los hombros y alzó la barbilla. Sabía lo que tenía que hacer.

—Tenemos que hablar —dijo Torin.

A Keeley se le encogió el estómago al ver su expresión. El hombre que tenía delante parecía cruel y frío, y no era el amante de sus sueños.

Ella acababa de recuperarse de otra enfermedad. Se había levantado aquella mañana para ducharse y comer. Aquel debería ser un momento de celebración, no de... de lo que fuera a suceder.

—Está bien —dijo, tragando saliva—. Habla.

Estaban en su dormitorio, a solas. Él se había apoyado en la puerta, como si el deseo de salir de allí fuera mayor que el de quedarse.

—Hemos terminado.

«¡Lo sabía!».

—Y esta vez no vas a hacerme cambiar de opinión.

Ella movió la cabeza.

–No... no...

–Me marcho, y no voy a volver. Tú no me vas a teletransportar junto a ti, y no vas a teletransportarte junto a mí.

–Torin... Sé que no te gusta que me haya puesto enferma otra vez. Lo entiendo. Pero nosotros hemos construido algo dulce y precioso. No lo rompas solo porque tienes miedo.

–Miedo –dijo él, y se rio sin ganas–. Más bien, terror.

–Torin...

–Podría mentirte y decirte que no te quiero, o que me siento atraído por otra, como Cameo, o que voy a aceptar el trato que me ofreció Hades. Tú odias las mentiras, y tu odio me lo pondría más fácil. Pero la verdad es que estoy cansado de ponerte enferma. Estoy cansado de ser el motivo por el que sufres.

–Tú... ¿me quieres?

–Sí.

–Torin...

–Pero eso no es suficiente.

–¡Sí lo es! Juntos podremos superar cualquier cosa.

–No, no podemos. Ya lo hemos demostrado.

–Encontraremos la caja –dijo ella, con desesperación.

–¿De verdad? Yo no lo creo.

A ella se le secó la garganta.

–Estás cometiendo un error.

–No –dijo él, con una sonrisa de tristeza–. Por primera vez estoy haciendo lo que debía. Tú querías ser lo primero en la vida de un hombre, querías ser un tesoro que mereciera la pena conservar. Pues bien, lo eres. Ya te lo he dicho. Pero ya es hora de que te lo demuestre con actos, porque los actos son mejores que las palabras. Voy a salvarte de mí.

Ella dio un paso hacia él. No era tan estoico como parecía, porque dio un paso atrás y se chocó contra la puerta.

–No.

«Tiene razón. No supliques. No supliques nunca».

–Por favor, no hagas esto –susurró ella, sin poder contenerse–. Somos el uno para el otro. Te quiero. Te quiero tanto, que quiero estar para siempre contigo. No me importan los obstáculos.

Él palideció.

–No lo entiendes, Keeley. Ya ha terminado.

–No. Me niego a creerlo.

Fuera empezó a llover. Sonó un trueno. Cayó una nevada. Y todo, porque su vínculo con Torin estaba rompiéndose.

–Lo siento –dijo él, y giró el pomo de la puerta.

–Si sales de esta habitación, no volveré contigo. Será definitivo. Yo también estoy cansada, como tú. Estoy cansada de este tira y afloja.

–Bien –dijo él, y asintió secamente.

La lluvia arreció. Los truenos retumbaron con más fuerza, y la nieve cayó con más intensidad.

–Algún día me rogarás que vuelva contigo. Te darás cuenta de que has cometido un gran error, de que podríamos haber conseguido que lo nuestro funcionara.

–No.

–Torin, por favor.

Entonces, él se sacó la camisa por la cabeza y dejó a la vista un pecho lleno de cicatrices de azufre.

Keeley se tambaleó hacia atrás, como si le hubieran dado un puñetazo, y sus pantorrillas chocaron con el borde de la cama. Aquello era una traición a su confianza en él. Un símbolo de todo lo que ella despreciaba. Una señal de que le había dado la espalda a todo lo que habían construido juntos.

En un abrir y cerrar de ojos, el vínculo entre ellos quedó reducido a cenizas, y ella se quedó herida, vacía. Sintió el dolor más grande de su vida.

–¿Cómo has podido hacerme esto? –susurró.

—Lo triste es que debería haberlo hecho antes.

A ella se le cayeron las lágrimas por las mejillas, y no pudo responder.

Sin embargo, él no había terminado de destrozarle el corazón.

—Lo mejor que puedes hacer es olvidarme —le dijo—. Es lo que merezco.

Después, Torin abrió la puerta y la dejó allí. Pronto se marcharía de la fortaleza.

Torin estaba sentado al fondo de un bar de inmortales, tomándose su octavo whisky con ambrosía. Estaba de muy mal humor. Lo estaba desde que había dejado a Keeley y se había despedido de sus amigos... ¿una semana antes? ¿Cuatro?

¿Una eternidad?

Algunas de las reacciones de sus amigos se le pasaron por la cabeza:

Strider: «Vamos, no seas idiota. Quédate. Ya lo arreglaremos de alguna manera. ¿Te crees que fue fácil para mí emparejarme con una mujer que puede zurrarme la badana a cada momento y hacer que el demonio de la Derrota me tenga sufriendo una semana? No. Pero no me acobardé y la dejé. Merecía la pena luchar por ella. ¿Por la tuya no?».

Sabin: «Lo que tú necesitas es una buena patada en las pelotas».

Baden: «Te he echado de menos, acabo de encontrarte de nuevo y ¿te marchas así? ¿Es que te han cambiado el corazón por un bloque de hielo mientras yo no estaba?».

Lucien: «Ve donde tengas que ir, pero voy a encontrarte y a ponerte al día... no, no me digas que no. La curiosidad te volverá loco. Algún día, incluso, me lo agradecerás».

Algún día.

Odiaba esa fecha. Algún día, Keeley iba a olvidarse de él, si no se había olvidado ya. Algún día, ella seguiría con su vida. Algún día, conocería a otro hombre, tendría otro amante.

«¡Le odio! Sea quien sea, no se la merece».

Iba a matarlo.

«No, no puedo matarlo».

La echaba de menos. Lo echaba de menos todo de ella. Su sonrisa, el brillo de sus ojos y sus cambios de color. Su dulzura y su fuerza, y las bobadas que decía. Las cosas inteligentes que decía. Las amenazas. Cómo respondía a él, cómo lo ponía siempre por delante de todo lo demás, y cómo lo protegía. Echaba de menos el reino que quería instaurar y su mal genio. Y echaba de menos poder calmar su mal genio.

Era preciosa, y Torin podía ser él mismo cuando estaba con ella. Ella era la alegría, la paz. Y tenía un corazón puro.

Puro... y roto. Por mi culpa.

Seguía viendo su cara pálida mientras él le decía que iba a dejarla. Había dañado algo en lo más profundo de su ser, algo que quizá nunca pudiera arreglarse. Ella no sabía que se había cortado las cicatrices de azufre el día después de dejarla. No podía saberlo. Él estaba demasiado asqueado consigo mismo como para mirarlas.

Pero era un gesto demasiado insignificante que llegaba demasiado tarde.

«He vuelto a hacerle daño, cuando solo quería hacerla feliz. ¿Cómo he podido hacer algo así?».

«Deberían colgarme de las clavículas, apalearme y castrarme».

Aquel día había ido a un bar de inmortales a ahogar sus penas en whisky, pero solo estaba consiguiendo enfadarse. Keeley le había hecho creer que tenían posibilidades. Había hecho que deseara tener un futuro con ella, pese a todo. Qué cruel por su parte. Debería haber tenido más sentido común.

El enfado se convirtió en rabia. Ella era mucho mayor

que él, y más sabia. Debería haber tenido las ideas más claras con respecto a las relaciones, pero no había sido así; le había hecho creer que podía tener más de lo que tenía. Y, ahora, ¿tenía que vivir sin ella?

¡Maldita!

¿Acaso Hades la estaba cortejando?

Torin apretó tanto su vaso que lo hizo añicos. De los cortes de su mano brotó la sangre, pero él apenas notó las heridas.

Una mujer pasó a su lado e intentó hacerle una caricia en la mejilla. Él soltó un rugido y la apartó con la mano enguantada, de un golpe. Y no porque tuviera miedo de provocar una epidemia; el mundo podía irse al cuerno. ¿Estar con alguien que no fuera Keeley? ¡No! Nunca. Nadie podía comparársele.

Tengo que olvidarla.

Alguien se sentó frente a él.

—Márchate, o sufre —le espetó.

—Me da la sensación de que voy a sufrir de todos modos.

Torin reconoció aquella voz y alzó la cabeza.

No podía ser... Pero sí, lo era.

Galen estaba allí.

«Me lo merezco de verdad», pensó Torin.

Su antiguo amigo tenía el mismo pelo rubio de siempre y los mismos rasgos curtidos. Sus alas blancas volvían a arquearse por encima de sus anchos hombros, pero las alas eran mucho más pequeñas de lo que Torin recordaba. Estaban volviendo a crecer.

Debería haber sentido odio, pero no fue así. Su culpabilidad y su tristeza ya ocupaban demasiado sitio en su alma.

Galen se acarició las plumas de una de las alas.

—Cronus me las cortó antes de encarcelarme.

—Pobrecito. ¿Qué estás haciendo aquí? —preguntó Torin, y se tomó otro trago de whisky, agradeciendo el calor que sentía en la garganta–. ¿Has venido a matarme? Muy bien. Hazlo.

–No, no he venido a luchar contra ti. Volvía a la fortaleza cuando oí decir que estabas en un bar de mala muerte, emborrachándote. Tenía que verlo con mis propios ojos.

Torin se encogió de hombros. Todo le daba igual. Una vez, aquel hombre siempre había estado a su lado para todo. En las guerras, en las batallas y en los momentos de paz. Y Torin habría sido capaz de perdonarle la traición de la caja de Pandora, pero no podía perdonarle todos los siglos que había pasado intentando matarlo.

–Ya puedes marcharte.

Galen lo miró atentamente.

–Nunca te había visto así, tan hundido. ¿Cuándo te ha crecido la vagina?

Vaya, muy bien.

–No sabía que eras un cerdo misógino. Y ya no me conoces. No finjas que sí.

Él tomó otro vaso de whisky. Los tenía en fila, en la mesa.

Galen le dio un manotazo al vaso y se lo tiró.

Torin frunció los labios.

–No –dijo Galen–, ya no te conozco. Pero tú tampoco me conoces a mí.

–No me interesa conocerte.

–Bueno, pues vas a hacerlo. Durante todo este tiempo, pensabais que hice lo que hice por celos o por odio, y quizá fuera así, en parte. Sin embargo, nunca os habéis planteado el hecho de que yo podía querer a Pandora, o de que pensara que estábamos cometiendo un gran error.

–Por favor. Si eso fuera cierto, podías haber hablado con nosotros.

–¡Lo hice! –exclamó Galen, y dio un puñetazo en la mesa–. Más de una vez. Pero nadie me escuchó.

Torin recordaba que Galen había expresado alguna vez sus preocupaciones.

«Pandora es una de los nuestros, y ¿vamos a hacerle daño? Además, ¿qué sabemos en realidad de esta caja? ¿Qué hay dentro? He oído rumores de que hay algo oscuro y retorcido...».

–Muy bien. Eres inocente. O lo que sea. Pero, después, le cortaste la cabeza a Baden.

–Todo el mundo comete errores –murmuró Galen.

«Algún día te darás cuenta de que has cometido un error».

Torin oyó la voz de Keeley una vez más.

«No puedo con esto. Estoy a punto de hundirme».

–Voy a preguntártelo una vez más y, si no me respondes, voy a empezar a pegarte. ¿Qué estás haciendo aquí?

Galen se quedó en silencio un largo instante. Después, dijo:

–Quiero ver a Legion. A Honey –se corrigió–. No puedo concentrarme sin ella. No puedo dejar de pensar en ella. No puedo comer, no puedo dormir. No me importa nada salvo verla, hablar con ella, abrazarla, consolarla.

En los cielos, Galen siempre había sido un mujeriego que nunca estaba con la misma dama dos días seguidos. En aquel momento, su desesperación era muy parecida a la de Torin.

–La quieres –le dijo.

–No lo sé.

–Ella no estaba muy bien después de que los Innombrables atacaran la fortaleza, así que Aeron y Olivia se la han llevado a otro sitio, pero no sé adónde.

Galen se pasó una mano por la cara.

–Gracias por decírmelo.

–Ahórrate las gracias –dijo Torin, e hizo una señal al camarero para que llevara otra ronda de copas–. Esto no significa que seamos amigos.

–No te hagas ilusiones. Hoy eres mi enemigo, y mañana serás mi enemigo.

–Bien.

—Bien.

Llegaron las bebidas. Sin embargo, Galen no se puso en pie y se marchó. Torin empujó uno de los vasos hacia él. El guerrero lo tomó.

Se tomaron la copa de golpe, en perfecta sincronía. Seguramente, aquello habría seguido durante horas, pero de repente, un montón de sirvientes araña de los que le gustaban tanto a Torin rodearon la mesa. Eran más de los que podía contar, y estaban preparados para atacar.

Torin les hizo una señal.

—Marchaos o sufriréis.

—Hades quiere hablar contigo —dijo uno de los demonios—. No cuidaste bien a su mujer.

—¿Su mujer? —gritó Torin, dando un golpe en la mesa—. ¡Es mía!

Galen se echó a reír y dijo, arrastrando las palabras:

—Ahora se han metido en un lío, caballeros.

Torin se puso en pie, tambaleándose.

—Si queréis luchar contra mí, bien. Pero no os va a gustar el resultado.

Capítulo 33

Después del ataque de pena inicial, una sensación de entumecimiento se apoderó de Keeley. Lo cual era bueno. No había destruido nada, aunque había estado a punto de inundar la fortaleza a causa de la lluvia.

Desde que Torin la había abandonado, había tenido que darle con la puerta en las narices a Hades al menos una vez al día. Él la visitaba donde estuviera, cortejándola tal y como había prometido, con flores y regalos: artefactos antiguos, armas, su comida favorita, historias sobre cuánto le gustaría poder mimarla... La noche anterior, ella le había dicho que lo dejara. Ya había tenido suficiente. Entre ellos dos nunca iba a suceder nada. Él había tenido su oportunidad y, como Torin, lo había echado todo a perder.

Los hombres eran apestosos.

Salvo todos los demás Señores. Ellos no la habían dado de lado, como Torin. Le llevaban el desayuno a la cama, se sentaban con ella mientras lloraba, la distraían y le contaban historias sobre su vida.

En su estado de desesperación, había formado un vínculo instintivo con ellos.

Los Señores del Inframundo la habían ayudado y le habían dado fuerzas de una forma que ella nunca había conocido.

Animada por ellos, había sido capaz de encontrar al chico a quien Anya quería localizar. Estaba viviendo en las calles de Los Ángeles, aprovechando su habilidad de hacerse invisible. Pero se había negado a ir a la fortaleza, y Anya no había querido obligarle a hacerlo, así que la diosa lo estaba vigilando lo mejor que podía.

Keeley había intentado localizar la caja de Pandora muchas veces, pero sin éxito. Tenía la esperanza de conseguir la Estrella de la Mañana y obligar a Torin a que se comiera sus palabras. Sin embargo... había abandonado.

Su nuevo plan de vida era superar cada día sin llorar.

Estaba haciendo el equipaje porque se marchaba, pese a los nuevos vínculos que había creado, dejando allí las piezas de ajedrez y las flores de origami. Al meter sus vestidos en la maleta, se le llenaron los ojos de lágrimas. El estúpido de Torin...

–Entonces, ¿piensas marcharte así, sin más? Seguro que ni siquiera ibas a despedirte.

Anya. ¡Magnífico! Keeley no se molestó en darse la vuelta.

–¿Y no prefieres eso? William me ha dicho que tengo que robarte un libro y, si me quedo, lo haré. Bueno, probablemente lo haré, teniendo en cuenta que yo no he acordado nada con nadie.

–¿Y si te doy una página del libro y nos olvidamos?

–Muy bien. Lo que quieras. Envíamelo por correo electrónico.

–Claro. Mañana te enviaré la media página por correo electrónico.

–Pero si has dicho que...

–No te preocupes. El correo postal es perfectamente fiable, así que recibirás tu cuarto de página sin problemas. Así que vamos a volver a este asunto del marcharte sin decir adiós. No es un comportamiento digno de una reina, ¿no crees?

–En realidad, no me importa.

—Pues debería. Tú eres una guerrera, no una gallina.

Incluso los guerreros sufrían y necesitaban tiempo para recuperarse.

—Estás a dos segundos de que te saque la espina dorsal por la boca.

—Mejor —dijo Anya. Se tiró en la cama y arrojó la maleta al suelo. Keeley se había pasado media hora organizando el contenido, que se desparramó—. Lo quieres, ¿no?

—Sí, pero de todos modos me gustaría sacarle su negro corazón y comérmelo delante de él.

—Yo se lo hice a un tipo una vez —dijo la chica—. Te recomiendo que antes de comértelo lo rehogues con un poco que mantequilla. Pero ¿sabes una cosa? Todas queremos matar a nuestros hombres. Es un efecto secundario de salir con un macho alfa.

Keeley volvió a poner la maleta sobre la cama, se inclinó y recogió la ropa, las armas y los artefactos.

Anya pateó la maleta por segunda vez.

Keeley respiró profundamente y exhaló el aire de los pulmones.

—No me da ningún miedo arrancarte las piernas y matarte a golpes con ellas, diosa.

—Suena divertido, pero tengo que declinar tu invitación. Y no por mí, sino por ti, porque vas a necesitar mis piernas —dijo Anya, y se levantó de la cama—. El equipaje puede esperar. Vamos a salir a hacer cosas sucias, sucias. Así te olvidarás de Torin. Le darás una lección que no va a olvidar en la vida.

—No quiero darle ninguna lección —dijo ella, mintiendo. «Sí, sí quiero dársela»—. Pero está bien. Me apunto.

—Estupendo. Tienes cinco minutos para vestirte como una fulana barata, mientras yo reúno a mis fiesteras favoritas, Kaia y Nike. ¡Ah, y Viola! Se me había olvidado que ya ha vuelto. Baja al vestíbulo y no llegues tarde, porque ya estaremos borrachas y se nos olvidará que tenemos que esperarte.

Con una sonrisa, la diosa se marchó.

Keeley se pasó un minuto entero dándole vueltas. ¿Hablaba en serio la diosa?

Después, se pasó otro minuto cambiándose de ropa: se puso un sujetador de tachuelas y unos pantalones cortos que le llegaban a la curva del trasero. Después, se calzó unos zapatos de tacón de aguja y, después, como le quedaban unos segundos, se aplicó una crema con brillantina por toda la piel. Sin embargo, cuando bajó al vestíbulo, no había nadie esperándola, y a medida que pasaba el tiempo, empezó a preguntarse si la diosa no le habría mentido. Aquel sería el último clavo del ataúd de su autoestima.

Sin embargo, Anya llegó a los pocos minutos, acompañada por tres mujeres: Kaia, Nike y la deslumbrante rubia, Viola. Iban vestidas incluso más descocadamente que ella, con bodies, bragas y ligas.

Anya dio un puñetazo en el aire y gritó:

—Equipo Ho... ¡formen filas!

Aquel fue el momento en que Keeley se vinculó con las chicas.

Más y más poder fluyó a través de ella, más de lo que nunca había conocido. Era embriagador y maravilloso.

«¿Cómo voy a vivir sin esta gente?».

Maddox llegaba en aquel momento y, al torcer la esquina, se quedó con la boca abierta. En sus ojos apareció el brillo de la risa.

—¿Saben vuestros hombres lo que está ocurriendo?

—Claro. Strider me eligió el traje.

—El mío es tan increíble que debo de haberlo cosido con mis propias manos —dijo Viola. No parecía una mujer a la que acabaran de torturar. Parecía feliz y despreocupada—. Coser es uno de mis muchos talentos, estoy segura.

¿No lo sabía con certeza? Bueno, tal vez ella también tuviera facilidad para olvidar datos de ese tipo.

Fueron en coche a un club cercano, un establecimiento

underground para inmortales traviesos. Estaba en penumbra, y la única iluminación provenía de las luces estroboscópicas. Había muchos espejos en las paredes. Los asientos eran sofás de cuero negro y, en ellos, las parejas retozaban o, simplemente, mantenían relaciones sexuales delante de todo el mundo.

«Echo de menos a Torin».

«¡No! No pienses en eso!».

Cuando llegaron a la barra, Anya pidió una ronda de un licor llamado Legspreader y, después de un brindis, cada una apuró su vaso. La bebida quemaba al bajar, pero llegaba al estómago en forma de arcoíris líquido con un par de ollas de oro en cada extremo.

–¡Más! –pidió.

Y, once rondas más tarde, seguía pidiéndolo. Aunque sentía dolor, intentó ignorarlos y concentrarse en sus nuevas amigas.

–Soy increíble –dijo Viola, gritándoselo a todo el mundo. Alzó los brazos y comenzó a girar, bailando–. ¡Bebedme!

A través de las ramificaciones del vínculo, Keeley sintió el gran amor por sí misma que tenía la chica, pero, por debajo... Oh, vaya, y ella que había pensado que el suyo era un dolor enorme... Aquella chica sí que sufría.

–Yo soy tan increíble que probablemente es ilegal –dijo Keeley, asintiendo–. Y Torin es un desgraciado.

–¡Buu, buu! –cantaron las chicas.

Keeley se bebió dos chupitos más.

Un grupo de cambiadores de formas inmortales se acercó a ellas, sonriendo como si les hubiera tocado la lotería. El más alto de los tres solo tenía ojos para Keeley.

–Hoy no hay luna llena, pero estoy seguro de que tú me podrías hacer aullar –le dijo.

–Seguramente, yo podría hacerte aullar dos veces –dijo Viola.

Sin embargo, él no apartó la mirada de Keeley.

—Yo también podría hacerla aullar dos veces —le dijo Keeley—. En cuanto a ti, yo he renunciado a los hombres.

Él la tomó por la cintura y la apretó.

—Dame la oportunidad de hacerte cambiar de opinión.

—Yo podría hacerte cambiar de opinión —dijo Viola.

—No me toques sin mi permiso —le espetó Keeley al hombre, y se apartó de él.

«Demasiado, y demasiado rápido. Y mal», pensó. Torin siempre la había mirado con una adoración mezclada con el deseo, como si estuviera memorizando todos sus detalles. Aquel otro tipo la deseaba, sí, pero en sus ojos solo había lujuria. En cuanto hubiera conseguido lo que quería, se olvidaría de ella.

—Deberías darle permiso —le dijo Kaia, dándole unos golpecitos en el hombro—. Torin ha estado saliendo solo.

A Keeley se le cortó la respiración.

—¿Qué?

¿Ya había seguido con su vida? ¿No estaba hundido en la miseria, lamentando su estupidez? ¿No estaba echándola de menos tan desesperadamente como ella a él?

Anya le dio una palmadita a Kaia en la nuca.

—Solo ha ido a un club —le dijo a Keeley—. Eso es lo que me dijo Lucien. Mi cariñito lo vio ayer por la mañana, y mencionó que Torin está destrozado. Que tiene un aspecto horrible, y que tiene una rabia que nadie puede calmar.

Torin, en un club. Tenía miedo de tocarla a ella, ¿pero no a otras? ¿Se había ido de juerga, sabiendo que eso le haría temerario y descuidado?

Las paredes de aquel club empezaron a temblar.

Cuando el cambia formas le puso las manos en la cintura por segunda vez, ella lo empujó con una corriente de poder tan intensa que lo lanzó al otro extremo del edificio.

—Vaya, es muy práctico tenerte en el grupo —dijo Nike, mientras la gente salía disparada de la dirección de su descarga, y chocaba con otros o caía al suelo.

Comenzaron múltiples peleas.
—¿Estás pensando lo mismo que yo? —preguntó Nike.
—¡Por supuesto! —respondió Kaia, con los puños en alto.

Keeley se mantuvo en su sitio mientras las chicas se ponían en acción. Viola golpeó a un hombre Fae en la cabeza con una silla. Anya le clavó un vaso roto a un vampiro en el estómago. Kaia metió la mano en la boca de un Phoenix y le sacó la lengua.

La violencia continuó hasta que solo quedaron en pie las chicas. Ensangrentadas y magulladas, pero en pie. Se dieron una palmada en lo alto, todas juntas.

Cuando salían hacia la puerta, iban hablando animadamente, preguntándose si habían visto aquello o lo de más allá.

Fuera, el aire frío le acarició la piel acalorada a Keeley.

—¿Majestad? —dijo una voz femenina.

Keeley miró a su alrededor. La luz dorada de la luna se mezclaba con la luz blanca de las farolas, e iluminaba la preciosa cara de una muchacha Fae de pelo blanco y enormes ojos azules, los rasgos característicos de su raza.

La chica se les acercó y le hizo una reverencia formal a Keeley.

—El guerrero Galen me ha pedido que os traiga un mensaje. Me dijo que vos me pagaríais generosamente.

¿Un mensaje?

—Dímelo.

Temblando, la Fae dijo:

—Hades los ha capturado a Torin y a él. Los tiene encerrados.

—¿Cómo? —preguntaron las otras chicas, al unísono, y su buen humor decayó por completo.

Como las paredes del club, el suelo también tembló. ¿Hades tenía a Torin? ¿Y pensaba utilizarlo contra ella?

Por mucho que Torin la hubiera herido, ella no quería

que lo torturaran. La idea de que recibiera un solo arañazo era suficiente para enfurecerla.

—Dadle a la chica uno de los montones de oro que hay en mi habitación. Yo volveré pronto —les dijo a las demás, y se teletransportó directamente hasta Hades.

Estaba en su dormitorio, en una de las fortalezas que se había hecho construir en el Reino de la Sangre y de las Sombras. Las cortinas del dosel de la cama estaban echadas, pero Keeley sabía que él estaba allí. Estaba hablando en voz baja, en un tono seductor. Una mujer gimió de placer.

Qué agradable. Hades también la había olvidado.

Los muros del palacio temblaron con fuerza cuando Keeley gritó:

—¡Hades! Tenemos que hablar.

Un jadeo femenino de horror.

Una maldición masculina.

El sonido de unos cuerpos moviéndose.

—Ya está bien, Tally —dijo Hades.

Entonces, descorrió las cortinas y se puso en pie junto a la cama. Tenía el pelo revuelto y no llevaba camisa, y tenía los pantalones desabrochados. Sus mejillas estaban sonrosadas y en la piel tenía marcas de mordisquitos y de arañazos.

Hades ladeó la cabeza y miró a Keeley a los ojos.

—¿Qué ocurre aquí? —preguntó con irritación la mujer, Tally.

Él la ignoró y le dijo a Keeley:

—Voy a hacer una petición oficial para que no te pongas nada más que esa ropa para siempre.

—Tienes a Torin y a Galen encerrados.

Hades ni siquiera intentó negarlo.

—Sí. El comportamiento de Torin no me gusta. Galen pasaba por ahí.

—Suéltame —dijo Tally—. ¡Inmediatamente! —añadió, y se oyó el tintineo de unas cadenas.

Hades le dio unas palmadas a la cortina.

–He dicho que ya basta. Acuérdate de lo que pasa cuando no se obedecen mis órdenes.

Se oyó una retahíla de imprecaciones.

–Suéltalos –le ordenó Keeley.

–No. Y, ahora que esa conversación está acabada, ¿te gustaría unirte a nosotros? –le preguntó, señalando la cama.

Se oyó un silbido de indignación de la mujer.

–No, gracias –dijo Keeley–. Libera a Torin y a Galen.

–¿Y por qué iba a hacerlo? Torin ha llenado de dolor tu mirada.

No podía estar hablando en serio.

–¿Esa es tu excusa? ¡Tú hiciste lo mismo!

–Sí, pero yo estoy intentando reparar el daño.

–¿Quieres reparar el daño? Muy bien. Libera a Torin y a Galen.

Él frunció el ceño.

–¿Esto es parte de tu discurso motivador, o podemos llamarlo «dar la lata»?

Ella lo amenazó con un puño.

–Hazlo.

Él se cruzó de brazos con terquedad.

–Torin te va a volver a hacer daño. Física y emocionalmente.

–Última oportunidad –dijo ella, mientras las paredes temblaban con fuerza–. Libéralos.

–Si lo hago –dijo él, con una voz calmada–, consideraré que estás en deuda conmigo.

Ella apretó los dientes. Una vez, él había temido su poder porque lo consideraba más grande que el propio. Tal vez fuera el momento de demostrarle que tenía razón.

–Tú te lo has buscado –dijo, y golpeó.

Torin despertó con cientos de hombrecillos utilizando taladradoras en la cabeza. Se incorporó con cuidado y se frotó los ojos. Galen estaba sentado frente a él, cubierto de sangre seca y de moretones. Tenía el pelo hecho un desastre.

Torin se enganchó los dedos en su propio cabello cuando intentó echárselo hacia atrás.

Empezó a recordar... Los sirvientes le habían clavado las garras y habían derramado whisky sobre él, le habían mordido las piernas y los brazos y le habían golpeado en la cabeza con algo, una y otra vez. Después... oscuridad.

–Hades –dijo Galen–. Nos ha encerrado.

Las paredes del palacio temblaron, y Torin frunció el ceño. ¿Acaso Keeley estaba allí? ¿Con Hades?

Demonios, no. Se puso en pie de un salto y fue a la puerta de la celda. Posó las manos en la cerradura, y se abrió al instante. «Gracias, Llave de Todo». Echó a correr por un pasillo largo y estrecho.

–¿Cómo demonios has hecho eso? –le preguntó Galen.

–No importa. Tenemos que encontrar a Keeley. Creo que está aquí.

–Yo estoy seguro de que está aquí. Envié a una de las sirvientas a avisarla.

–¡Idiota! –gritó Torin–. No deberías haber...

El muro que había frente a él explotó, y unos gruesos bloques de escombro salieron despedidos en todas las direcciones. Hades salió volando por la abertura, y Torin dudó que lo hubiera hecho por voluntad propia. El tipo rodó por un mar de piedras rotas, golpeándose la cabeza por todo el camino.

Keeley apareció flotando detrás de Hades, con un aspecto majestuoso. Su piel, casi toda desnuda, estaba pálida y brillaba. Llevaba el pelo casi blanco, con mechones teñidos de rosa y de verde. Estaba guapa, sí, pero también gloriosa. Como un caballo de guerra de la antigüedad. Si ella oyera la conversación, tal vez le redujera los huesos a polvo, pero el aspecto no tenía nada que ver con ello.

Hubo un tiempo en el que los hombres adiestraban a sus caballos para la batalla, y no solo para que pelearan en ella, sino también para que la amaran. Aquellos animales no tenían miedo. No se amedrentaban al ver una espada, una lanza o una daga, sino que relinchaban y piafaban, desafiando al enemigo para que hiciera un movimiento. No les importaba si vivían o morían, siempre y cuando hubiera acción. Así era Keeley.

«Sin ella, no estaba viviendo, sino solo existiendo».

Hades se puso en pie con dificultad, sangrando por la nariz y las orejas. Tenía uno ojo hinchado. Aquel estado solo sirvió para reforzar el temple de Keeley.

—Piensa con cuidado cuál va a ser tu próximo movimiento —le dijo Hades—, porque podría ser el último.

—¿Se supone que me tengo que morir de miedo con eso? —le preguntó ella, con calma—. Sé que te alimentas del miedo, que te hace más fuerte. Es una pena que yo no tenga nada de eso que ofrecerte.

Hades la fulminó con la mirada.

—Aunque pudieras matarme, yo no moriría acurrucada en un rincón, llorando. No, cuando me vaya, me iré por la puerta grande... Y no puedo decir lo mismo de ti.

Entonces, le lanzó un rayo desde la palma de la mano al pecho, y Hades salió disparado hacia atrás.

Hades estaba protegido con marcas de azufre, pero Keeley tenía tal poder en aquel momento que las marcas no sirvieron de nada.

Torin se colocó entre ellos dos, mirando atentamente al dios, que se estaba incorporando. Había visto luchar a aquel tipo, y sabía que estaba conteniéndose. No lanzaba sombras que rodearan a Keeley y le succionaran la vida mientras se comían su carne. Sin embargo, eso podía cambiar en cualquier momento.

Hades lo miró torvamente y apretó los puños.

—No ha sido inteligente por tu parte, Enfermedad.

—No voy a dejar que te acerques a ella —dijo Torin.

—No podrás impedírmelo.

—Eso habrá que verlo.

—¡Ya basta! —gritó Keeley, y atravesó a Torin con una mirada de sus ojos azules, llenos de rabia—. Esto no tiene nada que ver contigo. Vete a casa.

Sin ella, él no tenía casa.

—No voy a dejarte.

—No es la primera vez que oigo esas palabras —le espetó ella—. Ahora, vete.

Torin se estremeció. Se lo merecía.

—Está bien. No quiero marcharme sin ti.

—Ya no soy cosa tuya, y tú ya no eres cosa mía.

—Juntos o separados, tú siempre serás cosa mía.

—Qué conmovedor —dijo Hades, con desprecio.

—¡He dicho que ya basta! —gritó ella, y se concentró en el otro hombre—. Hades, nosotros no encajamos, y lo sabes. A ti siempre te molestará que sea más fuerte que tú. Odias que te digan que no.

—Y tú eres demasiado obstinada, Keeley. No me molesta eso de ti. Estoy orgulloso de ti. Pero, a pesar de tus valientes palabras sobre tu muerte, crees que tienes todo el tiempo del mundo, que el final nunca irá por ti. Bueno, pues el final puede llegar. Un día, llegará para todos nosotros. Tienes que olvidar el pasado y aferrarte al futuro con las dos manos. Estoy aquí. Aférrate a mí.

Y un cuerno.

Las palabras de Hades fueron como una puñalada en el corazón para Torin. No tenían todo el tiempo del mundo. El final llegaría algún día. Él tenía que aferrarse al futuro, y Keeley era su futuro.

Sin ella, no tenía nada.

Ella le había dicho que llegaría el día en que se arrepintiese de su decisión, y tenía razón. Sin embargo, Keeley no sabía que ese día iba a ser el mismo día en que la había dejado. Él tenía una cosa muy buena con ella, la mejor, y la había rechazado por miedo. Porque había permitido que el miedo volviera a regir sus pensamientos y sus acciones otra vez.

«Por fin he visto la verdad». Ya no iba a huir más.

—No, aférrate a mí —le dijo Torin—. He cometido el error de dejarte, pero no me dejes tú a mí. Por favor, Keys.

Ella lo miró boquiabierta.

—¿Lo dices en serio? Me dijiste que te quedarías a mi lado; mentira. Que te importaba; mentira. Pues bueno, yo te dije que a mí no me gustan los mentirosos, ¡y es verdad!

—Siento haberte mentido, siento haberte hecho daño. Tú me importas mucho. He aprendido lo que es estar sin ti, y es horrible. Es lo peor que he experimentado en la vida.

—Sí —dijo ella—. Seguro que los ratos que has pasado en un club de streaptease han sido horribles.

—Sí, lo han sido. Y ahora, dices que no vas a volver conmigo nunca y, al contrario que yo, tú nunca mientes. Pero te ruego que lo hagas. Solo en esta ocasión. Por mí, aunque no te merezca. Tú eres mejor persona que yo, Keeley. Más dulce, más fuerte y más inteligente. Por favor, por favor. Yo no soy nada sin ti, princesa. Dejarte fue el mayor error de mi vida.

Ella negó con la cabeza, obstinadamente.

—No.

Él siguió intentándolo.

—No permití que nadie me tocara, y yo no toqué a nadie tampoco. Solo podía pensar en ti.

Ella permaneció firme.

—No.

—No te desea, Enfermedad —dijo Hades.

—Lo único que quería era... —Torin se quedó callado al sentir un dolor intenso y agudo que lo atravesaba.

La expresión de Keeley se volvió de horror, y gritó.

Torin se miró el pecho. Una lanza se le había clavado en la espalda y le salía por el pecho.

—Que disfrutes del veneno —dijo una voz que todos conocían—. Sabía que no les iba a hacer daño ni a Hades ni a

Keeley, pero a ti... A ti te destruirá desde dentro hacia fuera, y ellos sufrirán tu pérdida.
Lucifer.
—Que os divirtáis —dijo, y desapareció.
A Torin se le nubló la visión y le fallaron las rodillas. Oyó risotadas... una lucha, una distancia cada vez mayor...
Y después, nada.

Capítulo 34

Keeley gritó tan alto que, seguramente, estallaron tímpanos de inmortales. Se teletransportó junto a Torin. No llevaba guantes, pero presionó con dos dedos en su cuello. Al principio, no sintió nada. Después, notó un suave latido.

Demasiado suave.

El corazón herido de Torin se estremeció, y la sangre brotó de la herida. La lanza estaba ayudando a contener la hemorragia, pero, si estaba envenenada, como había dicho Lucifer, habría que sacarla de inmediato.

Así que ella tiró del arma y la arrojó a un lado.

—¿Qué puedo hacer?

¡Galen! A ella se le había olvidado que estaba allí.

—¡Dame tu camisa!

Él se sacó la camisa por el cuello y se la entregó. Ella la apretó contra el pecho de Torin.

Él ni siquiera gimió.

Keeley miró a Hades con desesperación.

—¿Qué veneno puede haber utilizado Hades?

Él se mantuvo en silencio.

—Hades, por favor. Haré lo que tú quieras, pero ayúdame a curarlo.

Entonces, el oscuro señor se giró hacia ella y asintió.

—Será como tú has dicho. Lo que yo quiera.

Un segundo después, Hades y Torin se desvanecieron.

Keeley se puso en pie con las piernas temblorosas. Tenía un gran sentimiento de culpabilidad. Si no hubiera sido por su culpa, Hades no habría encerrado a Torin y Lucifer no habría podido atravesarlo con una lanza. «Todo, por mi culpa».

¿Era aquella la culpabilidad con la que se había visto obligado a vivir Torin durante toda su relación? No era de extrañar que la hubiera dejado.

«Tengo que perdonarle. Por todo. Porque necesito que él me perdone a mí».

Mientras esperaba, preguntándose si él viviría o moriría, el dolor, el daño, el rechazo, la amargura y la ira que había acumulado durante aquel tiempo salieron de ella, y el amor que sentía por Torin lo llenó todo.

—Keeley —dijo Galen, con una expresión de angustia—. ¿Qué más puedo hacer?

—Ve a decirles a los Señores del Inframundo lo que ha ocurrido, y que Torin volverá a la fortaleza en cuanto esté bien —respondió ella. Al ver la cara de inseguridad de Galen, añadió—: Diles que te envía la Reina Roja, y que se sentirá muy disgustada si te ocurre algo.

Él asintió, y ella lo teletransportó a la fortaleza.

Entonces, ella se teletransportó junto a Hades. Él había llevado a Torin a una especie de laboratorio en el que había calderos hirviendo y estanterías llenas de tubos de ensayo, y de matorrales grandes que subían por las paredes, utilizando sus patas.

Torin estaba atado a una mesa, con la boca abierta mediante un gancho de hierro. A su lado había un anciano que estaba haciendo una mezcla de líquidos. Ella se acercó a Torin y le tomó la mano.

El otro hombre la fulminó con la mirada.

—Soy Hey You. Esta es mi área. ¿Quién eres tú? ¿Qué haces aquí?

—Soy la Reina Roja, y voy allí donde deseo.

—Es cierto —dijo Hades, materializándose a su lado—. Es

ella –dijo. Le quitó el gancho de la boca a Torin. No era un gancho, después de todo, sino un tubo que le llegaba hasta el estómago.

Hey You se acercó cojeando y, mientras Hades sujetaba la boca de Torin para que se mantuviera abierta, vertió el preparado por la garganta del guerrero.

Ella observó a Torin a la espera de su reacción. Su piel siguió muy pálida, casi azulada. Tenía los ojos cerrados, y estaba inmóvil. La herida de su pecho todavía estaba abierta, y sangraba.

–¿Cuánto tarda en hacer efecto?

–Toda la noche –respondió Hey You, y se alejó.

Ella había vivido tanto, que el tiempo significaba muy poco para ella. Sin embargo, de repente una noche le parecía una eternidad.

Miró a Hades, que la estaba observando atentamente.

–Lo has tocado sin protección. Piel con piel –dijo Keeley.

–Cualquiera puede tocarlo, siempre y cuando sean inmunes.

–¿Y tú eres inmune?

Hades asintió.

–Durante un tiempo, sí.

–¿Qué significa durante un tiempo?

–He ingerido su sangre.

–¿Su sangre? Su sangre está infectada.

Hades estiró el brazo y le acarició la mejilla, y como ella le debía lo que él quisiera, Keeley tuvo que quedarse quieta y tolerarlo. Sin embargo, su desagrado debió de reflejarse en su cara, porque él frunció el ceño y apartó la mano.

–Si él comparte su sangre contigo –le dijo Hades–, no enfermarás cuando te toque. Al menos, durante un tiempo. Lo suficiente para que su sangre viaje por tus venas. La inmunidad dura un día, o dos a lo sumo. Después, necesitas otra dosis.

—Pero... no puede ser. Él compartió su sangre conmigo una vez y, de todos modos, enfermé.

Hades volvió a fruncir el ceño y dio un pequeño pinchazo en uno de los dedos de Torin. Después, se lo ofreció a Keeley.

Ella succionó la sangre. Estaba dispuesta a probar cualquier cosa, por muy descabellada que fuera. Por su condición de inmortal, aquello no le era totalmente ajeno.

—¿Y cuándo compartió él su sangre contigo? —preguntó Hades—. ¿Por qué?

—La última vez que estuvimos aquí, antes de que yo contrajera la última enfermedad.

—Ah. La sangre habría funcionado si no hubieras estado ya debilitada por la extracción de las cicatrices de azufre.

—Pero... mi poder vuelve al quitarme esas marcas.

—El poder, sí, porque es de naturaleza espiritual. Pero tu cuerpo acababa de sufrir unas heridas importantes, y estaba agotado. Incluso a Torin le cuesta luchar contra las enfermedades del demonio cuando ha sufrido una herida física.

—Pero ¿cómo es posible?

—El demonio es un espíritu que infecta el espíritu de Torin. Sin embargo, el mal está hospedado en su cuerpo, que creó inmunidades. Esas inmunidades se encuentran en su sangre y su semen.

¿Semen mágico? ¿Torin podía salvarla de las enfermedades derramando su simiente dentro de ella? ¿O tendría que ingerirlo?

—Yo... bueno, yo he probado lo segundo —admitió, con las mejillas ardiendo—. Y, de todos modos, enfermé.

—Con solo probarlo no conseguirías erradicar la enfermedad. Necesitarías una dosis completa. Una cosa, o la otra.

—Pero ¿por qué puede infectar su piel, y el resto de su cuerpo no?

—Tú sabes mejor que nadie que la piel irradia lo que hay

en el espíritu. Tú eres un espíritu en un cuerpo que no es el tuyo y, sin embargo, esa piel cambia con las estaciones, como tu espíritu.

Tenía... razón. La piel irradiaba el espíritu, pero los fluidos emanaban del cuerpo.

Lo cual significaba que...

¡Por fin! Una manera de tener todo lo que había deseado. Podría tener a Torin sin enfermar, y podría tener una familia. Solo tenía que ingerir su sangre una vez al día. O dejar que él le diera otra cosa...

Se estremeció de emoción. Aquel sueño también era el de Torin, y se había hecho realidad.

Sin embargo, la realidad era otra. Ella tenía una deuda con Hades, y podía suponer cómo iba a cobrársela el dios.

—Lo quieres —dijo Hades.

—Sí.

—Pero te quedarás conmigo si esa es mi voluntad.

Ella cerró los ojos y asintió. Un trato era un trato.

—¿Es lo que vas a decretar? ¿Que me quede contigo?

Hubo un silencio opresivo.

Inhaló profundamente y se giró hacia él. Hades tenía la barbilla elevada y una pose de orgullo masculino, pero su expresión era indescifrable.

—Hades... por favor, no me obligues a hacer esto.

—No te voy a obligar —dijo él, con la voz enronquecida—. Te sentirías atrapada, y eso ya te lo hice una vez.

Keeley sintió una pequeña esperanza.

—Entonces, ¿qué es lo que quieres?

—Es evidente que estoy en guerra contra Lucifer.

—¿Y?

—Y quiero que estés en mi bando, que me ayudes en cada paso del camino.

Era la mejor oferta que ella podría haber esperado. Y, en aquel momento, entendió que Hades la quería y, de verdad, quería hacer las paces con ella. Se arrepentía de verdad por lo que había hecho.

—Te perdono —le dijo. Soltó la mano de Torin, rodeó la camilla y abrazó a Hades—. Gracias.

Él le devolvió el abrazo. La estrechó con fuerza, como si no quisiera soltarla. Al final, se separó de ella y carraspeó.

—Llévate a tu hombre de aquí antes de que cambie de opinión.

—No puedo. Tiene marcas de azufre.

—No, no las tiene.

Entonces, ¿se las había quitado? Keeley se dio la vuelta y levantó el bajo de la camisa de Torin. Piel bronceada, sin una sola marca. Keeley sintió una alegría electrizante.

Sin perder un minuto más, se teletransportó con Torin a su habitación de Budapest. Lo dejó tendido en la cama, confortablemente, y fue a contarle a Anya lo que había ocurrido, y para decirle que asesinaría con sus propias manos a cualquiera que entrara en su habitación antes de que ella le hubiera dado permiso.

Después, esperó. Se paseó por el dormitorio. Y esperó más. Se preguntó si así era como pasaba Torin el tiempo cuando tenía que cuidar de ella, durante las enfermedades que le transmitía su demonio. Sí. Probablemente, sí.

Finalmente, después de muchas horas, él jadeó y, de golpe, se incorporó en la cama. Keeley se acercó corriendo a su lado.

—Estoy aquí. Estás bien. Te has curado.

Él agitó la cabeza como si no pudiera creer que fuera ella.

—¡Keeley! Estás aquí —dijo, y la miró a los ojos—. No me dejes. Por favor, no me dejes. Pero, si lo haces, lo entenderé. También te seguiré hasta los confines del mundo, si es necesario. Eres mía, y no voy a dejar que te alejes de mí nunca más.

—Vaya, guerrero —dijo ella, y se echó a reír.

Aquella carcajada inquietó a Torin. La miró con cautela.

–No voy a ninguna parte –dijo ella–. He estado muy triste sin ti. No quiero pasarme el resto de la eternidad deseando que estuvieras a mi lado solo para poder demostrar que tengo razón y hacerte daño porque tú me has hecho daño a mí.

Él la abrazó con fuerza, con tanta fuerza, que no la dejó respirar. «Merece la pena», pensó Keeley.

–Lo siento mucho. Siento lo que he hecho.

–Yo soy la que lo siente. Y no tienes que preocuparte por si vuelvo a ponerme enferma. Yo...

–No estaba preocupado –dijo él, y le besó el bajo de la camisa–. Estoy dispuesto a dejar que soportes cualquier cosa por mí. Soy así de generoso.

Aquello era lo que más había echado de menos: sus bromas. Bueno, y también su intensidad, y su físico, y su forma de acariciarla.

–Pero, en serio –dijo ella, notando un cosquilleo caliente en el pecho, que aumentaba más y más–. Si ingiero diariamente tu sangre o tu... Detesto admitir esto, porque sé qué bromas van a seguir, o tu semen, seré inmune a las enfermedades de tu demonio. A todas. Por supuesto, eso significa que necesitamos otros métodos anticonceptivos, porque te quiero solo para mí durante una temporada, pero ya encontraremos algo.

Él la miró fijamente.

–Lo de la sangre y el semen, ¿está probado?

–Sí. Te toqué la cara después de que te desmayaras, tomé sangre tuya y, aunque ya han pasado veinticuatro horas, no he enfermado.

Él abrió mucho los ojos.

–Tenía la respuesta durante todo el tiempo –dijo, y le besó los labios y la cara–. Gracias. Gracias, princesa. Muchas gracias.

–Es a Hades a quien le debemos agradecimiento.

–No. Él no es el que me ha traído aquí y me ha dado otra oportunidad. Y me voy a cerciorar de que no te arrepientas nunca. Durante el resto de mi vida voy a hacer todo lo posible para compensarte por mi mal comportamiento. Te quiero, Keeley. Eres mi tesoro, y por ti estoy dispuesto a todo. Incluso a comer pasas.

–¿Tanto me quieres? –preguntó ella, suavemente.
–Con toda mi alma.
–Bien, porque yo también te quiero a ti –dijo.

Entonces, teletransportó una de sus butacas de cuero favoritas a un rincón del dormitorio, y colocó allí a Torin, con todas las cosas que les gustaban a los hombres: un vaso de whisky escocés y un puro.

–Solo me faltan los súbditos –dijo él, riéndose.
–Y los tendrás. Este es tu trono, y lo pondremos en nuestro nuevo salón del trono en cuanto esté preparado. Y, ahora, tu castigo –añadió Keeley–. Me darás un orgasmo por cada día que hemos estado separados y tal vez, solo tal vez, considere que estamos en paz.

Él sonrió con picardía.

–Dobla esa cantidad, y acepto el trato –dijo. Apuró la copa, apagó el puro y le indicó a Keeley que se acercara–. Ven, princesa. No hay mejor momento para empezar.

Epílogo

Unos días más tarde, Keeley estaba en la puerta del salón, mirando al interior e intentando no sentirse abrumada. Aquella era su primera comida familiar. Todos los Señores y sus familias estaban allí.

Y ellos eran su familia. Aunque había formado un vínculo con ellos, nadie había enfermado. El demonio de Torin no era parte de ese vínculo. Enfermedad la había traicionado tantas veces, que ella no tendría que preocuparse nunca por si se formaba un vínculo con él. No había nada que el demonio pudiera hacerles a los demás.

Por otra parte, aquellos vínculos eran lo que le había proporcionado el poder para vencer a Hades. Él había sido como masilla en sus manos antes de que Lucifer hubiera herido a Torin. Los vínculos alimentaban su fuerza y, a cambio, ella podía hacer que todos los sueños de los Señores del Inframundo se hicieran realidad. Encontraría y destruiría la caja de Pandora. Tomaría posesión de la Estrella de la Mañana.

Pero esos planes eran para otro día.

Pandora era la única que estaba ausente de aquella celebración. Se había marchado sin decir una palabra en cuanto había despertado de su coma. Sin embargo, incluso William y sus hijos estaban allí. William no podía apartar la mirada de Gillian. Casi resultaba embarazoso.

—¿Puedes creerte esto? —le preguntó Galen.

Estaba a su lado, observando a todo el mundo con la misma reverencia que ella. Solo Torin le había perdonado, pero nadie estaba intentando matarlo, así que Keeley lo consideraba una victoria. Sin embargo, no parecía que a Galen le importara mucho la falta de entusiasmo con la que había sido recibido.

—No, casi no puedo. Es como si todo lo que siempre he soñado se haya convertido en realidad en un solo día.

—Los míos no. Todavía —dijo él, y miró a Honey. Era su única preocupación.

Ella había vuelto aquella mañana, pero se había negado a hablar con él y a estar a solas con él. Galen no la estaba presionando, motivo por el cual todavía seguía allí. Además, Torin le había invitado a la celebración y, aunque había habido algunas protestas iniciales, todo el mundo había cedido cuando él dijo:

—Es un deseo de la Reina Roja.

No la tenían miedo; simplemente, sabían hasta dónde podía llegar Torin con tal de hacerla feliz.

Se le hinchó el corazón de amor al ver cómo le pasaba el cuenco de guisantes a Urban, que se estremeció al ver la verdura y, después, a Ever, que tuvo la misma reacción. Torin se echó a reír. Ya no era tan severo a la hora de mantener las distancias. Tampoco sus amigos. Era una imagen asombrosa.

Kane y Josephina habían ido a pasar la velada con ellos, gracias al poder de teletransporte de Keeley, y estaban conversando con Gideon y Scarlet sobre los embarazos de las mujeres.

Como siempre, la atención de Keeley volvió a fijarse en Torin. Antes, había hecho un streaptease mientras él estaba sentado en su butaca. Después, se había sentado en su regazo y habían hecho el amor. Después, habían tomado una ducha juntos, y no habían podido dejar de acariciarse. Ella se estremeció al recordar lo que le había susurrado al oído:

—¿Necesitas tu inyección de vitamina D, princesa? ¿O prefieres que le llame «tu medicina»?

Qué gracioso. Estaba tan orgulloso de su semen mágico... Keeley tenía la sensación de que iba a tomarle el pelo con eso durante toda su vida y, al pensarlo, sonrió.

En aquel momento, Torin se puso en pie y se acercó a ella. La abrazó, y le preguntó:

—¿Por qué no comes nada? Sé que no estás pensando en que te vamos a envenenar.

—Como si alguien se atreviera. Solo estoy disfrutando de la escena.

Él le besó la sien, y susurró:

—¿Te he dado ya las gracias por concederme otra oportunidad?

—Mil veces.

—¿Y te he dicho que, sin ti, estaría perdido?

—Sí, también.

—¿Que lo eres todo para mí?

—Sí.

—Bueno, pues entonces soy un magnífico novio.

Ella se echó a reír.

—Pues sí, lo eres. Y también, muy modesto.

Él la soltó, y ella gimió al notar su pérdida. Sin embargo, no tendría que esperar mucho para estar con él de nuevo.

Torin puso una rodilla en el suelo y le tomó una mano. La miró con intensidad.

—Te quiero con toda mi alma, y quiero pasar el resto de mi vida contigo. Porque, si el hogar está donde está el corazón, entonces tú eres mi hogar, Keeleycael. Así que espero que me concedas el honor de convertirte en la señora de Torin.

Le tendió un anillo, y a ella se le cortó la respiración. El anillo tenía una pequeña esfera en lugar de un diamante, y Keeley vio que dentro de la esfera había una pareja abrazándose. Una pequeña pareja tallada en madera. Él había hecho aquella figura para ella.

A Keeley se le cayeron las lágrimas de la emoción, y dio un saltito.

–¡Sí! Seré la señora de Torin, y tú serás el señor de Keeley, y celebraremos una boda que superará con mucho la de Lucien y Anya.

–¡Eh! –exclamó Anya–. Te estás exponiendo al fracaso.

Torin se puso en pie, y Keeley se arrojó a sus brazos. Siempre había deseado que la quisieran y la adoraran, y había pensado en casarse con un hombre agradable y gobernar su reino. Ahora, la adoraban y la querían. Sin embargo, no tenía a su lado a un hombre agradable, sino a un feroz guerrero. Exactamente lo que necesitaba.

–Voy a hacerte feliz –le prometió.

–Princesa, eso ya lo has conseguido.

Glosario de personajes y términos de los Señores del Inframundo

Aeron: Señor del Inframundo, antiguo guardián de la Ira.
Alexander: Humano. Antiguo amante de Cameo.
Amun: Señor del Inframundo. Guardián del demonio de los Secretos.
Anya: Diosa menor de la Anarquía, amante de Lucien.
Ashlyn: Humana con habilidades sobrenaturales. Esposa de Maddox.
Atlas: Titán, dios de la fuerza.
Axel: Enviado.
Baden: Señor del Inframundo, antiguo guardián de la Desconfianza.
Black: Uno de los cuatro hijos de William.
Cameo: Señora del Inframundo. Guardiana de la Tristeza.
Cameron: Guardián de Obsesión.
Capa de la Invisibilidad: Artefacto que tiene el poder de ocultar a quien la lleva de los ojos de los demás.
Cazadores: Enemigos mortales de los Señor del Inframundo.
Cronus: Antiguo rey de los Titanes. Antiguo guardián de Avaricia.
Danika: Humana novia de Reyes, conocida como el Ojo que Todo lo Ve.
dimOuniak: Caja de Pandora.
Enviados: Guerreros alados. Asesinos de demonios.
Estrella de la Mañana: El objeto más poderoso de la historia del mundo.
Ever: Hija de Maddox y Ashlyn.
Fae: Raza de inmortales que desciende de los Titanes.
Galen: Guardián de los Celos y las Falsas Esperanzas.

Gideon: Señor del Inframundo. Guardián de las Mentiras.
Gilly: Humana.
Green: Uno de los cuatro hijos de William.
Griegos: Antiguos gobernantes del Olympus.
Gwen: Arpía. Hermana de Kaia, Bianka y Taliyah. Consorte de Sabin.
Hades: Antiguo gobernante del inframundo.
Haidee: Antigua Cazadora. Amante de Amun.
Innombrables: una raza sanguinaria de criaturas carnívoras.
Jaula de la Compulsión: Artefacto que tiene el poder de esclavizar a quien esté en su interior.
Josephina: Reina de los Fae. Consorte de Kane.
Juliette: Arpía. Se considera la consorte de Lazarus.
Irish: Guardián de la Indiferencia.
Kaia: Parte Arpía, parte Phoenix. Hermana de Gwen, Taliyah y Bianka. Consorte de Strider.
Kane: Señor del Inframundo. Antiguo guardián del Desastre.
Keeleycael: Curator. También conocida como Keeley, Keys, princesa y Reina Roja.
Lazarus: Guerrero inmortal. Hijo único de Typhon y de una Gorgona desconocida.
Legion: Demonio sirviente en un cuerpo humano. Hija adoptiva de Aeron y Olivia. También conocida como Honey.
Lucien: Uno de los líderes de los Señor del Inframundo; guardián de la Muerte.
Lucifer: Rey de los demonios.
Llave de Todo: Reliquia espiritual que puede liberar a su propietario de cualquier cerradura.
Maddox: Señor del Inframundo. Guardián de la Violencia.
Mari: Humana.
Nephilim: Descendencia híbrida.

Nike: Diosa griega de la fuerza.
Ojo que Todo lo Ve: Humana con el poder de ver el cielo y el infierno, el pasado y el futuro. Danika Ford.
Olivia: Un ángel. Amante de Aeron.
Pandora: Guerrera con intereses personales.
Caja de Pandora: También llamada *dimOuniak*. Hecha con los huesos de la diosa de la Opresión. Una vez albergó a los demonios de los señores.
Paris: Señor del Inframundo. Guardián de la Promiscuidad.
Phoenix: Inmortales que tienen una íntima relación con el fuego y que descienden de los Griegos.
Red: Uno de los cuatro hijos de William.
Reino de la Sangre y de las Sombras: Lugar donde se ubica la antigua fortaleza de los Señores del Inframundo.
Reyes: Señor del Inframundo. Guardián del Dolor.
Rhea: Antigua guardiana de la Lucha.
Sabin: Uno de los líderes de los Señores del Inframundo. Guardián de la Duda.
Señores del Inframundo: Guerreros inmortales exiliados.
Sienna: Gobernante de los Titanes. Amante de Paris.
Strider: Señor del Inframundo. Guardián de la Derrota.
Taliyah: Arpía. Hermana de Bianka, Gwen y Kaia.
Tartarus: Cárcel subterránea para inmortales.
Teletransportarse: El poder de trasladarse con solo un pensamiento.
Titanes: Gobernantes de Titania. Hijos de ángeles caídos y humanos.
Torin: Señor del Inframundo. Guardián de Enfermedad.
Urban: Hijo de Maddox y Ashlyn.
Vara Cortadora: Artefacto con el poder de separar el alma del cuerpo.
Viola: Diosa menor. Guardiana del Narcisismo.

White: Uno de los cuatro hijos de William. Fallecida.
William: el Eterno Lujurioso: Guerrero inmortal de orígenes cuestionables.
Winter: Guardián del Egoísmo.
Zeus: Rey de los Griegos.

ÚLTIMOS TÍTULOS PUBLICADOS EN HQN

Encadenado a ti de Delilah Marvelle

Una mujer a la que amar de Brenda Novak

La distancia entre nosotros de Megan Hart

Cuando nos conocimos de Susan Mallery

Sin ataduras de Susan Andersen

Sígueme de Victoria Dahl

Siete noches juntos de Anna Campbell

La caricia del viento de Sherryl Woods

Di que sí de Olga Salar

Vuelve a quererme de Brenda Novak

Juego secreto de Julia London

Una chica de asfalto de Carla Crespo

Antes de besarnos de Susan Mallery

Magia en la nieve de Sarah Morgan

El susurro de las olas de Sherryl Woods

La doncella de las flores de Arlette Geneve

www.ingramcontent.com/pod-product-compliance
Lightning Source LLC
LaVergne TN
LVHW030332070526
838199LV00067B/6247